SCOTT G. GIER

Die Genellan-Chroniken 1

Gestrandet auf Genellan

Buch

Auf der Suche nach neuen bewohnbaren Welten muß ein irdisches Beiboot auf einem unbekannten Planeten notlanden. Er ist einer von zwei benachbarten Planeten in einem fernen Sonnensystem. Lieutenant Sharl Buccari steht an der Spitze einer kleinen Truppe aus Raumschiff-Crew und Raumsoldaten. Sie muß nicht nur das Überleben ihrer Mannschaft sicherstellen, sondern auch versuchen, mit den einheimischen Aliens, einer intelligenten Fledermausrasse, auszukommen. Als der strenge Winter einsetzt, wird die mühsam eingefädelte Freundschaft zwischen den Terranern und den geflügelten Klippenbewohnern auf eine harte Probe gestellt. Die sind äußerst mißtrauisch, da sie von Feinden verfolgt werden, die nicht von Genellan stammen …

Autor

Scott G. Gier wurde 1948 auf Hawaii geboren. Er diente sechs Jahre in der US-Marine und arbeitet mittlerweile für eine Software-Firma in Arizona. »Gestrandet auf Genellan« ist sein erster Roman.

In Kürze werden bei Goldmann erscheinen:

Scott G. Gier: Die Genellan-Chroniken 2 – Jagdzeit auf Genellan (24813)
Scott G. Gier: Die Genellan-Chroniken 3 – Abflug von Genellan (25020)

Weitere Bände sind in Vorbereitung.

SCOTT G. GIER

Gestrandet auf Genellan

DIE GENELLAN CHRONIKEN 1

Aus dem Amerikanischen
von Marcel Bieger

GOLDMANN

Die amerikanische Originalausgabe erschien 1995
unter dem Titel »Genellan: Planetfall« (Chapters 1–24)
bei Del Rey/Ballantine Books, New York

Umwelthinweis:
Alle bedruckten Materialien dieses Taschenbuches
sind chlorfrei und umweltschonend.
Das Papier enthält Recycling-Anteile

Der Goldmann Verlag
ist ein Unternehmen der Verlagsgruppe Bertelsmann

Deutsche Erstveröffentlichung 3/98

Spezielle Informationen zu den Genellan-Chroniken im Internet
unter http://www.scott.genellan.com
Umschlaggestaltung: Design Team München
Umschlagmotiv: Agt. Schlück/Morrissey
Satz: deutsch-türkischer fotosatz, Berlin
Druck: Elsnerdruck, Berlin
Verlagsnummer: 25019
Redaktion: Cornelia Köhler
V.B. · Herstellung: Peter Papenbrok
Printed in Germany
ISBN 3-442-25019-6

1 3 5 7 9 10 8 6 4 2

Teil Eins

Eine Neue Welt

1 Schlacht

Wir sind tot, sagte sich Buccari. Eine Schweißperle löste sich vom durchnäßten Rand des Kopilotenhelms und rann in ihr Sichtfeld. Sie drehte den Kopf, um den quecksilbergleichen Tropfen daran zu hindern, auf ihre wimpernlosen Augen zu treffen. Die Feuchtigkeitskontrolle in ihrem Kampfanzug aktivierte sich, und Buccari schluckte, um sich auf den Druckwechsel einzustellen.

»Lade vordere Kinetik wieder auf«, meldete sie und unterbrach damit die bedrückende Stille. Dann sah sie sich um. Der Command Pilot der *Harrier One* starrte wie betäubt auf das holographische taktische Display.

»Haben Sie verstanden, Skipper?« fragte Buccari, schaltete auf Flugdeck-Interkom um und schloß damit den Rest der Besatzung von der Kommunikation aus.

Der Pilot hob langsam den Kopf, und sein goldfarbenes Visier blitzte auf, als es die Strahlen von Rex-Kaliph, der Sonne dieses Systems, reflektierte.

»Ja, Lieutenant, ich habe verstanden«, murmelte er.

Buccaris Besorgnis wuchs weiter an. Sie drehte sich in ihren Beschleunigungsgurten, um einen Blick auf Hudson werfen zu können, der eingepfercht in seiner kleinen Station hockte.

»Nash, was besagt der Status der Flotte?« wollte sie von ihm wissen.

»Nichts Neues, Sharl«, antwortete der Zweite Offizier nervös. »Aber die Energie des Hauptantriebs sackt ab, und der Maschinenraum meldet sich nicht.«

Buccari wandte sich mit ihrem Helmscan rasch an ihren eigenen Schirm, und dort erhielt sie die Bestätigung der schlechten Nachricht. »Scheiße«, murmelte sie und schaltete verzweifelt, um eine Überbrückung herzustellen.

Hudson schluckte vernehmlich. »Habe Notfall-Override schon versucht.«

»Commander, Hauptantriebe schalten sich aus!« schrie sie. »Der Computer weigert sich, die Override-Befehle anzunehmen. Uns bleiben jetzt nur noch die Steuerraketen.«

Buccari stieß sich von den Instrumententafeln ab, und ihr Scan schaltete auf taktisches Display – der Leuchtpunkt stellte den verbliebenen Alien-Abfangjäger dar, ein kriegerisches Icon, das sich mit seinen Manövern in die optimale Position für den nächsten Angriff brachte. Buccari atmete aus und blickte hinüber zum Piloten der Korvette, der immer noch wie eingefroren dahockte.

»Commander Quinn!« schrie sie wieder. Der Pilot ließ sich nur widerwillig aus seiner Erstarrung reißen und drehte sich zu ihr um. Buccari erkannte in seinem Visier ihr eigenes behelmtes Abbild, das sich, immer kleiner werdend, bis in die Unendlichkeit wiederholte.

»Mister Hudson«, begann der Pilot. »Uns bleiben zehn Minuten, bis der Jäger in Schußweite gekommen ist. Begeben Sie sich zum Maschinenraum, und versuchen Sie herauszubekommen, was dort eigentlich los ist.«

Der Angesprochene nickte, löste die Gurte und schob sich über das Flugdeck zu der Öffnung, durch die man in den Mittschiffs-Gang gelangte. Die Druck-Iris schloß sich hinter ihm.

Buccari blickte hinaus in die sternendurchblitzte Schwärze des Alls. Es war tatsächlich zu einem visuellen Kontakt gekommen. Grelle, speergleiche Silberstreifen. Aliens! Sie waren auf Außerirdische gestoßen. Nicht, daß sie sich etwas darauf einbilden konnten. Die Flotte war direkt in ein verfluchtes Nest dieser Wesen geraten! Ein ganzes verdammtes Sternensystem, in dem es von Fremdrassigen wimmelte, die der Legion kräftig in den Arsch getreten hatten.

Harrier One hatte zwei fremde Schiffe zerstört. Buccari selbst hatte durch die Digitaloptik der bordeigenen Laserkanone beobachtet, wie einer der Raumer explodiert war, kurz bevor ein Beinahevolltreffer das mächtige Energiefeuerungsgeschütz ausgeschaltet hatte.

Ein aufblitzendes, strahlendes Warnlicht an der Environmentkonsole über ihrem Kopf beanspruchte ihre Aufmerksamkeit.

»Strahlenschaden, Sharl?« fragte Quinn.

»Hintergrundstrahlung«, antwortete sie. »Stammt nicht von einer Waffendetonation, dafür ist sie zu konstant. Möglicherweise Solarausbrüche auf Rex-Kaliph. Sonnenflecke oder sowas. Scheint ein ziemlich heißer Stern zu sein.« Sternenlicht ergoß sich durch die Sichtschirme, erzeugte tiefe Schatten auf dem Flugdeck und überzog den Boden mit einem Muster aus verschiedenen Grautönen.

»Sieht schlecht für die *Greenland* aus«, meldete der Pilot düster. »Sie hat einen schlimmen Treffer abbekommen.«

»Ich würde mir mehr Sorgen um unser eigenes Schiff hier machen, Commander«, gab Buccari barsch zurück.

»Klar«, brummte Quinn. »Uns bleiben nicht mehr viele Optionen, eigentlich gar keine …«

Sie schloß die Augen, als der Pilot die Command-Leitung einschaltete.

»Achtung, das betrifft alle«, verkündete Quinn. »Wir haben das Ende der Fahnenstange erreicht. Das Schiff ist zu verlassen. Ich wiederhole: Schiff evakuieren. EPL und Rettungsboote bemannen. Antreten in zwei Minuten.«

Buccari keuchte, als hätte sie einen Schlag in den Magen erhalten. Das ergab doch keinen Sinn. Das EPL und die Rettungsbootc besaßen keine Verteidigungsvorrichtungen – sie waren vollkommen hilflos.

»Kinetik zeigt vollständige Wiederaufladung an«, beharrte sie. »Armierung abgeschlossen.«

»Setzen Sie Ihren Arsch in Bewegung, Lieutenant«, knurrte der Commander. »Sie sind der EPL-Pilot. Ich bilde den Schluß.«

Buccari befreite sich aus den Gurten, aber ihr Versuch, das Deck zu verlassen, wurde von der massigen Körperfülle des Chefingenieurs zunichte gemacht. Deckoffizier Rhodes schob sich in den beengten Raum, quetschte sich auf den Platz des Zweiten Offiziers und schnallte sich an. Kurz darauf tauchte auch Hudson wieder auf. Er hatte Mühe, den Helm und die breiten Schultern durch die schmale Öffnung zu zwängen.

»Hab die Laserkanone an die Hauptenergie gehängt!« rief Rhodes.

Quinn fuhr in seinen Gurten herum. »Was soll das heißen, die Kanone? Die Hauptenergie ist doch fort! Was habt ihr Burschen denn da getrieben? Warum ist denn keiner auf der Leitung?«

Der Warrant Officer hob die Hände. Die Funkanlage des Piloten überlagerte alle anderen Kommunikationsleitungen. Rhodes konnte erst antworten, als der Commander keine Fragen mehr herunterrasselte.

»Goldberg hat die Fusionsionisatoren klargemacht und aufgespult«, begann Rhodes.

»Aber was ist denn mit den Reaktortemperaturen?« platzte Buccari über ihren Anzugfunk dazwischen.

»Die Hauptenergien sind heiß«, antwortete der Warrant Officer. »Ich habe die Energie über den Hilfsbus umgeleitet. Das hat unsere Kommunikationsleitungen lahmgelegt und den Energiemanager aussetzen lassen. Im Primärbus sieht es ganz schön übel aus, aber wir können in fünf Minuten mit den Synchronisatoren rechnen. Die Autokontrollen sind kaputt, und die Feuerkontrolle muß manuell vorgenommen werden.«

Quinn drehte sich wieder zu seiner Kommandokonsole um und rief über Interkom die Waffenkontrolle. »Gunner, sind Sie auf Leitung?«

Augenblicklich kam die Antwort aus der zwei Decks tiefer gelegenen Abteilung: »Ja, Skipper«, ertönte die tiefe Stimme von Chief Wilson. »Ich habe Schmidt und Tookmanian schon zu den Rettungsbooten geschickt. Was geht denn ...«

»Bleiben Sie auf Empfang, Gunner. Wir haben noch einen Trumpf in die Hand bekommen, den wir ausspielen können. Sie erhalten gleich grünes Licht auf dem Geschützpaneel. Justieren Sie neu auf unseren Freund ein und bereiten Sie sich darauf vor, ihm den Arsch zu grillen. Noch Fragen?«

»Äh, nein, das geht Roger, Sir«, sagte Wilson. »Ist das auch kein Witz? Unser Freund flitzt hier von einer Ecke in die andere, aber ich habe ihn fest auf dem Schirm. Schätze, in sieben oder acht Minuten ist er wieder in Schußweite. Ich weiß nicht, was Virgil Ihnen erzählt hat, Skipper, aber nach meinen Werten sind wir zwei Wochen von einer heißen Kanone entfernt.«

Buccari sah den Warrant Officer an. Der Ingenieur hob den Daumen der einen Hand und machte mit der anderen das Okay-Zeichen.

»Haben Sie Gottvertrauen, Gunner«, meinte der Pilot. »Kontrollsequenz erfolgt manuell, und die Energie kommt über die Hilfsleistung. Halten Sie sich bereit.«

Buccari schwebte über ihrer Station und erhaschte einen Blick auf die taktische Anzeige. Der fremde Jäger hatte gerade den Scheitelpunkt seiner Wendekurve hinter sich gebracht. Die wild blinkenden Feindkontaktlämpchen brannten jetzt dauerhaft.

»Zurück auf Ihren Platz, Sharl«, befahl Quinn.

Sie gehorchte mit grimmiger Miene, schnallte sich an und rief den Waffenstatus ab.

»Hier spricht Maschinenraum«, meldete sich Rhodes über Interkom. »Goldberg hat den Kreislauf wiederhergestellt. Ich kehre zur Hauptkontrolle zurück.« Der Chief hangelte sich durch das Flugdeck und stieß dabei beide Piloten mehrfach mit verschiedenen Partien seines Körpers an.

»Mr. Hudson, Sie übernehmen EPL«, befahl Quinn unvermittelt. »Leiten Sie die Evakuierung ein. Die Marines und alle Crewmitglieder, die nicht dringend gebraucht werden, sollen die Korvette sofort verlassen.«

»Sir!« widersprach der Mann. »Dafür bin ich nicht ausreichend qualifiziert. Ich kann …«

»Sie haben den Skipper doch gehört!« platzte Buccari dazwischen. »Soeben sind Sie für diese Aufgabe qualifiziert worden.«

»Aber –« protestierte Hudson.

»Jetzt, Ensign!« ordnete der Pilot barsch an. »Setzen Sie sich endlich in Bewegung!«

Hudson stammelte eine Antwort, löste sich aus den Gurten und schwebte rasch aus dem Flugdeck. Buccari wandte ihre Aufmerksamkeit der Debatte in der Feuerleitstelle zu. Rhodes und Wilson diskutierten über die Vorbereitungen, die zur manuellen Steuerung der Energiewaffen einzuleiten waren.

»Okay, Gentlemen«, schaltete sie sich ein und überlagerte die Funksprüche der beiden. »Komplett manuell. Gehen Sie die Checkliste bei Presync durch.«

»Roger, Lieutenant«, sagte Wilson. »Bereit für Checks.«

»Energie ist zu niedrig für Kapazitätsausrichtung, Lieutenant«, meldete Rhodes. »Wir brauchen noch zwanzig Sekunden. Und aus diesem Chaos hier bekommen wir höchstens einen Schuß heraus. Nach dem Ausstoß braucht die Anlage mindestens eine halbe Stunde zur Regeneration. Wahrscheinlich sogar noch erheblich länger.«

»Bereithalten, Virgil. Leiten Sie Vorarmierung ein, Gunner«, befahl Buccari. Sie mußte sich zusammenreißen, um ihre wachsende Nervosität niederzuzwingen. *Haben wir noch genug Zeit?*

Während Buccari sich die Checklisten durchgeben ließ, warf sie immer wieder kurze Blicke auf den Piloten; sie sorgte sich, daß er wieder in die Taubheit seines Selbstmitleids zurücksinken würde. Aber vielleicht war das nicht länger wichtig. Ihr angeschossenes Schiff trudelte hilflos durchs All. Sie hatten alle ihre Trümpfe ausgespielt. Während der Hektik des Gefechts hatte Quinn aus der abnehmenden Energie und der nachlassenden Waffenversorgung das Beste gemacht, was aus dieser Situation noch herauszuholen war. Der letzte Beschleunigungsstoß war ein Akt der Verzweiflung gewesen und hatte den Haupttriebwerken die letzten Reserven abverlangt. Doch der Schub hatte ausgereicht, die Korvette durch das Netzwerk von Explosionen und Energiestrahlen zu katapultieren und vom Feind zu lösen. Bis zu diesem Punkt hatte der Pilot sich tapfer geschlagen und sich so verhalten, wie man das von einem Schiffskapitän erwarten durfte. Doch dann waren die panikerfüllten Meldungen – die Hilferufe – der *T. L. S. Greenland* eingegangen, dem Mutterschiff der Korvette. Die furchtbare Gewißheit, daß die *Greenland* um Hilfe flehte, hatte das Mark in Quinns Rückgrat verflüssigt – seine Frau war der leitende Wissenschaftsoffizier an Bord des Mutterschiffes.

»Skipper«, rief Buccari streng, »fahren Sie auf neunzig für die Waffenfreigabe.«

Ohne darauf zu antworten, schaltete Quinn am Computer die Autostabilisierung aus, hieb auf den Manöver-Alarm und zündete die Steuerungsraketen an Backbord. Die mächtige Korvette drehte sich wie verrückt. Der Pilot stoppte das Rotationsgeschaukel mit einigen geschickten Gegenschüben an der Steuerbordseite.

»Nash! Evakuierungs-Status!« brüllte Buccari in ihr Halsmikrophon.

Hudson meldete sich sofort: »Unser Äpfelchen braucht noch eine Minute. Erbitte von Ihnen, alle Manöver anzuhalten, bis ich die Decktore geöffnet habe. Lee und die Verwundeten befinden sich bereits im Rettungsboot Eins und sind zum Ausstoß bereit. Boot Zwei wird nicht gebraucht. Es gibt hier unten immer noch einige Verwirrung darüber, wer mitfliegt und wer bleibt, aber das soll uns nicht daran hindern, auf Ihr Signal hin sofort abzudüsen.«

Eine besorgte Stimme – die von Dawson, der Schiffskommunikationstechnikerin – platzte dazwischen. »Skipper! Wir kriegen eben einen Flash-Override herein.«

»Dawson, alle Mann in die Rettungsboote!« schrie Buccari in ihr Mikrophon.

»Commander!« beharrte die Technikerin für ihre Verhältnisse außergewöhnlich erregt. »Wir haben eine unverschlüsselte Dringlichkeitsmeldung von einer Alarmboje erhalten! Die Einsatzgruppe ist gesprungen, Sir. Mit anderen Worten, unsere Flotte ist nicht mehr da.«

Stille breitete sich im Schiff aus. Allen an Bord hatte es die Sprache verschlagen, den meisten sogar den Atem! Die Mutterschiffe hatten sich verzogen und waren in die unendliche Weite verschwunden, befanden sich irgendwo hinter den Hürden der Zeit. Eine Rettung für die Korvette lag nun Lichtjahre entfernt. Es würde Monate, wenn nicht Jahre dauern, ehe ein Bergungstrupp den Hyperlicht-Zyklus abgeschlossen hatte. Die Sekunden des Schweigens dehnten sich unerbittlich quälend langsam immer weiter aus.

Buccari schlug mit der Faust auf die Kommunikationstaste und rief über die Allgemeinleitung: »Dawson, schwingen Sie Ihren Hintern in das Boot. Rhodes, Sync-Countdown. Wir haben da eine Wanze auf unserem Kurs!«

Quinn regte sich wieder. Seine Hände bewegten sich automatisch wie die eines Roboters, der seiner Programmierung gehorcht. Das feindliche Schiff erhöhte seine Geschwindigkeit stetig und schnitt in den eisern eingehaltenen Vektorwinkel der Korvette.

»Hudson? Empfangen Sie mich?« fragte der Pilot mit fester Stimme.

»Ja, Sir«, ertönte die körperlose Stimme. »EPL und Rettungsboot sind abflugbereit. Wie werden wir vorgehen, Sir?« Hudson hatte sich wirklich beeilt.

»Ich hatte gehofft, Sie hätten eine gute Idee«, entgegnete Quinn. »Für den Augenblick möchte ich, daß Sie starten. Legen Sie einen Vektor ein, der Sie möglichst weit von der Korvette fortbringt, und bleiben Sie drauf. Normale Transponder-Kodes. Halten Sie Kontakt mit dem Rettungsboot. Wenn Sie nach zwei Stunden nichts Neues mehr von mir gehört haben, versuchen Sie, sich allein zur Erde durchzuschlagen. Dauert höchstens drei- bis viertausend Jahre. Wenn die Aliens Sie vorher erwischen sollten, vergessen Sie Ihre guten Manieren nicht.«

Buccari setzte ein verzerrtes Grinsen auf und atmete langsam aus. Das Symbol für einen Planeten leuchtete nun schon seit einigen Stunden auf – R-K Drei, der dritte Planet der Sonne dieses Systems.

»R-K Drei erscheint jetzt in Sektor Zwei«, meldete sie. »Wir könnten ihn erreichen.«

Quinn nickte. »Hudson, stellen Sie eine Verbindung mit dem Computer her. Checken Sie Tactical. Sektor Zwei. Planet in Reichweite. Steuern Sie darauf zu. Viel Glück, Ensign. Start freigegeben.«

Buccari stellte die Komm-Verbindung zum Waffenkreislauf her und schaltete damit Hudsons Antwort aus. »Status-Bericht, Gunner«, verlangte sie.

»Hauptkontrolle zeigt Drei-Sigma an«, antwortete Wilson. »Die Lager drehen sich. Energie auf fünfundvierzig Prozent und steigend. In etwa vier Minuten sollten wir genug Saft zum Feuern haben, und die Optiksynchronisierung dürfte jeden Moment hergestellt sein. Rhodes dreht hier wegen der Kurzschlüsse noch durch.«

»Okay, Sharl«, erklärte der Pilot und legte alle auf den Hauptkommunikationskreis. »Dann wollen wir mal Nägel mit Köpfen machen. Wie viele Lockvögel haben wir noch?«

Buccari überprüfte die Waffenkonsole. »Drei.«

»Abwurf bei sechzehnhundert. Wie steht's mit den Kinetiks?«

»Dreiundzwanzig schwere und ein paar hundert kleine«, antwortete sie. Buccari hob den Kopf und spähte in die schwarze Unendlichkeit, wo sie nichts ausmachte und wo es auch nichts zu sehen gab. Ihre Gedanken kehrten unweigerlich zu der Evakuierung zurück. Die Systempaneele zeigten an, daß der Druck aus den Startdecks gesogen wurde. Ein ferner, harter Schlag, dem ein Hochfrequenz-Rumpeln folgte, ließ die Metallhülle des Schiffes vibrieren. Die Statuslämpchen wechselten die Farbe – die Decktore waren wieder geschlossen. Ein Rettungsboot und der EPL – der Endoatmosphärische Planetenlander – waren gestartet. Der größte Teil der Korvettenbesatzung hatte das Schiff verlassen und war in die schwarze Leere hinausgespuckt worden.

Chief Wilson meldete sich: »Feuerkontrolle hat Aktiverfassung. Das Signal kommt nur undeutlich, und der Bursche gibt sein Bestes, um uns zu stören, doch sporadisch bekommen wir ihn ins Visier. Die Energie ist schwach, aber konstant. Meine Instrumente zeigen grün an. Beta Drei Punkt Zwei und fallend. Übergebe jetzt manuelle Kontrolle an Flugdeck.«

»Hier spricht Buccari«, schaltete sich der Lieutenant ein. »Habe Feuerkontrolle übernommen. Ladesequenz eingeleitet.«

Quinn legte einen roten Schalter um, der über seinem Kopf angebracht war. Buccari zeigte ihm zum Zeichen des Okay den erhobenen Daumen, und der Pilot begann, die Energiewaffe feuerbereit zu machen. Bernsteinfarbene Lichter leuchteten auf dem Waffenpaneel des Lieutenants auf, und hinter ihr ertönte das leise Geräusch einer Glocke. Sie verschob ein paar Hebel, und das bernsteinfarbene Licht wechselte zu Grün über. Der Glockenton wurde schriller. Quinn schaltete den Alarm aus, und der Lieutenant starrte auf die Anzeigen auf ihrer Geschützkonsole. Die Entfernungsfadenkreuze rückten unwiderruflich näher. Das Feindschiff befand sich nun unausweichlich in der Erfassung. Nur Sekunden noch, bis es in die Reichweite der Fernwaffen geriet. Im Grunde ein Kinderspiel, das Buccari zuviel Zeit ließ – zum Nachdenken über das, was jetzt zu tun war, und sich Sorgen zu machen.

»Feuerentfernung?« fragte sie.

»Warten Sie noch bis vierhundert«, antwortete der Pilot. »Wir verputzen ihn zum Lunch.«

Der Lieutenant sah nach oben. Das fremde Schiff schien ihr sehr viel weiter entfernt zu sein.

Ein neuer Alarm ertönte und zeigte Feindnähe an. Die Waffenkreisläufe liefen heiß. Gunner Wilson sprudelte endlose Daten über Waffen-Status und Kontakt zum Alien herunter. Buccari warf kurze und knappe Vorbereitungsbefehle dazwischen, und Quinn manövrierte die Korvette, um den Feuerwinkel des Geschützes entsprechend zu optimieren. Der Kurs des Schiffes verlief nicht störungsfrei. Die Schubraketen hatten in der Schlacht einiges abbekommen und arbeiteten nicht synchron. Und die Energieschübe erfolgten asymmetrisch in dem verzweifelten Bemühen, die Korvette aus ihrer ballistischen Bahn und auf neuen Kurs zu zwingen.

Wilson: »Alien auf zehntausend heran, Sektor Sechs. Geschwindigkeit um Null Punkt Acht höher. Kontaktradius in Dreißig. Optical-Scan mit starken Schwankungen.«

Buccari: »Roger. Feuer bereit. Alle Anzeigen auf Grün.«

Wilson: »Alien auf Sechstausend, Sektor Sechs. Flugbahn verläuft hoch und nach steuerbord. Jetzt Sektor Fünf. Haben ihn auf dem Scan.«

Buccari: »Bereit machen für Abschuß der Lockvögel.«

Wilson: »Dreitausend, Sektor Fünf. Alien versucht Ausweichmanöver. Optikerfassung wechselnd.«

Buccari: »Roger. Lockvögel abfeuern.«

Der Pilot bediente die Manöverraketen und brachte das Schiff dazu, zu buckeln und seitlich auszubrechen. Trotz des Ruckens und Ausscherens behielt der Lieutenant die Feuervorbereitungen im Griff.

Wilson: »Schiff auf Sechzehnhundert, Sektor Fünf. Richtung konstant. Optik hat ihn fest erfaßt. Er feuert auf unsere Lockvögel.«

Buccari: »Roger. Abschuß.«

Sie drückte auf einen Knopf auf ihrer Waffenkonsole. Eine Salve von kinetischen Energiegeschossen, die Geräusche wie herumfliegendes Popcorn erzeugten, zogen auf dem Sichtschirm des Flugdecks ihre unselige Bahn. Quinn drehte die Korvette um neunzig Grad nach backbord, startete eine neue Batterie Manövrierraketen und brachte so weitere Geschützluken in Feuerposition. Buccari jagte sofort eine neue Salve Energiegranaten hinaus.

Wilson: »Schiff auf Zwölfhundert. Er hat unsere Lockvögel fortgefegt und nimmt uns ins Visier.«

Kreischend heulten die Sirenen durch das Schiff, welche eine gegnerische Radarerfassung anzeigten. Der Feind machte sich bereit, die Korvette unter Beschuß zu nehmen. Das gräßliche Warngeräusch kam den Männern und Frauen auf unangenehme Weise vertraut vor. Es gab keine Möglichkeit, den bevorstehenden Explosionen zu entkommen – es sei denn, sie hätten alle Energie von den Waffen abgezogen, um ein Ausweichmanöver zu fliegen; und damit wäre die Korvette wehrlos gewesen. Sie konnten nur auf Position bleiben und zurückfeuern. Das Lasergeschütz war ihr letztes As im Ärmel.

»Und hiermit verabschieden wir uns von einer weiteren Salve kleiner Geschosse und unserer letzten Dicken«, verkündete der Lieutenant, während ihre Finger über die Waffenkonsole flogen. Ferner Donner vibrierte durch das Schiff, und dann folgte ein Chor leiserer ploppender Geräusche. Der Pilot wendete die Korvette wieder, warf sie herum und gab so den Blick frei auf die Zerstörungsbahnen, die durch den interstellaren Raum rasten. Buccari überprüfte die taktische Anzeige. Das näherkommende Ziel verschmolz mit der Grundlinie. Der Entfernungs-Selektor aktivierte sich, veränderte automatisch den Maßstab und brachte so das feindliche Schiff wieder mitten auf das Display zurück.

Wilson: »Tausend Kilometer. Weicht unseren Geschossen aus. Fliegt keine großen Manöver, sondern versucht nur, ihnen zu entgehen. Alle seine Systeme stehen unter Hochdruck, während er sich seinen Weg hindurch sucht.«

Buccari checkte die Waffenausrichtung und die optische Anpassung, ehe sie sich wieder der taktischen Anzeige zuwandte. Die Erfassungsfadenkreuze waren genau auf das Ziel ausgerichtet. Die nächste Salve des Gegners würde dem Schiff den Rest geben. Sie umklammerte den Feuerhebel und schob die Sicherung zurück.

»Okay, Gunner«, erklärte sie und war von ihrer Ruhe überrascht, »programmieren Sie Aufladen. Geschütz feuerbereit halten. Energie-Status bestätigen.« Der Lieutenant drückte auf einen anderen Knopf, und Raketenschwärme warfen sich der näherrückenden Zerstörung entgegen.

Wilson meldete sich unverzüglich. »Energie hoch. Keine Störungen. Alle Systeme gecheckt. Bereit zu feuern.«

Buccari überprüfte noch einmal die Erfassung und starrte dann in die Schwärze des Alls hinaus. Die Geschosse der Korvette waren zu erkennen und schmerzten in den Augen: Stöße von blendend weißer Helligkeit steuerbords, die in regelmäßigen Intervallen ins Vakuum sausten, jede von ihnen ein Meteor, eine gleißende Scheibe aus Stahl und Uran.

Warum gibt der Bursche kein Feuer? fragte sie sich, und im nächsten Moment erfaßten ihre Augen ein kaum wahrnehmbares fernes Glimmen. Der Lieutenant konzentrierte sich auf diesen Punkt in der Unendlichkeit und machte die untrüglichen Anzeichen einer kolossalen Explosion aus, die angesichts der riesigen Entfernung nur als nadelkopfgroßer Lichtpunkt wahrzunehmen war.

Wilson: »Sechshundert und … Sir! Der Bursche verblaßt auf dem Schirm. Sein Radar und seine Zielsucher erfassen uns nicht mehr, und … Er ist fort. Komplett vom Schirm verschwunden! Irgendwas … Die Raketen müssen ihn vernichtet haben!«

Buccari wandte sich wieder der taktischen Anzeige zu. Ein paar Warnlichter blinkten noch auf, aber die Cursors hatten sich alle wieder zurückgezogen, und nirgendwo wurde eine aktuelle Bedrohung angezeigt. Noch während sie hinsah, setzte rings um sie herum der Alarm aus.

»Irgend etwas stimmt da nicht«, meldete sie und löste die starren Finger vom Waffenhebel. »Der Feind ist von unseren Geschützen erwischt worden. Ich habe hier aber keinerlei Anzeigen, die auf einen Treffer hinweisen.«

Buccari stellte die Laserscanner neu ein. Wieder nichts. Sie hob den Kopf und starrte auf die Sichtschirme. Dann drehte sie sich zu Quinn um, und ihre behandschuhte Hand schirmte immer noch das Helmvisier ab.

»Es ist fort ... vollkommen vernichtet«, murmelte sie ungläubig.

Das nervenaufreibende Schrillen der Alarmsirene verstummte stotternd, und das einzige Geräusch, das sich jetzt noch vernehmen ließ, war das leise Rauschen des Sauerstoffs, der durch die Atmungssysteme ihrer Kampfanzüge strömte.

»Und jetzt zum Rettungsboot«, flüsterte der Pilot und hieb auf den Knopf für den Manöveralarm.

2 Rettungsboot

Das Rettungsboot pendelte und schwankte leicht, als die Steuerungsdüsen abgefeuert wurden, um es in eine stabile Lage zu bringen. Nachdem es von der vergleichsweise riesigen Masse der Korvette abgestoßen worden war, besaß das Gefährt keinen eigenen Antrieb und konnte wenig anderes tun, als auf dem Impulsvektor durchs All zu treiben, auf den der Abstoß es geschickt hatte.

Leslie Lee unterdrückte ihre augenblicklich aufkommende Panik und vermerkte die angestiegene Temperatur und den beschleunigten Pulsschlag des verwundeten Marines. Die anderen Insassen des Rettungsboots lagen angeschnallt auf den Bänken, die aus den Seiten des zylindrischen Schiffs ragten. Sechs der acht Plätze waren belegt. Lee befreite sich aus ihren Gurten und schwebte durch das beengte Innere der Röhre. Rennault hatte das Bewußtsein noch nicht wiedererlangt. Sein Arm war gebrochen, und Lee vermutete, daß er auch innere Verletzungen davongetragen hatte. Sie erhöhte die Sauerstoffzufuhr und gab eine Plasmalösung in die Versorgungsklappe seines Raumanzugs ein. Der zweite Verwundete – Fenstermacher, der Boatswains Mate – kam allmählich wieder zu sich. Er hatte nicht nur mehrere gebrochene Rippen, sondern sich überdies noch in seinen Raumanzug übergeben.

Die Marines waren von dem Angriff überrascht worden und hatten sich ihre Verletzungen schon in einem sehr frühen Stadium der Schlacht zugezogen. Rennault war es nicht gelungen, sich rechtzeitig anzuschnallen, und die ersten harten Schwenkmanöver der Korvette hatten ihn hilflos durch die Kabine krachen lassen. Vermutlich hätte er sich irgendwo den Hals gebrochen und womöglich wichtigen Geräten und seinen Kameraden schwere Schäden zugefügt, wenn der drahtige Fenstermacher nicht so mutig gewesen wäre und sich einem ähnlichen Schicksal ausgesetzt hätte, indem er sich teilweise aus seinen Gurten löste und den Marine mitten im Flug abfing. Es war ihm gelungen, seinen Kameraden fest- und am Boden zu halten. Damit hatte er sie beide davor bewahrt, noch einmal durch den kleinen Raum zu fliegen – aber gegen die heftigen Stöße der mächtigen G-Schübe hatte sie das nicht gefeit.

Fenstermacher versuchte mühsam, den Kopf zu heben. Seine Trägheitsspulen waren geschlossen. Lee öffnete sie, und der Verwundete drehte den Kopf, um sie anzusehen. Er spähte angestrengt durch den beschmierten Visor.

»Riecht richtig lecker da drin, was?« scherzte sie, während sie mit einer Bleistiftlampe in seine Augen leuchtete, um festzustellen, wie stark sich seine Pupillen erweitert hatten. Sie schob seinen Kopf behutsam auf die Bank zurück. Seine Augen wirkten normal, aber das war durch den verschmutzten Sichtschirm nicht ganz eindeutig zu erkennen. Dann beugte Lee sich über seinen linken Arm, den er dank eines aufgepumpten Druckverbands nicht bewegen konnte. Am Rand ihres Bewußtseins nahm sie einen Druck auf ihrer Brust wahr, denn Fenstermacher stöhnte auf eine ganz eigentümliche Weise. Lee alarmierten diese Geräusche, und irrtümlich hielt sie sie für Schmerzenslaute. Sie fuhr von ihm zurück, als sie feststellte, daß die Rechte des Marines nicht ganz zufällig über ihren Busen wanderte. Die Machart des Raumanzugs bot zwar keine Möglichkeit, die topographischen Besonderheiten ihres Körpers zu ertasten, aber das hinderte Fenstermacher nicht daran, sie weiter zu begrabschen und dabei lüstern zu grunzen. Lee warf einen Blick auf seine Hand, schob sie müde fort und mußte dann doch wehmütig darüber lächeln, welche Bedürfnisse einen gerade erst erwachten Schwerverletzten im Angesicht einer tödlichen Gefahr bewegten. Welche Anmaßungen doch den Lebenden zu eigen waren.

»Idiot«, murmelte sie mit belegter Stimme und war den Tränen nahe.

»Ach, machen Sie sich mal keine Gedanken, Les«, sagte Fenstermacher matt und brach damit die Rettungsbootvorschriften, die ihm das Sprechen untersagten. »Wir schaffen es schon. Irgendwer liest uns schon auf.«

»Aber klar doch, Leslie«, mischte sich eine andere Stimme ein, die von Dawson. Lee wandte den Kopf nach Bank drei, auf der die Kommunikationstechnikerin gerade den behelmten Kopf aus den Gurten hob. »Zum ersten Mal in seinem Leben hat Fensterschwanz recht.«

»Danke für die Unterstützung, Häßlichkeit«, entgegnete der Marine heiser. »Ich nehme zurück, was ich über dich gesagt habe, von wegen du seist häßlich und blöde. Jetzt bist du nur noch häßlich wie die Nacht.«

»Der Bursche ist es wirklich nicht wert, sich über ihn aufzuregen«, sagte die Technikerin. »Ich hoffe aber sehr, daß er schlimme Schmerzen hat. Leslie, schicken Sie ihn doch in die Bewußtlosigkeit zurück, oder besser noch, bringen Sie ihn zum Schreien.«

»Die Flotte ist weg«, brummte eine tiefe Stimme. Sie gehörte Tookmanian, einem der Waffentechniker. »Wir sind verloren. Nur der Herr kann uns noch retten.«

»Verschon uns damit, Tooks«, mahnte Schmidt, der andere Waffentechniker.

»Lobet den Herrn!« ließ sich Gordon, der jüngste der Raummarines vernehmen.

»Vielen Dank für Ihre Ratschläge«, erklärte Dawson, »aber ich setze mein Vertrauen lieber in Commander Quinn und Lieutenant Buccari. Wenn uns jemand hier rausbringen kann, dann diese beiden.«

»Der Lieutenant hat dich vorhin ganz schön in deinen klapprigen Drachenschwanz getreten«, spottete Fenstermacher.

»Sie hat ihren Job getan und ich den meinen«, gab die Kommunikationstechnikerin zurück. »Buccari weiß, was sie tut. Und sie kann mich anschreien, wann immer sie das will.«

»Okay, liebe Leute«, schaltete Lee sich ein, »Sie kennen die Vorschriften. Jetzt ist Schluß mit dem Geplapper.« Die Unteroffizierin seufzte hilflos und sah sich in dem vollgepfropften Innern des spartanisch eingerichteten Zylinders um. Sie trieb zu ihrer Station und stellte dabei fest, daß die Solarzellenflügel ausgefahren worden waren. Das Rettungsboot befand sich in der Nähe eines Sterns. Die Versorgung mit elektrischer Energie sollte daher kein Problem darstellen. Selbst wenn sie alle längst erstickt waren, würden die Lichter immer noch brennen. Lee schluckte hart und versuchte, sich zu konzentrieren. Doch sofort überkam sie wieder Panik. Aliens! Die Flotte war verschwunden, und die Korvette befand sich in großen Schwierigkeiten. Kein Wunder, daß Leslie Angst hatte.

Ein Indikator blinkte auf, und sofort folgte ihm eine Alarmsirene. Lee schloß den Helmfunk wieder an und hörte gleich Ensign Hudson, der sie zu erreichen versuchte.

»Rettungsboot Eins alles klar«, meldete sie. Es gelang ihr nicht, ihre Stimme ruhig klingen zu lassen.

»Roger, Eins. Wir haben den Angreifer zerplatzen lassen«, teilte der Ensign ihr aufgeregt mit. »Damit haben wir es geschafft ... für den Augenblick jedenfalls. Ich hole Sie jetzt gleich. Gibt es bei Ihnen irgendwelche Probleme?«

»Nein, Sir, alles unter Kontrolle. Ich habe gerade die Verwundeten untersucht.« Lee gurtete sich an, während sie Meldung machte. Sich beschäftigen zu können löste die Anspannung in ihr. Sie erkannte, daß sich alle Passagiere ruhig verhielten und normal atmeten. Erleichtert drückte sie mehrmals auf den Druckregulator und verminderte die Sauerstoffzufuhr. Alle Luft, die jetzt eingespart wurde, bedeutete unter Umständen, ein paar Minuten länger leben zu können.

»Wie geht es den Verletzten? Ich habe gehört, Fenstermacher habe sich wie ein richtiger Held benommen«, sagte Hudson.

»Ja, schon, aber auch wie ein reichlich dummer Held. Und er hat sich die Hosen vollgemacht. Schwimmt bis zum Hals in seinem Erbrochenen.« Die Unteroffizierin bemerkte, daß ihr Funkverkehr in alle Stationen des Rettungsbootes übertragen wurde. Sie drehte sich um und sah zu Fenstermacher. Er hatte den gesunden Arm in den Mittelgang gestreckt und den Daumen gereckt.

»Hören Sie endlich damit auf, sich zu bewegen!« befahl sie streng. »Sie wissen genau, daß es nicht gestattet ist, sich zu bewegen. Fenstermacher! Den Arm zurück, sonst schlage ich Sie k. o.« Die Hand verschwand, und kurz bevor sie nicht mehr zu sehen war, wurde der Daumen eingezogen und der Mittelfinger ausgestreckt. Die Unteroffizierin schaltete die Verbindungen zur Kabine ab.

»In weniger als einer Minute hören Sie auf Ihrer Hülle einen

Kontakt«, fuhr der Ensign fort. »Ich werde Sie mit dem Greifarm sichern.«

»Mr. Hudson, die Flotte ist gesprungen!« rief Lee. »Was sollen wir denn jetzt tun?«

»Eins nach dem anderen, Leslie. Erst einmal sichere ich Ihr Rettungsboot und docke es an. Und dann sehen wir weiter. Wenn es Ihnen ein Trost ist, ich selbst habe auch eine Scheißangst. Und jetzt bleiben Sie bitte auf Empfang.«

»Jawohl, Sir«, bestätigte sie und tröstete sich mit dem Gedanken, daß man das Boot in Kürze ins Schlepptau nehmen würde. Dann war sie nicht mehr allein und die Last der Verantwortung für die hilflosen Passagiere von ihren Schultern genommen. Sie unterdrückte ihre Sorgen und konzentrierte sich auf die Checkliste der Dinge, die es nun zu erledigen galt.

»Befinden uns im Hyperlicht, Sir … Admiral, haben Sie mich empfangen? Ein stabiler Sprung«, meldete Captain Wells, der Flag Operations Offizier. »Sir, ist alles in Ordnung mit Ihnen?«

Fleet Admiral Runacres schwebte am Perimetergeländer auf der Brücke seines Flaggschiffs. Selbst in der Nullschwerkraft des Operationszentrums bemühte er sich, den Eindruck zu erwecken, mit festem Griff und breitbeinig an der Reling zu stehen. Die Last der Sorgen drückte sein behelmtes Haupt nach unten. Die Soldaten der Brückenwache der *T. L. S. Eire* in ihren Kampfanzügen bewegten sich unter ihm und gingen ihrem Dienst nach. Doch immer wieder sah einer von ihnen vorsichtig in seine Richtung. Runacres hob langsam den Kopf und studierte die Displays. Rote Notfallsignale blitzten auf den Anzeigenpaneelen auf und zeigten den Zustand an, in dem sich das glücklose Mutterschiff befand.

»Admiral«, sagte Wells, »wir sollten den Netzsektor der *Greenland* untersuchen. Wir haben das Schiff erfaßt, aber es gibt keine Lebenszeichen von sich. Weder Signale noch Funkverkehr. Ein paar ihrer Rettungsboote sind geborgen worden.«

»Das sehe ich selbst, Franklin«, entgegnete Runacres und stieß sich in Richtung der taktischen Konsolen ab. Die Flag Duty Offiziere – ein taktischer Wachhabender und sein Assistent – hatten sich in der hufeisenförmigen Station am niedrigsten Punkt der Brücke angeschnallt. Der Admiral starrte auf die Paneele hinab, die konstant die Statusmeldungen ergänzten.

»Haben die *Baffin* oder die *Novaya* sich schon gemeldet?« wollte Runacres wissen.

»Nein, Sir«, antwortete der taktische Offizier. Einige Schiffe hatten während des Gefechts die Funksperre gebrochen und hielten auch jetzt, in der Sicherheit des Hyperraums, keine Ruhe ein. Die Captains der *Baffin* und der *Novaya,* die die Nachhut bildeten und an den Kämpfen nicht teilgenommen hatten, waren klug genug, sich nicht an dem allgemeinen Tumult im Funkverkehr zu beteiligen. Die *Greenland,* die sich bei der Vorhut befunden hatte, war das einzige Mutterschiff, das schwere Treffer hatte einstecken müssen.

Aliens! Er war endlich einer fremden Rasse begegnet – aber um welchen Preis? Der Admiral straffte seinen Körper, nahm den Helm vom glattrasierten Haupt, rieb sich mit den behandschuhten Händen über die entzündeten wasserblauen Augen und schüttelte die Müdigkeit und Unsicherheit aus seinem geröteten Gesicht. Dann stieß er sich von der taktischen Station ab und trieb an den höher gelegenen Abteilungen vorüber, vorbei an den hochentwickelten Konsolen, die mit einem übermüdeten Flag Operations Offizier und dem Korvetten Group Leader bemannt waren, bis zu seiner eigenen Kommandostation.

»Verbindung zu den Quartieren beenden«, befahl Runacres, während er sich in seine Gurte einhakte.

»Aye, Aye, Admiral«, bestätigte Wells. Der stämmige Ops-Offizier befreite sich von seinem Helm und tippte auf einige Tasten an seiner Konsole. Er befestigte einen kleinen Kopfhörer an seinem schweißglänzenden, kahlrasierten Schädel und begann, über Funk Anweisungen durchzugeben.

Runacres gab dem taktischen Offizier ein Zeichen. »Den neuesten Schadensbericht.«

»Aye, Aye, Admiral«, sagte die Frau und hieb wild auf ihre Konsole ein.

Commander Ito schwebte zu Runacres herüber. Der Admiral hielt ihm die Hand hin, ohne ihn anzusehen, und der Adjutant reichte ihm eine Tube. Runacres drückte ihren kühlen, süßen Inhalt in seinen Mund und wartete darauf, daß der Energiestoß einsetzte.

»Schadensbericht bereit, Admiral«, meldete die Offizierin.

»Schießen Sie los«, befahl Runacres.

»Die *Greenland* ist zerstört. Katastrophale Löcher in der Hülle, thermische Ausbrüche im Reaktorantrieb. Laut den vorliegenden Meldungen wurden zweiundzwanzig Überlebende aus Beibooten geborgen. Rettungsbemühungen sind noch im Gang.«

»Großer Gott!« stöhnte der Admiral. Nur zweiundzwanzig Überlebende aus einer vierhundertköpfigen Mannschaft. Aber er hatte Aliens aufgespürt. Ob es sich dabei um eine weitere Rasse von Killern handelte?

»Vorläufigen Berichten zufolge hat die *Tasmania* Schäden durch einen Energiestrahl aus fast maximaler Reichweite erlitten – aus einem unserer Geschütze«, fuhr der taktische Offizier fort. »Das eigene Feuer hat Positions- und Kommunikationsgeräte zerstört, aber keine Strukturschäden angerichtet. Die *Tierra del Fuego* meldet leichte Schäden aufgrund der Beschleunigungsüberbelastung. Darüber hinaus war sie leichter Strahlung ausgesetzt.«

»Die Korvetten der *Tasmania* wurden vor dem Sprung geborgen«, fügte der Group Leader hinzu. »Die *Peregrine Eins,* Jack Carmichaels Schiff, hat drei Abfangjäger der Aliens abgeschossen. Eine TDF-Korvette, die *Osprey Zwei,* wird vermißt.

Der Skipper der *Osprey Eins* meldete, daß die *Zwei* kurz vor dem Sprung durch Feindbeschuß vernichtet wurde. *Osprey Eins* und *Zwei* haben jeweils einen Abschuß verbuchen können.«

Runacres grunzte nur.

»Vier Korvetten der *Greenland* sind gerettet worden«, fuhr der Group Leader fort. »*Harrier Eins,* Jack Quinns Schiff, wurde zuletzt im Gefecht mit Feindschiffen gesehen. Das Schiff wird vermißt. Vermutlich ist es nicht mitgesprungen. Quinns Aufgabe bestand darin, den Rückzug ins Netz zu decken.« Nachdem er seinen Bericht abgeschlossen hatte, saß der Group Leader in nervös angespanntem Schweigen da. Runacres starrte auf eine Stelle, die weit entfernt war vom Rumpf seines Flaggschiffes.

»Alle anderen Schiffe operieren normal und melden keine Verluste«, bemerkte Wells, um das bedrückte Schweigen zu unterbrechen. »Das Hyperlicht-Netz ist stabil, nur der Sektor der *Greenland* wird von der *Britannia* und der *Kyushu* fernausgefüllt.«

Der Admiral nahm die Daten in sich auf, doch ein Schwindelgefühl bereitete ihm Mühe, sich darauf zu konzentrieren. Aliens! Zwei Korvetten und ein Mutterschiff – über vierhundert Raumfahrer, die Elite der Flotte – waren vernichtet oder zurückgelassen worden, gestrandet zwischen Raum und Zeit. Und er konnte nichts dagegen tun. Sein Kommando, die Hauptflotte der Tellurischen Legion, befand sich auf dem Rückzug und flog unweigerlich zurück ins Sol System. Der Rückruf bei einem Notfall erfolgte automatisch, die Sprungkoordinaten waren schon zu einem früheren Zeitpunkt eingegeben worden. Nun mußten sie das Netz lange genug aufrechterhalten, um den zwanzig Parsec weiten Hyperlicht-Flug zurücklegen zu können – eine Reise, die vier Standardmonate andauern würde.

Runacres' Hauptsorge war der Netzsektor der *Greenland*. Wenn die einzelnen Verbindungen dramatisch nachließen, würde die Netzmatrix sich entladen und die Flotte Lichtjahre von Sol entfernt aus dem Hyperraum stoßen. Und in diesem Fall würden sie nicht nur viele Monate, sondern vermutlich Jahre zur Heimkehr benötigen.

»Franklin«, sagte der Admiral. »Die *Eire* begibt sich in Netzdienst.«

Wells wandte sich sofort an den Skipper des Flaggschiffes: »Captain Merriwether, Schiff so rasch wie möglich in Sektor Eins steuern. Wir nehmen den Platz der *Greenland* ein.«

Runacres betrachtete die zwei Decks unter ihm liegende und wie ein Amphitheater geformte Brücke der *Eire*. Er verfolgte, wie Merriwether ihrem Brücken-Team entsprechende Anweisungen erteilte, und erfreute sich an der Effizienz und dem Teamgeist, den ihre Offiziere an den Tag legten.

»Wir sind schon auf dem Weg, Frank«, meldete Merriwether mit ihrer tiefen, resonant schleppenden Stimme. »Ist wieder zugegangen wie bei Shaula, nicht wahr, Admiral?«

»Vielleicht, Sarah«, antwortete er leise und sah zu ihr hinab. »Möglicherweise aber auch nicht. Diesmal sind wir noch davongekommen. Im Shaula-System hat nicht ein Mann überlebt.«

»Vor fünfundzwanzig Jahren war die Flotte auch noch nicht bewaffnet, Admiral«, meinte der Captain. »Heute aber haben wir zurückschießen können, und das hat den Unterschied ausgemacht.«

»Was für ein Fortschritt«, murmelte Runacres.

3 Orbit

Buccari spürte, wie sich ihre Lippen zu einem Lächeln verzogen. Die Freude darüber, überlebt zu haben, dehnte auf schmerzvolle Weise ihre erschlafften Wangenmuskeln. Dann wandte sie ihre Aufmerksamkeit wieder der mißlichen Lage zu, in der sie sich immer noch befanden: Die Schiffe der Fremden mochten zwar zerstört sein, aber die Flotte hatte sich ins Hyperlicht zurückgezogen und damit die Korvette in einem unbekannten und feindlichen System zurückgelassen. Ihr Lächeln erlosch. Die Muskeln an den Jochbeinen verkrampften sich.

»Skipper, ich schlage vor, den Puls-Laser einstweilen zu schonen«, schlug sie vor.

Quinn regte sich wieder. Er schaltete die Waffensteuerung ab. »Haben Sie Kontakt mit Hudson?«

»Ja, Sir. Er und seine Crew sind immer noch damit beschäftigt, per Radar anzudocken. Warten Sie einen Moment, dann gebe ich Ihnen den Vektor«, erklärte Buccari, während sie die Feuerkreisläufe ausschaltete.

»Maschinenraum, Status der Haupttriebwerke«, verlangte der Pilot zu erfahren.

Rhodes' dröhnende Stimme meldete sich sofort: »Achtundsechzig Prozent einsatzbereite Energie, aber das System ist so aus den Fugen geraten, als hätte der Teufel persönlich seine Hand im Spiel gehabt, und die Regler springen vielleicht nicht an. Geschütz wird gerade eingefahren. Haupttriebwerke bereit in drei Minuten.«

Buccari stellte eine Laserverbindung zum EPL her, und schon erschienen die ersten telemetrischen Daten auf ihrem Schirm. Als sie den Strahl des Rettungsboots identifiziert hatte, entdeckte sie auf dem Navigations-Display einen Kollisionsalarm.

»Commander«, unterbrach sie rasch, und es klang sehr dringlich.

»Was ist, Sharl?«

»Sir, Hudson hat das Rettungsboot verankert. Bei dem jetzt eingeschlagenen Vektor hat er das Gefährt in spätestens fünfzehn Minuten längsseits gebracht. Es gibt da allerdings ein Problem.«

»Was denn jetzt?« wollte Quinn wissen, als er die Rendezvous-Daten eingab.

»Nun, der Planet … R-K Drei … Bei unserer jetzigen Geschwindigkeit und dem vorgesehenen Kurs steuern wir direkt auf ihn zu und haben über kurz oder lang mit entsprechenden Gravitationseffekten erster Ordnung zu rechnen. Möglicherweise tauchen wir sogar in seine Atmosphäre ein.«

Der Lieutenant schaltete den Entfernungsanzeiger auf den taktischen Display. Ein Planetensymbol blinkte bedrohlich in Sektor Zwei auf, und der Kursanzeiger wies auf einen Schnittpunkt mit der Planetenoberfläche. Der Pilot löste den Manöveralarm aus, zündete eine Batterie von Steuerungsraketen und veränderte so den Winkel der Korvette. Der Planet schob sich langsam ins Sichtfeld, eine bis auf eine schmale schwarze Sichel hell erleuchtete Fläche. Quinn manövrierte weiter, bis der Himmelskörper direkt vor ihm lag.

»Sehen Sie sich das an!« keuchte Buccari atemlos. R-K Drei war jetzt sehr nahe und füllte fast den gesamten Sichtschirm aus. Und er bot einen wunderschönen Anblick. Braune, grüne, blaue und weiße Streifen und Flächen marmorierten seinen strahlenden Körper. Blau und Weiß! Das bedeutet Wasser und Wolken! fuhr es dem Lieutenant durch den Kopf, und sie fing an, wieder Hoffnung zu schöpfen.

»Parameter für einen Standard-Erkundungs-Orbit setzen«, befahl der Commander. »Liegen schon Massedaten vor? Gibt es Anzeichen für elektromagnetische Strahlung?«

»Die Sensoren sind kaum noch zu gebrauchen«, meldete der Lieutenant. »Der Computer verarbeitet lediglich Spektraldaten. Bis jetzt hat er noch nichts ausgespuckt. Keine Anzeichen für elektromagnetischen Verkehr. Absolut nichts. In elektronischer Hinsicht ist er tot.«

»Meine Frau hat gesagt …« Quinn hielt erstickt inne. »Was machen denn unsere Haupttriebwerke?«

Buccari seufzte und überprüfte ihre Maschinenraumanzeigen. »Check für neuen Start abgeschlossen. Hilfstriebwerke funktional. Die Generatoren fluktuieren außerhalb der Toleranzwerte, aber Rhodes hat es noch nicht mit einer Querverbindung versucht. Moment … er fängt gerade damit an.« Sie drehte sich in ihren Gurten, bis sie sich zu ihrer vollen Höhe ausstrecken und den über ihrem Kopf angebrachten Schalter der Energiekonsole erreichen konnte. Dann begann sie die erforderlichen Systemchecks für den Eintritt in den Orbit durchzuführen.

»Roger, Neustart einleiten«, befahl der Pilot mit trauriger Stimme.

Das Andocken des Rettungsboots erfolgte ohne besondere Vorkommnisse. Als die Mannschaftsmitglieder an ihre Plätze zurückgekehrt waren, konnten die endgültigen Orbitvorbereitungen eingeleitet werden.

»Die Sensorsysteme sind immer noch nicht einsatzfähig, aber der Computer hat eine vorläufige Masseanalyse synthetisiert«, meldete Hudson, kaum daß er sich wieder in seiner Station befand.

Buccari rief die entsprechenden Daten bei ihrem Primärcomputer ab. Der Planet, der den Namen Rex-Kaliph Drei erhalten hatte, war demnach kleiner als die Erde, und seine Schwerkraft betrug auf der Oberfläche lediglich 0,91 G. Genauere Flugbahnberechnungen ergaben, daß die Korvette sich nicht auf Kollisionskurs befand. Ohne weitere Kurs- oder Geschwindigkeitsänderungen würde sie den Himmelskörper auf einer divergierenden Bahn passieren und lediglich einen Gravitationssog erfahren, der sie in einen elliptischen Solarorbit bringen würde. Ein direkter Zusammenstoß mit dem Planeten wäre jedoch vielleicht nicht das Schlechteste gewesen angesichts der Aussicht, ohne ausreichenden Treibstoff und mit begrenzten Vorräten in die Tiefen des Alls hinausgeschleudert zu werden.

»Irgendwelche Anzeichen von intelligentem Leben?« fragte der Commander.

»Nein, Sir«, meldete Hudson. »Wir haben ein paar schwache kohärente Signale auffangen können, aber nichts deutet auf so etwas wie eine technisch entwickelte Zivilisation hin – ganz sicher kein Vergleich zu dem, was wir vom zweiten Planeten empfangen. Aber wir erfahren gewiß mehr, sobald wir uns im Orbit befinden. Nur die Teleskope und die Kameras funktionieren, aber im Maschinenraum wird bereits heftig an den Sensoren gearbeitet – und natürlich auch an anderen Dingen.«

»Haupttriebwerke sind bereit für Rückstoßzündung«, verkündete Buccari. »Flugbahn für Eintauchmanöver in den Orbit ist fast ideal. Die Triebwerke werden kaum länger als fünf Minuten bei zwei G brennen müssen. Treibstoff steht auf Zehn Komma Vier, allerdings ist bei diesem Wert eine Fehlerquote möglich.«

»Drei Minuten bis Rückstoß, Commander«, meldete Hudson.

Quinn reagierte nicht darauf. Buccari sah zu ihm hinüber und entdeckte, daß er hinaus auf den Planeten starrte. Der Himmelskörper spiegelte sich auf seinem Visier wider.

»Wunderbar«, flüsterte der Pilot voller Traurigkeit.

Der Lieutenant mußte unwillkürlich ebenfalls auf den Planeten blicken und konnte nur zustimmend nicken. Die Welt sah der Erde wirklich recht ähnlich. Wie lange war es her, daß sie dort gewesen waren. Buccari zwang sich, wieder auf ihre Anzeigen zu sehen.

»Eine Minute bis zur Zündung. Orbital-Checklist abgeschlossen«, meldete sie und schaltete auf ihrer Energie-Konsole. »Maschinenraum, Energieablesungen fluktuieren immer noch. Sind Sie sich sicher, daß wir über eine brauchbare Querverbindung verfügen?«

Rhodes antwortete ihr mit einem ganzen Schwall von Flüchen und Verwünschungen, was bei ihm besagte, daß er mit dem Stand der Dinge an seinem Ende des Schiffes durchaus zufrieden war. Der Lieutenant beugte sich über die Anzeigen, um sie intensiver studieren zu können.

»Was ist denn los, Sharl?« fragte der Commander. »Sie machen einen besorgten Eindruck.«

Buccari hob den Kopf. »Ich habe so ein ungutes Gefühl, aber nichts, wo ich direkt den Finger drauf legen könnte, Commander. Die Interlocks sind geöffnet, und wir sehen uns mit mindestens einem Dutzend primärer Unwägbarkeiten konfrontiert. Das ganze System hat erheblich unter der Schlacht gelitten, aber Virgil hat sein Bestes gegeben. Wenn jemand all die Leitungen flicken und herrichten kann, dann er. Davon abgesehen stehen uns nicht allzu viele Alternativen zur Verfügung.«

»Jedenfalls keine guten, dafür um so mehr schlechte«, brummte Quinn. »Okay, ich habe die Kontrollen übernommen. Mister Hudson, alle sollen sich auf ihre Beschleunigungsstationen begeben. Rückschub erfolgt. Geschwindigkeitsverminderungsdruck bei Zwei Komma G.« Der Commander löste den Manöveralarm aus und drehte das Schiff, um die großen Haupttriebwerksdüsen in den gewünschten Retro-Vektor zu bewegen. Die Sekunden vertickten unerbittlich.

»Fünf ... vier ... drei ...« Buccaris klare Stimme ertönte durch die allgemeine Schiffskommunikation in alle Stationen. Sie bestätigte die Achsenverschiebung und konnte melden, daß die Manövrierraketen funktionsbereit und startklar waren. »Zwei ... eins ... Zündung.«

»Drosselung bei dreißig Prozent«, sagte der Commander, während er das Sicherheits-Interlock öffnete und dann den Zündungsknopf drückte.

Nichts geschah.

Quinn ließ den Knopf los, umging das Interlock und drückte noch einmal. Wieder nichts.

»Maschinenraum! Wir haben ein Problem!« rief er. »Was können Sie dagegen tun?«

Diesmal meldete sich Rhodes erst nach einer Pause. »Geben Sie uns eine Minute, Skipper. Ich habe da ein paar Ideen.« Er klang nicht sehr überzeugt.

Buccari versetzte das Retro-Brennzeit-Profil auf den neuesten Stand. Jede Minute, die verging, bedeutete ein engeres Orbit-Fenster und einen höheren Energieverbrauch, um die Flugbahn einhalten zu können. Und je mehr Treibstoff für dieses Manöver verbraucht wurde, desto weniger blieb dafür übrig, die Mannschaft und die Ausrüstung hinunter auf die Planetenoberfläche zu schaffen.

»Nash, geben Sie mir die entsprechenden Daten, wie lange die Treibstoffvorräte reichen. Gehen Sie vom ungünstigsten Fall aus.«

»Die habe ich bereits errechnet, Sharl«, antwortete Hudson. »Angenommen, wir können die Triebwerke auf vollem Schub halten, dann bleiben uns noch neun Stunden für das Erreichen des Orbits unter den schlimmsten Voraussetzungen. Nur steht uns dann kein Treibstoff mehr für das EPL zur Verfügung – das heißt, wir wären im Orbit gestrandet. Das Fenster, um alle Besatzungsmitglieder plus fünfzig Kilogramm Ausrüstung nach unten zu schaffen, beträgt neunzig Minuten. Nach sechs Stunden könnten wir nicht mehr alle auf die Oberfläche befördern. Das hängt allerdings davon ab, wie niedrig unser Orbit dann ist.«

Quinn warf den behelmten Kopf in den Nacken, als wollte er ein Stoßgebet zum Himmel senden. »Überprüfen Sie die Daten noch einmal«, befahl er.

»Ich habe sie bereits dreimal gegengeprüft«, antwortete Hudson leise, aber bestimmt. »Natürlich nur, insofern wir davon ausgehen dürfen, daß jeder mit dem Apfel nach unten fliegt. Wir könnten natürlich etwas Zeit und Treibstoff gewinnen, wenn wir die Injektoren einsetzen. An Bord befinden sich sechs einsatzbereite Penetrations-Module und ebenso viele Marines.«

Der Commander schaltete die Autostabilisatoren aus, um so Treibstoff einzusparen. »Rhodes! Wie läuft's bei Ihnen? Geben Sie mir Schätzwerte!«

Buccari wollte schon den Befehl des Piloten wiederholen, als sich Mendoza, Rhodes' Erster Antriebselektriker, atemlos über die Schiffsanlage meldete.

»Commander Quinn, wir haben den Fehler gefunden. Äh, es handelt sich um …«

Stille. Die Verbindung war tot, und im Schiff erlosch die gesamte Beleuchtung. Das einzige Licht, das sie noch hatten, stammte von dem näherkommenden Planeten. Buccari hieb auf die Knöpfe ihrer Funkanlage. Und hörte nur Schweigen. Dann klappte sie die Kontrollabdeckung an ihrem Unterarm auf und aktivierte ihren Anzugempfänger. Andere Mannschaftsmitglieder waren auf die gleiche Idee gekommen und machten mit ihren Rufen jede Verbindung unmöglich. Hudson versuchte, etwas Ordnung in das Chaos zu bringen. Niemand konnte eine Verbindung zum Maschinenraum herstellen. Die Masse der Korvette blockierte alle Übertragungen in die Station, die am weitesten achtern lag.

»Ich gehe hin«, erklärte Buccari, befreite sich aus den Gurten und setzte das Visier auf. Während sie durch den länglichen, röhrenförmigen Gang schwebte, flackerte plötzlich die Notfall-Schachtbeleuchtung auf. Ein rotes Glühen überflutete den vierzig Meter messenden Tunnel in seiner gesamten Länge. Buccaris Augen gewöhnten sich langsam an das monochromatische geisterhafte Glühen. In der Luke am anderen Ende tauchte der massige Körper von Rhodes auf.

»Geben Sie mir … eine Stunde, um die Querverbindungen noch einmal herzustellen«, dröhnte der große Mann in seinen Anzugfunk. Seine Stimme klang eine Oktave höher als gewohnt, und er atmete schwer, »und um … die Sekundärkreisläufe zu verstärken. Die Energiepfade sind überlastet. Der Energie-Manager hat sich abgeschaltet, und … ich mußte einen Bypass anlegen, um an ihm vorbeizukommen. Wir haben die Ladung verloren. Goldberg … ist gerade dabei … den Energie-Manager wieder anzuwerfen …«

Sie trafen sich auf halbem Weg. Rhodes' Miene drückte den Streß aus, unter dem er stand, und selbst im rötlichen Schein war zu erkennen, daß sein schweißüberströmtes Gesicht aschfahl geworden war. Den Energie-Manager mit einem Bypass zu umgehen, bedeutete für eine erfahrene Crew viele Stunden, manchmal sogar tagelange harte Arbeit. Rhodes, dem lediglich zwei Techniker zur Verfügung standen, hatte das in weniger als zehn Minuten zuwege gebracht. Der Lieutenant wollte lieber nicht an die Kurzschlüsse denken, die dabei aufgetreten waren, und erst recht nicht an die daraus resultierenden Konsequenzen für ihren Anflug auf den Planeten.

Quinn meldete sich über Funk. »Uns bleibt keine Wahl, Virgil. Wenn Sie noch lange brauchen, bleibt uns nichts mehr als sehr, sehr viel Zeit.«

»Ja, Sir, Commander«, sagte der Cheftechniker. »Ich verstehe ...«

»Commander«, schaltete sich Buccari ein. »Ich gehe mit ihm nach hinten. Dort kann ich beim Energie-Manager mithelfen und Rhodes entlasten, damit er sich nur noch um die Querverbindungen zu kümmern braucht. Ich glaube, ich weiß jetzt, warum die Verbindungen nicht gehalten haben.«

»Aber klar doch, Sharl«, entgegnete der Pilot, »dann kann ich ja so lange mein Mittagsschläfchen halten.«

Ohne auf Quinns Sarkasmus einzugehen, wandte sich Buccari an den Chefingenieur. »Kommen Sie, Virgil, wir haben alle Hände voll zu tun.«

»Roger, Lieutenant«, sagte Rhodes und schluckte, wonach es ihm unmöglich war, ihr Lächeln zu erwidern. Er stieß seinen mächtigen Körper ab, trieb nach achtern und arbeitete sich an den in regelmäßigen Abständen angebrachten Handgriffen vor. Buccari folgte ihm.

Im Vergleich zum eintönigen Grau des Flugdecks wirkte der große Maschinenraum selbst unter dem Rotglühen der Notbeleuchtung fröhlich und hell erleuchtet. Überall waren Reihen von Lampen angebracht, die alle Oberflächen beschienen, bis auf die Achternluke, wo eine Luftschleuse in den riesigen Raum führte, der die Haupttriebwerke enthielt. Neben der Schleuse war eine Beobachtungsbucht angebracht, von der aus man auf ein wahres Labyrinth von Reaktoren, Röhren, Heizfinnen und Turbinen blickte. Die Techniker in diesem Raum waren vollauf beschäftigt. Sie hatten sich ihrer Kampfanzüge entledigt und bedienten die Geräte in ihren stumpfbraunen Overalls. Ihre kahlgeschorenen Schädel glitzerten vor Schweiß. Buccari zog sich Helm und Handschuhe aus und ließ sie in dem Netz neben der Luke zurück, wo sie nicht davontreiben konnten.

»Mendoza, bringen Sie die Selbstreparatur-Diagnose auf die Transmissionspfade!« rief Rhodes. »Goldberg, ich will, daß Sie endlich die Anlage wieder anschmeißen!«

»Ich kümmere mich um den Energie-Manager«, sagte Buccari, trat neben den Unteroffizier und verhakte ihren Stiefel in dem Sicherheitsgurt. »Mr. Rhodes braucht Sie an der Hauptbank.« Die Antriebstechnikerin war so sehr in ihre Arbeit versunken, daß sie zunächst irritiert aufblickte.

»Ich bin doch gleich soweit«, widersprach sie. »Ich hab's gleich geschafft, Lieutenant ...«

»Goldberg!« donnerte der Cheftechniker. »Die Hauptbank! Neu starten und hochfahren – jetzt!«

Die Unteroffizierin schob sich abrupt von der Konsole fort und ihr schmaler Körper trieb durch die Abteilung. Mit geschickten Drehungen und mehrmaligem Anziehen der Beine fing sie ihren Aufprall neben der Hauptcomputerkonsole ab und machte sich gleich an die Arbeit.

Buccari analysierte den Status des Energie-Managers und war wenig später vollends darin versunken, den Computer zu reprogrammieren. Minuten vergingen, während ihre Finger über die Tasten flogen. Dabei kehrten ihre Gedanken immer wieder zu den fürchterlichen Momenten der Begegnung mit dem fremden Raumschiff zurück. Und plötzlich wurde ihr mit erschreckender Gewißheit klar, daß sie unverschämtes Glück gehabt hatten. Sie warteten immer noch auf die Energiesequenz, die das Lasergeschütz hätte abfeuern sollen. Aber die Kanone hatte genauso geschwiegen wie vorhin die Triebwerke, die nicht angesprungen waren. Eigentlich hätte das fremde Schiff sie zu Atomen zerblasen müssen. *Warum war das nicht geschehen?*

Der Lieutenant beendete die Programmierung und warf einen Blick auf die Uhr an der Wand. Wertvolle Minuten verrannen unwiederbringlich. Sie konnte den Blick nicht mehr von den blinkenden Dioden wenden, die den Zeitablauf anzeigten. Alles in Buccari konzentrierte sich nur noch auf das unvermeidliche Dahinschmelzen ihres Spielraums, auf die unentrinnbare und unveränderliche Verkürzung der Existenz, die das Vergehen der Zeit mit sich brachte. Die Essenz des Lebens kam ihr in diesem Moment greifbar vor. Der Pulsschlag dröhnte ihr in den Ohren.

Rhodes' Stunde war abgelaufen.

»Okay, Lieutenant«, sagte der Cheftechniker und riß sie damit aus ihrer Trance. »Die Querverbindungen stehen, aber ich brauche noch weitere zehn Minuten, um den Ionendruck und die Temperatur zu stabilisieren.«

»Roger«, entgegnete Buccari. »Der Energie-Manager baut sich wieder auf. Sie bekommen nur ein bedingtes Reset. Uns bleibt nicht genug Zeit, ihn auf Voll-Null zu fahren, aber das dürfte ausreichen. Viel Glück, Virgil.« Sie setzte den Helm wieder auf und streifte die Handschuhe über, um dann in dem viel dunkler erscheinenden Tunnel zu verschwinden. Mit einem Mal hatte sie es sehr eilig, den strahlenden Planeten wiederzusehen.

Er verbreitete eine gleißende Helligkeit. Als der Lieutenant die Luke zum Flugdeck öffnete, strömte ihr so grellweißes natürliches Licht entgegen, daß sie die Augen zu schmalen

Schlitzen zusammenkneifen mußte, um die Instrumente ablesen zu können. Buccari warf Hudson ein kurzes Lächeln zu und drückte dann einen Knopf an ihren Handgelenkkontrollen. Der Goldfilter senkte sich sofort über ihren Visor.

»Nun?« wollte Quinn wissen. »Wie sieht's da unten aus?«

Wie zur Antwort schaltete sich in diesem Moment die Schiffsbeleuchtung wieder ein. Buccari sah auf ihre Energiekonsole, wo die Primärkreislauf-Indikatoren auf Grün wechselten und die meisten der Error-Meldungen auf ihrem Bildschirm löschten.

»Rhodes braucht noch weitere zehn Minuten, bis die Querverbindungen komplett sind«, meldete sie, während sie ihre Gurte anlegte. »Ich würde die Energiepfade nicht noch einmal benutzen. Die Hauptbusse sind verschmort, und die alternierenden kleben zusammen. Wir haben sie auf Ladung hin überprüft. Ich denke, das halten sie aus. Wenigstens einen Schub dürften wir erhalten.«

Der Pilot grunzte und machte sich an die Präorbit-Checks. Der Lieutenant schloß sich der Litanei an. Alle Anfragen wurden einstimmig mit undeutbaren Antworten bedacht. Die Korvette war ein Wrack. Die Systeme befanden sich außerhalb ihrer Spezifizierungen oder ließen sich nicht mehr einsetzen. Dennoch kam die Checklist voran. Hindernisse wurden umgangen. Sie errechneten den Druck, der beim Schub entstehen würde, und wogen die Risiken und Alternativen ab.

»Präorbit-Check abgeschlossen«, konnte Buccari schließlich melden. Sie gab die Anweisungen ins Logbuch ein und löschte die Checklist vom Schirm. Dann stellte sie eine Sprechverbindung nach achtern her. »Flugdeck an Maschinenraum. Jetzt sind Sie an der Reihe, Rhodes. Status.«

»Der Energie-Manager zeigt bedingten Reset an, wie Sie vorhin schon festgestellt haben«, antwortete Goldberg. »Sind Sie sich hundertprozentig sicher, daß wir ihn nicht durch eine Wiederaufladungs-Simulation zur vollen Funktionsfähigkeit bringen können? Mr. Rhodes und ich sind der Ansicht, daß wir das in fünf Minuten bewirken können.«

»Sie müssen mit dem auskommen, was Ihnen im Moment zur Verfügung steht«, entgegnete der Lieutenant lauter und heftiger als beabsichtigt. »Der Energie-Manager hält womöglich nicht mehr so lange, und in wenigen Minuten haben wir ein Stelldichein mit einem Planeten.«

»Mr. Rhodes meint aber ...«

»Bereit machen zur Zündung, jetzt! Und keine weiteren Fragen!«

Schweigen am anderen Ende. »Aye, Sir«, bestätigte Goldberg schließlich.

Hudson schüttelte die Finger, als hätte er sie sich verbrannt. Der Lieutenant ignorierte diese Geste.

Quinn meldete sich auf dem Commanderkanal. »Zündung in neunzig Sekunden. Wollen doch mal sehen, ob wir diesen Kahn nicht verlangsamen können. Bei Ihnen alles klar, Mr. Rhodes?«

»Rückstoß in neunzig Sekunden«, antwortete der Chefingenieur. »Maschinenraum alles klar.«

Der Pilot löste den Manöveralarm aus und erklärte über den allgemeinen Kanal: »Alle bereit halten für ... Fünf G. Druck von Fünf G für die Dauer von fünf Minuten. Beginnen mit der Rückstoßsequenz ... jetzt.«

Buccari überwachte die Treibstoffablesungen und checkte noch einmal die Brenndauer. Fünf G für die Dauer von fünf Minuten – die würden keinen an Bord unberührt lassen. Sie schaltete das Injektionsprofil auf ihren Hauptmonitor. Alarmsirenen jaulten, und in ihrem Kopfhörer machte sich die kontrollierte Kakophonie der allgemeinen Erregung breit, als alle Stationen ihren Status durchgaben. Die Mannschaftsmitglieder schlossen sich den bekannten Abläufen an und ergaben sich den Bedingungen, für die sie gründlich ausgebildet worden waren. Die Dringlichkeit, die sie zwang, ans Werk zu gehen, lenkte sie von dem Schock und der Konfusion der Zeit nach dem Gefecht ab, und auch von der Hilflosigkeit, die man bei dem Gedanken daran verspürte, ohne Antrieb durchs All zu treiben.

Buccari sprach ganz professionell, als sie die Checklist-Items wiedergab, die auf ihrem Konsolendisplay abrollten. Quinns Bestätigungen erfolgten gleichermaßen steril. Die unübersehbare Digitaluhr zählte wieder einmal die Sekunden ihres Schicksals ab, und das leuchtend rote Geflacker stand wie ein mechanisches Symbol für die Anspannung, die sich unter der leidenschaftslosen Routine der Checklist aufbaute. Der Lieutenant überprüfte mindestens zum zwanzigsten Mal die Anpassung des Schiffs an die Rückschub-Achse. Das Fadenkreuz pendelte sich auf den Schubvektor ein. Eine leichte Schwankung ließ sich feststellen, doch die befand sich innerhalb der Toleranzgrenzen des Vektors.

»Orbital-Check abgeschlossen. Zwanzig Sekunden bis Rückschub«, gab der Lieutenant über den allgemeinen Kanal bekannt. »Alle Stationen bereitmachen für Countdown.«

Der Pilot stellte die Schubkraft auf sechzig Prozent ein, löste die Abdeckung des Zündungsauslösers, beseitigte das Interlock und legte seine Rechte über den Kopf. Buccari umklammerte mit beiden Händen die Beschleunigungsgriffe an ihren Armlehnen. Die Fingerspitzen tanzten leicht über die Kontrollen, während sie den Countdown abschloß: »Fünf ... vier ... drei ... zwei ... eins ... Zündung jetzt!«

Der Commander drückte auf den Auslöser. Nach einer nervenzerreißenden Pause preßte ein Schub reinster Energie Buccari in ihren Sitz. Nie zuvor hatte sie 5 G so willkommen geheißen! Sie spürte die vertrauten Vibrationen in den Augäpfeln, die von der erhöhten Schwerkraft ausgelöst wurden. Die periphere Sicht verengte sich nach innen. Die roten Dioden der Zündungsuhr zeigten die aktuellen Brennsekunden an ... 009 ... 010 ... 011 ... Der Lieutenant zwang die Lungen, vernehmlich auszuatmen.

»Zühhhndung plusss fünfffzehhhn Se'un'en«, stöhnte Hudson. »Trei'stoffstrom erreichchcht Höhepunkt.« Eine Ewigkeit verging, ehe seine Stimme sich erneut vernehmen ließ. »Plusss dreissssig Se'un'en.«

Buccaris Blick flog über den Master-Display. Warnlichter leuchteten auf, manche flackernd, andere konstant. Die Energieanlage arbeitete – zwar außerhalb ihrer Grenzen, aber immerhin.

»Wie sssieht'ss ausss, Sharl?« ächzte der Pilot ins Interkom.

»Wirklichchch furchchchtbahhhr ...« Buccari preßte den Unterleib zusammen, um so das Zwerchfell dazu zu zwingen, weitere Worte hervorzustoßen. »Parallelgleise funktionieren, und die Haupttriebwerke halten durch, aber uns stehen noch vier Minuten Geschüttel, Gerüttel und Gewackel bevor.«

Ein unheilverkündendes Wumm-Wumm-Wumm vibrierte ohrenbetäubend durch die Schiffshülle. Buccari drehte mit erheblicher Mühe den Kopf zur Seite, um einen Blick auf Quinn zu werfen, der es ihr gerade gleichtat. Sie waren hilflos, konnten nichts mehr tun. Die Haupttriebwerke konnten der Belastung, ein weiteres Mal aufgeladen zu werden, nicht standhalten. Wenn es ihnen diesmal nicht gelang, die Schiffsgeschwindigkeit herabzusetzen, waren sie dazu verdammt, in den Weiten des Alls ihr Ende zu finden. Und wenn die Triebwerke explodierten, waren alle ihre Probleme beendet, aber auch ihre sämtlichen Hoffnungen begraben. Der Commander und der Lieutenant drehten mühsam die Köpfe zurück, um sich wieder auf die Instrumentenanzeigen konzentrieren zu können und zu warten.

Vier Minuten später schaltete sich der Rückschub gemäß der Programmierung aus. Die Schwerelosigkeit setzte wieder ein, und die Legions-Korvette *Harrier Eins* befand sich im Orbit.

4 Rapport

»Verzeihen Sie bitte, Admiral«, machte sich Commander Ito bemerkbar, »aber es wäre jetzt Zeit.« Der Adjutant schob seinen Kopf durch die verchromte Schleuse der Luxuskabine des Flottenkommandanten in dessen Wohnring.

»Bin schon unterwegs«, sagte Runacres. »Was gibt's Neues?« Der Admiral trat mit seinem Gefolge in Gestalt von Merriwether und Wells auf den Gang hinaus und schlenderte durch die im Wohnring der *Eire* herrschende halbe Schwerkraft. Ito folgte dicht hinter ihm.

»Von den zweiundzwanzig Überlebenden«, brachte der Adjutant ihn auf den neuesten Stand, als sie im Konferenzraum angelangt waren, »sind vier am Trauma gestorben, bevor sie geborgen werden konnten. Zwei weitere wurden wiederbelebt, doch ihr Zustand ist weiterhin kritisch, und sie werden vermutlich nie wieder ein normales Leben führen können. Man wird sie wohl erlösen. Zehn andere haben schwere Verletzungen davongetragen, werden sich davon aber wieder erholen, zwei von ihnen allerdings als Amputierte, weil ihre Gliedmaßen nicht wiederhergestellt werden können. Sie befinden sich zur Zeit in der Radiotoxologie.«

Runacres schüttelte müde den Kopf. Der Group Leader und die anderen Führungsoffiziere seines Stabs hatten sich bereits in dem Raum versammelt. Die anderen Stabsoffiziere hatten außerhalb des Sensorperimeters Platz genommen. In die Wände vor und neben dem Admiral waren Videobildschirme eingelassen, die Aufnahmen der anderen Schiffe abspielten. Die meisten Anwesenden saßen schweigend da. Nur die Gruppe der Zaungäste und derjenigen, die zu spät kamen, verliehen den Übertragungen etwas Kaleidoskophaftes. Alle Bewegungen endeten, als der Admiral sich zwischen Merriwether und Wells niederließ.

Commander Ito, dessen ernste Miene den Sprecherbildschirm ausfüllte, eröffnete die Konferenz, verlas die Tagesordnung und rief die Wortmeldungen auf. Runacres starrte derweil auf die anderen Schirme, identifizierte die Gesichter, die elektronisch überspielt wurden, und dachte sorgenvoll an diejenigen, die nun nicht mehr unter ihnen weilten.

Der Zentralschirm zeigte die Großaufnahme des ersten Sprechers, einer Offizierin, deren Geschlecht trotz des kahlgeschorenen Schädels unübersehbar war. Ein Verband lag über einem ihrer kristallklaren Augen und verdeckte fast völlig ihre feingeschnittenen Züge. Runacres erkannte sie aber an ihrer festen Altstimme als Lieutenant Commander Cassiopeia Quinn, die Ehefrau von Jack Quinn.

»Die Überwachungscomputer der *Greenland* hatten eine Datenverbindung mit der *Harrier Eins*«, berichtete sie. »Die Daten zeigen an, daß die Korvette zu dem Zeitpunkt, an dem die Flotte gesprungen ist, noch voll funktionsfähig war. Die Mannschaft war also noch am Leben.« Eine einzelne Träne löste sich aus ihrem gesunden Auge und rollte die halbe Wange hinab, ehe ihre Hand sie rasch fortwischte.

Der Admiral senkte den Blick. Ein Knoten bildete sich in seiner Kehle, und in seiner Brust wuchs Zorn. Man hätte ihn darüber informieren müssen, und zwar noch vor der Sitzung. Er konnte jetzt nichts mehr für Quinns Mann oder seine Besatzung tun. Die schwere Stille, die sich über den Raum senkte, wurde gnädigerweise durchbrochen, als der Lieutenant Commander seinen Bericht fortsetzte.

»Und die Dateien lassen den Schluß zu«, ihre Stimme klang so fest wie vorhin, »daß es sich bei R-K Drei um einen Alpha-Zett-Planeten handelt.«

Runacres hieb auf den Kommandoknopf und starrte auf den Zentralschirm. »Verzeihen Sie, Commander – Sie sind Cassy, nicht wahr?« schaltete er sich dazwischen. »Zuerst erlauben Sie mir, Ihnen mein Beileid über den Verlust Ihres Gatten und so vieler Ihrer tapferen Schiffskameraden auszusprechen. Zum zweiten möchte ich Ihnen für Ihre Beherztheit danken, so kurz nach diesem schweren Schicksalsschlag hier zu erscheinen. Ich kann nur der Hoffnung Ausdruck geben, daß Ihre Verletzungen nicht zu schwer sind.«

»Vielen Dank, Admiral«, entgegnete sie mit emporgerecktem Kinn und ohne Zittern in der Stimme. »Meine Verletzungen werde ich überwinden, den Verlust meines Ehemanns hingegen nicht. Aber … noch ist es … nicht zu spät … zu hoffen.«

Runacres versuchte, sich in die Situation dieser Frau zu versetzen. Ihr Mann war in einem fremden System gestrandet, und es gab für die Flotte nur einen einzigen Grund, in diese Ecke des Alls zurückzukehren: ein bewohnbarer Planet.

»Also eine Alpha-Zett-Welt wurde ausgemacht, oder?« erklärte er. »Liegen dafür noch weitere Daten vor?«

»Ja, Sir, das glaube ich«, antwortete der Lieutenant Commander, »und ich muß mich dafür entschuldigen, daß meine Gefühle mit mir durchgegangen sind. Erbitte Erlaubnis, fortfahren zu dürfen, Sir.«

»Erlaubnis erteilt.«

»Die Menschen erforschen seit nunmehr zwei Jahrhunderten die Sterne«, begann Quinn und wandte sich an alle Anwesenden. »Und abgesehen vom System Shaula haben unsere Exobiologen nirgendwo Lebensformen entdecken können, die intelligenter waren als die Ureinwohner von Arcturus Vier.«

»Und alles, worauf wir in Shaula gestoßen sind«, flüsterte Merriwether dem Admiral ins Ohr, »waren die Leichen und die zerstörten Schiffe der Hakito-Flotte. Als wir dort angekommen sind, hatte sich das intelligente Leben längst verzogen. Aber jetzt endlich haben wir diese Bastarde wiedergefunden.«

Runacres' Konzentration wurde von der Erinnerung an jenen Vorfall überlagert. Vor fünfundzwanzig Jahren waren Merriwether und er noch einfache Korvettenoffiziere gewesen und hatten an der Rettungsmission teilgenommen, die viel zu spät im Shaula-System eingetroffen war. Die Hakito-Flotte, die HLA-Einheit der Asiatischen Kooperation, war damals seit einem Jahr überfällig, und die Führer der AK hatten die Tellurische Legion um Hilfe bei den Nachforschungen gebeten. Nachdem die Legion alle notwendigen Sicherheiten und Garantien erhalten hatte, beschied sie die Anfrage der AK positiv und schickte zwei Hyperlicht-Zellen ins ferne Shaula. Die Mission fand dann dort zu ihrer großen Enttäuschung und Frustration nur ausgebrannte und ausgeplünderte Schiffe und Rettungsboote vor, die im Orbit um den öden einzigen Planeten des Sterns kreisten. In einigen Rettungsbooten hatten sich ausgedörrte Körper befunden, aber andere waren rätselhafterweise leer. Und damit blieb das Schicksal von über dreihundert Flottenangehörigen ungeklärt. Diese Entdeckung war der erste und bislang einzige Kontakt der Menschheit mit einer technologisch fortgeschrittenen Zivilisation gewesen. Und seit dieser Zeit wurden die Erforschungseinheiten der Legion mit Raketen und Energiegeschützen ausgestattet.

»Von den zweihundertundzwölf bis heute entdeckten Sternsystemen mit Planeten in einem lebensförderlichen Orbit«, führte Quinn gerade aus, »wiesen lediglich sechzehn Planeten Bedingungen auf, die Leben möglich machen. Von diesen besaßen nur vier marginal geeignete Grundlagen für eine menschliche Besiedlung – einer in der Kategorie Alpha-Drei, einer entsprechend Alpha-Vier und zwei Alpha-Fünfer. Die Kolonien, die auf diesen nicht sehr ansprechenden Außenposten errichtet wurden, können sich nicht selbst erhalten, und keine einzige hat eine ausrcichende Geburtenrate erreicht. Über kurz oder lang sind diese Kolonien zu teuer, um weiterhin erhalten zu werden.«

»Die beiden Fünfer sind bereits aufgelöst worden«, warf Merriwether ein.

»Das ist uns doch alles bekannt«, knurrte der Admiral. »Was hat das denn mit –«

»Verzeihen Sie bitte, Sir«, unterbrach ihn der Lieutenant Commander, »aber bei Rex-Kaliph handelt es sich um einen sehr heißen und aktiven Stern, der viel wärmer und größer als Sol ist. Seine Energie reicht aus, nicht nur einen Planeten, sondern deren zwei zu …«

»Unsinn!« entfuhr es einem der Exobiologen des Stabs. »Die Masseverhältnisse und das Gesetz des Kopernikus lassen …«

»Ruhe!« donnerte Runacres. »Fahren Sie bitte fort, Commander.«

»Rex-Kaliph hat genügend Energie«, führte sie mit geschlossenen Augen aus, »um zwei Welten zu versorgen, auf denen Leben möglich ist – einen sehr großen und warmen Planeten und einen von Erdgröße mit erdähnlichen Bedingungen, wenn auch im Schnitt kühler.« Quinn legte eine Pause ein. Die Videoschirme blieben still, zu still. Niemand meldete sich zu Wort. Ihre Behauptung klang einfach zu unglaublich.

»Interessant«, bemerkte Wells schließlich. »Zwei lebenserhaltende Planeten in einem System.«

»Ja, zwei lebenserhaltende Planeten«, sagte der Lieutenant Commander, »aber nur einer, der der Kategorie Alpha-Zett entspricht.«

»Nicht zu vergessen eine hochentwickelte Rasse, die nicht geneigt scheint, ihre Welten mit uns zu teilen«, bemerkte Merriwether. »Möglicherweise handelt es sich um die Mörder von Shaula.«

»Und damit, Admiral, kommen wir zu dem, was ich eigentlich sagen will«, fuhr Quinn fort. »Bei Rex-Kaliph Zwei, dem zweiten Planeten von der Sonne aus gesehen, handelt es sich um die Hauptwelt des Systems. Dort ist Ihre hochentwickelte Rasse zu Hause, und dieses Heim verteidigt sie so kriegerisch. Wir treffen dort bestenfalls eine Alpha-Fünf-Biosphäre an, eher noch eine der Kategorie Alpha-Sechs. Vor dem Angriff haben unsere Sensoren-Teams elektromagnetische Aktivitäten gemessen, wie sie für eine intelligente und technologisch hochentwickelte Zivilisation typisch sind. Und diese Signale stammten von R-K Zwei. Dieser Planet ist, wie schon gesagt, viel größer als die Erde. Er besitzt eine hohe Dichte und etwa die dreifache Masse unserer Heimat. Die Schwerkraft auf R-K Zwei beläuft sich auf anderthalb G, und seine Atmosphäre weist eine extreme Dichte auf. Die Spektrallinien zeigen eine Menge Gase auf: Sauerstoff, Stickstoff, Methan und einige gasförmige Karbonzusammensetzungen. Die Oberflächentemperaturen sind gleichbleibend warm, das Klima scheint nur geringen Schwankungen ausgesetzt zu sein, und insgesamt ist es dort ziemlich heiß. Die natürlichen Gegebenheiten auf dieser Welt übertreffen die schlimmsten Luftverschmutzungsalpträume unserer Erde, und alles in allem kann man nur zu der Feststellung gelangen, daß dieser Planet für Menschen auf Dauer nicht bewohnbar ist.«

»Erzählen Sie das mal den Aliens«, warf Merriwether ein. »Vielleicht führen sie sich deswegen so verrückt auf.«

»Und worauf wollen Sie nun genau hinaus, Commander?« wollte Runacres wissen.

»Sir, wir haben bei dem dritten Planeten einen Breitband-Scan durchgeführt«, antwortete Quinn. »Alles, was wir dort gemessen haben, von den atmosphärischen Parametern, den Temperaturschwankungen, den Massespezifika bis hin zu der Spektralzusammensetzung, entspricht den obersten Alpha-Kategorien. Und so merkwürdig es klingt, es deutet so gut wie nichts darauf hin, daß diese Welt bewohnt ist.«

»Und was sollte das für einen Unterschied machen?« fragte Runacres streng.

»Genau, die Bewohner von Zwei scheinen da sehr besitzergreifend zu sein«, bemerkte Wells.

»Das ist richtig«, erklärte der Lieutenant Commander, »aber beide Planeten unterscheiden sich doch erheblich voneinander, Admiral. Die Biosphären sind so gut wie inkompatibel. Und damit komme ich zu meinem Punkt, besser gesagt, meiner

Hoffnung, nämlich R-K Drei. Drei dürfte für die Aliens so unattraktiv sein wie die fünf Kolonien für uns. Vielleicht, und man sollte nichts unversucht lassen, sind sie ja bereit, mit uns zu verhandeln.«

»Verhandeln?« empörte sich Merriwether. »Bei diesen Herrschaften handelt es sich womöglich um die Monster, die unsere Leute im System Shaula massakriert haben! Ist Ihnen noch nicht der Gedanke gekommen, daß diese Wesen sehr eigenwillige Vorstellungen von einer Verhandlungsführung haben? Wieso sollten sie mit uns kooperieren wollen? Und verzeihen Sie bitte, Commander, aber wir haben schon andere Welten entdeckt, die den meisten, wenn auch nicht allen, Alpha-Erfordernissen genügen. Und keine einzige davon hat sich zu einem Garten Eden entwickelt. Wer garantiert uns, daß Ihre neue Welt es wert ist, für sie weitere Schiffe und Menschenleben zu riskieren, wozu es im Verlauf der von Ihnen vorgeschlagenen *Verhandlungen* ohne Zweifel kommen dürfte?«

»Was sollen wir jetzt, da wir die Monster aufgespürt haben, unternehmen?« wollte Wells wissen.

»Wir wissen doch überhaupt nicht, ob wir sie wirklich gefunden haben«, entgegnete Runacres. »Wer sagt denn, daß es sich um ein und dieselbe Rasse handelt? Vielleicht wird das ganze Universum ja nur von unfreundlichen, kriegslüsternen Völkern – aber lassen wir das, wir haben Commander Quinn unterbrochen. Fahren Sie bitte fort, äh, Cassy.«

»Admiral, angesichts der Art ihrer Technologie bin ich nicht der Ansicht, daß es sich bei den Bewohnern von R-K Zwei um die Mörder von Shaula handelt«, beharrte der Lieutenant Commander. »Und R-K Drei genügt den Bewohnbarkeitsparametern wie keine andere Welt, auf die wir je gestoßen sind. Und was noch wichtiger ist, wir haben optische und spektrale Nahbilder des Planeten von der *Harrier Eins* empfangen.«

»Bilder? Wie denn das? Wir haben uns doch mitten in einer Schlacht befunden!« rief Wells.

»Ja, Sir«, sagte Quinn leise. Sie drückte auf den Startknopf, und auf dem großen Schirm erschien das grobkörnige und stark vergrößerte Abbild eines Himmelskörpers, der sich weiß und blau von der samtenen Schwärze des Alls abhob. Trotz der niedrigen digitalen Auflösung ließ sich durchaus eine starke Ähnlichkeit dieser bunt schimmernden Welt mit der Erde feststellen.

Quinn unterbrach als erste das Schweigen, das bei diesem Anblick entstanden war: »Fragen Sie mich nicht, wie das möglich war, aber die Flotte hat telemetrische Werte von den Kameras der *Harrier Eins* aufgefangen. Diese Signale sind voller Aussetzer und Störungen, und mit der Synchronisation hapert es deutlich, dennoch reichen sie aus, Breitkanal-Scans zu bestätigen und uns mit noch genaueren Informationen zu versorgen. Dieser Planet dort – R-K Drei – scheint das große Los zu sein!« Sie ließ den Blick über die immer noch schweigende Versammlung schweifen, und Hoffnung schimmerte in ihren Augen.

»Nun ja, es ist vielleicht ein wenig kühl auf ihm«, fügte sie hinzu.

Runacres wußte genau, was dem Lieutenant Commander jetzt durch den Kopf ging, und Merriwether faßte diese Gedanken in Worte: »*Harrier Eins* hat sich womöglich zu dieser Welt durchschlagen können«, erklärte sie leise, aber immer noch deutlich genug, um vom Mikrophon in den ganzen Saal übertragen zu werden. »Nicht auszuschließen, daß in diesem System noch einige von uns am Leben sind. Daher müssen wir dorthin zurück.«

Der Admiral schwieg. Nur die Legionsversammlung konnte eine solche Entscheidung treffen.

Die Korvette flammte im Licht der untergehenden Sonne rot auf. Das Schiff befand sich nun seit vollen zwei Tagen im Orbit. Zwei Monde schoben sich langsam in den ebenholzschwarzen

Himmel. Der größere präsentierte sich als strahlend helle silberne Sichel, der kleinere als winziger Goldklumpen.

»Suchradar, Skipper«, meldete Hudson. »Jemand beobachtet uns.«

Buccari verfolgte, wie der Commander die Übertragung ausschaltete. Er hatte die Kommunikationsaufzeichnungen von der Schlacht noch einmal abgehört. Sie spürte seine Verzweiflung.

»Ist ja schon ein kleines Wunder, daß sie dafür so lange gebraucht haben«, seufzte der Pilot. »Wenigstens beschießen sie uns nicht … noch nicht.«

»Gibt's was Neues vom Transmitter, Nash?« fragte Buccari.

»Ja«, antwortete er. »Die Kartographierung ist noch nicht abgeschlossen, aber die Radarquelle dürfte sich hier befinden.« Er übertrug die Koordinaten auf ihre Schirme. »In etwa fünf Minuten haben wir ihre Reichweite verlassen. Eigenartig … Keine Anrufsignale, keine Lauschsonden, keine Identifizierungsaufforderung … Man könnte fast meinen, wir seien ihnen vollkommen egal.«

»Vielleicht verfügen sie über andere Erfassungsmethoden«, bemerkte der Lieutenant Commander. »Möglicherweise optische Geräte …«

»Damit können wir uns jetzt nicht befassen«, erklärte Quinn und wirkte, als sei er gerade aus einer Trance erwacht. »Wird Zeit, daß wir aktiv werden. Wir sind nicht so weit gekommen, um uns jetzt aus dem Orbit schießen zu lassen. Geben Sie die Treibstoffwerte an, Sharl.«

»Die gute Nachricht lautet wohl, daß wir uns in einem ziemlich niedrigen Orbit befinden«, sagte sie und studierte die digitalen Zahlenkolonnen. »Unser Treibstoff reicht für eine Injektionssalve und mindestens sieben Hin- und Rückflüge mit Standardlast. Vorausgesetzt natürlich, wir finden einen geeigneten Landeplatz. Wenn irgendwelche Schwierigkeiten auftauchen oder es zu Verzögerungen kommt, müssen wir von einem deutlich höheren Verbrauch ausgehen. Ganz zu schweigen natürlich von ernsthaften Problemen, die es unter Umständen unmöglich machen, daß der Lander zum Schiff zurückkehren kann. Damit kommen mir unsere Berechnungen irgendwie akademisch vor.«

»Nehmen Sie die Geschichte bloß nicht auf die leichte Schulter«, brummte der Pilot.

Buccari lächelte. Die freche Bemerkung Quinns war ein Zeichen dafür, daß er langsam wieder der Alte wurde.

»Ich habe ein paar Berechnungen über den Endoatmosphärischen Planetenlander angestellt«, fuhr sie fort. »Daher schlage ich vor, bei der ersten Fuhre einen Generator und einen Hilfstreibstofftank mitzunehmen.«

»Zuerst die Mannschaft, dann die Ausrüstung«, erklärte der Pilot.

»Aber, Commander«, widersprach sie, »nachdem wir die Marines mit der Injektion nach unten befördert haben, bleibt uns genügend Treibstoff für sieben, vielleicht sogar acht Landungen. Und wir müssen nur viermal fliegen, um alle Mannschaftsmitglieder und deren Ausrüstung auf die Oberfläche zu befördern. Wenn wir jedoch auf dem Planeten vor Treibstoffproblemen stehen, können wir den Rest des Programms getrost vergessen. Jeder, der sich dann noch an Bord der Korvette aufhält, ist im Orbit verloren.«

Quinn schlug sich mit der Faust in die Handfläche. »Genau darum geht es mir ja«, entgegnete er etwas zu laut. Die Anspannung, unter der er stand, spiegelte sich auf seinem Gesicht wider. »Wir bringen zuerst die Mannschaft in den Lander, bis wir jeden einzelnen unten haben. Nach der ersten Fuhre können wir uns immer noch Gedanken über die Prioritäten machen. Und jetzt sind Sie bitte so freundlich, so vorzugehen, wie ich es vorgeschlagen habe.«

Der Lieutenant Commander enthielt sich jedes weiteren Einwands und blickte statt dessen durch den großen Sichtschirm des Flugdecks auf den ätherischen Körper des Planeten. Die Korvette hatte die Tagnachtgrenze längst hinter sich gelassen. Buccaris Gedanken verfinsterten sich in dem Maße, wie die Welt unter ihr in Dunkelheit getaucht wurde. Die Nacht verschlang die einzige Hoffnung, die ihnen geblieben war. Nirgendwo blinkten Lichter, nirgends erstrahlte eine Stadt. Die Oberfläche war bar jeglicher Beleuchtung. Ihr Blick versuchte, die unergründlichen schwarzen Tiefen zu durchdringen. Und plötzlich entdeckte sie ein mattes bernsteinfarbenes Glühen. Ein Leuchten über der Oberfläche, das jetzt mit dem Horizont heranrollte.

»Nash! Ich habe da ein Glühen ausgemacht. Was zeigen die Instrumente an?«

»Vulkane, Sharl«, antwortete Hudson ganz ruhig. »Die Sensoren melden mittlere bis schwere seismische Aktivität. Dürfte ein interessanter Landgang für uns werden.«

»Runter vom Deck, Sharl«, befahl der Pilot abrupt. »Ich habe jetzt hier Schicht.«

»Aye, Commander.« Buccari löste sich aus ihrer Station und schob sich durch die irisförmige Druckschleuse. An der ersten Kreuzung stieg sie ins Messedeck hinab und machte kurz an ihrem Spind halt, um ihren Helm und Kampfanzug zu verstauen. Ohne Kopfbedeckung konnte sie wieder das allgegenwärtige Dröhnen der Zirkulationssysteme und die Vibrationen und das leise Wispern der Schiffsantriebssysteme hören und spüren. Die menschlichen Gerüche, die sich in dem begrenzten und ständig wiederaufbereiteten Luftvorrat schal und antiseptisch ausgebreitet hatten, drangen sofort in ihre Nase.

Auf dem Messedeck hielten sich die Männer und Frauen der Freiwache auf. Keine der Schlafzellen war belegt, denn angesichts der allgemeinen Nervosität fand niemand die Ruhe zum Schlafen. Wie üblich drängten sich die Space Marines an den Spieltischen, obwohl die magnetischen Würfel ungenutzt blieben. Die stämmigen Männer in ihren waldgrünen Uniformen beobachteten sie, und ihr Betragen war ungewöhnlich zurückhaltend. Seit zwei Tagen befanden sie sich nun im Alarmzustand, und überall auf der normalerweise haarlosen Haut dieser rauhen Krieger zeigten sich Stoppeln, besonders bei den dunkleren unter ihnen – die Folge davon, wenn man achtundvierzig Stunden keine Gelegenheit gefunden hatte, sich wie gewohnt zweimal täglich zu enthaaren und sich die Haut abzuschrubben. Die Luft in der Messe roch streng, ganz besonders, wenn man einem der Marines zu nahe kam.

»Was liegt an, Lieutenant?« fragte Tatum, brachte seinen knochigen Körper vor Buccari in die Vertikale und nahm so etwas wie eine halbwegs geglückte respektvolle Haltung ein. »MacArthur sagt, wir sollen injiziert werden.« Alle Gespräche in der Messe verstummten schlagartig.

»Das haben wir vor, Corporal«, antwortete sie.

»Eine Injektion!« rief Gordon, ein hagerer und noch recht jugendlicher Marine. »Ich hoffe, Mac zieht meine Nummer!«

»Warum hast du es bloß so verdammt eilig zu sterben?« ermahnte ihn O'Toole, ein Private mit einer hohen Stirn. »Aber mach dir mal keine Sorgen. Es gibt nur sechs von diesen Sardinenbüchsen. Dir bleibt dann immer noch das Vergnügen, mit den Ladies zu reiten ... oh, äh, verzeihen Sie bitte, Lieutenant, ich wollte nicht ...«

»Keine Ursache, Private«, gähnte Buccari.

»Sir, wie sieht's denn da unten aus, auf dem Planeten, meine ich?« wollte Chastain wissen, ein sehr großer Mann, fast schon ein Riese, und aus seinen Kuhaugen strahlte geradezu kindliche Sorge. »Ist die Luft dort atembar? Was wollen wir denn nun tun, Sir?«

»Uns bleibt keine große Wahl, Spatzenhirn«, antwortete Petit an Buccaris Stelle, ein Marine mit Vollbart, Tonnenbrust und einem viereckigen Kinn, das an eine Schublade erinnerte. »Was sollen wir denn tun, etwa einfach die Luft anhalten?«

Der Riese senkte beschämt den Kopf.

»Halt du besser mal die Luft an, Petit«, warnte Tatum ihn. »Laß Jocko doch seine Fragen stellen.«

»Gut sieht es dort unten aus«, konnte Buccari nun endlich entgegnen, »sogar sehr gut. Die Atmosphäre ist atembar, das steht schon mal fest. Unsere Meßgeräte befinden sich allerdings immer noch in einem furchtbaren Zustand. Doch in ein paar Stunden dürfte uns ein brauchbares Planetenprofil vorliegen. Aber Private Petit hat recht – uns bleibt wirklich keine große Wahl.« Buccari war müde, hungrig und durstig. Aufgrund der Aufregung, die ihnen bevorstand, konnte sie das Schlafverlangen ignorieren, nicht aber ihren Magen. Sie schob sich an den Marines vorbei und steuerte die Kombüse an.

»Wo steckt denn Corporal Mac?« wollte sie wissen, während sie sich eine Tube griff und sich etwas Suppe einflößte. Die Brühe war heiß und wärmte ihr auf höchst willkommene Weise die Hände.

»Im Lander-Deck, Lieutenant«, antwortete Tatum. »Der Sergeant Major und er helfen Jones dabei, die Penetratoren zu konfigurieren.« Noch während er sprach, öffnete sich die hintere Schleuse, und Lander-Boatswain Jones, Corporal MacArthur sowie ein Marine schwebten in die Messe.

»Lieutenant, Checking okay!« dröhnte der Boatswain gleich. »Hab von Ensign Hudson von Ihren Heldentaten gehört. Diesen mistigen Aliens haben wir es ja ganz schön gegeben! Drei Stück haben wir zerblasen! Und ihnen den Arsch versohlt.«

»Ich bin mir nicht ganz sicher, wer bei der Schlacht eigentlich den Arsch voll gekriegt hat, Boatswain«, entgegnete Buccari. »Aber jetzt sollten wir uns lieber Gedanken darüber machen, wie wir uns alle nach unten bekommen, einverstanden? Ist alles startklar?«

»Da können Sie einen drauf lassen, Sir. Checkergebnisse waren gut, und wenn Sie am Steuer sitzen und ich die Flügel bediene, dürfte eigentlich nichts schiefgehen!« freute sich Jones mit heiserer Stimme. »Hab neulich dem Sarge hier erzählt, was für ein Flug-As Sie sind. Aber diese Stiefelknabberer wollen ja einfach nicht glauben, daß sie mit Ihnen eine lebende Legende vor sich haben.«

»Legen Sie einen niedrigeren Gang ein«, entgegnete Buccari und lächelte matt, »und hören Sie damit auf, hier so große Töne zu spucken.«

»Aber Sie sind Superwoman, äh, verzeihen Sie, Lieutenant«, fuhr Jones unbeeindruckt von ihrem Tadel fort. »Lieutenant Buccari und ich haben drei Jahre in Folge die EPL-Wettkämpfe der Flotte gewonnen. Und bis auf uns hat niemand öfter als zweimal hintereinander gesiegt.«

»Glauben Sie ihm kein Wort«, grinste der Lieutenant. »Besonders nicht das, was seinen Anteil daran angeht. Ich wäre selbst mit Fenstermacher als erste im Ziel angelangt.«

»Och, Lieutenant, jetzt haben Sie mich aber tief getroffen.«

»Jedermann weiß, Lieutenant«, sagte MacArthur, »daß Sie der beste Pilot in der ganzen Flotte sind.« Der durchtrainierte, breitschultrige Marine sah ihr offen ins Gesicht. Seine braungrauen Augen wirkten wachsam und klar. Buccari ließ den Blick durch die Messe wandern.

»Mac hält Sie übrigens auch für verdammt hübsch, Lieutenant«, warf Chastain ein. Die Marines johlten und knallten die Stiefel zusammen.

»Tatsächlich, Corporal?« rief sie und drehte sich um die eigene Achse, um den Squad Leader anzusehen. »Vielen Dank für dieses Kompliment. Aber ich wette, das sagen Sie über alle weiblichen Offiziere.«

»Ich, äh ...« stammelte MacArthur, schob sich die Mütze aus der Stirn und errötete. »Keineswegs, Sir, äh ... ich meine, nichts für ungut, Lieutenant, ich wollte nicht respektlos erscheinen.« Er warf Chastain einen vernichtenden Blick zu, aber seine feingeschnittenen Züge verrieten eher Entschlossenheit als Zorn.

»Sie können nicht abstreiten, daß Sie eine echte Berühmtheit sind, Lieutenant«, meldete sich der Sergeant Major zu Wort, ein breit gebauter Raumveteran mit kantigem Gesicht und vielen geplatzten Adern auf den Wangen. »Sergeant Major Shannon, Sir.«

»Erfreut, Sie kennenzulernen, Sergeant Major.« Sie drehte sich zu dem Mann um. »Ich habe Sie schon auf dem Mutterschiff gesehen. Schade, daß wir uns noch nicht früher kennengelernt haben, aber wir hatten schließlich alle Hände voll zu tun.« Sie streckte ihre Rechte aus, und Shannon schüttelte sie.

»Dem kann ich nur zustimmen, Sir«, erklärte er. »Wir hatten mehr als genug um die Ohren.«

»Sie sind wohl hier auf dem Schiff hängengeblieben und konnten nicht mehr aufs Mutterschiff zurück, oder?« fragte Buccari.

»Genau so war's, Sir«, antwortete Shannon. »Ich war gerade dabei, MacArthurs Truppe zu inspizieren, als der Alarm gegeben wurde. Tja, war mal wieder typisch mein Glück.«

»Ich hoffe doch, daß Ihr Glück sich bessern wird, Sergeant Major«, lächelte sie.

5 Auf der Oberfläche

Buccari begab sich aufs Lander-Deck und fand dort Boatswain Jones vor, der in seinem silberfarbenen Druckanzug stämmig und untersetzt aussah. Der Mann schwebte vor der Einstiegsluke.

»Alle sind angeschnallt«, meldete er. »Die Injektionseinheiten sind durchgecheckt.«

»Dann wollen wir uns beeilen«, erklärte sie, »bevor die Herren noch Platzangst bekommen.«

Buccari überprüfte noch einmal ihren Druckanzug und tauchte dann durch die offene Luke in den Lander ein. Mit einer Beweglichkeit, die auf lange Übung schließen ließ, schob sie sich durch das Boot bis zur Pilotenstation vor. Nachdem sie in dem Beschleunigungssitz Platz genommen hatte, setzte sie sich den Helm auf, streifte die Gurte über und schloß die Funkverbindung an. Dann begann sie mit dem Flugvorbereitungs-Check des Endoatmosphärischen Planetenlanders, der von allen nur der Apfel genannt wurde.

»Computer, hier spricht Pilot Buccari, beginne mit Systemstatus.«

Auf der Energie-Konsole gingen Reihen von Lämpchen nacheinander an, und der Kontrollcomputer des EPL antwortete mit maschinenerzeugter Stimme: »Pilot Buccari, Kontrollautorisierungs-Check. Pilot hat jetzt das Kommando.«

»Startsequenz einleiten«, befahl sie und gewöhnte sich langsam an das kleine Cockpit.

»Alle Systeme sind in Ordnung, Sir«, meldete Jones aus seiner Station.

»Mit Ihnen an Bord, Boatswain, würde es mich doch sehr überraschen, wenn sie es nicht wären«, gab Buccari zurück.

Sie gingen die Startvorbereitungen durch und machten sich dann an die Checklisten. Der Lander befand sich in einwandfreiem Zustand, und alle Injektionssysteme zeigten grünes Licht an. Der Lieutenant machte sich Sorgen um die Marines, die in ihren Penetrator-Kartuschen steckten – wie menschliche Artilleriegeschosse.

»Achtung, Abschuß EPL«, kündete Buccari über Funk an.

»Apfel Startfreigabe«, bestätigte Jones. »EPL startbereit. Landung programmiert auf Start plus dreiundneunzig. Ein Orbit. Kontrollkonsole Knopf Vier. Alles verstanden?«

»Roger. Start plus dreiundneunzig. Knopf Vier. EPL-Triebwerke in zwei Minuten. Countdown beginnt.« Buccari setzte sich in dem Pilotensessel zurecht und bereitete sich auf den Abstoß des Landers von der Korvette vor, die selbst von einem größeren Schiff gekommen war – der Auswurf eines Auswurfes sozusagen, jeder mit begrenzteren Aufgaben, Treibstoffvorräten und Reichweiten. Aber dieser Apfel hier war ihr Schiff. Hier war sie der Pilot.

An Steuerbord gingen die Decktore glatt wie ein gähnendes Maul auf. Überwältigende Schwärze strömte durch die sich weitende Öffnung. Der Lieutenant dämpfte die Lichter im Cockpit und verwünschte sich dafür, zu lange damit gewartet zu haben, die Nachtsicht am Helmvisor einzuschalten. Rotes Glühen erfüllte das Cockpit, und eigenartige Reflexionsmuster regneten von der halbrunden Decke auf sie hinab. Alles in ihr spannte sich an, und sie preßte die Handflächen auf die Lehnen. Die weiß blendende Helligkeit der Sterne erblühte vor ihr.

Vibrationen summten durch das Metall des Schiffs. Der Lander bewegte sich nach steuerbord. Ein spinnenartiger Kran transportierte ihn vorwärts, bis er sich außerhalb des begrenzten EPL-Decks befand. Voraus waren die ersten Anzeichen des Sonnenaufgangs zu erkennen, ein rotgoldener perfekter Bogen, der sich deutlich von der pechschwarzen Planetenkugel abhob und sie vor der absoluten Finsternis des Alls wie eine Silhouette erscheinen ließ. Buccari öffnete eine Klappe, zündete die Backbord-Manöverraketen einen Mikroimpuls lang, um den Lander vom Rumpf der Korvette zu trennen und Fahrt zu gewinnen, und meldete Hudson dann »Clear«. Im korrekten Moment drehte sie den Apfel auf den Rücken und zündete den Rückstoß. Das kleine Boot stürzte auf das Halbdunkel der Vordämmerung zu. *Harrier Eins* funkelte in der aufgehenden Sonne, entfernte sich rasch auf ihrer Orbit-Flugbahn und entschwand bald in die schwarze Unendlichkeit. Rex-Kaliph stieg rasch über den Horizont des Planeten – ein Stern, der wie eine sich öffnende Blüte aus hartem grellweißen Licht erschien.

Während der Phase, in der Buccari nur hilflos wartend in ihrem Sitz hocken und sich von den harten Turbulenzen des Eintritts in die Planetenatmosphäre durchschütteln lassen mußte, dachte sie über die vorgesehene Landestelle nach. Das granitbesetzte Hochplateau, für das man sich entschieden hatte, befand sich im Innern des größten der vier Kontinente dieser Welt. In weitem Bogen strömte ein großer Fluß über die Ebene, der eine ausgezeichnete Navigationshilfe darstellte. Die beeindruckende Gebirgskette im Westen bot hingegen Anlaß zur Sorge. Die Radarabtastung ergab, daß dort einige Gipfel über achttausend Meter hoch waren – geologische Giganten. Diese Berge stellten eine Gefahr dar, doch die Radarerfassung zeigte auch an, daß das weit ausgedehnte Hochplateau über eine harte und ebene Oberfläche verfügte – und damit ideale Landemöglichkeiten bot. Hudson hatte diese plane Fläche entdeckt und sie wenig romantisch »Landeplatz Alpha« getauft. Alle anderen nannten sie dagegen »Hudson-Plateau«.

Die Turbulenzen ließen schlagartig nach, und Buccari stellte fest, daß sich die Außenhauttemperaturen stabilisierten. Der Eintritt in die Atmosphäre war so gut wie abgeschlossen.

»Flugprofil erstellen«, befahl sie. Der Computer wiederholte ihre Worte, und eine abstrakte digitale Darstellung der Flugbahn, komplett mit Höhenangaben, Zielentfernung und Eintauchwinkel erschien auf ihrem Navigations-Display. Gleichzeitig begann die Anlage mit ihrer mechanischen Stimme, die Werte für Luftdichte und Luftveränderung in Beziehung zu Temperatur, Höhe und Druck durchzugeben.

»Gleitflug«, befahl sie. Die Computerstimme setzte sofort aus. Binnen Minuten erschien das Symbol für aerodynamischen Flug auf dem Schirm, flackerte zunächst und stabilisierte sich dann. Die Atmosphäre war schließlich dicht genug, um ein Kissen zu bilden, auf dem der Lander wie ein Segelflugzeug dahinglitt.

»Eintritt abgeschlossen, Boatswain«, meldete der Lieutenant. »Unser Apfel ist jetzt ein Flugzeug.« Sie schaltete den Autopiloten aus.

»Aye, Sir. Alle Checks positiv«, gab der Mann zurück. »Und alle atmen noch.«

Nach einem weiten Bogen nahm Buccari eine Kurskorrektur

vor, um an Höhe zu verlieren. Die Sonne stand jetzt genau achtern, und das Boot befand sich auf dem Landeanflug. Der EPL glitt auf dem Rücken dahin, und der Lieutenant blickte durch die Kanzel auf den Planeten, auf dem sich erste physikalische Einzelheiten ausmachen ließen. Das Hudson-Plateau befand sich irgendwo voraus und lag noch unter dem Nebel verborgen, den die Sonnenstrahlen bereits zu zerreißen begannen. Zufrieden mit Kurs und Position drehte sie den Lander wieder herum. Die neue Welt rollte unter ihr dahin, und die Wolkendecke wurde dünner.

»Achtung, Marines!« rief sie über Funk. Ihre Zuhörerschaft setzte sich aus sechs menschlichen Projektilen zusammen, die in engen, torpedoartigen Gefäßen steckten, in denen man sich nicht rühren konnte. »Wir nähern uns der Landezone. Ejektion wie verabredet. Grünes Licht. Countdown beginnt: Vier ... drei ... zwei ... eins ... Bingo!«

Eine Erschütterung durchlief den EPL. In weniger als einer Sekunde wurden sechs Penetratoren vom Heck abgefeuert. Jones meldete sich über Funk: »Bestätige Abwurf. Ejektionsluke wieder geschlossen. Flugbahn gut. Treibstoff im grünen Bereich. Geschützrohre heiß. Alle Checks positiv, Sir.«

Der Lieutenant übergab den Lander wieder der Computersteuerung.

»Okay, Boatswain. Zündung in fünf Sekunden. Checks positiv. Alle positiv.« Sie preßte sich in ihren Sitz und wartete auf den harten Stoß, sobald die Triebwerke ansprangen.

Die Geschosse sausten durch die Atmosphäre und glühten immer heller und weißer. Sie breiteten sich zur Linearformation aus. In jeder Kartusche befand sich ein lebender Mensch, der hilflos in seiner Hülle steckte und nichts anderes tun konnte, als die ewig währenden Sekunden zu zählen. Unter ihnen breitete sich, ohne daß sie einen Blick darauf werfen konnten, eine weite grüne Fläche aus, auf der sich andersfarbige Tupfer zeigten. Der Fluß lag im Frühmorgenlicht jadegrün da, teilweise noch von Nebelbänken bedeckt, und wand sich in ziellosen Biegungen, wenn auch mit mächtiger Kraft. Im Westen spiegelten schneebedeckte Berge rosafarben das Sonnenlicht wider. Von all dem bekamen die Marines in ihren fliegenden Kästen wenig mit – sie waren sich nur ihrer Sterblichkeit, ihres Pulsschlags und ihrer Schweißausbrüche bewußt.

Für Shannon war die Lateralbeschleunigung der schlimmste Teil der Reise. Er hatte dabei ständig das Gefühl, jeden Moment sein Mittagessen zu verlieren. Dabei währte der Flug nur fünfzehn Sekunden – endlos lange Sekunden –, in denen die Penetratoren sich in entgegengesetzter Bahn zum überschallschnellen Lander bewegten und relativ zum Boden abstiegen. Er roch die bitteren Reste des Raketentreibstoffes, der noch die Kapsel anfüllte, nachdem das ausgebrannte Triebwerk sich von ihm abgesprengt hatte.

Shannon in seiner aus druckstabilem Titan bestehenden Kapsel fiel mit den Füßen voran und wartete. Wartete ewig lange auf den Moment, in dem die Rückstoßraketen zünden würden, auf den allerschlimmsten Moment der Reise. Er checkte zum dritten Mal die Öffnungsverschlüsse, überprüfte wiederum den Sitz seines Helms und lauschte dem Rauschen seines Atems durch die Sauerstoffmaske. Die Temperaturen in seiner Hülle stiegen rasch an. Nach einer weiteren Ewigkeit warf er abermals einen Blick auf den Höhenmesser. Shannon befand sich immer noch oberhalb der Dreißig-Kilometer-Marke. Geduldig machte er sich wieder daran, alle Systeme zu checken.

Endlich kam Bewegung in den Höhenmesser. Shannon wartete weiter. Seine Ohrenkanäle arbeiteten, um dem Druck standzuhalten. Er gähnte und bewegte den Unterkiefer. Die Gehörgänge und -knöchelchen ploppten mehrere Male. Endlose Minuten verstrichen. Die Nadel auf dem Höhenmesser sank jetzt schneller. Bald würden die Raketen zünden. Er streckte den Rücken, legte die Schultern zurück und hielt den Kopf gerade. Ein letzter Blick auf den Höhenmesser. Shannon schloß die Augen.

Wumm! Ein Ruck ging durch seinen Körper, als habe ein Riese ihm mit einer mächtigen Keule von unten gegen die Füße geschlagen. Shannons Knie gaben nach, aber der aktivierte Druckharnisch stützte Oberkörper und Rücken. Seine Halswirbel schmerzten, und eine Benommenheit legte sich über sein Bewußtsein, als würde er ohnmächtig werden. Der nächste Stoß, fünfzehn Sekunden nach dem ersten, würde noch schlimmer. WUMM! Die nächste Zündung explodierte an der Basis der Kartusche – ein machtvoller Schub, der gegen die Planetenoberfläche gerichtet war – wie eine Kanonenkugel, die mit allen Kräften versuchte, die Hülle ins All zurückzuschleudern.

Shannon schüttelte den Kopf, um den Nebel aus seinem Gehirn zu zwingen. Seine Abstiegsrate bewegte sich im sicheren Bereich. Er griff nach unten und zog am Trennhebel. Shannon versuchte, schneller zu sein als die automatische Sequenz, aber wie stets war auch diesmal der bordeigene Prozessor flinker als er. Der Marine hörte und spürte, wie der Windsack sich über ihm ausbreitete, und wartete auf den nächsten Stoß – einer, der im sehr willkommen war, verhieß er ihm doch, daß sein Fallschirm sich mit Luft anfüllte.

Wie gewöhnlich wehte das befriedigende Kawupp! all seine Sorgen und Ängste davon. Als der Fallschirm sich stabilisierte, glitten die unteren zwei Drittel der Kartusche von seinem Körper. Der Kanister sauste wie ein Bleigewicht der Oberfläche entgegen. Während Shannon über dem vielfarbigen Planeten unter ihm schwebte, konnte er seine Stiefel sehen, die in dem Aufprallschutz steckten, der immer noch mit der Kontrollsektion an seinem Gürtel verbunden war. Er löste den Schutz und verstaute ihn in einer Tasche. Dann nahm er die Landestelle in Augenschein, entschied sich für eine Flußbiegung und paßte seine Fallrichtung entsprechend an. Die Zielstelle war jetzt in Sicht, und Shannon befand sich auf dem richtigen Kurs. Er griff nach oben und öffnete die Schnellverschlüsse der aerodynamischen oberen Sektion der Kartusche. Das letzte Hüllendrittel schwankte im Fahrtwind. Als er alle Klammern gelöst hatte, glitt das Teil an seinem Backpack hinab, bis es ihm wie ein Schildkrötenpanzer auf dem Rücken saß und sich dort einhakte.

Shannon hielt nach seinen Männern Ausschau. Irgend etwas schien mit Nummer Fünf – Private Chastain – nicht zu stimmen. Der Mann hatte sich aus der Linie gelöst und war ein gutes Stück abgetrieben. Schlimmstenfalls war der Marine bereits tot, entweder erstickt oder durch einen Druckabfall traumatisiert. Günstigstenfalls hatte er lediglich das Bewußtsein verloren, sei es, daß er sich durch eine falsche Position in der Kapsel den Kopf gestoßen oder aber der Harnisch bei der Rückzündung eine Fehlfunktion aufgewiesen hatte.

Shannon fand den Sendeknopf an seinem Gürtel, drückte mehrmals darauf und ließ einen einzelnen Impuls folgen, der seine Position in der Linie anzeigte. Nach einer kurzen Pause vernahm er in seinem Empfänger ein kurzes Doppelklicken, das von der Nummer Zwei, Petit, stammte. Kurz darauf drei Impulse – O'Toole –, dann ein viermaliges Klicken von Tatum. Ein quälend langes Schweigen, dann sechs Impulse in drei raschen Paaren. Nummer Sechs in der Linie war der Squad Leader MacArthur. Nummer Fünf, Chastain, hatte sich nicht gemeldet.

Shannon sprach in seinen UKW-Sender: »Sechs, bleiben Sie bei Fünf. Landezone Alpha ansteuern. Standard-Prozedur. Haben Sie mich verstanden?«

»Sechs hat verstanden«, bestätigte MacArthur militärisch knapp.

Shannon schwang sich herum, um wieder die Landezone unter sich zu haben. Eine turbulente Wolkenschicht ballte sich hinter den Bergen im Westen und Süden. Zerklüftete Zinnen, deren schneebedeckte Granitspitzen tief unter ihm aufragten. Der Marine starrte auf den Boden und betrachtete die Biegung des Flusses, der sein Landegebiet umrahmte. Er betätigte die Kontrollen und löste den hochtragenden Zweitschirm aus. Lieutenant Buccari hatte sie direkt über dem Zielgebiet abgesetzt. Nicht schlecht für eine Fluggeschwindigkeit von Mach Zwanzig. Shannon schätzte, daß er in weniger als dreißig Minuten aufsetzen würde. Er warf einen prüfenden Blick auf den Höhenmesser und verstieß gegen die Vorschriften, indem er die Sauerstoffmaske anhob und die verdünnte Atmosphäre dieser Welt durch die Nase einatmete. Außerdem war die Luft erheblich kälter, als er erwartet hatte.

Shannon dachte an das, was sie bei der Flugbesprechung diskutiert hatten. Das Hudson Plateau war riesig, erstreckte sich über fünfzig Kilometer von den Klippen am Flußufer bis zur ersten Reihe der zerklüfteten Berge. Es lag schätzungsweise zweitausend Meter über dem Meeresspiegel und erhob sich mindestens tausend über dem Flußtal. Der Strom umschloß den Großteil der Hochebene, und das, was er freiließ, begrenzten die Gebirge im Süden und Westen. Als Shannon über dem Abgrund trieb, der den Rand des Plateaus darstellte, bemerkte er Dampfwolken, die von den Klippen ausgespuckt wurden. Rauchfinger und -spiralen spalteten sich von der Ballung ab und segelten kurz im Wind, bevor sie sich auflösten. Seen waren auf der Hochebene auszumachen, und von den ehrfurchtgebietenden Bergen aus erstreckten sich verkarstete Ausläufer, die an einen Drachenrücken erinnerten. Ensign Hudson hatte sie auf einen zentral gelegenen See hingewiesen, der über drei Inseln verfügte, an dem sie sich bei ihrer Landung orientieren sollten. Und jetzt entdeckte der Marine auch das Gewässer, das sich an den Felsrücken schmiegte.

Die letzten fünfhundert Meter seines Falls waren die interessantesten. Aus fünf Kilometern Höhe war ihm die Topographie der Fläche eindimensional entgegengeflogen. Doch jetzt sorgten Täler und Höhen, Hügel und Klippen, Ritzen und Spalten für Tiefe und Perspektive. Der blasse Granit des Plateaus streckte sich dem Mann entgegen. Shannon überprüfte ein letztes Mal die Verschlüsse und zog den Helmgurt fester. Flache Steine, die von tiefroten und goldfarbenen Flechten überzogen waren, streiften unter seinen Füßen dahin. Er zerrte an den Leinen, bremste die Vorwärtsgeschwindigkeit ab und zog das vordere Ende seines Schirms ein. Vier gesprungene Schritte, dann kam er zum Stehen – ein Fremder in einer fremden Welt.

Sie war wirklich ungemütlich kalt.

MacArthur verfolgte, wie Chastain von der Linie wegtrieb. Er ließ das obere Kartuschendrittel auf seinen Rücken gleiten und entfernte den Harnischschutz. Chastain glitt nach Süden und Osten ab. Es blieb nichts anderes übrig, als ihn einzuholen und zu bergen. Die anderen vier Fallschirme verschwanden vor dem Dunkel des Gebirges.

Während Chastains Schirm ziellos und in einer Spirale trieb, glitt MacArthurs Blick über das so unschuldig wirkende Terrain. Ohne von einem Baum unterbrochen zu werden, wogte die Ebene nach Norden und traf sich unter einem formlosen Nebel mit dem Horizont. Im Süden wand sich der Fluß in einem weiten Bogen auf sie zu, und seine Wassermassen teilten sich in ineinander verwobene Stromzöpfe auf, die von Sand- und Felsbänken auseinandergehalten wurden. Die Sonne glitzerte fahl auf den vielen Kanälen des Gewässers. Dem Squad Leader kam es fast so vor, als seien hier vier oder fünf Ströme zusammengetroffen, um sich miteinander zu vermischen und sich um Untiefen und Inseln zu winden, ohne sich jedoch darüber einig werden zu können, in welchem Bett man vereint weiterfließen sollte.

Jenseits des Wasserlaufs stieg der Boden im Süden zu einer

felsigen Hügelkette an, und dahinter türmte sich in der Ferne ein grimmig wirkendes Gebirge auf. Gewaltige Wolken wanden sich um die Schultern und schneebedeckten Kappen der Berge, und eine dicke Bank von Altocumuli ergoß sich in das Tal mit seinen blaugrünen Gletschern.

Die wogende, braun und grün gefleckte Prärie unter ihm nahm langsam Form an. Der Wind kam von Norden und frischte stetig auf. Er trieb sie in Richtung Fluß ab, aber dort fand sich genügend Platz; denn ein ausgedehntes Tal erstreckte sich zwischen ihnen und dem Strom. Zwei symmetrische Gipfel, aus denen Dampf und Rauch strömten, markierten den Eingang zu der Senke.

In siebenhundert Metern Höhe blickte MacArthur noch einmal nach unten, um nach einer geeigneten Landestelle Ausschau zu halten. Dabei fiel ihm eine Merkwürdigkeit auf. Das braungrüne Muster der Landschaft bewegte sich langsam. Fast so, als würde der Boden selbst sich regen. Der Marine starrte genauer hin und glaubte zuerst, seinen Augen nicht trauen zu dürfen. Dort unten hielten sich Tiere in unfaßbarer Anzahl auf. Eine gigantische Herde von grasenden Tieren bedeckte die Ebene, so weit das Auge reichte. Nein, es mußte sich um verschiedene Herden unterschiedlicher Tierarten handeln. Die Spezies, die sich direkt unter ihm befand, wies eine dunkle rotbraune Färbung auf. An den Flanken dieser Herde und auch ein gutes Stück weiter in Richtung Horizont schoben sich kleinere Gruppen voran, deren Äußeres heller war – goldfarben oder gelb.

MacArthur überprüfte die Driftrate. Mit ein paar Manövern konnte er sich davor bewahren, mitten in der Herde zu landen. Gegen Talende hin dünnten sich ihre Reihen aus, und der Wind tat ein Übriges, ihn dorthin zu wehen. Doch Chastain, der zu keiner Steuerung in der Lage war und steiler fiel, würde direkt auf die Herde treffen. Der Marine wußte, daß er in der Nähe seines Kameraden bleiben mußte. Aber was, wenn Chastain nicht mehr am Leben war? Konnte er es dann riskieren, sich inmitten einer Stampede wiederzufinden?

Doch vielleicht war der Mann nur bewußtlos und bedurfte dringend der Ersten Hilfe. Womöglich erstickte Chastain unter seiner Sauerstoffmaske. Und es war nicht auszuschließen, daß der Bodenwind ihn über die Ebene ziehen würde. Die Böen waren stark genug, beide Männer dieser Gefahr auszusetzen. MacArthur zog sein Sturmgewehr aus der Hülle im Schildkrötenpack, überprüfte das Magazin und bereitete sich auf die Landung vor.

Der Abstieg, der aufgrund der Illusion, der Schwerkraft trotzen zu können, nicht als Fall wahrgenommen wurde, hatte fast eine Stunde angedauert. Aber die unausweichliche Realität des Bodens wurde rasch offenbart. Die Masse der Herde löste sich in einzelne Wesen auf – Tiere mit runden Schultern, mächtigen Schädeln, kurzen Hörnern, zottigem Fell und stämmigen Beinen, den irdischen Bisons nicht unähnlich. MacArthur beobachtete, wie Chastain wie ein Stein niederging und vermutlich auf dem Rücken eines dieser Riesen landen würde. Die Tiere schienen ihn zu wittern, denn wie bei einem Kornfeld, in dem ein Hubschrauber landet, oder wie bei einem Stein, der in ein stilles Wasser geworfen wird, zogen sie sich wellenförmig vor ihm zurück. Die Stelle, an der der Mann aufkommen würde, leerte sich überraschend schnell. Torf- und Erdklumpen flogen durch die Luft, aufgeworfen von den Hufen der bockenden und um sich tretenden Büffel. Die nächsten Tiere drängten gegen ihre Nachbarn, und bald hatten sie eine annähernd kreisrunde Fläche mit einem Durchmesser von dreihundert Metern für den flatternden Fallschirm frei gemacht.

Chastains leblose Gestalt brach auf dem Boden zusammen, als besäße sie keine Knochen. Er schlug mit dem Kopf auf, und sein Helm flog hoch, um gleich darauf ein weiteres Mal niederzukrachen. Der Fallschirm senkte sich über den Mann und begrub ihn unter sich. Böen zerrten an ihm, fuhren unter ihn und rissen den hilflosen Marine in langsamen zuckenden Schüben über das dungübersäte Gelände. MacArthur, der sich immer noch in der Luft befand, manövrierte sich unter den Wind, ließ sich dann von einem Stoß ein Stück weit tragen und landete mitten auf Chastains flatterndem Sprungtuch. MacArthur zerrte an seinen Leinen, gab Luft und löste rasch die Verschlüsse. Am Rand seines Bewußtseins nahm er wahr, daß der Boden weich wie Schlamm, aber gleichzeitig trocken und federnd war. Er war auf einer Tundra aufgekommen. Einer Tundra oder Taiga, wie man sie im Norden Kanadas fand. Die Erinnerung an die Fahrten und Jagdausflüge seiner Jugend setzte augenblicklich ein. Er wußte, daß es anstrengend sein würde, lange auf diesem Boden zu laufen.

Nachdem er die beiden Tücher eingeholt und mit den Leinen verschnürt hatte, machte er sich daran, seinen Kameraden aus dessen Fallschirm zu befreien. Kaum hatte er die muskulösen Schultern des Mannes von dem dungbedeckten Boden angehoben, ließ er sie gleich wieder los. Schnecken! Schwarze amorphe Wesen so groß wie ein Daumen explodierten aus dem grünschwarzen Exkrementhaufen, auf dem Chastain liegengeblieben war. Ein ganzes Heer von diesem Ungeziefer wand sich durch die Masse. Die meisten dieser sich schlängelnden Wesen bohrten sich gleich wieder in den porösen Haufen hinein, aber einige Dutzend von ihnen glitten über den reglosen Marine. MacArthur kämpfte gegen den aufkommenden Brechreiz an, überprüfte gleichzeitig den Boden, auf dem er stand, drehte dann den Mann behutsam auf den Rücken, zog ihn zu einer Stelle, auf der sich nur wenig Dung befand, und schlug mit seiner behandschuhten Hand die glitschigen Würmer von der Uniform seines Kameraden. Die Schnecken gruben sich, kaum daß sie auf dem Boden angelangt waren, gleich in die weiche Tundra ein.

Chastain atmete, war aber ohne Bewußtsein. Bei einer ersten Untersuchung stellte MacArthur fest, daß der Mann sich offenbar nichts gebrochen hatte. Er befreite ihn aus seinem Harnisch, und das schwere Backpack fiel zur Seite. Dann rollte er Chastain auf ebenen Boden, öffnete sein Visier und nahm ihm die Sauerstoffmaske ab. Der Marine zuckte, und seine Augen flogen auf. Nackte Panik sprach aus seinem Blick. Er riß den Mund auf und atmete kurz ein, nur um im selben Moment heftigst auszuatmen, sich die Hände auf Lippen und Nase zu reißen und den Kopf hin und her zu werfen.

»Kann nicht atmen!« würgte er und preßte die Worte aus leeren Lungenflügeln hervor. »Kann nicht ...« Er nahm die Hände vom Gesicht und tastete wie verrückt nach seiner Maske. Kaum hatte er sie gefunden, zog er sie sich rasch über, und seine wild dreinblickenden Augen verengten sich zu schmalen Schlitzen. Dann versuchte er, sich aufzurichten, aber ein scharfer Schmerz durchfuhr seinen Körper. Er erstarrte und fiel wieder auf den Rücken. Seine Hände hielten verzweifelt das Atmungsgerät an den Mund. Er wirkte wie ein Ertrinkender, der sich an einen Rettungsring klammert.

MacArthur nahm vorsichtig seine eigene Maske ab. Kaum hatte er die Versiegelung gelöst, als ein scharfer Gestank in seiner Nase und in seinem Mund brannte – ein so überwältigender Geruch, daß er ihn nicht beschreiben konnte. Tränen schossen ihm in die Augen, und er hatte das Gefühl, seine Nasenhöhlen würden verätzt. MacArthur sank auf die Knie und versuchte, die Schmerzen aus Nase und Lunge zu bekommen. Als alles nichts half, riß er sich das Atemgerät wieder vor den Mund und wagte vorsichtig zu atmen. Übelkeit überkam ihn, und er mußte gegen Panik ankämpfen, als er sich die Lunge mit Sauerstoff füllte.

Der Squad Leader konnte langsam wieder ruhiger atmen, aber ein saurer, metallischer Geschmack blieb auf seinem Gaumen zurück. Er warf einen Blick auf Chastain. Beiden Männern stand die Angst im Gesicht geschrieben. Sie konnten sich nur mittels Zeichensprache oder Funk miteinander verständigen.

Auch wenn er damit gegen die Regeln verstieß, aktivierte MacArthur seinen Sender.

»Die Luft ist nicht gut. Wir stecken ganz schön in der Scheiße, Jocko«, keuchte er und sah sich nach der Herde um, die sich langsam weiterbewegte. Die Bisons hatten sich wieder beruhigt und grasten auf der schwammartigen, exkrementübersäten Tundra. Ein paar der Tiere waren neugierig etwas näher gekommen, aber keines von ihnen wagte sich weiter als zweihundert Meter heran. Die buntscheckigen rotbraunen Büffel wirkten riesig. Ihre Schultern erhoben sich mannshoch über dem Boden. Darüber trugen sie fellbedeckte dicke Höcker, ähnlich den prähistorischen Mastodons oder den Moschusochsen. Die erwachsenen Tiere wiesen außerdem ein stumpfes, aber scharf gebogenes Paar schwarzer Hörner auf.

MacArthur erhob sich und blickte zu Chastain hinab. Der große Mann hatte die Augen weit geöffnet und war bleich. Offenkundig litt er immer noch unter den Nachwirkungen des Moments, in dem er der hiesigen Atmosphäre ausgesetzt gewesen war. »Hast du dich verletzt, Jocko?« erkundigte sich der Squad Leader.

Chastain schloß die Augen. Sein Atem ging flach und zu schnell. Seine zitternden Finger aktivierten das Funkgerät. »Mein Rücken. Multipler Rückstoß – war ein Gefühl, als würde eine Tonne Ziegelsteine auf mich fallen. Muß das Bewußtsein verloren haben. Was sollen wir jetzt tun, Mac?«

Der Squad Leader spürte immer noch leichte Benommenheit, als er nachzudenken versuchte. Ihr Sauerstoffvorrat reichte höchstens noch für zwei bis drei Stunden; eher nur zwei, wenn man bedachte, unter welchem Streß sie standen.

»Wir sollten nicht hierbleiben. Kannst du laufen?« fragte er und machte sich auf eine negative Antwort gefaßt.

»Weiß nicht«, sagte der Mann. Er rollte sich vorsichtig auf die Knie. Selbst mit MacArthurs Hilfe konnte sich der Marine kaum auf den Beinen halten. Gebeugt und rechts stark humpelnd stolperte Chastain den Hang hinunter. Jede auch noch so kleine Erhebung erschwerte es ihm, die Füße zu heben und seinen schweren Körper weiterzubewegen.

MacArthur nahm das Backpack seines Kameraden auf und sammelte die flatternden Schirme ein. Dann kam ihm eine Idee. Er zog seinen eigenen Rucksack aus und verband ihn mit dem Chastains. Die Schildkrötenrücken packte er im Tandem darauf. Dann knotete er die Fallschirme an das Gebilde und faltete vorsichtig die Stoffe auseinander. Zum Entsetzen der Büffel, die daraufhin erneut davonsprangen, blähten sich die Schirme auf und zerrten ihre Last über das unebene Gelände. Der Squad Leader nutzte die Leinen als Halteseil, während er dem windgetriebenen Schlitten folgte. Das Gefährt zwang ihn, in einen leichten Trott zu fallen. Rasch holte er seinen verletzten Kameraden ein.

»Na, Jocko, wie kommst du voran?« fragte MacArthur über Funk, als er zu dem Mann aufgeschlossen hatte und mit beiden Händen an den Leinen ziehen mußte, um die wacklige Konstruktion davor zu bewahren, vom Wind auseinandergerissen und fortgetragen zu werden.

»Ich weiß nicht, ob ich das noch lange durchhalte, Mac«, keuchte Chastain. Sein schweißbedecktes Gesicht war aschgrau geworden.

»Doch, Jocko, du schaffst es. Wenn ich dich nicht mehr sehen kann, halte ich eben an und warte.«

Der Mann nickte, und MacArthur gab wieder Leine. Trotz seiner ermutigenden Worte machte er sich Sorgen. Wie konnte man etwas entkommen, das nicht zu sehen war?

Das Terrain wandelte sich, je tiefer sie abstiegen. Kristallene Böschungen, die von bunten Flechten überzogen waren, ragten aus der Taiga auf, und der Boden unter ihren Füßen fühlte sich nicht mehr so schwammig an. Als MacArthur oben auf einem kleinen Hügel angelangt war, machte er eine Reihe von verkrüppelten Bäumen mit gelbem Stamm aus. Dahinter begann das Tal und versank allmählich im Bodennebel. Der Squad Leader wußte, daß das Tal am großen Fluß endete, und ihm war auch klar, daß einem tiefen Abstieg irgendwann ein ebenso steiler Aufstieg folgen mußte.

»Voraus erblickst du gleich eine Baumreihe. Drüben, rechts«, teilte er dem Verletzten über Funk mit. »Ich begebe mich dorthin. Wenn wir dort angelangt sind, überprüfen wir noch einmal die Luft. Und jetzt halt die Ohren steif, Marine.« Seine Worte dienten genausosehr dazu, Chastain zum Weitergehen zu bewegen, wie sich selbst Mut zu machen.

MacArthur trottete weiter und bewegte sich in einem abgehackten Bogen. Die harten Schildkrötenrücken krachten immer wieder gegen Felsen und prallten von ihnen ab. Der Wind ließ jetzt spürbar nach und besaß nicht mehr die antreibende Kraft, die er noch auf höherem Terrain gehabt hatte. Der Squad Leader mußte den Schlitten durch feuchte Niederungen und über sanfte Erhebungen ziehen. Nach einer Stunde erreichte er schweißgebadet die windgebeugten Bäume, die er vorhin von oben gesehen hatte, und er ließ sich schwer auf einem der quarzgeäderten Felsen nieder, die hier wie verstreut herumlagen. Er legte den Kopf und die Hände auf die zitternden Knie. Ein knorriger und verdrehter Stamm, dessen Rinde rissig und senffarben war und der grüngraue spitze Nadeln aufwies, bot eine Oase kühlen Schattens.

Es kam ihm wie das Paradies vor, hier ausruhen zu können, aber die Überlebensängste, die ihn plagten, hielten ihn in ihrem Griff. Eingekapselt in seinem Helm, konnte er nur das Hämmern seines Herzens und das Rasseln seiner Lungen hören. Schließlich hob er den Kopf und betrachtete die kleine Baumgruppe. Nur fünf Schritte von MacArthur entfernt, sprudelte eine klare Quelle aus einer blumenbedeckten Senke, und aus ihr entstand ein munteres Rinnsal, das über einige Granitstufen lief und aus seinem Blickfeld entschwand. Der Anblick dieses Nasses löste einen furchtbaren Durst in ihm aus.

Der Squad Leader füllte schließlich seine Lungen fatalistisch mit Sauerstoff und öffnete dann wiederum die Verschlüsse der Maske. Er löste den Helm, wodurch das Gerät von seinem Mund fiel. Ein stetiger Strom kühler Luft streichelte seine verschwitzten Wangen. MacArthur zog sich den Helm ganz vom Kopf. Die eindringliche Symphonie der Natur drang an sein Ohr, und eine Brise fuhr ihm über Hals und Stirn. Bereits zitternd hielt er immer noch die Luft an.

Er legte die Maske griffbereit neben sich und atmete dann langsam aus. Nach einem Moment schnüffelte er vorsichtig die Luft dieser Welt. Sie roch entsetzlich: ein gräßlicher Gestank von überwältigender Wucht. Die gräßlichsten Aromen, ein bitteres Konglomerat aus Abfällen, Aas, Abwässern und verbrannten Chemikalien drangen unerbittlich und nachhaltig auf ihn ein. All seine Sinne zogen sich davor zurück. Sein Körper flehte darum, sich in sein Innerstes zurückziehen zu dürfen, in Schlaf oder Ohnmacht zu fallen oder so weit wie möglich von hier fortzurennen. Sein Kopf dröhnte, und seine Augen tränten. Und dennoch wußte er, daß diese Luft nicht tödlich für ihn war. Er konnte sie atmen, seine Lunge konnte sie verarbeiten. Und besser noch, er konnte sie hier in sich einsaugen, ohne sie von Krämpfen geschüttelt gleich wieder auszustoßen wie vorhin in der Landezone. Sie schmeckte scheußlich, aber sie war atembar, und die Vorstellung, nur noch für eine Stunde Sauerstoff zu haben, verlor ihren Schrecken. Er hatte nun Zeit, sich um andere Dinge zu kümmern.

Wie zum Beispiel um die Quelle, die nur wenige Meter vor seinen Füßen sprudelte. Wasser, ja, das war jetzt die dringlichste Frage. Was nützte einem atembare Luft, wenn das Wasser ungenießbar war? Ohne Wasser mußten sie ebenso krepieren wie ohne Luft. Schließlich waren sie auf dieser Welt auf Gedeih und Verderb gestrandet.

Er legte Helm und Maske auf den Boden, kniete sich hin und beugte sich über die Quelle. Zuerst schnüffelte er an dem lebhaften Wasser, konnte aber nichts anderes als die stinkende Luft riechen. Dann trank er einen kleinen Schluck. Eigentlich wollte er die Flüssigkeit nur mit der Zunge prüfen, doch der Durst in ihm überwand alle Vorsicht, und er schlürfte begierig das wohlschmeckende Naß.

6 Klippenbewohner

Die Götter des Himmels zürnten, und Brappa wurde Zeuge ihres Mißfallens. Er und die anderen Wächter hatten Flieger erblickt, die von den Höhen herabgestiegen waren. Dabei hatte keiner von ihnen sich an Dickwurz berauscht. Vom Morgenhimmel war Donner gekommen, und im Osten waren in weiter Ferne Sterne explodiert. Keine Blitze, sondern große rote und gelbe Feuerblumen, und das an einem Firmament, auf dem sich nicht eine Wolke zeigte. Nach den Lichtern hatte es ganz furchtbar geknallt, ein Donner, wie sie ihn noch nie vernommen hatten. So laut, daß ihm die Ohren jetzt noch klingelten. Und dann waren nach den Feuerblumen und dem Getöse die vier Flieger erschienen. Hoch oben am kalten Himmel waren sie urplötzlich aufgetaucht und auf die Seen zu getrieben.

Brappa, Sohn-des-Braan, der Oberwächter der Morgenwache, tanzte behende die steile Granitwand hinab. Das goldene Glühen der Dämmerung flutete ins Flußtal und bestrahlte und schmolz die dünne Eisschicht am oberen Rand. Der Wächter jagte entlang den Wänden der Schlucht den Sonnenaufgang, hüpfte alle paar Schritte leichtfüßig in die Luft, breitete die durchsichtigen Membranen aus und landete sanft auf dem nächsten Vorsprung, wo er wiederum drei oder vier Schritte lief, um dann abermals abzuspringen und durch die Luft zu segeln. Mit diesen Sprüngen legte er große Etappen zurück. Wenn er gewollt hätte, hätte er den ganzen Weg bis nach unten in einem Stück fliegen können, aber er brauchte Zeit zum Nachdenken.

Brappa kam an einem Ausflußloch vorbei und genoß die schweflige, feuchte Strömung. Die Dampfwolke löste sich rasch in der kalten Luft auf. Nun erreichte er die sich ständig vergrößernden Bänke der wirbelnden Nebel und Dampfwolken, wo die Luft wohltuend nach Mineralien und Nässe roch. Dahinter näherte er sich dem Netzwerk der Terrassen, die anzeigten, daß sich hier die Heimstätten seiner Siedlung befanden. Der Fluß, der immer wieder sichtbar wurde, wenn die Dampfwolken auseinanderrissen, wogte mächtig dahin. Seine Kraft wurde von den Klippenwänden der Schlucht im Zaum gehalten, und sein Wasser zeigte sich zu dieser frühen Stunde noch mattgrau, was daher rührte, daß die Sonne noch nicht hoch genug stand, um die turbulente Oberfläche wie jeden Tag sanft grün und weiß zu färben.

Brappa, Sohn-des-Braan, landete weich auf der feuchten Granitfläche vor dem Versammlungsportal. Dieser Felsvorsprung stellte die größte Terrasse an der Klippe dar, wurde nach oben hin durch ein glitzerndes, quarzdurchsetztes Sims abgeschirmt, maß an der breitesten Stelle zehn Spannen und zog sich über siebzig an der Felswand dahin. Eine niedrige Mauer, die stellenweise mit Zinnen versehen war, grenzte den Rand ab, der jäh abfiel. Zwischen den einzelnen Zinnen wuchs eine wahre Pracht vielfarbiger Blumen, denen ein Gemisch von Aromen entströmte, bei dem einem ganz schwindelig im Kopf werden konnte. Jenseits der kleinen Mauer strömten Dampfwolken von der Flußschlucht auf und ergossen einen ständigen Niesel- und Dunstregen auf die Pflanzen, zwischen denen Sonnenstrahlen hindurchlugten, über die Klippenwand tanzten und eine Vielzahl von Regenbogen schufen.

In den Fels gehauen, erhob sich ein spitz zulaufender Bogen, der Brappas knotigen Schädel um zwei Spannen überragte: das Portal zur Versammlungshalle, aus Obsidian gefertigt und mit einer massiven Oberschwelle aus damit kontrastierender weißer Jade gekrönt. Kunstvoll geschnitzte rosafarbene Marmorbrocken bildeten die Flanken des Eingangs und setzten sich nach außen in immer kleiner werdenden Formen fort. Gurgelndes Wasser strömte über die Steine und verschwand in Auffangbecken. In den Fels gemeißelte Rinnen am Grund der Klippenwand trugen das Wasser fort. Eine uralte, ausgetretene Treppe, die man ins Felsbett gehauen hatte, erhob sich dreißig Stufen weit von der Terrasse in die Höhle.

Brappa faltete ruhig seine Schwingen zu einer komplexen Doppelüberlappung zusammen und bestieg die Treppe. So wirkten die Flügel wie ein schwarzer Umhang, der einen Buckel zu verstecken schien. Brappa bewegte sich auf kurzen, krummen Beinen, und sein Schädel hatte die Form einer Spitzhacke. Die sehnigen und muskelbepackten Arme, von denen jeder drei Gelenke und einen langen, in Opposition stehenden Daumen aufwies, hingen bis über die Knie hinab. Ein feiner Pelz weichen schwarzen Fells bedeckte seinen ganzen Körper bis auf Brust und Bauch, wo die Haare länger wuchsen und eine cremeweiße Färbung aufwiesen – das Merkmal eines fliegenden Klippenbewohners oder Jägers. Brappa maß weniger als eine halbe Spanne, aber er war auch noch recht jung.

Drei ähnlich aussehende, aber deutlich größere Männer erschienen an der Schwelle des Portals. Ihre Köpfe und Hälse waren mit einem ähnlich pechschwarzen Fell wie bei Brappa bedeckt, doch der Rest ihrer Körper präsentierte sich gänzlich in cremeweißem Pelz. Bei ihnen handelte es sich um Gildenangehörige, was auch an ihren größeren und runderen Köpfen zu erkennen war, wohingegen sich auf dem Schädel des kleineren Wesens ein eingekerbter Auswuchs zeigte. Im Lauf der Äonen waren die Echolot- und Flugfähigkeiten der größeren Gildenmitglieder verkümmert, und ihre Körper hatten sich auf andere, neue Bedürfnisse eingestellt. Die Gildenmänner besaßen nicht nur eine höhere Körpergröße und mehr Gewicht, sie waren auch geschickter mit den Händen und in mancherlei Hinsicht intelligenter als die Jäger. Die Jäger wiederum sagten ihnen nach, sie hätten dafür weit weniger Mut.

Der größte unter den Dreien war uralt und trug eine Halskette aus gefaßten Smaragden und Granatsteinen, die ihn als Mitglied der Gärtner-Zunft auswies. Brappa blieb vor ihnen stehen und verbeugte sich tief und mit ausgestreckten Handflächen vor dem Ratsherren. Er hatte viel zu berichten, doch die Sitten seines Volkes verlangten, daß er zunächst schwieg.

»Was führt Euch hierher, Jäger?« pfiff der Ratsherr formell, doch mit unüberhörbarer Erregung in der Stimme. Auch er mußte das ferne Grollen am Himmel gehört haben.

»Ich wünsche Euch ein langes Leben, Ratsältester«, quiekte und trillerte Brappa. »Exzellenz, auf Befehl von Kuudor, dem Hauptmann der Wache, bin ich der heutigen Morgenwache zugeteilt worden und bringe nun Nachricht von merkwürdigen Ereignissen.«

»Wir haben Euch gehört. Folgt mir«, befahl der Ältere finster, drehte sich langsam um und stieg die Treppe wieder hinauf. Die anderen Gildenmitglieder, die noch den Status von Lehrlingen innehatten, nahmen gehorsam ihre Posten im Inneren des großen Eingangs wieder ein.

Brappa folgte dem Ratsherren durch die Vorräume. Hohe Bögen und zierliche Säulen von wundersamer Kunstfertigkeit wuchsen immer höher, je weiter sie durch den größer werdenden Gang schritten. Feinsinnig geschnitzte Mosaike aus Alabaster und Jade bedeckten die aufs sorgfältigste polierten Alkoven. Dann tat sich der Ratssaal vor ihnen auf, ein Amphitheater von fünfzig mal fünfzig Spannen Größe und mit besonders hoher Decke. Unzählige tropfende Spirituskerzen beleuchteten die Halle mit ihrem flackernd gelben Schein.

Brappa war auch früher schon vor den Rat getreten, und der junge Jäger war mit der Anonymität der Menge und dem Getuschel der Massen vertraut. Doch heute morgen zeigte sich niemand in der Höhle. Wasser sprudelte durch die Aquädukte über ihren Köpfen, und das Echo, das ihre schlurfenden Schritte erzeugten, wirkte ohrenbetäubend laut. Brappas Krallen klackten über die funkelnden Intarsien in dem Boden aus schwarzem Marmor. Die angespannte Stille in der leeren Halle beunruhigte ihn, doch als Jäger – selbst wenn er nur Wächter war – durfte er sich nichts anmerken lassen. Mit einem Anflug von Geringschätzung betrachtete er die Lehrlinge, die hier mit Schrubbern und Schwämmen bewaffnet arbeiteten, um die natürliche Feuchtigkeit und Kondensation ihres Labyrinths einzudämmen. Es war unter der Würde eines Jägers, einen Schrubber zu schieben.

Brappa und seine Begleitung passierten den großen Saal und stiegen schließlich eine geteilte Treppe hinauf, die sich links und rechts um einen marmornen Balkon wand, der freitragend aus der Steinwand ragte. Oben angekommen, bedeutete der Ältere dem Jäger mit einer flüssigen Geste seiner knochigen Hand, hier zu warten. Als der Ratsherr zwischen den beeindruckenden Reihen massiver Säulen verschwunden war, hockte sich Brappa auf die auf Hochglanz polierte hölzerne Brüstung. Das komplizierte Drainagesystem, das die Wände der großen Halle überzog, beeindruckte ihn immer wieder. Von unten gesehen waren die meisten Leitungen nicht auszumachen. Er verfolgte die Bahnen und Zusammenflüsse der Aquädukte und Kaskaden, die das Wasser aus den oberen Ebenen ableiteten, um es sowohl als Lebenselixier als auch als Kunstwerk zum Wohl der Gemeinschaft zur Verfügung zu stellen.

Braan, Führer-der-Jäger, stand in der steinernen Kabine, als der Ältere die Ratskammern betrat. Der Ratsherr nahm als Untergeordneter den Platz am Ende des schwarzen Marmortisches ein. Braan wußte, daß der Gärtner über hundert Winter gesehen hatte und dennoch unter den elf Ältesten der Jüngste war. Im Rat gab es keine Jäger, denn dafür wurden diese nicht alt genug. Die Klippenbewohner, sowohl Jäger wie auch Handwerker, hatten keinen Anführer, nur den Ratsältesten, Koop-den-Förderer. Koop trug die grüne Jade der Fischerzunft und war unglaublich alt. Sein unbändiges Hauptfell hatte eine strahlend weiße Farbe angenommen.

»Braan aus der Sippe der Soong, Führer-der-Jäger, sprecht Ihr für den Wächter?« tschirpte der Älteste.

Braan, dessen Schnauze von vielen Narben überzogen war und in dessen Haupthaar sich bereits weiße Strähnen zeigten, war zwar nicht der älteste Jäger, aber dennoch zu ihrem Führer geworden, weil er sich als der Fähigste erwiesen hatte. Sein Amt brachte es mit sich, daß er häufiger vor den Rat der Ältesten trat. Eine Lederschnur schmückte seinen Hals und zeigte seinen Rang an.

»Er ist von meinem Blut. Seine Worte sind meine, Exzellenz«, antwortete der Führer-der-Jäger.

»Was für Nachrichten bringt er?« fragte Koop ihn direkt und verstieß damit entschieden gegen die Gebräuche.

Braan fühlte sich davon nicht in seiner Ehre verletzt, denn der Älteste war sehr betagt und hatte keine Schmähung im Sinn gehabt. »Förderer, ich kenne nur Gerüchte. Die Wahrheit kann am besten von denen offenbart werden, die Zeuge gewesen sind. Ich gestehe freimütig, daß mich die Ungeduld plagt. Daher lasse ich den Mann sofort rufen.« Braan wartete nicht erst die Erlaubnis dazu ab, sondern hüpfte gleich aus der Kabine und verschwand im Labyrinth der Säulen.

Braan fand den Wächter auf dem Balkon vor, wo er erwartungsvoll stand und respektvoll den Kopf gesenkt hielt. Ein voller Zyklus des großen Mondes war vergangen, seit Braan-der-Vater nach Salz ausgezogen war. In der Zeit hatte Brappa-der-Sohn seine Wache übernommen. Braan erwiderte ruhig die Respektbezeugung seines Sprosses und streichelte ihm dann über das Kinn. Der Sohn hob langsam den Kopf, grinste erfreut und zeigte dabei mehrere Reihen winziger, aber messerscharfer Zähne. Der Vater klopfte dem Sohn fest auf den Rücken und schob ihn dann in die Ratskammern.

Braans Stolz auf seinen Jungen kam nicht von ungefähr. Brappa, Sohn-des-Braan, nahm mit Würde und Haltung seinen Platz in der steinernen Kabine ein. Der Jüngling gab das Wenige bekannt, das er wußte, und ließ sich nicht erschüttern, als die Ältesten, vor allem der Zunftmeister der Dampfarbeiter und der der Steinschnitzer, ihm Fragen zur Erläuterung stellten. Braan lauschte aufmerksam, denn die Fakten waren äußerst verwirrend. Sein Sohn, der Führer der Morgenwache, hatte Flugwesen gesehen, bei denen es sich weder um Jäger noch um Adler gehandelt hatte. Und die lärmenden Maschinen, mit denen sie gekommen waren, waren nicht die des legendären Bärenvolks gewesen. Hatten die Götter sich etwa offenbart? Die erschütterten Ältesten hockten zusammengesunken auf ihren Bänken und flüsterten miteinander. Brappa, Sohn-des-Braan, stand schweigend in seiner Kabine und wartete auf den Beschluß des Rats.

Ungebeten trat Braan vor die Ältesten. »Exzellenzen, darf ich einen Vorschlag unterbreiten?«

»Redet, Jäger«, forderte Koop ihn auf und klang, als überfordere ihn die ganze Angelegenheit sehr.

»Entweder sind die gefürchteten Götter in unser Land hinabgestiegen, oder das Bärenvolk aus unseren Legenden ist zurückgekehrt. Wir können nur feststellen, um wen von beiden es sich handelt, wenn wir ein paar Jäger zur Erkundung zu den Seen schicken. Wenn Bärenvolk oder Götter dort gelandet sind, werden die Jäger sie aufspüren. Im ersten Fall verteidigen wir uns. Im zweiten Fall erweisen wir ihnen unsere Ehrerbietung. Langes Leben.«

Braan machte auf dem Absatz kehrt, gab seinem Sohn zu verstehen, daß er ihm folgen solle, und marschierte furchtlos und mit scharrenden Krallen hinaus.

Der Vater durchquerte rasch die Versammlungshalle und

blieb draußen auf der Terrasse kurz stehen, um seine Membranen auszuschütteln. Dann lief er eine steinerne Rampe zu den Zinnen am blumenbepflanzten Wall hinauf und stieß sich von dort ab, um über den dampferfüllten Abgrund zu segeln. Brappa, der stets zwei Schritte hinter ihm war, ahmte jede seiner Bewegungen nach. Die beiden Jäger, Vater und Sohn, flogen in enger Formation, glitten in einem weiten Bogen dahin und suchten nach heißen Luftströmungen. Als sie Geschwindigkeit aufgenommen hatten, stürzten sie auf den Fluß zu und ließen die große Terrasse im Dunst zurück.

Nachdem sie mit Hilfe ihres Echoradars an der Klippenwand entlanggeflogen und die schwachen Konvektionsströmungen des Morgens genutzt hatten, tauchten die beiden Flieger aus den zerrissenen Dampfschwaden auf. Mit langsamen, stillen Schlägen ihrer weiten Schwingen, die dazu dienten, ihre Geschwindigkeit herabzusetzen, landeten sie sanft auf der Terrasse vor dem Wohnsitz des obersten Jägers. Der allgegenwärtige Dampf war hier nicht so dicht wie auf den Höhen, und schon ließen sich die Heimstätten der Flieger erkennen, die wie Pockennarben die felsigen Klippen besetzten. Rauch von den Kochstellen vermischte sich mit dem mineralreichen Dampf und reizte auf angenehme Weise die Geruchsorgane der beiden. Braans Höhle unterschied sich von den anderen durch eine wunderbar gearbeitete Begrenzungsmauer aus schwarzem Marmor mit goldenen Einlagen – ein Geschenk, das die Steinschnitzer-Zunft einst Braans Urgroßvater Soong zum Dank dafür gemacht hatte, daß er die Adler verjagt hatte.

Ki, die Frau des obersten Jägers und Brappas Mutter, besaß wie alle Klippenbewohner ein scharfes Gehör. So wartete sie jetzt schon auf der Terrasse und hielt das Jüngste auf ihrer Hüfte. Die allergrößte Freude darüber, sowohl den Gatten als auch den Sohn zu sehen, zeigte sich auf ihrer Miene. Doch nach der Landung der beiden blieb sie schweigend stehen, bis Braan sich das Lederhalsband ausgezogen hatte.

»Willkommen daheim, geehrter Gemahl«, begann sie dann mit der traditionellen Begrüßung. »Und sei auch du willkommen, geliebter Sohn.« Ki verbeugte sich vor den beiden und sah ihnen, wie es Sitte war, noch nicht ins Gesicht.

Brappa verbeugte sich ebenfalls. Sein Vater aber schwieg zunächst.

»Wie schön es ist, zu den warmen Nebeln des Heims meiner Mutter zurückzukehren. Der Wächterdienst bringt viel Kälte … aber ich gebe mein Bestes, und ich habe Freunde.« Der Sohn vermied es ebenso, Ki anzusehen. »Vergib mir bitte meine schlecht gewählten Worte, denn ich hatte nicht vor, mich zu beklagen.«

»Ich habe keine Klagen in deinen Worten vernommen, mein Sohn«, antwortete sie gütig. »Zwanzig Tage sind vergangen, seit du deinen Dienst angetreten hast, und in der Zeit bist du noch ein Stück gewachsen.«

»Dank dir, Mutter, für dieses Lob. Du bist freundlich und großzügig«, entgegnete Brappa in der vorgeschriebenen Weise, indem er ein Kompliment mit einem anderen vergalt.

Das Kleine an der Hüfte der Mutter, Brappas Schwester, hatte bislang geschwiegen, verlor jetzt aber die Geduld mit dem formellen und viel zu langsam voranschreitenden Wiedersehensritual. Sie wedelte mit den dünnen Ärmchen, und ihre gerade erst im Entstehen begriffenen Schwingen fuhren der Mutter über das Gesicht. Dann fing sie an zu kreischen, ein eigentümliches Geräusch, weil sie ihre Stimme und ihr Echoradar noch nicht auseinanderhalten konnte. Braan mußte nun doch lächeln. Er nahm seiner Frau das Kind ab und umarmte es mit seinen großen Flügeln. Das Mädchen quietschte jetzt erst recht, aber weniger vor Schreck, als vielmehr deswegen, weil sie am Ziel ihrer Wünsche angelangt war. Den Gebräuchen war damit Genüge getan, und Mutter und Sohn fielen sich in die Arme. Brappas Flügel überlappten und umschlossen die kleinere Gestalt Kis. Die Familie machte sich keine Sorgen darüber, in aller Öffentlichkeit soviel Zuneigung zu demonstrieren. Die Nebel, die vom Fluß aufstiegen, waren an diesem Morgen besonders dicht, und Jäger waren auf ihre Art ziemlich stolz darauf, einander ihre Gefühle zu zeigen. Und hier unten befanden sie sich ohnehin nur unter ihresgleichen.

Dennoch verlegten sie ihre weiteren Umarmungen und Gefühlsausbrüche ins Innere ihrer Behausung, einer sauber ausgemeißelten Höhle mit niedriger Decke, die über den außerordentlichen Luxus von sechs Zimmern verfügte, ohne dabei an eine der Nachbarhöhlen zu stoßen. Dieses Heim besaß zwei weitere eigene Ein- und Ausgänge, was sich nicht immer als reiner Segen erwies. Klein und verborgen, wie sie waren, versorgten sie die Höhle mit Ventilation und der Möglichkeit, in einem Notfall rasch ins Freie zu gelangen. Auf der anderen Seite wirkten sie auf Raubtiere einladend. Adler, Knurrer und Felshunde, denen es immer wieder einmal gelang, sich an den Wächtern vorbeizuschleichen, waren der Schrecken der Klippenbewohner und da vor allem der Jäger, die ihre Höhlen in die oberen Regionen gemeißelt hatten. Spirituslampen und das vertraute Plätschern des schnell fließenden Wassers begrüßte die Familienmitglieder, als sie ihr Heim betraten. Und in die Düfte von Herd und Zuhause mischte sich der Geruch von gebratenem Fleisch und Suppe von grünen Zwiebeln.

Sie nahmen rasch und geräuschvoll ihre Mahlzeit zu sich. Brappa fragte seinen Vater, wie es ihm bei dem Zug in die nördlichen Salzebenen ergangen sei, doch Braan hatte nur wenig zu berichten. Im Grunde sei die Salzexpedition wie alle vorherigen auch verlaufen: Die großen Herden waren auf der Wanderschaft, und ihr Gestank war schlimmer, als er ihn mit Worten beschreiben konnte. Sie hatten Weißbäuche, Felddrachen und viele, viele Adler gesehen. Gelegentlich waren sie auch einem Knurrer begegnet, aber glücklicherweise war es den Jägern gelungen, ihnen zu entgehen. Dabei hatte ihnen der Umstand geholfen, daß die Raubtiere, wie zu dieser Jahreszeit üblich, sich am Fleisch der Büffel überreich gesättigt hatten. Die Nachfrage nach dem begehrten Stoff hatte es erforderlich gemacht, mit einer besonders großen Gruppe von Salzträgern loszuziehen. Braan wünschte, es gäbe eine einfachere Methode, den wachsenden Appetit der Klippenbewohner auf Salz zu befriedigen; denn die Expeditionen wurden langsam zu groß und zu verwundbar.

Dann zeigte der oberste Jäger an, daß sein Hunger gestillt sei, und die anderen Familienmitglieder stellten sofort das Essen ein. Er wandte sich an seinen Sohn.

»Melde dich beim Wachhauptmann und laß dir die Erlaubnis für drei fähige Wächter erteilen, welche die Krieger auf einer Erkundungsmission begleiten sollen. Ich hätte dich gern dabei, aber natürlich muß Kuudor die Auswahl treffen. Richte dem Hauptmann meine besten Grüße aus, und teile ihm mit, daß die Expedition mit den Nachmittagswinden aufbricht. Und nun geh«, befahl der oberste Jäger.

Brappa gehorchte sofort und konnte seine Begeisterung nur schlecht verbergen. Er hielt nur für einen Moment inne, um seiner Mutter einen flüchtigen Abschiedsblick zu schenken, sauste dann durch die Höhle, sprang über die niedrige Begrenzungsmauer und warf sich hoch in die Schwaden. Seine Schwingen flatterten laut, als sie Luft nach unten schlugen.

Ki folgte langsam ihrem letzten lebenden Sohn hinaus auf die Terrasse und blickte ihm nach, wie er davonflog – so wie alle Mütter, Töchter und Ehefrauen das schon Generation um Generation bei ihren Gatten, Vätern und Söhnen getan hatten. Ki hatte bereits zwei Jungen verloren. Beide kräftig und mutig, und beide viel zu früh gestorben.

»Er ist jetzt so weit«, sagte sie leise. Ki drehte sich zu ihrem Mann um und sah ihm tief in die Augen, wie sie das nur wagte, wenn sie beide allein waren. »Achte auf meinen Sohn.«

Ihre Worte waren sowohl Bitte als Befehl. Braan trat zu ihr, hielt ihr Gesicht in seinen Händen und rieb seine Stirn an der ihren, während er leise akustische Signale aussandte und empfing. Ki trat schließlich einen Schritt zurück und versuchte zu lächeln, was ihr aber nur schlecht gelang, weil Tränen in ihre großen Augen stiegen. Ihr Gemahl war gerade erst von einer gefährlichen Expedition zurückgekehrt, nur um in Kürze zur nächsten aufzubrechen. Und diesmal wollte er sogar das einzige männliche Kind mitnehmen, das ihr geblieben war. Jäger lebten selten lange, und ihr Leben bestand nur aus Kampf und Anstrengung. Ihr Mann war der Führer aller Jäger. Pflichterfüllung war sein Prüfstein, und der Tod sein ständiger Begleiter.

»Und achte auch auf dich selbst, bitte, ruhmreicher Gatte«, sagte sie und verbeugte sich vor ihm.

Braan erwiderte ihre Respektbezeugung. Dann begab er sich aufrecht und schweigend in eines der kleineren Zimmer. Dort öffnete er die lederbezogene Holztruhe, die er erst vor einigen Tagen verschlossen hatte, und entnahm ihr seinen ledernen Brustpanzer, den eisernen Dolch, den kurzen Bogen und den gefüllten Köcher. Mit ernster Miene legte er sich alles an, drückte seiner Frau kurz die Hände und verschwand dann über der Brüstung. Seine Schwingen schlugen knatternd durch die rauchige Luft. Ihr Widerhall verhallte rasch im Dunst.

Das Ächzen hatte aufgehört – leise Explosionsgeräusche, die sich wie das Klagen eines fernen Nebelhorns anhörten. Während Shannon am windigen Seeufer entlanggelaufen war, hatte er die ganze Zeit über das Gefühl gehabt, beobachtet zu werden. Als er den Schutz der gelbborkigen Bäume erreichte, fühlte er sich zutiefst erleichtert.

»Ich habe eine ... Höhle gefunden, Sarge«, keuchte Petit. Der Marine lag zusammengesunken hinter einem dürren Stamm, und seine mächtige Brust hob und senkte sich bei der Mühe, die ihm das Atmen bereitete. Shannon war hinter einer gestürzten Fichte auf die Knie gefallen und hatte auch größere

Schwierigkeiten mit dem Luftholen. Er konnte nur wenig von der Höhle wahrnehmen. Die Öffnung, die etwas höher lag, und einen Schacht, falls es sich überhaupt um einen solchen handelte, der dahinter im Dunkeln verschwand. Ein Felsüberhang tauchte den Eingang in Schatten. Tatum, der schon fünfzig Meter weiter war, lehnte sich schwer gegen die großen Felsen, die unterhalb der Höhle lagen. Shannon blickte den Hang hinab auf den Weg, den sie über der Ebene gekommen waren.

Nachdem sie die höher gelegene Stelle ihrer Landezone verlassen hatten, hatte sich das Gelände nahe dem See in eine weiche Tundralandschaft verwandelt. Tierpfade hatten ihnen das Vorankommen erleichtert, doch sie neigten dazu, sich mal hierhin und mal dorthin zu wenden oder ganz im roten schlammigen Wasser zu verschwinden. Blumen mit prächtigen weißen Blüten wuchsen hier überall in Hülle und Fülle, die Ranken unentwirrbar mit dem Schilf am See und der sonstigen Tundravegetation verknotet. Die Blüten entsprangen dicken Knoten in den Ranken. Shannon notierte sich in Gedanken, sie auf ihre Eßbarkeit hin zu untersuchen. Aber solche Überlegungen stellte er einstweilen zurück angesichts des unablässigen Ächzens, das von allen Seiten gleichzeitig und doch von nirgendwo zu kommen schien.

Shannons Konzentrationsfähigkeit war begrenzt. Mit einem Gewicht von dreißig Kilogramm Ausrüstung auf dem Rücken wurde jeder Schritt, den er sich voranschleppte, zu einer ungeheuren Anstrengung. Der Adrenalinstoß, den der Penetrator ihm injiziert hatte, war längst abgeebbt und hatte totaler Erschöpfung Platz gemacht. Nachdem sie den See umrundet hatten, begann der Aufstieg. Die Schwerkraft dieses Planeten zerrte an jedem Muskel und an jeder Sehne. Shannons Herz klopfte unregelmäßig, seine Lider waren schwer wie Blei, und die Schweißtropfen, die in seinen Augen brannten, ließen ihn alles nur noch verschwommen erkennen. In seinen Ohren dröhnte es, und er konnte seinen Pulsschlag im Schädel spüren. Der Sergeant schüttelte mehrmals den Kopf, um den Nebel aus seinem Gehirn zu vertreiben.

Das Wäldchen aus gelbrindigen Fichten, das am Fuß des Hügels wuchs, lag jetzt hinter ihnen. Nur ein paar verkrüppelte Bäume erhoben sich noch zwischen den Männern und der felsigen Böschung, in der sich die Höhle befand. Der Boden war hier fester und mit einem feingewobenen Teppich niedriger Vegetation überzogen. Blaue, schwarze und knallrote Beerenranken bedeckten hier und da den Hang.

O'Toole ließ sich schwer neben Petit fallen. Zuerst spähte er über den Stamm, dann sah er seinen Kameraden an.

»Ist mit dir alles in Ordnung?« fragte O'Toole keuchend. »Du siehst schlimm aus. Noch häßlicher als sonst.«

Der Marine hob den Kopf, ließ ihn aber gleich wieder zurücksinken und war nicht in der Lage, eine passende Antwort zu geben.

»Trink etwas von der Schweinepisse, Petit«, befahl der Sergeant.

Petit rollte seinen muskulösen Körper auf die Seite, und sein Backpack krachte dumpf auf den Boden. Nach einem kräftigen Schluck von dem Einsatzstimulans blickten seine Augen wieder klarer drein, und Farbe kehrte in sein Gesicht zurück. »Ja«, antwortete er jetzt matt, »ich lebe noch. Gott, ich bin einfach nicht mehr in Form für diese Querfeldeinmärsche.«

»Liegt nur an der Schwerkraft«, schnaufte O'Toole.

»Die ist hier niedriger als auf der Erde«, krächzte Shannon.

»Ist aber auch schon 'ne Weile her, seit einer von uns auf der Erde gewesen ist, Sarge«, bemerkte O'Toole.

»Jetzt hört auf zu jammern. Reiß dich gefälligst zusammen, Petit«, befahl Shannon barsch. »Und nun gebt mir Deckung.«

Der Sergeant zwang sich unter erheblichem Protest seiner Knie zum Aufstehen. Er stapfte über die freie Stelle und bestieg die Felsen, bis er sich auf gleicher Höhe mit Tatum befand. Der finstere Höhleneingang lag direkt vor ihm. Tatum drehte sich mühsam herum. Schweißtropfen fielen von seiner Nasenspitze. Die vielen Felsen, die hier herumlagen, hielten den Wind ab.

»Was liegt hier vor, Sandy?« Shannons erhöhter Standort ermöglichte es ihm, über die Baumwipfel hinaus auf den See und den Rand der aufsteigenden Hochebene zu blicken, auf der sie gelandet waren. Schwaches, gefiltertes Sonnenlicht tanzte über das windbewegte Gewässer. Hartnäckig fegten Böen rund um die schützenden Felsen und wirbelten Staub auf. Die Baumwipfel raschelten leise.

»Da bin ich mir nicht sicher, Sarge«, antwortete Tatum. »Ich dachte, ich hätte etwas in der Höhle gesehen. Kaum mehr als eine Bewegung.« Der Marine hatte sich einen Handschuh ausgezogen und kaute an seinem Daumen herum. Schließlich spuckte er ein Stück Nagel aus.

»Glaubst du, daß das auch die Geräusche macht?« fragte der Sergeant. Tatum schüttelte den Kopf.

Shannon nickte, schob sich zwischen die Felsbrocken und kletterte über die kleineren Steine, die wie ein erstarrter Wasserfall vor dem Eingang lagen. Nachdem er den Windschutz der Felsen hinter sich gelassen hatte, hieß er den kühlen Lufthauch auf seiner schweißbedeckten Haut willkommen. Der Boden wandelte sich von Geröll zu hartem Fels. Er hielt nach Anzeichen dafür Ausschau, daß die Höhle bewohnt war oder sich sonst ein Lebewesen hier herumtrieb. Schließlich sollte sie für die nächste Zeit ihre Unterkunft darstellen. Dann griff er nach seiner Unterschenkelscheide, zog das Überlebensmesser mit der kurzen Klinge heraus und schob das Heft in die Mündung seines Sturmgewehrs. Solcherart mit einem Bajonett ausgestattet, näherte er sich dem Eingang.

Die Höhle war leer und hoch genug, daß ein Mann aufrecht auf der Schwelle stehen konnte. Sie weitete sich hinter der Öffnung und wurde sogar höher, ehe sie nach zehn Schritten mit einer niedrigen Felswand zusammenlief. Ein düsteres Halbdunkel erfüllte den Raum, das aber ausreichte, um zu erkennen, daß sich hier zur Zeit niemand aufhielt. Ein muffiger Geruch ließ darauf schließen, daß größere Tiere sie allerdings früher aufgesucht hatten, und Spuren waren auf dem staubigen und körnigen Boden auszumachen. Faustgroße Ballen von verfilztem schwarzen Fellhaar hatten sich in den Ecken gesammelt, und zerbrochene und zersplitterte Knochen gaben zu der Vermutung Anlaß, daß hier ein Fleischfresser zu Hause war. Die Pfotenabdrücke im Staub erinnerten an die eines Hundes, wiesen aber auf gefährlich lange Krallen hin. Die ersten Anzeichen von tierischem Leben – Nahrungsreste und Fußspuren.

Shannon zog sich aus der Höhle ins Sonnenlicht zurück und versammelte seine Männer um sich. Der Stern lugte durch eine Bank hochfliegender Stratuswolken und wurde dann rasch von einer angeschwollenen Kumuluswolke verschluckt, die sich darüber zusammenballte. Heftige Böen peitschten die Äste des kleinen Walds.

»Sieht aus, als bekämen wir einen Sturm!« rief der Sergeant. »Deshalb sollten wir uns etwas beeilen. Die Korvette überfliegt uns in fünfzehn Minuten. O'Toole, mach die Bodenstation einsatzbereit und sende einen Navigationsstrahl aus, damit wir ihn checken können. So finden sie uns wenigstens wieder. Tatum, du schlägst in der Höhle das Lager auf. Wir haben großes Glück gehabt, sie zu finden, also wollen wir sie auch nutzen. Die Höhle ist trocken und bietet ausreichend Platz. Soweit die guten Nachrichten. Jetzt zu den schlechten: Da scheint noch jemand sein Domizil aufgeschlagen zu haben, und soweit ich es eben erkennen konnte, besitzt dieser Jemand scharfe Krallen und frißt Fleisch. Deshalb hält jeder seine Waffe schußbereit. Im Grunde genommen ist das aber auch eine gute Neuigkeit, bedeutet es doch, daß wir hier etwas zu essen finden.«

»Sicher«, brummte Tatum, »die Frage ist nur, wer hier wen frißt.«

Braan und die drei Krieger glitten leise über die Kasematten der Schanzanlagen. Als sie einen jungen Wachadjutanten überflogen, präsentierten sie sich ihm in aller Würde. Dieser ließ sich nicht lumpen und verständigte gleich den Wachhauptmann. Junge Wächter starrten mit unverhohlener Ehrfurcht zu der präzisen Formation der bewaffneten Veteranen hinauf. Der Adjutant, der die Unruhe unter seinen Männern erkannte, befahl sofort militärisch korrekt dem Bläser, das Signal für »Antreten« zu geben. Der schrille Ruf ließ die zwitschernden und tschirpenden Gruppen erstarren. Aus der wimmelnden Gruppe entwickelte sich rasch eine strammstehende Wachformation, die sich in frisch gefärbtem Lederwams und mit Kurzbogen und langen Spießen präsentierte. Im Gegensatz dazu trugen Braan und seine schlachterfahrenen Kameraden abgenutzte Brustharnische und zu den dicken Angriffsbögen lange Eisendolche.

Braan und seine Begleiter waren berühmte Krieger. Der Führer der Jäger hatte sich klugerweise an den alten Botto aus der Sippe der Botto gewandt und ihn um Beistand gebeten. Der ehrenvolle Botto, einst selbst Führer der Jäger, doch mittlerweile zu alt, um noch an der Klippenwand entlangzusegeln, wurde aufgrund seiner früheren Taten und seiner vorzüglichen Manieren mit der größten Achtung bedacht. Der Greis hätte es als Beleidigung seiner Sippe angesehen, wenn sein Klan bei der Auswahl für die Expedition übergangen worden wäre. So bestimmte er seine ältesten Söhne, Bott'a und Tinn'a, zu Braans Leutnants und Stellvertretern. Der dritte Streiter war Craag aus der Sippe der Veera, dem Klan, dem Braans Ehefrau entstammte. Der große und ergraute Craag kam in der Hierarchie der Jäger direkt hinter Braan.

Kuudor aus der Sippe der Vixxo, der Hauptmann-der-Wache, ein Soldat, der schon an vielen Zügen teilgenommen hatte und dessen Rat allgemein geschätzt wurde, marschierte auf die Gruppe zu. Er hinkte erkennbar, und an seiner linken Schulter zeigte sich eine narbenübersäte Stelle, auf der kein Fell mehr wachsen wollte. Der verkrüppelte Offizier blieb vor dem Zentrum der ersten Reihe seiner Wachmannschaft stehen, und ein Adjutant war an seiner Seite. Braan und seine Begleiter schritten auf die Truppe zu. Die erfahrenen Krieger tauschten formelle Grüße aus, und ihre Augen leuchteten bei der Erinnerung an gemeinsam durchstandene Gefahren.

Braan ergriff, wie es der Brauch verlangte, als erster das Wort: »Kuudor, Hauptmann-der-Wache, drei Wächter werden benötigt, um im Dienst der Ältesten einen Auftrag zu erfüllen. Wir wollen nach Nordwesten ziehen, in das Gebiet des Drei-Insel-Sees, um dort Erkundungen durchzuführen. Und wir wollen wieder zurück sein, ehe der große Mond in seine neue Phase tritt.«

»Braan, Führer-der-Jäger«, entgegnete Kuudor darauf, »diese Mission scheint von außerordentlicher Wichtigkeit zu sein, wenn so bewährte Kriegsmänner an ihr teilnehmen. So ist es uns eine große Ehre, daß Wächter aus unseren Reihen an dieser Unternehmung teilnehmen sollen. Und drei würdige Novizen wurden bereits erwählt.« Der Hauptmann wandte sich an seinen Adjutanten, und dieser rief die drei mit Namen auf.

Brappas Name fiel als erster. Als nächster trat Sherrip aus der Sippe der Vixxo und Kuudors Enkel vor, ein fähiger und starker Krieger und gleichzeitig einer der besten Flieger. Und zuletzt trillerte der Adjutant – Kibba von der Sippe der Kiit, ein kluger Mann und unter seinesgleichen eine Führungspersönlichkeit – seinen eigenen Namen. Das Trio gesellte sich zu Braan und seiner Gruppe.

Die besten und mutigsten Männer der Klippenbewohner zogen aus. Kuudor wandte sich an seine Abteilung und gab einen kurzen Befehl. Ein anderer Adjutant stimmte das Todeslied an, und die verbliebenen Wächter fielen ein. Als die heulenden und klagenden Laute im wehenden Wind verklungen waren, stieß der Adjutant seinen Spieß in den Himmel und befahl ein dreimaliges Hurra! Mit dem Echo dieses Grußes in den Ohren stellte sich die Expedition – Soldaten und Wächter Schulter an Schulter – zum Abflug auf. Braan, der an der Spitze dieser Formation stand, gab ein lautes Kommando und trat an den Rand des Felsvorsprungs. Die anderen folgten, breiteten in synkopischer Folge die Membranen aus und warfen sich in versetzten Reihen in die wirbelnde Luft. Ihre weiten Schwingen knatterten wie Donner, während sie nach den geeigneten Aufwinden suchten. Bestückt mit Leder und Eisen sausten die sieben Klippenbewohner in die Tiefe, um dann scharf nach oben zu ziehen. Sie trieben hinauf, und der starke Nordwestwind wehte sie aus dem Flußtal. Doch nicht weiter. Braan lehnte sich gegen den Wind und ließ sich hochtragen, um über dem Boden zu bleiben. Höher und höher stiegen die Jäger, bis sie nur noch als winzige Flecken am blauen Himmel auszumachen waren. Sie flogen mit den Luftströmungen dahin und waren nicht mehr an festen Grund gebunden.

7 *Erste Landung*

Der EPL rumpelte und vibrierte im Tosen des Wiedereintritts in die Atmosphäre. Plasmagase tanzten über die Sichtscheibe.

»Wie geht's unseren Passagieren, Boatswain?« rief Buccari in ihre Gesichtsmaske.

»Soweit ganz gut, Lieutenant«, antwortete Jones. »Fenstermacher und Dawson sorgen für die Unterhaltung. Die beiden können sich keinen Moment in Ruhe lassen. Dawson macht gerade Fenstermacher fertig. Und Leslie Lee läßt sich von den zweien nichts gefallen.«

»Ja, Fenstermacher versteht es wirklich, in uns allen die besten Eigenschaften zu wecken«, bemerkte der Lieutenant und schwitzte in der glühenden Wiedereintrittshitze. Nachdem das Abbremsmanöver abgeschlossen war, spürte sie die Veränderungen in der Luftgeschwindigkeit, während das Thermalwabern rund um die Außenhülle stetig nachließ. Der Druck des Sauerstoffs, der durch die Verbindungsröhre in ihren Anzug strömte, verminderte sich entsprechend. Sie mahlte mit dem Unterkiefer und gähnte.

»Eintritt abgeschlossen«, gab sie über Helmfunk durch. »Computer: Autopilot abschalten!« Der Flugcomputer überließ ihr die Kontrollen, und Buccari steuerte den Lander durch kurze Rückstöße. Eine leichte Berührung der Steuerung drehte die Nase des EPLs nach Steuerbord, und die Nadel auf dem Kursanzeiger schob sich langsam auf den programmierten Kurs zurück. Sie näherten sich jetzt dem »Abstiegstunnel«, und das Signal, das von Shannons Bodenstation ausgestrahlt wurde, kam deutlich und klar herein. Mit leisem Widerstreben schaltete der Lieutenant den Autopiloten wieder ein und lehnte sich zurück.

Der Lander verlangsamte seinen Abstieg wegen des wachsenden Luftpuffers. Seine Triebwerke waren nicht aktiviert, und er bockte in den Turbulenzen, die sein Hypermach-Gleiten erzeugte. Der silberne EPL, ein schnittiger Gleiter mit eigenem Antrieb und Deltaflügeln, zog jetzt kreischend eine weite und scharfe Kurve und sandte eine Doppelexplosion über das neue Land.

»Mach Zwei Komma Fünf, Höhe wie vorgesehen«, meldete Jones. »Alles in Butter. Maschinen sind heiß und bester Dinge, Treibstoffanzeige im grünen Bereich. Alle Checks positiv, Lieutenant.«

Buccari drückte zur Bestätigung zweimal auf den Sendeknopf. Ihr Blick fuhr über die Landschaft, die unter ihr dahinrollte, und suchte nach topographischen Markierungspunkten. Das Display über ihrem Kopf zeigte die Bahn am Himmel als zwei konvergierende Linien an. Sie befanden sich in der letzten Anflugetappe. Der Autopilot hielt die Höhe, drosselte aber deutlich die Geschwindigkeit. Der Lander fiel auf Transsonic, als der Senkgleitfluganzeiger sich im Zentrum der Skala einpendelte. Die Nadel des Höhenmessers sank gleichmäßig, während der EPL sich im Senkgleitflug befand. Buccari spähte nach vorn. In der Ferne war die Flußbiegung zu erkennen, die den Rand vom Plateau Hudson markierte. Am Horizont erhoben sich unheilverkündend die Berge. Der Lander steuerte direkt auf das granitene Hindernis zu, aber das spielte im Moment keine Rolle. Wenn Buccari sich zu einem Abbruch des Manövers entschließen sollte, konnte sie das Gefährt immer noch steil hochziehen. Notfallprozedur Nummer Eins: Rückkehr in den Orbit.

»Landechecks abgeschlossen, Lieutenant«, meldete Jones.

»Checks sind gut, Boatswain«, bestätigte der Lieutenant, machte sich im Pilotensitz ganz flach und schloß die Gurtschnallen. Der Rand der Ebene zog unter ihnen vorbei. Buccari entdeckte Rauch oder Nebel, der vom Fluß aufstieg. Der Radar-Höhenmesser fing an zu piepen, als der Boden plötzlich anstieg. Die Geschwindigkeit nahm rapide ab, aber der Lander blieb auf Kurs und im Tunnel. Oberflächenstrukturen kristallisierten sich heraus. Linkerhand passierten sie einen See. Der Landekonfigurator sprang an, und die Flügelspitzenableiter richteten sich auf. Ein Grollen vibrierte durch das Gefährt und zeigte die Bewegung der Klappen an, die an den Rändern der Deltaflügel ausgefahren wurden. Der Lander flammte auf, seine Nase richtete sich nach oben, und Buccari war die Sicht auf die Berge am Horizont versperrt. Sie beugte sich über die Meßgeräte.

Die Landung stand jetzt jeden Moment bevor. Der Luftwiderstand ließ deutlich nach, und die Nase des Landers drehte sich langsam in die Vertikale – und darüber hinaus! Mit alarmierender Intensität und gutturalem Baß explodierten die Haupttriebwerke in Aktivität, und wie von fester Hand wurde

Buccari gegen ihren Sitz gepreßt. Sie spürte mehr, als daß sie hörte, wie die Motoren in ihrer kardanischen Aufhängung mahlten. Unter ihren Füßen fielen die Hoverblaster in die Kakophonie ein, und die Nase des EPL schob sich langsam wieder in Richtung Horizont. Hohe, schneebedeckte Berge ragten zu beiden Seiten auf, doch plötzlich wurde ihr die Sicht von hochfliegendem Staub und Geröll blockiert. So abrupt, wie sie sich aktiviert hatten, schalteten sich die Triebwerke mit einem langgezogenen Heulen wieder aus. Die Hoverblaster kreischten noch eine Sekunde länger, und der EPL kam zitternd zum Stehen. Der Apfel stand wieder auf festem Boden.

Die Vordämmerung offenbarte einen sternenklaren Himmel. Orangefarbenes Alpenglühen beleuchtete die hohen Gipfel und zeigte den bevorstehenden Sonnenaufgang an. Brappa erwachte und löste sich von Craags warmem Körper. Sein Kamerad regte sich ebenfalls. Brappa fühlte sich etwas steif, aber auch stark und erregt. Außerdem hatte er Hunger, und der Geruch von brennendem Holz stimulierte seinen Metabolismus. Die beiden Wächter hüpften auf die Lichtung, und dort erwartete sie ein erfreulicher Anblick: Kibba hatte mit Zweigen, die vor dem Nachtregen geschützt worden waren, ein kleines, rauchloses Feuer entzündet und schnitt gerade Fischfilets in dünne Streifen, um sie in den Flammen zu rösten. Die hungrigen Jäger stellten sich neben ihm an, spießten die Fischstreifen auf kleine, spitze Stöckchen und hielten sie gerade lange genug in die Flammen, um nicht als unzivilisiert angesehen zu werden – was nicht sehr lange war.

Craag hatte sein Mahl beendet. Brappa spuckte eine Gräte aus und erhob sich sofort, um ihm zu folgen. Es war an der Zeit, die Wache abzulösen. Da erschütterten einige mächtige, abgehackte Explosionen die klare Morgenluft. Brappa riß sich sofort die Hände an die Ohröffnungen, aber es war schon zu spät – die Detonationswellen fegten bereits über ihr Lager. Benommen und mit schmerzenden Ohren sah er besorgt nach den anderen Jägern. Selbst Braan und Craag hatten die Augen weit aufgerissen und wirkten wie erstarrt. Doch dann schüttelten die beiden Krieger die Nachwirkungen des schrecklichen Getöses ab und setzten wachsame und entschlossene Mienen auf.

Brappa war der erste, der hörte, wie das fremde Schiff über sie hinwegflog. Er stieß einen Warnpfiff aus. Das Gefährt, aus dessen Heck kleine Flammen schossen, verursachte ein lautes Zischen, das weithin zu vernehmen war. Es war ungeheuer groß und wirkte kalt mit seiner silbernen Hülle. Das Sonnenlicht spiegelte sich auf ihm, und die reflektierten Strahlen brannten den Jägern in den Augen. Die Wächter standen mit offenem Mund da und sahen dem Flugobjekt nach, bis es aus ihrer Sicht verschwunden war. Wenige Momente später erbebte die Luft wieder, als es in der Ferne zu grollenden Vibrationen kam.

Braan baute sich vor den Jägern auf. »Unsere Mission trägt bereits erste Früchte. Wir wissen nur noch nicht, welchen Geschmack sie haben. Eilt euch mit den Vorbereitungen. Die Thermalwinde kommen heute sehr früh.«

Shannons Marines stürmten auf den Lander zu und bezogen ihre vorgesehenen Verteidigungspositionen. Der Sergeant suchte mit seinen Blicken den Klippenrand ab, und seine Sinne waren heute besonders geschärft. Die Landung des Apfels hatte im weiten Umkreis ihre Anwesenheit verraten.

»Sergeant Shannon, hier spricht Buccari«, meldete sich der Lieutenant über den UKW-Empfänger.

»Anwesend, Sir«, meldete er sich. »Willkommen in Ihrem neuen Zuhause, und wenn ich hinzufügen darf, das war wirklich eine granatentolle Landung. Vielleicht ein wenig zu geräuschvoll.«

»Damit hatte ich nichts zu tun, Sergeant«, entgegnete Buccari. »Der Autopilot erledigt bei diesem Baby alle Arbeit. Ich habe sechs neue Zimmergenossen für Sie, und dann gibt es eine Menge Fracht zu entladen. Wenn die Korvette das nächste Mal im Orbit erscheint, will ich wieder hinauf.«

»Ein Kinderspiel für uns, Lieutenant. Sobald wir Sie berühren können. Sie sind nämlich ziemlich heiß, äh … ich meine natürlich, der EPL ist ziemlich heiß … Also, sobald wir Sie berühren können, äh … den Apfel natürlich … Tut mir leid, Sir, wir …« Er hielt verlegen und verwirrt inne, als aus dem Empfänger helles Lachen ertönte.

»Behalten Sie die Ruhe, Sarge«, erklärte Buccari schließlich. »Ich denke, ich habe verstanden, was Sie zum Ausdruck bringen wollten.«

»Schalten Sie den Vogel denn nicht ab, Lieutenant?« fragte Shannon einige Minuten später. Die Temperatur der Außenhülle stabilisierte sich rasch in der kalten, frischen Luft.

»Ich lasse die Tertiärtriebwerke laufen, damit der Generator aktiv bleibt. Ich muß den Treibstoffdruck hochhalten. Kostet nämlich zuviel Zeit und Sprit, den Apfel wieder neu zu zünden, und bei einem Kaltstart kann leicht alles Mögliche schiefgehen. Machen Sie sich keine Sorgen um mich. Ich fühle mich hier eigentlich ganz wohl. Die Schwerkraft ist gar nicht so schlimm, wenn man in einem bequemen Sitz hockt. Vielleicht mache ich auch ein Nickerchen.«

»Was hast du gesehen?« fragte MacArthur und ließ das zusammengesammelte Holz fallen.

»Einen Bären!« rief sein hünenhafter Kamerad. Dunkelrote Flecken bedeckten seine Lippen und seine Zunge.

Scharfes Knallen hallte durch das Tal wider. Beide Männer fuhren zusammen, starrten sofort nach oben und hielten nach dem Lander Ausschau. Doch nur die Rauchfäden aus den Vulkanen zu beiden Seiten des Tals störten das tiefe Blau des Himmels.

»Was um alles in der Welt hast du gesehen?« seufzte MacArthur schließlich, nachdem er den Kopf wieder gesenkt hatte. »Gott, Jocko, das Zeugs könnte giftig sein.«

»Waren Beeren«, erklärte Chastain und wischte sich mit dem Handrücken über den Mund. »Die wachsen hier überall. Ich habe auch ein paar für dich abgepflückt. Schmecken wirklich lecker.«

»Na ja, warten wir lieber mal ab, wie es dir in ein paar Stunden geht«, brummte der Squad Leader und kniete sich neben dem kleinen Feuer hin. »Und du willst tatsächlich einen Bären gesehen haben? Oder waren es doch nur Beeren mit e?«

»Hat jedenfalls wie ein Bär ausgesehen, ein Bär mit ä«, entgegnete Chastain. »Da oben, auf dem Höhenzug.«

MacArthur blickte hinüber. Der Bergkamm stieg in der Ferne an und wand sich bald hierhin und bald dorthin den Hang des westlichsten Vulkans hinauf. Rauch und Dampf stiegen aus dem Krater, wurden aber bald von dem steifen Wind zerblasen, der auch den Gestank von den Büffelherden fortwehte oder zumindest erträglicher machte.

»Er stand auf seinen Hinterbeinen, direkt neben ein paar Felsen«, sagte Chastain. »Der Bursche war mindestens zweimal so groß wie die Brocken. Er ist aber gleich auf dem Höhenzug verschwunden.« Der Marine beugte sich etwas vor, um die Haltung des Bären nachzuahmen. »Sein Fell hatte so 'ne rötlichbraune Farbe.«

»Wie geht's denn deinem Rücken?« erkundigte sich MacArthur, der immer noch die Berge absuchte.

»Tut noch weh, wenn ich mich bewege. Ist aber nicht mehr so schlimm wie gestern. Ich könnte es ja mal versuchen und mein eigenes Backpack tragen.« Er verzog schmerzlich das Gesicht, weil er sich etwas zu hastig gedreht hatte.

»Damit warten wir lieber noch einen Tag«, sagte der Squad Leader, ohne den Blick von den Bergen zu wenden.

»Ich habe ein Feuerchen gemacht, wie du es mir aufgetragen hast.«

»Hä? Ach so, fein«, entgegnete MacArthur und wandte sich von den Bergen ab. »Wir kochen ein paar von unseren Feldrationen und essen dazu die Beeren. Sobald ich etwas Richtiges im Magen habe, klettere ich den Berg da hinauf.«

»Kann ich mitkommen, Mac? Ich möchte ungern ... ganz allein bleiben.«

»Nein, Jocko. Wir haben noch einen weiten Weg vor uns, und ich möchte, daß du deine Kräfte dafür schonst.«

Eine Stunde später näherte sich der Squad Leader der Stelle auf dem Kamm, an der Chastain den Bären gesehen haben wollte. Der Ort lag oberhalb der Baumgrenze, wies keinerlei Vegetation auf und war von zahlreichen Schluchten und Klammen durchzogen, die verschiedene Versteckmöglichkeiten boten. Der Marine kletterte weiter hinauf, bis er den Steinhaufen vor sich sah. Dort blieb er stehen und warf einen Blick hinunter auf ihr Lager. MacArthur streckte einen Arm aus. Chastain, der nur noch so groß wie ein halber Fingernagel wirkte, winkte ihm zu. MacArthur winkte ebenfalls und dachte darüber nach, was sein Kamerad über die Größe des Raubtiers berichtet hatte. Doppelt so groß wie der Haufen Steine hier? Sie reichten ihm bis an die Schulter. Er winkte Chastain noch einmal zu und setzte dann den Aufstieg fort.

Nach drei Stunden Weges ging der Kamm in eine Bergschulter über. Geröll lag hier herum und endete vor großen Felsen und steilen Hängen. Der Marine lief quer zur Nordseite des Bergs, weil er hoffte, dort einen guten Ausblick auf die Hochebene zu erhalten. Nach Norden hin erstreckte sich das Plateau bis in den dunstigen Horizont. Überall bewegten sich die Herden langsam vorwärts. Der Anblick der goldfarbenen und braunen Tiere hatte etwas Hypnotisches an sich. Zahllose Graser, deren Reihen sich weiter dahinzogen, als das Auge blicken konnte. Und ihr strenger Geruch war nur noch eine Erinnerung.

MacArthur kam an erkalteten Lavaströmen und Rissen vorüber, aus denen Dampf strömte. Trotz der Anstrengung und der ungewohnten Schwerkraft fühlte er sich gut. Die Sonne ließ sich Zeit damit, die Schatten von der Nordseite zu vertreiben, doch die feuchten Dampfritzen, aus denen es streng nach Mineralien und Schwefel roch, verbreiteten eine angenehme Wärme. MacArthur arbeitete sich weiter um den Berg herum vor, überquerte eine Fläche von Fels, der geschmolzen war und sich dabei mit Lava vermischt hatte, ein ödes und steriles Stück, und bekam endlich das ferne Plateau in seiner ganzen Pracht zu sehen. Er warf einen Blick auf seine Uhr. Noch fünfzehn Minuten. Zweihundert Meter unter dem Gipfel veränderte sich das Terrain dramatisch. Ein kleiner Krater dominierte die Landschaft, ein abgestumpfter Kegel, der einmal den Gipfel des Berges dargestellt hatte. Die steilen Seiten waren von erkalteter Lava bedeckt. Überall drangen Rauch- und Dampffäden aus dem Boden, die aus den Tiefen der Erhebung kommen mußten. Schwefelhaltige, feuchte Luftströmungen zwangen ihn zu blinzeln, doch der hier ständig wehende Wind half ihm, und so blieb das Brennen lediglich ein Ärgernis.

MacArthur hockte sich auf einen Stein. Fünf Sekunden vor Ablauf der vollen Stunde schaltete er sein Funkgerät ein, lauschte kurz am Empfänger und sendete dann: »Alpha-Stelle, Alpha-Stelle, hier spricht Kapsel Sechs. Alpha-Stelle, Alpha-Stelle, hier spricht Sechs. Können Sie mich empfangen?«

Alle anderen hielten sich mittlerweile an der Landestelle Alpha auf. O'Toole hockte bequem am Funkgerät und hatte wenig mehr zu tun, als den statischen Geräuschen zu lauschen. Als dann plötzlich eine Stimme zu hören war, fuhr er ruckartig zusammen. Die Worte kamen leise aus dem Empfänger und waren nur schlecht zu verstehen. Doch unzweifelhaft war dort MacArthur zu vernehmen.

»Roger Sechs, hier ist Alpha. Ich empfange dich nur gestört. Wie empfängst du mich, Mac? Over.«

»Laut un … tlich, Alpha. Ich bef … Fünf-Strich-Fünf …« Der Rest der Antwort ging in Rauschen und Krachen unter.

»Roger, Sechs. Ich kann dich nicht mehr verstehen. Bleib auf Empfang. Ich rufe jetzt Shannon. Eins, hier Alpha. Eins, hier Alpha. Ich habe MacArthur am Rohr.«

»Roger, Alpha, hier spricht Eins. Ich kann dich klar und deutlich verstehen, aber nur dich«, meldete sich Shannon. »Entweder sind Macs Batterien leer, oder er hält sich zu weit entfernt auf. Frag ihn, wie es Chastain geht.«

O'Toole spielte mit der Rauschunterdrückung und drehte die Lautstärke auf. »Okay, Sechs«, sendete er schließlich. »Erstatte mir Bericht, aber sprich langsam. Du kommst nämlich nur ganz schwach an. Wie sieht's bei Chastain aus?«

Die Antwort war nicht zu verstehen. O'Toole konnte kein einziges Wort heraushören. Schließlich mischte sich Shannon ein und forderte O'Toole auf, Mac nur Fragen zu stellen, die sich mit Ja oder Nein beantworten ließen, damit der Marine lediglich Impulse abzugeben brauchte: einmal drücken für Ja, zweimal für Nein. Mühsam gelang es dem Funker auf diese Weise, wenigstens ein paar Details von MacArthur in Erfahrung zu bringen. Danach seien Chastains Verletzungen nicht weiter tragisch. Sie hätten Tiere gesehen und befänden sich nicht in einer Gefahrensituation. Mehr war nicht drin.

»Das langt«, gab Shannon durch. »Beende die Verbindung. Im Moment erreichen wir doch nicht mehr, als seine Batterien leerlaufen zu lassen. Und wenn wir weitersenden, werden womöglich noch die Aliens auf uns aufmerksam. Sag ihm, er soll nach Alpha laufen und sich, sofern ihm das möglich ist, weiterhin zu den festgelegten Zeiten melden.«

O'Toole kam dem Befehl nach. Von MacArthur war ohnehin überhaupt nichts mehr zu empfangen.

Der Squad Leader erhob sich und starrte in die Ferne, wo deutlich zu erkennen war, welch ungeheure Aufgabe sie beide erwartete. Das Hudson-Plateau lag wesentlich höher als sein jetziger Standort, und zusätzlich galt es, den Fluß zu überqueren. Eine gefährliche Reise erwartete sie. Wenn sie auf geradem Weg auf die Hochebene zuliefen, bedeutete das, irgendwie um die Herden herumzulaufen und ihren entsetzlichen Gestank ertragen zu müssen. Und sobald sie am Grund des Plateaus angelangt waren, wartete dort der Fluß auf sie. Wenn sie den überquert hatten, stand ein direkter Aufstieg an senkrecht abfallenden Klippenwänden bevor. Nachdenklich blickte er nach Süden und betrachtete die ansteigenden Hügel jenseits des Flusses.

Etwas schwirrte zwischen ihm und der Sonne vorüber. MacArthur verengte die Augen zu Schlitzen, konnte aber nichts ausmachen. Er kam zu dem Schluß, den Helm abnehmen zu müssen, um sein Sichtfeld zu erweitern. Doch als er die Rechte zu den Verschlüssen hob, traf ihn ein heftiger Stoß am Hinterkopf. Er taumelte den steilen Lavahang hinab, bis er seinen Schädel irgendwo anstieß und liegenblieb. Benommen schüttelte er den Kopf, sah sich rasch um und entdeckte den Angreifer. Wieder tauchte der Schatten auf! MacArthur starrte nach oben.

Ein Ungeheuer von einem Vogel mit einer unfaßbaren Flügelspannweite stürzte mit bedrohlich gespreizten Krallen vom Himmel. Instinktiv sprang der Marine auf, und einen Sekundenbruchteil, bevor das Untier ihm die Brust aufreißen konnte, tauchte er zur Seite weg. Er erhielt einen harten Stoß an der linken Schulter. Krallen bohrten sich dort in sein Fleisch, und sich überschlagend flog er über die Bahn aus Lavaasche. Halb betäubt rollte er sich auf die Knie und zog seine Pistole. Das Monster flog schon heran, um ihm den Rest zu geben. Es war wirklich gigantisch. Ein pechschwarzer Leib, weiße und hellbraune Krallen und gelbe Reptilienaugen, die ihn anstarrten. MacArthur kniete sich in sicherem Stand hin und hielt die Automatik mit beiden Händen. Gehetzt, aber mit der kühlen Erfahrung eines Profis, nahm er Visier und zielte auf die Brust des Vogels, die den ganzen Himmel auszufüllen schien. Er gab drei Schüsse ab, und jede Kugel traf das Ungeheuer in die Brust. Es stürzte wie ein gefiederter Stein vom Himmel.

Aus dem untersten Winkel seines Bewußtseins kehrten die Gedanken zurück, und er verspürte als erstes Schmerz und Panik. MacArthur konnte nicht mehr sehen und nur mit Mühe atmen. Etwas Warmes und sehr Schweres preßte ihn gegen die Felsen. Eine Brise strich über seine Rechte, die Hand, die die Pistole hielt. Er ließ die Automatik fallen, zog Arme und Beine an und stemmte sich auf die Knie. Das Gewicht auf seinem Rücken rutschte widerstrebend herunter, und blendendes Sonnenlicht stach in seine umnebelten Augen. Schwindelnd und mitgenommen kroch er unter dem toten fedrigen Tier hervor und brachte die Pistole wieder an sich.

Er kroch auf allen vieren davon, suchte den Himmel nach weiteren Angreifern ab und hielt die Waffe schußbereit. Blut floß aus seiner Schulter. Schnitt- und Schürfwunden brannten an Handflächen, Ellenbogen und Knien. In seinem Kopf drehte sich alles, und vor seinen Augen tanzten Funken. Er betastete seinen Helm, der oben an der Scheitellinie gebrochen war. Eine kühle Brise umspülte sein verschwitztes Haar und Gesicht. MacArthur zog den Helm ab und warf ihn fort. Er hatte ihm das Leben gerettet, war jetzt aber wertlos. Alles tat dem Marine weh, und er zitterte am ganzen Leib. Die kühle Luft und der einsetzende Schock taten ein übriges. Immer noch auf den Knien, fuhren seine nervösen Blicke zwischen dem Himmel und der gefiederten Masse vor ihm hin und her.

Endlich rappelte er sich auf und nahm das Tier in näheren Augenschein. Es sah einem Adler nicht unähnlich, war seinem irdischen Vetter an Größe aber um ein Vielfaches überlegen. Vorsichtig stieß er mit dem Pistolenlauf gegen den mit einem Kamm besetzten Schädel. Kein Zweifel, der Vogel war tot. Seine gelben Augen starrten leblos. Zögernd näherte er sich einer Schwinge und zog sie zu ihrer vollen Länge auseinander.

Drei Männer hätten sich hintereinander auf sie legen können. Dann lief er um das Aas herum und spreizte den anderen Flügel. Von Spitze zu Spitze betrug die Spannweite fünfzehn Schritte! Der leuchtend orangefarbene Schnabel war so lang wie MacArthurs Bein. Schließlich baute er sich vor seinem Gegner auf. Die Kraft und die Größe des Adlers versetzten ihn in Erstaunen, aber gleichzeitig verspürte er einen atavistischen Siegesrausch. Nach einer Weile schüttelte er sich und schob die Automatic ins Holster zurück. Dann zog er das Überlebensmesser aus der Unterschenkelscheide und schnitt große Stücke aus der stolzen Brust des Tiers. Die trug er dann in seinem Helm davon. Heute abend würde es nicht nur Beeren als Beilage zu den Feldrationen geben.

8 Zweite Landung

»Willkommen auf dem Plateau Hudson«, grinste O'Toole vom Höhlenvorplatz. Petit und Gordon trugen den verwundeten Rennault auf einer Bahre. Lee und Fenstermacher stützten sich gegenseitig, während Goldberg und Dawson hinter dem Zug her trotteten. O'Toole eilte den beiden Trägern entgegen, um ihnen zu helfen.

»Himmeldonnerwetter, endlich wieder fester Boden!« rief Fenstermacher, und ein Lächeln breitete sich auf seinen erschöpften Zügen aus.

»Nancy hat unterwegs einen Schwarm Vögel am Himmel entdeckt«, berichtete Goldberg.

»Tatsächlich?« sagte O'Toole. »Nun, der Sarge hat befohlen, daß ihm alle gesichteten Tiere gemeldet werden. Sagt mal, habt ihr auch diese Geräusche gehört? Dieses Stöhnen und Ächzen?«

»Du meinst die, die von den Blumen gemacht werden?« erkundigte sich Dawson.

»Wie bitte?« entfuhr es dem Marine.

»Na, die großen weißen Blumen«, sagte Lee. »Wir haben sie bereits analysiert. Sie wachsen aus einer Blase, die mit Luft gefüllt ist. Wenn die Sonne lange genug darauf geschienen hat, dehnt sich die Luft aus und entweicht. Muß irgend etwas mit der Bestäubung zu tun haben. Wir haben ihnen auch schon einen Namen gegeben.«

»Furzblume«, warf Fenstermacher unvermittelt ein.

»Du kleiner Spinner«, lachte Dawson. »Leslie hat einen viel besseren Namen gefunden.«

»Sieht so aus, als hätten wir hier eine Menge Pflanzen zu taufen«, sagte Lee leise.

»Und wie lautet nun deine Schöpfung?« begann O'Toole, ehe ihm die Anweisungen des Sergeants wieder einfielen. »Oh, Shannon will, daß hier auf dem Vorplatz Zelte aufgebaut werden. Die Höhle ist zu klein, um uns alle aufzunehmen. Außerdem haben wir nicht genug Schlafplätze. Wir müssen uns eben abwechseln. Der Sarge sagte auch, daß wir gleich Wachen aufstellen sollen. Petit, du und Gordon, ihr setzt die Helme wieder auf und übernehmt die erste Schicht. Zeig Gordon den Wachplan.«

Die beiden machten sich fertig. Auf dem Weg kam Petit Goldberg sehr nahe, stieß sie leicht an und legte ihr eine Hand auf den Arm.

»Wird nachts bestimmt kalt in den Zelten«, erklärte er mit einem grotesken Lächeln. »Wenn eine der Damen möchte, darf sie gern in meinen Schlafsack kriechen. Es wäre mir eine Ehre, auf diese Weise zur Lösung des Platzproblems beitragen zu dürfen.«

Dawson, die zu einer harschen Antwort zu müde war, warf einen Stein nach ihm.

»Laß den Scheiß, Petit!« knurrte O'Toole. »Du kennst die verdammten Vorschriften!«

»Stöhnschönchen«, bemerkte Lee doppeldeutig, um das unangenehme Schweigen zu brechen, »wir nennen sie Stöhnschönchen.«

Nach dem Sonnenuntergang flog Braan im Spiralflug zur großen Insel hinab. Die anderen Jäger folgten paarweise und in Sicherheitsintervallen. Ohne ein Geräusch zu verursachen, glitten sie vom Höhenzug, und die Dunkelheit schützte sie, weil der Mond noch nicht am Himmel erschienen war. Am Grund der felsigen Erhebung auf dem Eiland rollten Craag und Tinn'a ein paar Steine beiseite, und dahinter öffnete sich eine kleine Höhle. Die Klippenbewohner, hauptsächlich Fischer, kamen öfters an diesen Ort. Man hatte hier mehrere Nischen geschaffen, deren Eingänge sorgfältig getarnt waren. Braan teilte Wachen ein, und die Jäger gingen ihren Pflichten nach.

Als der Morgen still und kalt heraufdämmerte, hatte sich eine Frostpatina über die Felsen gelegt. Der See war nicht zu erkennen und lag unter einer Nebeldecke verborgen. Die Inselspitzen ragten unheimlich in die darüber befindliche klare Luft. Fische sprangen im Wasser, doch der Anführer bestand darauf, so wenig Lärm wie möglich zu verursachen, und verbot den Fischfang. Die Jäger nahmen Wurzeln und Raupen zu sich.

Unvermittelt zerrissen Geräusche, die mit alarmierender Abruptheit vom Wasser her ertönten, die Stille. Klappern und Krachen, das Mahlen von Metall auf Metall, Ächzen und Rufe des Widerwillens und dazu beständiges Geplapper. Ein Feuer flammte orangerot im Grau der Morgendämmerung auf. Die Jäger, auch die, die eigentlich schlafen durften, bezogen sofort ihre geschützten Stellungen weiter oben auf dem Berg, um die Götter zu beobachten. Was für lärmende Götter!

Die ersten goldenen Sonnenstrahlen erleuchteten die Gipfelspitzen der schneebedeckten Berge, und eine Brise kam auf. Kibba pfiff leise und deutete nach vorn. Am Seeufer, kaum einen Pfeilschuß entfernt, waren drei seltsame Gestalten aufgetaucht, deren lange Beine vom Bodennebel verborgen wurden. Zwei von ihnen waren riesengroß. Die dritte reichte ihnen nur bis an die Schulter, überragte aber dennoch jeden Zunftmeister. Sie alle hatten weiße runde Köpfe, die mit gelben Klappen in der Farbe von Felsblumen versehen waren. Die beiden Riesen trugen waldgrüne Kleider, während der Dritte in Sandbraun gekleidet war. Der Kleinere bückte sich, tauchte einen kleinen Behälter ins Wasser, hob ihn wieder heraus und hielt ihn auf Augenhöhe, um den Inhalt zu begutachten. Dann zeigte einer der Großen auf eine entfernt liegende Stelle, und alle drei liefen über den Strand dorthin. Der Kleine hatte große Mühe, mit den beiden anderen Schritt zu halten.

Die Wesen marschierten an einer Biegung entlang und näherten sich dann dem Steinhaufen, aus dem sich ein kleiner Wasserfall ergoß. Einer der grüngekleideten Riesen stieg die Felsen hinauf und bewegte sich auf ihnen weiter, bis er direkt über dem Bach stand. Er bückte sich, steckte eine Hand ins Wasser, richtete sich wieder auf und schüttelte heftig den Kopf. Dann kehrte er zum Strand zurück, und ein paar Minuten später machten die Wesen kehrt und gingen über den Strand zu ihrem Lager zurück.

Braan warf sich von der Spitze der Insel, segelte tief über dem vernebelten See und schlug nur hin und wieder mit den Membranen. Die Fremden drehten sich nicht einmal um. Der Führer der Jäger schlug heftiger mit den Flügeln und stieg zum Wasserfall auf. Er landete neben der kleinen Kaskade und betrachtete eine Weile lang, wie das Wasser geräuschvoll in den See herunterstürzte. Eine Fülle von Wildblumen wuchs hier, und ihre Wurzeln hatten sich in jede Spalte und Ritze geschoben. Ein paar knorrige Fichten umklammerten mit ganzer Kraft die Felsen. Weiter oben beugten sich zwei von Wind und Wetter gebeutelte Stämme über den Bach. In diesem Moment schob sich die Sonne über den Rand des Plateaus und ergoß ihr

Licht über die Szene. Doch Braan hatte an diesem Morgen keine Augen dafür. Schwer atmend suchte er nach Spuren, die die Fremden hinterlassen hatten. Er konnte sie riechen – ein sonderbares, säuerliches Aroma. Der Führer der Jäger schnüffelte weiter und nahm einen anderen Geruch wahr, die schalen Körperausdünstungen von Felshunden. Alle seine Sinne waren sofort hellwach. Gefahr war in Verzug.

Vorsichtig lief Braan weiter über die Felserhebung und entfernte sich immer weiter vom See. Er bestieg einen von Felsgeröll bedeckten Höhenzug und lief durch eine schmale Schlucht, durch die sich ein weiterer Bach schlängelte. Heftige Böen zerrten an den vereinzelt stehenden Grasbüscheln und verbreiteten den süßlichen Duft der überall wachsenden Wildblumen. Die Anstrengung des Aufstiegs und die brennenden Sonnenstrahlen erwärmten sein Blut und schläferten seine Aufmerksamkeit ein. Und so war er nicht darauf vorbereitet, als plötzlich eines der Wesen um einen Felsen herumspaziert kam. Es hielt den Blick zunächst auf den Boden gerichtet und pflückte Beeren. Dann spürte es jedoch die Anwesenheit des Jägers und drehte sich zu ihm um. Der Fremde war fast doppelt so groß wie Braan und ganz in Gelbbraun gehüllt. Dabei handelte es sich weder um seine Haut noch um ein Fell. Der Fremde besaß grotesk lange Beine und Hände mit fünf Fingern. Die Hände sahen aus, als wohne ihnen ziemliche Kraft inne. Das Wesen besaß ein großes, aber flaches Gesicht, und die dicken Lippen seines offenstehenden Mundes waren mit Beerensaft verschmiert. Auffällig waren die monströsen und häßlichen Haut- und Knorpelauswüchse, die von seinem Kopf abstanden. Und seine Augen waren so blau, so blau wie der Himmel. Der Fremde starrte ihn an. Zuerst erschrocken und zur Flucht bereit. Doch seine Angst verflog und ließ nur Neugier zurück.

Die beiden Vertreter verschiedener Rassen standen sich angespannt – doch instinktiv ohne Furcht – gegenüber. Und es hatte den Anschein, als könnte jede kleine Bewegung dieses Tableau augenblicklich zerstören. Braan regte sich als erster. Ohne sich den Anschein zu geben, von diesem Ort zu fliehen, kletterte er ruhig weiter den Hügel hinauf. Der Langbeinige sah ihm dabei zu und folgte ihm nach einem Moment des Zögerns ein paar Schritte weit. Doch seine Miene ließ keinen Zweifel daran, daß er den Jäger nicht verfolgen, sondern lediglich das Zusammentreffen andauern lassen wollte.

»Verdammt«, murmelte Dawson.

Die Sonne stieg immer höher, und der Chor der Stöhnschönchen verebbte langsam. Die mitternachtsblauen Beeren, die nicht sehr zahlreich an den windgepeitschten Sträuchern wuchsen, die sich so verzweifelt am Boden festklammerten, waren köstlich: groß, saftig und gehaltvoll. Ihr Geschmack erinnerte an Weintrauben. Dawson nahm sich vor, sich nicht allzu viele von ihnen in den Mund zu stecken, aber sie waren einfach zu lecker. Sie pflückte sie nacheinander ab und spuckte Kern um Kern aus. Langsam wurde es Zeit, wieder zum Lager zurückzukehren. O'Toole hatte zugesagt, für sie das Funkgerät zu übernehmen, aber sie solle nicht länger als eine Stunde fortbleiben, weil er sich um den Richtstrahl kümmern müsse. So war Dawson zu dem kleinen Bach gelaufen und im Verlauf den blumenbedeckten Hang hinauf gefolgt. Mittlerweile kehrte sie auf dem Weg zurück, den sie gekommen war, und hatte nur Augen für die Beeren. Als sie zufällig aufsah, entdeckte sie das Wesen. Was war das, eine Riesenfledermaus?

Die mit Krallen besetzten Füße fielen ihr genauso auf wie die spindeldürren Finger an den langen Händen. Die größte Überraschung für sie aber war, daß das Wesen einen Bogen in der Hand hielt und in ein Lederwams gekleidet war. Dawson starrte ihm in das langgezogene Gesicht und in die großen schwarzen Augen, die ihren Blick erwiderten. Sie spürte, daß dieses Wesen intelligent war, und wollte es ansprechen, doch die Stimme versagte ihr. Unwillkürlich atmete sie tief aus, weil sie unbewußt die ganze Zeit die Luft angehalten hatte. Die Fledermaus drehte sich schließlich um und watschelte den Hang hinauf. Das Wesen konnte sich erstaunlich flink über die Felsen bewegen. Dawson schluckte, folgte ihm ein paar Schritte weit, atmete tief durch und lief dann widerstrebend den Hügel hinunter. O'Toole würde bestimmt schon sauer sein.

Braan lief einen weiten Bogen, um den Kontakt mit dem Langbein wiederherzustellen. Der Fremde bewegte sich unsicher den Hang hinab und hielt dabei den Behälter mit den Felsbeeren fest. Er verspeiste die Beeren und war damit also kein Fleischfresser. Dann lenkte eine kaum wahrnehmbare Bewegung zwischen den Felsen die Aufmerksamkeit des Jägers ab. Zwei Felshunde schlichen an der Schattenlinie vor den Steinhaufen entlang. Sie befanden sich unterhalb des Langbeins und wollten es offensichtlich attackieren.

Felshunde waren listige und gefährliche Tiere und gehörten zu den schlimmsten Feinden der Klippenbewohner. Braan sah sich um. Wo sich zwei dieser Räuber zeigten, war meist das Rudel nicht fern. Der Wind trug ihren strengen und muffigen Geruch zu ihm herüber. Der Jäger ließ den Blick nervös über die weiter unten liegenden Felsen wandern und suchte nach den anderen Tieren, die sich dort verbergen mußten. Braan breitete die Schwingen aus, zog einen Pfeil aus dem Köcher und machte sich für den Kampf bereit – oder, wenn nötig, die Flucht. Er stieg höher, verfolgte die Bewegungen der Felshunde und hielt gleichzeitig nach oben Ausschau, ob sich dort nicht weitere unliebsame Überraschungen verbargen. Die zwei Räuber folgten dem Langbein parallel, und ihre glänzenden Pelze waren im Felsschatten nur für ein geübtes Auge auszumachen. Dann entdeckte der Jäger zwei weitere Hunde, die geduckt auf den Fremden zukrochen. Damit waren für Braan die Ereignisse außer Kontrolle geraten. Wenn es sich bei den Langbeinen wirklich um Götter handelte, konnte dieses hier jetzt beweisen, wie es mit dem Hunger der Natur fertig wurde.

Der Fremde stolperte weiter den Hang hinunter und schien noch nichts von der Gefahr zu ahnen, in der er schwebte. Er stützte sich mit den Händen an Erhebungen und Kanten ab und war nur noch wenige Schritte von dem Hinterhalt entfernt. Dabei hielt er den Blick auf den Boden gerichtet und schien wirklich keine Ahnung zu haben, was ihm gleich blühen würde. Braan machte hügelabwärts weitere Bewegungen aus.

Dawson geriet fast ins Straucheln und blieb stehen, um wieder zu Atem zu kommen und die schöne Aussicht zu genießen. Der Nebel hatte sich verzogen, und die Sonne spiegelte sich golden auf dem See wider. Der Rand des Plateaus erstreckte sich am nahen Horizont und zeichnete die unmeßbare Entfernung zu den unerforschten Prärien ab, die sich dahinter ausbreiteten. Dawson griff in den Eimer und schob sich eine weitere Handvoll Beeren in den Mund. Durstig kniete sie sich neben den Bach hin und trank große Schlucke eiskalten Wassers. Die Sonnenstrahlen erwärmten die von roten Flechten überzogenen Felsen, auf denen viele Quarz- und Pyritkristalle funkelten.

Als sie sich wieder aufgerichtet hatte, schaute sie den Hang hinab. Der Höhleneingang war noch nicht in Sicht, aber sie entdeckte die Marines, die dort unten zugange waren und alles für die zweite Ankunft des EPL vorbereiteten. Dawson hätte sich gern die Landung von hier oben aus angesehen, aber leider mußte jemand das Funkgerät besetzen. Sie streckte sich, blickte in den blauen Himmel und dachte an die sonderbare Kreatur, der sie vorhin begegnet war. Dawson schritt wieder aus und erstarrte schon nach einem Meter. Dreißig Schritte von ihr entfernt hockte Tatum hinter einem Felsen und hielt sein Sturmgewehr auf sie gerichtet.

»Sandy, bitte nicht schießen, ich bin's doch, Nancy!« rief sie.

»Ich ziele doch gar nicht auf dich«, antwortete er mit einem kehligen Flüstern. »Bleib ganz still stehen.«

Dawson ließ vorsichtig den Blick wandern und entdeckte zwei schwarze Tiere in den Felsen über dem Marine.

»Hinter dir«, rief sie leise und zeigte vorsichtig mit der Hand in die Richtung.

Tatum drehte sich um. Der Hund, der ihm am nächsten war, hob die weiße Schnauze, fing an zu knurren und zeigte seine Reißzähne. Er hatte die ausgefransten und eingekerbten Ohren angelegt, und auf seinem Rücken breitete sich eine prächtige Mähne aus langen silbernen Haaren aus. Das Raubtier sprang. Der Marine riß sofort das Sturmgewehr hoch und gab einen Feuerstoß ab. Der wilde Hund war schon tot, bevor er den Boden berührte. Die Schüsse hatten die Stille des Morgens zerrissen, und Echowellen hallten durch das Tal und über den See. Das Rudel der Hunde spritzte, erschreckt von den Detonationen, die Menschen auszulösen imstande waren, wie Laub bei einem Windstoß auseinander.

Braan dröhnten die Trommelfelle. Flammen waren aus dem Stock geschlagen, den das grüngekleidete Langbein in den Händen hielt. Der Felshund hatte mitten im Sprung einen Schlag aus der Luft erhalten, und das gräßliche Hämmern, das aus dem Stab geklungen hatte, bereitete dem Jäger immer noch Schmerzen. Braan war wie betäubt. Sie waren tatsächlich Götter! Und hatten gerade ihre große Macht bewiesen. Sie besaßen eine unfaßbare Macht – die zu töten nämlich. Vor Ehrfurcht erstarrt, verfolgte der Jäger, was die Langbeine jetzt trieben. Der Grüngekleidete, der den Stock betätigt hatte und riesengroß war, legte einen Arm um den offensichtlich erschrockenen Sandfarbenen. Der Große suchte die Felsen ab. Offensichtlich handelte es sich bei ihm um einen Jäger. Der Sandfarbene hingegen verstand sich nicht auf diese Kunst, war vermutlich gar kein Gott. Der Kleinere deutete jetzt nach oben, und der grüne

Töter blickte in die angegebene Richtung. Dann packte er, ohne hinzusehen, den toten Felshund am Kragen. Zusammen schleiften sie das Tier den Hang hinunter und hinterließen eine deutliche Blutspur. Also waren sie doch Fleischfresser.

»Mensch, seht euch das an!« schrie Fenstermacher.

Dawson, die ihren Beereneimer hielt, folgte Tatum, während der seine Trophäe auf den Vorplatz trug. Er hob das Tier über seine Schultern und schleuderte es auf den Boden, wo es Blut und Staub aufspritzen ließ.

»Frischfleisch!« rief er. Die anderen näherten sich vorsichtig. Der wilde Hund wirkte selbst im Tod noch furchteinflößend. Fänge und lange Krallen ragten aus dem blutbedeckten schwarzen Fell.

»Weiß jemand, wie man so was häutet?« rief Gordon.

»Häuten?« fragte Dawson. »Wieso, können wir das Tier denn essen?«

»Ich werde es schlachten«, verkündete Shannon vom Höhleneingang. »Aber das Fleisch ist bestimmt zäher als alles, was ihr je zu euch genommen habt.«

»Ich wette, er hat in einer Höhle gelebt«, bemerkte Tatum, hockte sich vor dem Hund hin und betrachtete die langen Krallen.

»Kann sein«, gab der Sergeant barsch zurück. »Während ich diesen Bastard ausweide, möchte ich, daß ihr Marines eure Hintern in Bewegung setzt und den Richtstrahl an die Landestelle schafft. Tatum, sorg dafür, daß die Männer damit anfangen!«

»Klar, Sarge«, antwortete Tatum und erhob sich. »Das Biest hat uns angesprungen.«

»Dafür hast du auch 'ne Menge von der verdammten Munition vergeudet«, knurrte Shannon.

»Sie waren zu viert«, fuhr der Marine fort. »Aber ich hab nur den hier erledigt. Dawson hat noch etwas anderes gesehen. Los, Nance, erzähl es ihnen.«

Shannon begab sich vom Vorplatz zum Zeltlager. Er zückte sein großes Überlebensmesser mit der Sägeklinge, baute sich vor Dawson auf und senkte den Kopf, bis sich ihre Nasenspitzen fast berührten.

»Was haben Sie sich dabei gedacht, so mutterseelenallein durch die Gegend zu spazieren? Ich habe strikte Anweisung gegeben, daß sich alle nur in Gruppen aufhalten sollen. Ist mir scheißegal, wenn Sie sich in die Büsche schlagen müssen, aber dann lassen Sie sich gefälligst von jemandem begleiten. Und zwar von einem mit einer geladenen Waffe! Haben wir uns verstanden?«

Dawson versuchte, dem strengen Blick des Sergeants standzuhalten, aber seine grimmige Miene war einfach zu wütend. Sie senkte den Kopf. Shannons dunkle Augen waren rotumrandet und lagen tief in den Höhlen, die von schwarzen Ringen umgeben waren. Sein Schädel und sein Gesicht waren, weil er sich eine Woche nicht mehr rasiert hatte, von dichten schwarzen und weißen Stoppeln bedeckt. Sie fuhr sich unbewußt über ihren Nacken und spürte dort das erste Wachstum ihres roten Haars. Als sie ihm mit leiser Stimme antwortete, war ihr Blick bei ihren Stiefelspitzen angelangt. »Ich habe Sie verstanden, Sergeant.«

Shannon verzichtete gnädigerweise darauf, sie weiterhin anzustarren, hockte sich neben den Kadaver und fing an, dem Tier den Bauch aufzuschneiden.

»Nun, was hast du denn da draußen gesehen?« fragte er dann deutlich ruhiger. Bevor sie antworten konnte, hob der Sergeant den Kopf und betrachtete mit strengem Blick die Marines, die nähergetreten waren, um ihre Geschichte zu hören. »Hat mir die Sonne den Verstand weggebrannt, oder habe ich euch Lahmärschen nicht gerade gesagt, daß ihr euren werten Hintern in Bewegung setzen sollt? Abmarsch, auf der Stelle!«

Alle sprangen davon. Petit und O'Toole nahmen den Sender auf, schulterten ihre Gewehre und rannten im Dauerlauf zum

See. Tatum und Gordon folgten ihnen dorthin. Mendoza und Fenstermacher eilten den Felshang hinauf, um über der Höhle Wache zu stehen. Ersterem war beim Aufstieg sein Gewehr doch sehr hinderlich, während letzterer sich der Einfachheit halber eine Pistole umgeschnallt hatte. Leslie Lee stand auf dem Vorplatz, der mittlerweile den Titel ›Terrasse‹ erhalten hatte, und sah dem Treiben der Marines zu. Dawsons Blick wanderte zu der Medizinerin und dann zurück zu Shannons breitem Rücken.

»Jetzt erzähl mir, was du gesehen hast«, wiederholte der Sergeant, während er mit einem gluckernden Geräusch die Eingeweide herausriß. Dawson mußte fasziniert auf die matschige Masse starren. Dann spürte sie, wie sich ihr Magen zusammenzog, und sie schluckte einige Male. Schwindelgefühl überkam sie. Shannon hatte sich die Ärmel bis zum dicken, tätowierten Bizeps hochgerollt, und seine Arme waren bis zu den Ellenbogen rot gefärbt, als er das Fell vom Rücken des Tiers zog und mit dem Messer nachhalf, wenn es nicht weitergehen wollte. Unter dem schwarzen Pelz trat rosafarbenes Fleisch hervor.

Dawson öffnete die Lippen, doch kein Wort kam heraus. Sie hatte plötzlich den bitteren säuerlichen Geschmack von halbverdauten Beeren im Mund. Dawson wandte sich abrupt um und rannte in die Büsche.

Auf seinem Weg zurück zum See sah Braan die grünen Langbeine wieder. Sie waren anscheinend auf dem Weg zum Nordrand des Gewässers. Als der Jäger die hohen Klippen erreichte, breitete er die Schwingen aus und glitt über das glitzernde grüne Wasser. Er flog bis fast an die Insel heran und ließ sich dann auf dem See nieder, dessen Wasser von der Sonne aufgewärmt war. Braan landete sanft, faltete die Flügel zusammen und atmete genug Luft ein, um Schwimmkraft zu erlangen. Als er zur Insel paddelte, wo Craag auf ihn wartete, ragten nur seine Augen und seine Nüstern aus dem Wasser.

Das Geknalle vorhin hatte die Jäger in Angst versetzt. Sie fürchteten schon, ihrem Anführer könnte etwas zugestoßen sein, doch als sie sahen, wie er von den Klippen abhob, legten sich die meisten ihrer Sorgen wieder. Das Treiben im Lager der Fremden erweckte ebenfalls ihre Aufmerksamkeit, und sie beobachteten neugierig, wie die seltsamen Wesen zum Hochplateau aufbrachen. In atemloser Spannung lauschten sie nun dem Bericht Braans.

»Die Langbeine verfügen über große Macht«, erklärte der Anführer.

»Warum ist Euch dann nichts geschehen, Braan-unser-Führer?« fragte Bott'a unerhört direkt.

»Der Gelbbraune verfügte über keinen der magischen Stöcke«, antwortete der Jäger. »Und ich bin ihm nicht nahe getreten. Aber die Felshunde haben ihn angegriffen.« Die Langbeine hatten offenbar nicht vorgehabt, ihm etwas anzutun. Er erkannte jetzt, daß der Fremde in ihm offenbar keine Bedrohung gesehen hatte, obwohl er doch eindeutig bewaffnet gewesen war. Braan hielt das für ein gutes Vorzeichen.

Die Jäger dachten jeder für sich über diese Vorfälle nach, und plötzlich wurde dem Führer klar, warum die Langbeine zum Rand der Hochebene zurückkehrten. Das silberne Himmelsschiff transportierte die Fremden in dieses Gebiet. Jede Explosion kündigte die Ankunft von weiteren Grün- oder Braungekleideten an.

»Heute werden wir noch mehr von diesem furchtbaren Getöse zu hören bekommen, genau wie gestern und vorgestern. Das Fluggefährt kehrt zurück, und weitere Langbeine werden in unser Land kommen«, verkündete er seinen Kameraden. Die Jäger bewunderten ihn ob seiner Weisheit.

Die zweite Landung verlief nicht nach Plan. Atmosphäreneintritt und Landeanflug brachten keine Probleme, dafür aber das Aufsetzen. Der Lander ruckelte erheblich, brach aus und bockte. Buccari spürte, wie starke Seitenkräfte die Nase des EPL wegdrückten. Schnell reagierend, schaltete sie den Autopiloten aus und die manuelle Kontrolle ein. Das programmwidrige Gieren des Boots kam zum Stillstand. Sie hatte Glück und konnte den Ausbruchsversuch im letzten Moment stoppen. Einen Sekundenbruchteil später wäre der Lander von seinen Gleitkufen gekippt und mit seinen Treibstofftanks explodiert. Die gesamte Besatzung samt den Passagieren und den Marines, die sich in der Nähe aufhielten, hätten dabei ihr Leben verloren. Und nicht genug damit, es hätte auch für die Crew der Korvette, die sich noch im Orbit befand, das Ende bedeutet, da sie dann für immer dort festgesessen hätte. Sie wären zwar langsamer gestorben, hätten an ihrem Schicksal aber nichts mehr ändern können.

Während Buccari darauf wartete, daß die Außenhülle sich abkühlte, überprüfte sie die Instrumente und Command-Programme. Die Hilfstriebwerke liefen noch, als sie und Jones die Kontrollsysteme diagnostizierten, aber sie konnten keinen Hinweis darauf finden, was die unerwarteten Kontroll-Inputs hervorgerufen hatte. Als die Außenhaut erträgliche Temperaturen aufwies, entluden die Marines und die Passagiere die Fracht und stapelten sie draußen, um sie ins Lager zu tragen. Quinn hatte Buccari überrascht, als er darauf bestand, die Planetenüberlebensladung möglichst rasch nach unten zu befördern; denn soviel Sachverstand hatte sie ihm in seiner momentanen Verfassung nicht zugetraut. Natürlich hatte sie ihm nicht widersprochen: Die neue Kolonie würde alle medizinischen Vorräte und Medikamente, die Samen, das Wasserboot sowie die Werkzeuge und Geräte brauchen.

Zögernd schaltete sie den EPL ab und warf einen Blick auf die Uhr. Die Korvette würde in fünfzig Minuten die Landestelle passieren. Buccari nahm den Helm ab, löste die Gurte, rollte sich aus ihrem Sitz und kletterte mit steifen Beinen die deutlich geneigte Zentralpassage zur Achternfrachtluke hinunter. Die Schwerkraft, die sie sofort in ihren Bann zog, war ihr so willkommen wie Kopfschmerzen. Buccari stapfte mit schweren Schritten auf den festen Boden und zuckte sofort vor dem hellen Sonnenlicht zurück. Sie fühlte sich furchtbar, wie ein aus dem Nest gefallener junger Vogel, der sich hilflos und ausgesetzt in einer fremden Umgebung wiederfindet. Der Lieutenant atmete die natürliche Atmosphärenluft tief ein, die so ganz anders als die verbrauchte und zigfach gefilterte Luft an Bord des Schiffes schmeckte. Feuchtigkeit drang in ihre Nase ein, und ein süßlicher Duft. Sie schnüffelte.

Buccari betrachtete den verbrannten Felsboden unter dem Lander. Ihre Augen hatten Mühe, in größere Entfernung zu blicken, als weigerten sie sich, etwas außerhalb ihrer unmittelbaren Umgebung wahrzunehmen. Der Lieutenant zwang sich blinzelnd, den weiteren Umkreis zu erfassen, und sie entdeckte gelbe und weiße Blumen, die in erstaunlicher Üppigkeit die Granitfelsen des Plateaus bewuchsen. Die Vorstellung, reale Blumen zu berühren, hatte plötzlich etwas ungeheuer Verlockendes, und schon bewegte sie sich von dem geschwärzten Boden fort und hin zu den nächsten Blumen. Sie kniete sich ungelenk nieder und tauchte vorsichtig ihr Gesicht in den kleinen Garten. Der Duft, der sie umfing, löste Euphorie in ihr aus. Der quarzdurchschossene Grund unter ihr fühlte sich warm und eben an. All ihr Unbehagen schmolz dahin.

Ein aufdringliches Summen brachte sie dazu, sich aufrecht hinzusetzen, und im nächsten Moment erhob sich eine kleine gelbschwarze Biene aus Buccaris gerade in Besitz genommenem Wildbeet. Nun entdeckte sie auch einen Schwarm gelber Schmetterlinge, die vorbeiflatterten und sich bemühten, gegen eine sanfte Brise anzukommen. Buccari lachte aus vollem Herzen, ließ sich auf die Seite fallen, stützte sich auf einen Ellenbogen und sah zu, wie die anderen die Fracht ausluden. Dann erblickte sie Shannon, der gerade um den Lander herumlief und offensichtlich zu ihr unterwegs war.

»Hübscher Planet, Sergeant«, sagte der Lieutenant.

»Danke, Sir, aber das ist kaum mein Verdienst. Da oben am Himmel wartet übrigens der große Autopilot, wissen Sie.«

»Autsch, das hat gesessen.« Sie marschierte neben ihm her zum EPL zurück. »Nun, leider stimmt etwas nicht mit dem Apfel. Beim Abschalten der Triebwerke kam es zu einem sekundären Kontroll-Input. Ich konnte von Glück sagen, ihn rechtzeitig abzufangen. Und ich hatte noch mehr Dusel, ihn nicht überzukorrigieren.«

»Was haben Sie denn jetzt vor, Lieutenant?«

»Ich fürchte, mir bleibt keine große Wahl. Falls Jones keinen mechanischen Schaden entdeckt und repariert, lasse ich es eben drauf ankommen und fliege wie geplant in den Orbit zurück.« Buccari blinzelte zum Horizont und stellte fest, daß sie immer noch Mühe mit ihrer Fernsicht hatte. »Ich steuere den Kasten eben manuell. Wenigstens bereitet uns der Treibstoffvorrat keine Probleme.«

Als sie den EPL erreichten, schloß Jones gerade die Luke. Er zog den Helm aus und die Energienabelschnur zu seinem Anzug ab.

»Nichts, Lieutenant«, verkündete der Techniker. Er lächelte Shannon kurz zu und nickte zum Gruß. »Die Kreisel sind okay, die Servo-Schübe ebenfalls. Nirgends ein Leck oder Loch. Ich bin alles dreimal durchgegangen, aber alles, worauf man sofort tippen würde, hat sich als einwandfrei herausgestellt. Sind Sie ganz sicher, daß die Raketen an Backbord so unvermittelt gezündet haben? Das Playback zeigt nichts dergleichen an.«

»Nein, Boatswain, da bin ich mir überhaupt nicht sicher. Alles ist so schnell gegangen, da blieb mir keine Zeit, alle Instrumente zu checken. Ich habe einfach Energie gegeben. Ging alles so furchtbar rasch, daß ich mich mittlerweile frage, ob ich den Vorfall nicht geträumt habe.«

»Nein, Sir, der Apfel wollte definitiv ausbrechen. Sie haben den Lander gerettet, Lieutenant.«

Buccari lächelte und spannte ihre Oberarmmuskeln. Dann wandte sie sich an den Sergeant. »Dann wollen wir mal einen Situationsbericht für Commander Quinn verfassen.«

Hudson trug Buccaris Meldung über die Hauptverbindung vor. Was sie über die Möglichkeit des Vorhandenseins intelligenten Lebens mitzuteilen hatte, erweckte Quinns Aufmerksamkeit, aber nur für einen Moment. Viel mehr interessierte ihn – so wie jeden, der sich noch an Bord der Korvette befand – der Zustand des EPL. Der Lander war ihre Leiter zum Leben, die Brücke zu ihrer weiteren Existenz. Die ersten an Bord fühlten sich bereits auf dem Schiff wie in einem Sarg.

Rhodes und Wilson, die in ihren Stationen hockten, spielten auf einem der Korvettencomputer Schach. Quinn rief eine dreidimensionale Darstellung ihrer Partie auf seinen Monitor. Sie näherte sich ihrem Ende. Rhodes, der schwarz spielte, sah sich von einem weißen Turm und Bauern bedroht. Es schien ganz so, als sei er in fünf Zügen matt. Der Commander schaltete die Darstellung weg und nahm einen Systemcheck vor. Angesichts der vielen Schäden konnte er nur noch höhnisch grinsen. Seine Gedanken wanderten unwillkürlich zu dem Mutterschiff und zu seiner Frau zurück. Mit großer Willensanstrengung gelang es ihm, diese deprimierenden Bilder aus seinem Bewußtsein zu verscheuchen und sich wieder der Schachpartie zuzuwenden.

»Sir, ich habe die EPL-Daten über die Diagnostik laufen lassen. Soll ich sonst noch was tun?« fragte Hudson aus seiner Wachstation auf dem Flugdeck an.

Quinn saß nur schweigend da. Buccari und Jones waren die beste Apfel-Crew in der ganzen Flotte. Es lag allein bei ihnen, den Lander zurück zur Korvette zu fliegen. Hier an Bord konnten sie nichts mehr zu ihrer Unterstützung tun.

»Wünschen Sie dem Lieutenant viel Glück«, entgegnete der Commander und starrte durch den Sichtschirm. Dann schüttelte er die bangen Gedanken ab und richtete seine Aufmerksamkeit wieder auf die Instrumente.

»Fünfzehn sind sicher unten angekommen. Sechs warten noch darauf … wenn man Buccari und Jones dazurechnet«, redete Hudson über das Interkom daher. »Dieser Planet kommt einem von Tag zu Tag mehr wie ein neues Zuhause vor. Er ist sicher kein Paradies – was immer man sich auch darunter vorstellen mag –, aber er besitzt frische Luft, Wasser und Leben … Blumen mit Blähungen, große Fledermäuse, die mit Pfeil und Bogen herumlaufen, und fünfzig Kilogramm schwere Raubtiere.«

»Alles immer noch besser als ein langsamer Tod in dieser Bleibüchse«, erwiderte Rhodes über Funk. Quinn rief wieder das Schachspiel ab. Rhodes versuchte gerade, sich aus seiner Bredouille hinauszumanövrieren.

»Ach, Virgil, lieber Freund«, mischte sich Wilson ein. »Wir wissen doch noch gar nicht, worauf wir da unten stoßen werden, oder? Wer weiß, vielleicht würden wir es nach ein paar Tagen auf dieser Welt schon als Segen ansehen, in diesem Eimer eingegangen zu sein, wo wir wenigstens von Dingen umgeben sind, die wir verstehen können.«

»Hühnerkacke, Gunner!« gab Rhodes scharf zurück. »In diesem Kasten mußt du auf jeden Fall sterben. Dauert nur ein paar Wochen, bis er aus dem Orbit fällt, aber bis dahin sind wir längst verdurstet. Ist doch alles Quatsch, was du da sagst. Du bist kein bißchen anders als der Rest von uns. Wenn es darum geht, Schmerzen und Tod aufzuschieben, wirst du alles unternehmen, wozu du in der Lage bist.«

Die Männer schwiegen. Schließlich funkte Hudson an Buccari: Meldung erhalten und verstanden. Quinn bestätigte und widmete sich dann wieder der Schachpartie auf seinem Monitor. Rhodes' Situation wurde immer schlimmer. Wilsons Turm bedrohte den schwarzen König und brachte seinen Gegenspieler in eine unhaltbare Lage. Doch Rhodes wollte noch nicht aufgeben und suchte wie besessen nach einem Gegenzug, der den von seinem Gegner erzeugten Druck nehmen und gleichzeitig Wilson ins Schwitzen bringen würde.

»Läuft ja heute wieder mal wie immer«, stichelte Wilson. »Bist du noch da, Virgil?« Rhodes grunzte eine Obszönität über den Funk. Wilson ließ nicht locker. »Tja, ich schätze, der Überlebensinstinkt sagt einem wirklich, es wäre besser, aus dieser ausgebrannten Blechbüchse zu kommen und dort unten ein wie auch immer geartetes Dasein zu fristen. Ich spüre ihn tatsächlich schon in mir. Ich möchte wirklich nach dort unten. Da wäre nur noch eine Kleinigkeit. Hier oben ist es mollig warm, und ich würde ungern in der Kälte eingehen.«

»Du hast den Riemen zu fest geschnürt, und jetzt drückt dir der Helm auf den Verstand«, ertönte Rhodes' körperlose Stimme aus dem Empfänger. »Du wirst noch fünfzig Jahre leben, Gunner, und wir suchen dir da unten eine hübsche tropische Insel. Eine ganze Welt erwartet uns, und wir sind ihre einzigen Bewohner. Und jetzt aufgepaßt, mein Zug!«

»Weißt du, Virgil«, sagte Wilson leise, »Schach hat mit dem Leben viel gemeinsam. Du beginnst mit einem großen Potential, aber das ist noch nicht fertigentwickelt, und deswegen kannst du es nicht richtig einsetzen. Du fängst also an, Dinge auszuprobieren. Ein paar davon funktionieren, andere nicht. Wenn du deine Figuren richtig einzusetzen verstehst, spielst du länger, aber unausweichlich kommt das dicke Ende: Du fängst an, deine Figuren zu verlieren. Dein Treibstoff geht zur Neige, und mit ihm dein Potential. Und irgendwann siehst du dich mit den letzten Zügen konfrontiert und hast nur noch ein paar Steine zur Verfügung. So, wie es das Sprichwort sagt, daß du eben möglichst viel aus einem alten Hund oder einem alten Pferd herausholen mußt ... oder aus einer alten, verbeulten Korvette.« Wilson machte einen Zug, bei dem man den Eindruck gewinnen konnte, daß er nicht mehr so recht bei der Sache war.

Rhodes setzte sofort nach. »Okay, Gunner. Genug von dem Mist. Du bist am Zug.«

Quinn verfolgte, wie Wilson quälend langsam den Läufer über das Spielbrett und auf den schwarzen König zu schob. »Wird Zeit, eine neue Partie zu beginnen, Virgil. Schachmatt.«

9 Entscheidungen

Buccari schnallte sich im Pilotensitz an. Alle Systeme sprachen an, und sie hatte noch immer keine Vorstellung, was den EPL vorhin dazu gebracht hatte, nicht wie programmiert zu reagieren. Der Lieutenant war nervös und ging noch einmal die Zündungs- und Start-Checklisten durch. Buccari hatte schon ohne Computerhilfe und rein manuell abgehoben, allerdings nur von der Erde. Die Heimat, mit ihren planetenweiten Krisen und der fortgesetzten Hungersnot, besaß wenigstens reichlich Landefelder, und wenn man einen Start verpatzte und es nicht bis in den Orbit schaffte, blühte einem lediglich, zur nächsten Runway zu fahren, dort aufzutanken und es ein weiteres Mal zu versuchen – oder schlimmstenfalls, sich von einem anderen hochfliegen zu lassen. Doch hier mußte Buccari zum ersten Mal einen Kaltstart von der Oberfläche eines fremden Planeten bewältigen – und dazu erhielt sie nur einmal die Chance. Der Treibstoffverbrauch war zu groß, um noch einen zweiten Versuch hinlegen zu können. Wenn sie keinen vollständigen Erfolg verbuchen konnte, waren die vier Männer im Orbit hilflos ihrem Schicksal ausgeliefert.

Sie warf einen Blick nach draußen. Der Himmel bot ein großartiges Schauspiel von Korallenrot mit Orange und Violett, über das muschelförmige Wolken gleichmäßig ihre Bahn zogen. Ein wunderbarer Trost für die Nacht, die bald kommen würde. Eine einzelne Gestalt stand aufrecht ein Stück entfernt und verblaßte langsam im Dämmerlicht: Shannon. Von den anderen Marines war nichts zu sehen, aber Buccari wußte, daß sie sich in der Nähe aufhielten und rings um die Landezone Wache standen. Wovor sollten die Männer sie beschützen?

Der Lieutenant war ganz begierig darauf, auf diese Welt zurückzukehren. Hier hatte sie Blumen gerochen und klare Luft eingeatmet. Die Korvette lag im Sterben, und das Leben im All war nur ein schwacher Ersatz für ein Dasein unter der warmen Sonne eines jungfräulichen Planeten. Doch als sie die Hände auf die Kontrollen legte, spürte sie wieder die narkotisierende Erregung von latenter Energie und Geschwindigkeit. Der schwere, aufgeladene Steuerknüppel elektrisierte sie, und diese Stimulation hallte tief in ihr wider. Die machtvollen Drosseln unterwarfen sich dem Griff ihrer Hand und verhießen ihr eine explosive Beschleunigung jenseits allen Wahrnehmungsvermögens. Buccari setzte sich den Helm auf und überprüfte die Verschlüsse. Das Zischen des eindringenden Sauerstoffs brachte sie übergangslos, als habe jemand einen Lichtschalter betätigt, in ihre professionelle Welt zurück.

»Okay, Boatswain. Bereit zur Zündung. Checks gut.«

»Checks gut, Lieutenant«, bestätigte Jones. »Temperaturen und Druck im grünen Bereich. Initiiere Injektorsequenz.«

Jones las die Checklist ab, und Buccari begann mit dem Countdown. Bei Null löste Jones die Zündungssequenz aus. Der Treibstoffdruck stieg in den Einsatzbereich, und die Tertiärraketen zündeten. Die Hauptzünder fingen an, nacheinander zu detonieren. Ein tiefes statisches Rauschen raschelte im Helm des Lieutenants. Die Hoverblaster kreischten schrill, und die Sekundärtriebwerke spuckten ihr Feuer aus dem Heck. Der EPL erhob sich langsam von dem schubgepeinigten Felsboden. Der Systemcomputer zeigte an, daß die Landekufen und die Stabilisatordüsen eingefahren worden waren. Als die Nase des Boots danach strebte, in die Vertikale zu gelangen, drehten sich die Haupttriebwerke in ihren kardanischen Aufhängungen, um sich dem aufsteigenden Schwerkraftzentrum im Lander anzupassen. Buccari bewegte mit festem Griff die Kontrollen und balancierte den Lander auf seiner Flammensäule. Bei Zündung plus Sechs explodierten die Haupttriebwerke mit einem monströsen Energiestoß, der Buccari in ihren Sitz preßte. Ihre Finger umklammerten die Hoch-G-Katapultgriffe, die neben den Drosseln an der Seitensteuerung angebracht waren, und die Beschleunigungskräfte zerrten an den Muskeln in ihrem Unterarm und in ihrem Nacken. Sie kämpfte gegen die bleierne Lähmung ihres Körpers und die Dumpfheit in ihrem Bewußtsein an, die von der Kompression ihres Gehirns ausgelöst wurden, und zwang sich, sich auf die steile Flugbahn ihres Boots zu konzentrieren. Die Sicht vor ihr verengte sich zu einem Tunnel, und alles, was sich links und rechts davon befand, entging ihrem Blick – Anzeichen dafür, daß die Augäpfel in ihren Höhlen wackelten.

Sekunden vergingen wie Stunden und blieben doch nur kurze Momente. Der Beschleunigungsplan veränderte sich dramatisch, und sie paßte den Schwerkraftdruck entsprechend an, senkte ihn beständig mit dynamischen Druckoptimierungen. Buccari bewegte Arme und Schultern, um die Krämpfe zu lösen, die die Anspannung in ihr hervorrief.

»Gute Arbeit, Lieutenant«, lobte Jones. »Der Apfel ist nicht einmal vom Profil abgewichen. Fluchtgeschwindigkeit in fünfzehn Sekunden. Temperaturen stabil. Checks gut.«

»Roger, Boatswain«, antwortete sie schwer atmend. »Checks gut.« Buccari lächelte und war stolz auf sich. Rein manuelle Startflüge aus der Schwerkraft eines Planeten wurden nur in Notfällen unternommen; zuviel konnte dabei zu rasch schiefgehen. Der Lieutenant blickte zurück in das dunkle Rot der dünner werdenden Atmosphäre.

Die Jäger verfolgten atemlos, wie der phosphoreszierende Feuerball unter schrecklichem Getöse in den pastellfarbenen Himmel aufstieg, während das weißglühende Hinterteil des Gefährts eine unfaßbar lange orangefarbene Feuerzunge ausstieß. Als das silbrige Schiff sich den hohen Wolken näherte, schleuderte das donnernde Ungetüm helle rote und gelbe Schatten an die Unterseiten der Ballungen. Der glühende Speer sprang aus dem Planetenschatten direkt ins Sonnenlicht und zog einen strahlenden, glühend weißen Federbausch hinter sich her. Braan rieb sich die Augen und versuchte, die hartnäckigen Geisterbilder zu verscheuchen. Erst nach einer Weile vergingen sie, und seine Augen stellten sich langsam auf Nachtsicht um, um sich an den Dämmerschein zu gewöhnen. Der Führer hüpfte von den Felsen. Die Jäger, die nicht zur Wache eingeteilt waren, folgten ihm und versammelten sich auf der felsigen Lichtung, die ihrer Höhle gegenüberlag. Wie betäubt hockten sie dort.

»Selbst wenn es sich bei ihnen nicht um Götter handelt, verfügen sie doch über Schrecken, die wir niemals begreifen können«, erhob Craag als Erster das Wort.

»Götter würden uns auch weniger Schrecken bereiten«, bemerkte Bott'a.

»Sie sind keine Götter«, erklärte Braan leise. »Ich bin einigen von ihnen sehr nahe gekommen. Sie haben Furcht … vielleicht sogar mehr Ängste als wir.«

»Dann stellen sie eine große Gefahr dar, denn wenn man einen Adler ängstigt, zerschmettert er sein eigenes Ei«, wandte Craag ein.

Stille senkte sich wieder über die Lichtung. Bott'a erhob sich leichtfüßig und winkte Kibba zu sich. Die beiden Wachkameraden verschwanden wortlos durch die Büsche. Sie waren an der Reihe, Nahrung zu beschaffen, und um diese Zeit zu fischen, versprach zu reiche Beute, als untätig mit den anderen herumzusitzen. Brappa folgte ihnen. Craag blieb zurück.

»Wie sieht Euer Plan aus, Braan-unser-Führer?« fragte er ohne längere Umschweife.

Braan fühlte sich durch die mangelnde Etikette nicht beleidigt; Craag hatte ihm seine Treue schon viele Male bewiesen. Außerdem hatte er seinen Respekt schon deutlich dadurch bewiesen, daß er mit seiner Frage gewartet hatte, bis die anderen gegangen waren. Braan sah seinem Jagdgefährten ins Gesicht – etwas, was man in seinem Volk nur tat, wenn man jemanden herausfordern oder ihm seine Zuneigung beweisen wollte – und lächelte, um letzteres anzuzeigen.

»Die Situation ist nicht einfach«, antwortete er dann. »Wir müssen den Ältestenrat informieren.«

»Sollten wir nicht Beobachtungsposten zurücklassen?« fragte Craag. »Ich würde mich freiwillig melden.«

»Ja, unbedingt. Wir können einiges über die Fremden erfahren, wenn wir sie beobachten.« Der Anführer klang jetzt besorgt. »Mein Sohn wird sicher gern mit dir auf Posten bleiben.«

»Wenn Ihr es wünscht, bestehe ich auf einem erfahreneren Kameraden.«

Braan hätte fast gelächelt. »Ihr habt wohl den Stolz der Jugend vergessen, mein Freund. Außerdem tut es dem Jungen nicht gut, wenn man ihn schont und damit verweichlicht.«

»Vielleicht ziehen die Langbeine ja wieder ab«, meinte Craag hoffnungsvoll.

»Nein«, pfiff der Anführer. »Ihre und unsere Zukunft sind miteinander verwoben.«

Buccari, die immer noch ihren EPL-Druckanzug trug, schwebte aufs Flutdeck und gurtete sich dort an. Sie fühlte sich erschöpft. Die Verantwortung dafür, den Lander zum Planeten zu fliegen, von dort wieder zu starten und sich dabei nicht den kleinsten Fehler erlauben zu dürfen, hatte ihren Preis gefordert. Quinn und Hudson beobachteten sie, sagten aber kein Wort.

»Was war Ihrer Meinung nach die Ursache für das Computerversagen, Sharl?« fragte der Commander schließlich.

»Ich habe nicht die leiseste Ahnung, Skipper.« Der Lieutenant gähnte.

»Die Zustandsdiagnose erfordert ihre Zeit«, bemerkte Hudson.

»Ohne die Hilfe der Mutterschiff-Systeme dauert es mindestens zwei Tage«, sagte Buccari. »Wir erzeugen eine Simulation. Jones lädt bereits die Programme auf, aber ich glaube, Nash oder Virgil sollten die Geschichte von ihrer Anlage aus überwachen. Jones hat nicht mehr viel Saft.«

»Virgil, äh, Mr. Rhodes hat sich eben gemeldet«, warf der Ensign ein. »Er unterstützt Jones bereits und kennt sich mit der Zustandsdiagnose mindestens ebenso gut aus wie jeder andere.«

»Sie hatten übrigens recht, Commander«, erklärte der Lieutenant. »Ich meine, als Sie angeordnet haben, zuerst die Crew hinunterzubringen. Unser alter Apfel ist sicher nicht mehr zu vielen Flügen tauglich.«

»Es hätte ja auch nicht zu der Fehlfunktion im Lander kommen müssen«, bemerkte Quinn. »Wie dem auch sei, jede Entscheidung birgt Risiken. Wir sollten dankbar sein, daß der Großteil der Mannschaft sicher angekommen ist. Ohne sie steht uns an Bord genügend Wasser und Sauerstoff zur Verfügung, um uns ein paar Tage Zeit für die Fehlersuche zu nehmen. Außerdem scheinen Sie mir etwas Ruhe dringend nötig zu haben.«

Buccari trieb leicht benommen in ihren Gurten und war froh, zur Untätigkeit verurteilt worden zu sein.

»Nash, teilen Sie Shannon mit, daß es zu einer Verzögerung kommen wird«, befahl Quinn.

Der Geruch von geröstetem Felshund hing schwer in der stillen Dunkelheit. Der Wind war zur Ruhe gekommen. Der Rauch der ersterbenden Lagerfeuer verschwand im sternenübersäten Himmel. Die Menschen schwiegen, lehnten entweder an Stämmen oder lagen auf dem mit zähem Fleisch gefüllten Bauch. Im flackernden Flammenschein arbeiteten Shannon und O'Toole an einem einfachen behelfsmäßigen Herd. Das übriggebliebene rohe Fleisch würde rasch verderben. Gekocht hielt es sich länger.

Der Sergeant streckte sich und versuchte, die Verkrampfung seiner müden Muskeln zu lösen. Er stellte zufrieden fest, daß O'Toole begriffen hatte, was am Herd zu tun war, und machte sich im Dunklen auf den Weg zur Latrine, die sie früher am Tag ausgehoben hatten. Shannon entdeckte ein schwaches Glühen am Horizont. Ein kleines Stück des stark abgemagerten kleineren Mondes zeigte sich dort und schob sich in den schwarzen Himmel. Man konnte zusehen, wie er höher stieg und dabei den Rest seiner irregulären Masse mit sich zog.

Als der Sergeant seine Blase erleichtert hatte, ließ er sich auf dem Stamm eines umgestürzten Baums nieder und starrte müde und steifgliedrig in die Ferne. Von dem aufgehenden Mond ging etwas Hypnotisches aus. Die Erschöpfung schläferte Shannons Wachsamkeit ein. Er sehnte sich danach, daß der Commander hier landen und ihm die Last der Verantwortung von den Schultern nehmen würde. Der Sergeant war dazu ausgebildet, Menschen anzuführen, aber nicht, die Führung zu übernehmen. Seine ganze Laufbahn beim Militär hatte darin bestanden, gehorsam die Befehle der übergeordneten Offiziere auszuführen. Hier befand er sich aber nicht in einer militärischen Situation – hier ging es um das Überleben einer Gruppe Menschen, und er hatte sich um mehr als nur seine Marines den Kopf zu zerbrechen.

Ein Zweig knackte. Augenblicklich hellwach, riß sich Shannon aus seiner Erstarrung, zog sein Messer und bewegte sich leise auf das Geräusch zu. Leises Rascheln ertönte sporadisch und manchmal kaum wahrnehmbar aus den Schatten. Der Marine kroch lautlos auf die Geräuschquelle zu, schlug aber einen Bogen, um sie zwischen sich und das Lagerfeuer zu bekommen und womöglich vor dem vergehenden Feuerschein einen Schemen ausmachen zu können. Seine Klinge funkelte im trüben Licht. Schritt für Schritt arbeitete er sich vor, glitt von Baum zu Baum und spähte angestrengt in die Finsternis.

Da, eine Bewegung! Er tauchte hinter einen rauhborkigen Stamm und ging vorsichtig in die Hocke. Shannon drehte sich, um das Gleichgewicht zu halten, kroch unter dem Protest seiner schmerzenden Knie um den Baum herum und starrte wieder in die schwarzen Schatten. Er machte nicht näher zu definierende Formen mit jeweils vier Beinen und einem langen Hals aus. Kleinere Tiere, die einem Menschen nicht einmal bis zum Bauch reichten.

Plötzlich ertönten links vom Sergeant lautes Krachen und Schritte. Die Tiere erschraken und waren im Bruchteil einer Sekunde aus seiner Sicht entschwunden. Ihre zierlichen Sprünge erzeugten nicht einmal ein Rascheln zwischen den Fichtennadeln.

»Sarge?« flüsterte weithin hörbar Tatum. »Bist du das, Sarge?« Seine sehnige Gestalt löste sich aus der Dunkelheit. Er hielt sein Sturmgewehr auf Shannon gerichtet.

»Ja, Sandy, ich bin's. Und jetzt senk die Waffe, ehe für mich der heutige Tag der letzte ist.« Der Sergeant steckte das Messer in die Scheide, richtete sich zur vollen Größe auf und spürte, daß ihm alle Knochen weh taten. Hinter dem Marine tauchte eine weitere Gestalt auf – die große Nancy Dawson. Frauen! fluchte Shannon in Gedanken.

»Guten Abend, Petty Officer Dawson«, grüßte er.

»Guten Abend, Sergeant Major«, entgegnete sie mit leisem Spott in der Stimme. »Wir dachten, wir schauen mal nach Ihnen, damit Sie etwas Gesellschaft haben.«

»Danke, kommt mir wirklich sehr gelegen.«

»Hast du etwas gesehen, Sarge?« fragte Tatum. »Oder haben wir dich vielleicht bei etwas gestört?«

»Nein, Sandy, woher denn«, entgegnete Shannon und war

froh, in der Dunkelheit Dawsons Gesichtsausdruck nicht erkennen zu können. »Ich habe lediglich ein paar Tiere gesehen. Rotwild oder etwas in der Art.«

Der Sergeant stampfte durch das Dickicht zurück zum Lager. Tatum und Dawson folgten ihm dichtauf und bekamen alle zurückschnellenden Zweige ab.

»Sie sollten etwas vorsichtiger sein, Sarge«, riet Dawson ihm spitz. »Es hätte sich doch auch um ein großes und gefährliches Tier handeln können. Und Sie ganz allein hier draußen ... und lediglich mit Ihrem Messer bewaffnet.«

Shannon war müde und gereizt, beherrschte sich aber. Die Unteroffizierin hatte ja recht. Er hätte nicht allein in der Finsternis herumwandern dürfen. Und auf der anderen Seite imponierte ihm ihre Kühnheit einem Höhergestellten gegenüber. Allerdings wünschte er sich auch, daß sie nicht zu sehr auf der Sache herumritt. Tatum würde schon dafür sorgen, daß alle von dem Vorfall erfuhren.

»Eins zu Null für Sie, Dawson. Sie haben vollkommen recht. Aber glauben Sie bloß nicht, daß ich mich für den Anschiß entschuldige, den Sie von mir bekommen haben. Ich habe das nämlich zu Ihrem eigenen Besten getan, und damit die anderen daraus eine Lehre ziehen.«

Sie traten in den Feuerschein, befanden sich aber noch nicht in Hörweite der anderen.

»Einverstanden, Sarge«, entgegnete die Unteroffizierin leise. Ihre hellen Augen glühten in dem flackernden Schein orangefarben. »Aber glauben Sie nicht, daß ich Ihnen hinterhergekommen bin, um es Ihnen heimzuzahlen. Ich habe Sandy gebeten, mit mir zu kommen, weil ich mir Sorgen gemacht habe. Sorgen um Sie.« Sie lächelte – das warme Lächeln war für ihn allein bestimmt – und verschwand dann rasch.

Shannon blieb verwirrt stehen. Er wußte nicht, wie er mit solchen direkten Gefühlsäußerungen umgehen sollte. Dann fiel sein Blick auf Tatum, der etwas abseits stand und blöde grinste. Der Sergeant mußte ihn nicht ansprechen. Der grimmige Ausdruck auf seinem Gesicht sprach Bände. Das Grinsen auf dem Gesicht verschwand augenblicklich, und er war klug genug, sich so rasch wie möglich zurück in sein Zelt zu begeben.

MacArthur zuckte am ganzen Leib zusammen, als er durch die Nase einatmete. Der gräßliche Gestank der Büffelherden war in der Stille des Morgens besonders unangenehm. Er drehte sich zu seinem Kameraden um. Chastain sah unter seinem Gepäck aus wie ein tapferer Lastesel. Sie hatten soviel wie möglich aus den Backpacks entfernt, so gut wie alles, was sie nicht dringend zum Überleben brauchten. Doch trotz des leichteren Rucksacks kam Chastain nur schlecht voran. Er konnte seine verletzte Schulter kaum gebrauchen, und die Wunde war noch nicht verheilt und schmerzte. Aber MacArthur wollte nicht länger warten. Die Landungen des EPL hatten ausgesetzt. Irgend etwas stimmte da nicht.

Sie liefen durch das Tal auf den großen Fluß zu. Der weiche Taigaboden hörte auf, und sie marschierten immer öfter über verwitterte Flächen von Lavafels, die mit dampfenden Schwefelöffnungen übersät waren – die Ausläufer der Vulkane, die sie links und rechts flankierten. Während sie dem Rinnsal der Quelle folgten, nahmen die gelbrindigen Fichten an Zahl und Größe zu. Das Wasser strömte durch wahre Hexenkessel von blubberndem Schlamm, bevor es in einen kristallklaren artesischen Brunnen einmündete und sich dahinter, dank weiterer Rinnsale, die sich fröhlich gluckernd mit ihm vereinigten, zu einem richtigen Bach entwickelte. Die beiden Männer erlebten zwei atemberaubende Geysirausbrüche und hörten aus der Ferne das donnernde Tosen etlicher anderer.

Zierliche Vögel mit rotem und gelbem Gefieder begleiteten mit ihren Ständchen ihren Zug. Sie entdeckten die Spuren von kleinen Rehen oder Hirschen, obwohl die Tiere selbst sich niemals zeigten und in ihren hier überreich vorhandenen Verstecken blieben. Je mehr an Weg sie zurücklegten, desto dichter wurde der Bewuchs. Erlen und buschartige Weiden machten ihnen bald das Weiterkommen am Bachufer entlang unmöglich. Beerensträucher säumten den Wasserrand, und ihre Ranken waren von roten Früchten übersät. Doch die Blaubeeren verschwanden, je tiefer sie hinabkamen.

MacArthur erblickte schließlich im weichen Boden neben dem Wasserlauf einen Abdruck.

»Jocko!« rief er atemlos. »Sieh her! Hier hast du deinen Bär!«

Der Tatzenabdruck war dreimal so breit wie eine menschliche Hand. Die Klauen hatten sich tief in den matschigen Boden gedrückt.

»Gott, was für ein Riesenvieh!« entfuhr es MacArthur, und er trat einen Schritt zurück. Dann sah er sich wachsam nach weiteren Abdrücken oder deren Verursacher um.

»Ich hab's dir doch gesagt!« platzte es aus Chastain heraus. »Was machen wir denn, wenn uns einer über den Weg läuft?«

»Nicht schießen ... außer wenn uns nichts anderes übrigbleibt.« Alle Sinne MacArthurs waren jetzt geschärft.

Ein leises Strahlen breitete sich auf Chastains rundem Gesicht aus. »Mein Papa hat mir Geschichten von David Crockett erzählt. Hast du je von dem guten alten Davy gehört, Mac?« Sie kämpften sich jetzt durch die Büsche links von dem rauschenden Bach.

»Klar hab ich schon von Davy Crockett gehört«, antwortete der Marine. »Das war doch der mit der Waschbärenmütze.« Die nächsten Sekunden vergingen in Schweigen. Chastain schien nachzudenken. MacArthur brach weiter durch die Sträucher und entfernte sich vom Wasserlauf.

»Weißt du, mein Papa hat gesagt, David Crockett hat Bären mit einem Lächeln abgewehrt.«

»Was sagst du da, Jocko? Mit einem Lächeln? Willst du mich verarschen?«

»Ja klar, ich meine natürlich, nein«, stammelte Chastain. »Wenn Davy einen Bären kommen sah, ist er einfach stehengeblieben und hat gelächelt. Das hat den Bären ganz wirr gemacht, und er ist ebenfalls stehengeblieben ... oder so ähnlich. Na ja, ich habe leider vergessen, wie es dann weitergegangen ist. Aber mein Papa hat gesagt, das sei eine wahre Geschichte. Davy Crockett hat die Bären mit einem Lächeln verjagt.«

MacArthur grinste. Sie kamen jetzt zu Sträuchern mit blauen Blüten und erreichten dahinter ein Feld voller flechtenbedeckter Felsen, wo der Bach sich mit einem anderen von ähnlicher Größe vereinigte. Das Terrain fiel hier scharf ab, und das schneller laufende Wasser bekam eine weiße Krone. In der Ferne konnten sie das Tal des Stroms ausmachen. Dahinter erkannte MacArthur die vorgelagerten Hügelketten und dunstumflorte Höhenzüge. Und jenseits davon ragten die Berge mit ihren großartig aussehenden, schneebedeckten Gipfeln auf, die unter einer Wolkendecke verborgen lagen. Die Sonne war von einem goldenen Halo aus Eiskristallen umgeben, Vorzeichen eines Wetterumschwungs.

Das Land wurde allmählich flacher, und der Bach war zu einem jungen Fluß angewachsen. Er glitt ruhig dahin, und an einigen Stellen waren Untiefen auszumachen. In den Schatten schwammen dunkelrückige Fische, und diese Wasserbewohner erweckten die Aufmerksamkeit der Bären. MacArthur bog um eine Felsgruppe und sah sich, nur ein paar Schritte entfernt, dem Rücken eines solchen Ungeheuers gegenüber. Der Bär blickte angestrengt ins Wasser und hatte eine seiner mächtigen Pranken zum Zuschlagen erhoben. Der Marine erstarrte. Dann hob er langsam einen Arm, spreizte die Finger, drehte vorsichtig den Kopf und legte einen Finger auf die Lippen. Er lief so leise wie möglich rückwärts und winkte seinem Kameraden mit der Hand auf dem Rücken zu, daß der sich verziehen sollte. Dabei bemerkte MacArthur die losen Steine am Flußufer nicht. Sie gaben unter seinem Schritt nach, und der Mann landete mit einem großen Platschen und einem halb erstickten Schrei im rauschenden Wasser. Er ruderte mit den Armen, fand schließlich am Ufer Halt, zog sich umständlich aus dem Fluß und kam wieder hoch. Chastain eilte zu ihm.

Der riesige Bär fuhr herum und bemerkte die beiden sofort. Seine mächtigen Hinterbeine und Schultern zuckten konvulsivisch und schüttelten ganze Wolken von Staub und Insekten ab. Mit furchtbarem Gebrüll richtete er sich zur vollen majestätischen Größe auf und starrte mit einem tückischen Blick in den goldgelben Augen auf die beiden Störenfriede herab. Das Tier war größer als alle Bären der Erde. Seine Ohren wirkten weicher und spitzer, und seine feuchte schwarze Nase und die wolfsähnliche Schnauze waren länger, aber insgesamt überwogen die Ähnlichkeiten mit seinen irdischen Vettern. Das Ungeheuer stank nach Fisch und nassem Fell, das zottelig und räudig war und eine rostbraune Farbe aufwies. Eine schwärzliche Mähne bedeckte Schultern und Nacken. Dicke Muskeln bewegten sich unter dem Pelz, und Krallen wie Krummschwerter ragten aus den Tatzen. Der Bär schnüffelte und öffnete und schloß das Maul, um den fremden Geruch zu schmecken. Dabei tropfte ihm Speichel von den Lefzen, und er zeigte seine furchteinflößenden gelblichen Zähne. Der Anblick der Menschen schien das Untier zu verwirren, und es blieb eigenartig ruhig. MacArthur, zu dessen Füßen sich eine Pfütze sammelte, wagte nicht, sich zu rühren. Sein Gewehr hing über dem Backpack, und die Pistole steckte im geschlossenen Holster. Schließlich riskierte er einen Blick zur Seite auf seinen Kameraden. Chastain stand mit dem Gewehr in den Händen da, aber der Lauf war auf den Boden gerichtet. MacArthur wollte es nicht glauben und konnte seinen Gefährten nur anstarren. Chastain stand einfach da, und seine engelsgleichen Züge hatten sich zu einem idiotischen Grinsen verzogen. MacArthur verdrehte die Augen zum Himmel. Seine zitternde Rechte kroch vorsichtig zum Holster.

Die Szene schien eine Ewigkeit anzudauern. Unendlich langsam gelang es MacArthur, die Holsterklappe zu öffnen, seine Pistole herauszuziehen und sich darauf vorzubereiten, einen Angriff abzuwehren. Die ganze Zeit über bewegte sich Chastain nicht und grinste nur. Dann hockte sich der Bär unvermittelt auf die Hinterbeine und schloß das Maul. MacArthur starrte fassungslos zwischen seinem Kameraden und dem Monstrum hin und her und vergaß darüber seine Angst und sein Zittern. Und schließlich konnte er dem Drang nicht widerstehen, ebenfalls ein Grinsen aufzusetzen. Weitere Sekunden vergingen. Dann ließ der Bär sich auf die Vorderpfoten fallen, machte kehrt und verschwand zwischen den Felsen, bis er nicht mehr zu sehen war.

MacArthur atmete vernehmlich aus, brachte seine Gesichtsmuskeln dazu, sich zu entkrampfen, und wischte sich mit einem verschwitzten Handrücken das Grinsen vom Mund. Er atmete so tief ein, als sollte es für eine Woche reichen, steckte die Pistole wieder ein, zog das Gewehr vom Rucksack und gab Chastain ein Zeichen, auf dem Weg zurückzukehren, den sie gekommen waren. So leise wie nur möglich liefen die Marines einen weiten Bogen, bevor sie zum Flußlauf zurückkehrten.

Erst eine halbe Stunde später brach Chastain das Schweigen: »He, Mac, was ist eigentlich eine Waschbärenmütze?«

10 Dritte Landung

»Den Generator mitnehmen?« rief Buccari. »Das ist doch verrückt!« Sie und Quinn hatten sich aufs Messedeck begeben, um Rhodes zu helfen. Hudson war auf dem Flugdeck zurückgeblieben, und Gunner Wilson hielt in der Kommunikationsstation Wache.

»Wir brauchen auf der neuen Welt eine Energiequelle«, entgegnete der Commander geduldig. »Fast alle sind sicher auf dem Planeten angekommen. Nun ist die Zeit gekommen, Risiken einzugehen. Mit dem Treibstoff aus dem Lander können wir den Generator jahrelang laufen lassen. Und unsere elektrischen Anlagen betreiben. Womöglich sogar Wärme erzeugen und damit einen gewissen Grad von zivilisiertem Verhalten aufrechterhalten. Es kann sehr lange dauern, bis man uns retten kommt, und Shannon hat gesagt, daß es da unten recht kalt ist.«

»Verstehe, Commander«, sagte der Lieutenant. »So etwas hat mir anfangs auch vorgeschwebt, aber ... nun ja, Sie hatten recht. Aber der Lander hat sich als unzuverlässig herausgestellt. Ich würde vorschlagen, wir packen alle in den EPL und fahren hinunter auf den Planeten, solange uns das noch möglich ist. Zwei Flüge erscheinen mir wirklich zu riskant.«

»Wir haben den Lander einer gründlichen Diagnose unterzogen und alles repariert, was irgendwie schadhaft aussah. Nicht wahr, Virgil?«

»Wir haben alle möglichen Diskrepanzen aufgespürt«, antwortete der Ingenieur, »aber die treten bei Zustand-Checks immer zutage. Zusätzlich haben wir die Blaster-Kontrolle ausgeschaltet. Alle Systeme sehen jetzt gut aus.«

»Alle Systeme sehen gut aus«, wiederholte Quinn mit einem gequälten Lächeln, und sein Tonfall drückte Ungeduld aus. »Schluß mit der Debatte, Lieutenant. Wir fliegen noch zweimal.«

»Jawohl, Sir«, sagte Buccari und mußte an sich halten, um nicht zu widersprechen. »Je eher wir damit anfangen, desto rascher finden wir heraus, was uns erwartet.« Sie bemerkte Quinns große Erschöpfung. Dunkle Ringe lagen um seine Augen, seine Gesichtszüge wirkten eingefallen, und die Stoppeln auf seinem Schädel und in seinem Gesicht ließen ihn ungepflegt aussehen.

»Noch zwei Flüge«, murmelte der Commander, und diesmal

klang seine Stimme nicht mehr so ungeduldig. »Virgil und ich halten diesen Kasten für ein paar weitere Orbits in Schuß. Sie nehmen Jones, Chief Wilson, Mr. Hudson und den Generator mit. Ich habe das unangenehme Gefühl, daß uns ein langer, harter Winter erwartet.«

Buccari mußte ihm recht geben. Der Generator war nicht die schlechteste Lösung für die neue Kolonie.

MacArthur und Chastain stolperten durch die letzten Sträucher. Der weiter anschwellende Fluß verlor, weil die Neigung sich abschwächte, an Fahrt und plätscherte bald mäßig und breit dahin und bewegte nur noch ein paar Kiesel. Sandbänke und Treibholz, die frühere Fluten hier angeschwemmt hatten, zeigten sich in unregelmäßigen Abständen kreuz und quer im Flußtal. Manche dieser Barrieren waren längst von Vegetation überzogen. Auf einigen wuchsen sogar Bäume und Büsche. Runde Steine und feiner Kies knirschten unter den Stiefeln der Marines.

»Willst du nicht langsam das Nachtlager aufschlagen?« fragte Chastain.

MacArthur schickte einen Blick in den Himmel. Die Wolken waren dunkler geworden, und von Süden her wehte ein kräftiger Wind. Das Wetter änderte sich, war bereits umgeschlagen. Die Schmerzen in seiner Schulter nahm er dank der Anstrengungen des zurückliegenden Tages kaum mehr wahr.

»Laß uns noch ein Stück weiterlaufen«, erklärte er schließlich. »Sieht mir nach Regen aus, und ich möchte nicht danebenstehen, wenn dieser Fluß hier über die Ufer tritt. Schätze, nach vier oder fünf Kilometern erreichen wir höheren Boden.« Er stampfte weiter über den Kies. Der erste Flußarm hier war ziemlich breit, aber gerade nur knöcheltief.

»Das hier können wir leicht durchwaten«, meinte Chastain. »Sind nur ein paar flache Flußarme.«

»Ja«, grunzte MacArthur und blickte in die Ferne. Ein feiner

Dunst hing in der Luft, und ein leises Grollen erhöhte seine Wachsamkeit. Der nächste Wasserlauf war tiefer, dafür aber nicht so breit. Sie hielten die Backpacks über ihren Köpfen und marschierten durch die dunklen graugrünen Strudel. Durchgefroren von dem eiskalten Wasser liefen sie weiter und überquerten zahlreiche Flußläufe. Als sie die Mitte des Tals erreicht hatten, hörten sie das doppelte Krachen.

»Sie sind noch da«, sagte Chastain und blickte nach oben. MacArthur schwieg und starrte zu der Wolkendecke hinauf. Der Knall, der die Anwesenheit anderer Menschen gezeigt hatte, erzeugte in ihm paradoxerweise das Gefühl noch größerer Einsamkeit. Er stampfte mit neuem Grimm weiter.

Shannon stand auf dem Hochplateau und blickte in die Wolken. Lee befand sich mit ihrer medizinischen Ausrüstung an seiner Seite. Der Doppelknall war vor zehn Minuten ertönt. Der EPL mußte sich jetzt im Landeanflug befinden. Und nun zeigte er sich, als kleiner schwarzer Punkt vor den grauen Wolken, der rasch anwuchs. Der Sergeant gab über Funk Alarm. Sie mußten die Fracht schnell löschen. Das Wetter konnte alle ihre Pläne zunichte machen.

Der Lander war nicht zu übersehen. Der Sergeant machte die Kreuzform aus Flügeln und Heck aus, wie sie in der Luft hing und sich wie eine Eins auf Gleitanflug befand. Wie durch Magie schien das Gefährt ständig anzuschwellen. Als es näher gekommen war, schien es seine endgültige Größe erreicht zu haben und beschleunigte langsam nach rechts. Shannon befand sich in einem ausreichend großen Winkel zur Landezone, um von seinem Standort aus den Flug perspektivisch sehen zu können. Der EPL begab sich in Landeposition. Die Nase stieg allmählich an, und die Geschwindigkeit wurde deutlich gedrosselt. Die Landeklappen wurden ausgefahren, und das Flugboot kam in einem stillen, anmutigen Bogen herangeglitten. Plötzlich brach der spitz zulaufende Bug seitlich aus. Der

Lander pendelte hin und her, wie eine Kobra, die vor und zurück schaukelt. Mit dem Gefährt stimmte etwas ganz und gar nicht.

Buccari war bereit. Sie spürte die sich widersprechenden Inputs. Diesmal setzten sie schon früher ein, noch bevor die Haupttriebwerke angesprungen waren. Ihr blieben nun zwei Möglichkeiten: Entweder die Landung abbrechen – Sofortzündung einschalten und in den Orbit zurückkehren – oder es darauf ankommen lassen, mit dem Problem fertigzuwerden und zu hoffen, daß die Retroprogramme ausreichend funktionierten, während sie einen Override über die Flugkontrollen herzustellen versuchte. Die Ausbildung und die Logik rieten ihr dringend, den Anflug zu beenden und zur Korvette zurückzukehren. Die Intuition hingegen sagte ihr, daß der Lander es beim nächsten Mal noch ärger treiben würde. Im Bruchteil einer Sekunde gelangte sie zu dem Entschluß, die Landung durchzuführen und ihre Passagiere sicher am Boden abzusetzen.

Die Kontrollen bockten gegen ihre Hände. Der Autopilot hatte sich nicht überlisten lassen. Sie umklammerte den Steuerknüppel mit beiden Händen, um die Kontrolle über das Flugboot zu erlangen.

»Boatswain!« schrie sie. »Murksen Sie den Kontrollmaster ab! Ausschalten, sofort!«

Jones sauste an ihr vorbei und hieb mit der Faust auf die Kontrollschalter – und überwand damit seine tief verwurzelte Liebe zu den Maschinen. Jetzt mußten die Rückstoßraketen manuell gezündet werden.

Buccari spürte, wie der Kontrollknüppel sich unter ihren Fingern beruhigte. Sie löste die Linke, bewegte sie zum Energiequadranten und schaltete die Retroraketen ein. Während sie die Treibstoffzufuhr überwachte, hieb sie mehrmals auf den Zündknopf. Die Haupttriebwerke erwachten rumpelnd zum

Leben. Der Lieutenant überprüfte den Winkel der kardanischen Aufhängung. Die Triebwerke hatten sich während des Übergangs von Autopilot zu manueller Steuerung korrekt gedreht. Buccari feuerte die Hoverblaster und fühlte, wie die Nase widerstrebend hochzog. Sie nahm die Blaster etwas zurück und gab den Haupttriebwerken mehr Energie. Der Lander ruckelte in die richtige Landeposition, verbrannte dabei aber Unmengen von Treibstoff. Der Lieutenant beugte sich vor, um die Kufen auszufahren, stellte aber fest, daß Jones das bereits erledigt hatte. Da ihr nun nichts mehr übrigblieb, als zu beten, schaltete sie die Energie zurück. Der EPL setzte mit einem häßlichen, scharrenden Sprung zur Landung an. Buccari sicherte die Treibstoffzufuhr zu den Haupttriebwerken und den Blastern und wagte es nicht, auf der Tankanzeige nachzusehen, wieviel Energie bei diesem Manöver verbraucht worden war. Dann zwang sie sich doch dazu, und gleich traten ihr Tränen in die Augen. Die Nadel war entsetzlich weit gefallen. Aber das verdroß sie nicht allzusehr, denn sie wußte genau, wie sie weiter verfahren mußte. Diese Entscheidung lag eigentlich auf der Hand.

»Boatswain, lassen Sie diesen Kasten rasch entladen, und bereiten Sie ihn dann gleich wieder zum Start vor!« rief sie ihm zu.

»Aber, Lieutenant ...« widersprach der Bootsmann.

»Nun machen Sie schon, Jones!«

»Gut, Lieutenant, aber der Apfel schafft es nie mehr zurück in den Orbit.«

»Boatswain Jones, das ist ein Befehl!« zischte sie.

»Aye, aye, Lieutenant«, entgegnete der Mann leise.

»Lieutenant, hier spricht Shannon«, meldete sich der Sergeant über Funk. Buccari sah nach draußen und entdeckte den Marine. Lee und ein weiterer Mann standen neben ihm. Dank seines Helms konnte sie ihn nicht identifizieren. Doch nach der Größe zu urteilen, mußte es sich um Tatum handeln.

»Hier Buccari, und bitte kein Wort über die Landung«, antwortete sie, denn sie hatte schon genug damit zu tun, den Gefühlssturm, der in ihr tobte, zu bändigen.

»Aye, Sir. Sieht aber so aus, als hätten Sie immer noch ein Problem.«

»Stimmt, Sergeant, und zwar ein ziemlich großes.« Buccari lehnte sich zurück, spürte sie doch am Rücken den Zug der Schwerkraft. »Ich muß so bald wie möglich zur Korvette zurück, und ich kann den Apfel nicht abschalten, weil die Treibstoffvorräte unter der kritischen Grenze angelangt sind.« Ihre Worte klangen wie ein Geständnis.

»Nun, ich bin kein Pilot, Sir«, gab Shannon zurück, »aber ich kann trotzdem erkennen, wenn etwas außer Kotrolle geraten ist. Sind Sie sich ganz sicher ...«

»Sie haben recht, Sergeant, ich bin von uns beiden der Pilot. Jetzt hören Sie bitte genau zu: Informieren Sie Commander Quinn, sobald sich die Korvette über den Hügeln zeigt. Sagen Sie ihm, er soll auf dem Radar nach mir Ausschau halten, denn höchstwahrscheinlich brauche ich seine Hilfe. Ich kontaktiere ihn, sobald ich die Atmosphäre verlassen habe, aber vielleicht muß er schon entsprechende Manöver fliegen, bevor ich mich bei ihm gemeldet habe.«

»Aye, aye, Lieutenant, verstanden. Er soll Sie auf dem Radar ausfindig machen und Ihnen auf halbem Weg entgegenkommen. Und wenn er Sie aufgelesen hat, kann er wieder in den Orbit zurückkehren.«

»Ja, Sir, Superwoman, ich meine natürlich, Lieutenant!« rief Jones. »So könnten wir es ...«

»Nein, Boatswain, nicht *wir*!« gab Buccari ebenso laut zurück. »Sie bleiben jetzt auf dem Boden. Ich fliege allein. Wenn ich Ihren massigen Körper zurücklasse, reicht der Treibstoff vielleicht.«

»Nein, Lieutenant, das geht doch nicht ...« beschwerte sich der Bootsmann.

»Vergessen Sie's, Jones!« unterbrach Buccari ihn barsch. »Behalten Sie die Außenhauttemperaturen im Auge. Lassen Sie den Generator entladen, und sorgen Sie dafür, daß dieser Schrotthaufen noch einmal den Hintern hochbekommt!«

»Aye, aye, Lieutenant«, murmelte Jones und hörte auch dann nicht auf zu fluchen, als er das Mikrophon längst ausgeschaltet hatte.

Der Start verlief ohne Schwierigkeiten. Der deutlich leichter gewordene Lander schob sich durch die Wolkendecke und erreichte mit minimaler Beschleunigung Fluchtgeschwindigkeit. Als sie durch die oberste Wolkenschicht stieß, traf sie der volle Strahlenglanz der untergehenden Sonne. Doch Buccari hatte jetzt keine Zeit für dieses olympische Schauspiel und kümmerte sich lieber darum, den Treibstoffverbrauch auf das absolute Minimum zu drosseln. Der EPL ließ problemlos die Atmosphäre hinter sich. Die Rendezvouskoordinaten mit der Korvette zeigten angesichts der knappen Energievorräte ein kritisch schmales Flugprofil an. Dennoch war es theoretisch immer noch möglich, zur Korvette in den Orbit hinaufzugelangen. Allerdings wäre dann kein Tropfen Treibstoff mehr übrig. Die verbliebene Mannschaft auf dem Schiff hätte dann einiges zu tun, sie an Bord zu bekommen.

Nach wenigen Minuten mit Orbitgeschwindigkeit waren die Tanks ausgetrocknet.

Der Lander war nun ein antriebsloser Satellit, der sich in einem extrem niedrigen Orbit befand. In Wahrheit auf einem zu niedrigen Kurs. Buccari überprüfte, ob der Identifikationsstrahl gesendet wurde. Fünfzehn Minuten später wurde das Signal aufgefangen. Die Korvette hatte sie lokalisiert.

Der Lieutenant meldete sich gleich: »*Harrier Eins,* der Lander ist oben. Bitte kommen, *Harrier Eins,* bitte kommen.«

Quinn war die Erleichterung deutlich anzuhören: »Okay, Sharl, wir haben Sie auf dem Schirm. Sie befinden sich auf niedrigem Kurs und ein Stück vor uns. Hm, wirklich niedrig. Können Sie nicht noch etwas höher steigen?«

Buccari freute sich, seine Stimme zu hören: »Tut mir leid, Commander, aber die Tanks sind so trocken wie eine Wüste. Sie werden mich schon auffischen müssen. Tut mir leid, Ihnen solche Unannehmlichkeiten bereiten zu müssen.«

»Halten Sie die Ohren steif, Sharl. In ungefähr einer Stunde haben wir Sie.«

Die beiden Schiffe glitten auf die Nachtseite des Planeten. Buccari stellte fest, daß sie nur noch Sauerstoff für zwei Stunden hatte.

An Bord der *Harrier Eins* schluckte Quinn den Kloß hinunter, der sich in seiner Kehle gebildet hatte. Noch nie zuvor hatte jemand eine manuelle Landung auf einem Normal-G-Planeten mit einem Treibstoffvorrat durchgeführt, der gerade so eben zur Rückkehr in den Orbit reichte. Buccari hatte ein wahres Wunder vollbracht. Na ja, nicht ganz. Die Korvette mußte den Lander immer noch bergen. Der Lieutenant würde in die Geschichte der Flotte eingehen … falls sie jemals wieder Kontakt zur Flotte bekommen sollten.

»Haupttriebwerk einsatzbereit«, meldete Rhodes. »Mir wäre es wirklich lieber, wir könnten sie allein mit Hilfe der Manöverraketen erreichen.«

»Mir auch, Virgil, aber dann würde es zwei Wochen dauern, bis wir bei ihr wären. Das wäre ihr sicher doch ein wenig zu lange.« Der Commander begann vorsichtig mit der Haupttriebwerke-Zündungschecklist.

Quinn schaltete das Mikrophon wieder ein: »Sharl, hier Quinn. Wir müssen die Haupttriebwerke zünden. Sie wissen, was das bedeutet. Wir wollen sie zwar nicht lange laufen lassen, aber trotzdem kann alles mögliche passieren. Ich dachte, ich sage Ihnen Bescheid, und sei es nur für den Fall, daß Sie uns gleich laut schreiend vorbeischießen sehen.«

»Roger, Commander, ich werfe schon einmal ein Netz aus«, antwortete der Lieutenant ungerührt.

Rhodes und Quinn gingen die Checklist durch, überprüften alles und ließen sich die jeweiligen Ergebnisse vom anderen bestätigen. Der Pilot überwachte die Energieinstrumente und versuchte, die Myriaden von Warnsignalen zu interpretieren, die die Anzeigen ihm entgegenschleuderten. Seine Geräte waren in verheerendem Zustand, aber er wußte wenigstens, was zu tun war. Sie waren dazu verurteilt, hier in ihrem jeweiligen Orbit-Sarg zugrunde zu gehen, wenn es ihnen nicht gelang, sich zu vereinen und ihre Aktivposten zusammenzuwerfen. Die Korvette konnte nicht in die Atmosphäre eindringen. Dafür war sie ein zu großes Schiff, und darüber hinaus verfügte sie über keine aerodynamischen Kontrollen. Auf der anderen Seite besaß die *Harrier Eins* ausreichend Treibstoff, hatte aber stark beschädigte Triebwerke. Der EPL hingegen, das Gefährt, mit dem man eine Atmosphäre durchstoßen und auf einem Planeten aufsetzen konnte, trieb hilflos im Orbit, weil er nicht mehr über ausreichenden Treibstoff verfügte, um eine weitere Zündung einleiten zu können, ganz zu schweigen davon, noch einmal zur Landung ansetzen zu können.

»Ist wirklich ein verdammt niedriger Orbit, Commander«, unterbrach Rhodes die Checklist.

Quinn sah von seiner Konsole auf. Die Korvette befand sich in einem absteigenden Orbit.

»Ja, ziemlich niedrig«, sagte der Pilot. »Wir pflücken also den Apfel, kehren mit ihm in den Orbit zurück, tanken ihn dort wieder auf, begeben uns alle ins EPL-Deck und leben danach glücklich und in Frieden. Wenn es anders kommen sollte, müssen wir uns eben ein neues Ende für unser Märchen ausdenken.«

»Ich fange schon mal an zu dichten«, entgegnete der Mann hörbar angespannt.

Quinn atmete tief durch und begann mit der Zündungs-

Checklist. Die Triebwerke sollten nur für zwei Sekunden und mit einem Prozent Energie brennen – nicht mehr als ein Klaps auf den Po eines Säuglings.

»... drei ... zwei ... eins ... Zündung!« Der Pilot hieb auf den Schalter. Die Triebwerke zündeten, brannten zwei Sekunden lang und gingen dann wie programmiert aus. Die beiden Männer brüllten vor Begeisterung.

Quinn schaltete sofort das Mikrophon ein und rief: »Schatz, wir sind auf dem Weg!«

Nach einer kurzen Pause meldete sich der Lieutenant und erklärte theatralisch damenhaft: »Verzeihen Sie, mein Herr, Sie haben damit doch nicht etwa mich gemeint, oder?«

Das leise Grollen hatte während des letzten Kilometers stetig zugenommen. Manchmal wurde es von der rauschenden Kakophonie der Bäche übertönt, nur um sich gleich danach wieder vernehmen zu lassen. Das Dröhnen war deutlich zu hören – eine Vibration, ein laut krachendes Hintergrundgeräusch. MacArthur bestieg eine Anschwemmung, um weiter sehen zu können. Er blickte in eine diesige Dämmerung und entdeckte den Fluß. Der große Wasserlauf breitete sich vor ihm aus, war schätzungsweise dreihundert Meter breit und strömte mit majestätischer Kraft ruhig dahin. Stromauf- wie stromabwärts erkannte der Marine weißes Wasser. Gischt, die von den Turbulenzen erzeugt worden, mit denen das Wasser große Felsen überschwemmte oder umrauschte. Gleichzeitig die Quelle des ständigen Tosens, das sie nun schon seit einiger Zeit begleitete.

Die letzte große Hürde lag vor ihnen. Das jenseitige Ufer stieg steil an, und das Vorgebirge dahinter wirkte verlockend nah. Die beiden Männer liefen an der Anschwemmung entlang und fragten sich, wie sie dieser Herausforderung begegnen sollten. MacArthur blieb am Uferrand stehen, und alle seine Zuversicht verließ ihn. Der Fluß kochte und tobte mit rasender Geschwindigkeit vorbei. Ein Stück flußabwärts donnerte ein

Gemisch aus weißem und kristallklarem grünschwarzen Wasser über eine Formation zerklüfteter Felsen.

»Laß uns dem Strom noch ein Stück weit folgen. Wenn wir ihn hier überqueren und es nicht auf die andere Seite schaffen, steht uns eine heiße Reise bevor.« MacArthur mußte seine Worte wiederholen, weil der Fluß alle Geräusche übertönte.

Sie stiegen über glitschige Felsen und an aufgewühltem Wasser vorbei, das gegen Felsspitzen geschleudert wurde. Das Getöse war ohrenbetäubend, und die Luft war angefüllt mit winzigen Wassertropfen. MacArthurs Befürchtungen wuchsen. Er bezweifelte allmählich, daß es ihnen möglich sein würde, diese Barriere überhaupt zu überwinden, ganz zu schweigen davon, dies noch vor Einbruch der Dunkelheit bewerkstelligen zu können. Sie sahen sich jetzt einer Barriere aus Treibgut gegenüber, einer Ansammlung ausgewaschener Äste und Stämme, die ihnen das Vorankommen immer unmöglicher machten. Doch während die Männer sich durch dieses Gewirr kämpften, kam MacArthur eine Idee. Holz! Natürlich! Sie würden sich aus den Ästen und Stämmen ein Floß bauen. Selbstredend kein formschönes Modell, aber sobald sie eine ruhigere Flußstelle erreichten, konnten sie es durchaus damit versuchen. Außerdem mußte das Floß nicht besonders groß ausfallen, sondern gerade ausreichen, um das Gewicht von zwei Männern zu tragen.

»Jocko, fang an, Holz zu sammeln«, erklärte er seinem Kameraden. Mit schmerzverzerrtem Gesicht schob er die Tragegurte von seiner verletzten Schulter und stellte den Backpack zwischen den Steinen ab. Von dieser Last befreit, fühlte er sich plötzlich trügerisch frisch und fit. Er streckte die Schultern und bewegte den Rücken. Sie befanden sich ausreichend hoch über dem Strom. Wenn sie keine geeignete Stelle zur Flußüberquerung fanden, konnten sie hier ihr Nachtlager aufschlagen.

»Nimm vor allem große Äste und Stämme. Am besten solche, die ein paar Meter lang sind. Wir wollen ein Floß bauen.

Ich seh mir inzwischen mal den Flußlauf an.« Er machte sich auf den Weg, und Chastain ließ mit vernehmlichem Krachen seinen Rucksack auf die Steine fallen.

Das Halbdunkel ergab sich bereits der ungeduldig drängenden Nacht. MacArthur suchte den Fluß stromabwärts ab und spähte nach verräterischen Gischtkronen, die anzeigten, wo mit herausragenden Felsen und Stromschnellen zu rechnen war. Das Wasser war hier nicht mehr ganz so aufgewühlt, aber er konnte die Kraft der Strömung unter seinen Füßen spüren. Der Fluß strömte jetzt tatsächlich ruhiger dahin. Zwar rauschte das Wasser immer noch recht schnell vorüber, aber wegen der fehlenden Stromschnellen toste und kochte es nicht mehr. Der Marine lief ein Stück weiter, und der Strom donnerte nicht mehr so laut. Das Wasser verschmolz mit der Dunkelheit, aber die niedrigen Klippen am jenseitigen Ufer verschafften ihm einen Eindruck von der Entfernung, die es zu überbrücken galt. MacArthur verlangsamte seine Schritte. Hier konnten sie versuchen, mit dem Floß überzusetzen. Er blieb stehen und starrte ein letztes Mal in die Nacht. Seine Entscheidung stand fest.

Als er den Blick schweifen ließ, entdeckte er im Süden Wolken, über die zuckendes blaues Licht flackerte. Die folgende dumpf grollende Donnerkanonade hallte im ganzen Flußtal wider. MacArthur drehte sich um und eilte mit müden Beinen über das lose Geröll zurück.

Die Ratskammern warfen das Echo der klackenden Krallen zurück. Die Jäger wurden vor die Ältesten geführt. Zu dieser späten Stunde ein ungewöhnlicher Vorgang, wurden die Herren doch rasch müde. Aber die Explosion am Himmel, die lauter als jeder Donner gehallt hatte, hatte die tiefsten Ängste der Klippenbewohner geweckt. Es fing also wieder an. Die Ältesten waren sichtlich besorgt. Die Jäger bauten sich vor dem Rat auf, und Braan trat auf die Kanzel. Dort wartete er schweigend, wie es dem Brauch entsprach, darauf, angeredet zu werden.

»Ich heiße unsere tapferen Krieger willkommen. Braan, Führer-der-Jäger aus der Sippe der Soong, sprecht bitte«, begann Koop-der-Förderer formell.

»Ich stehe in Demut vor Euch und wünsche Euch ein langes Leben«, erklärte der Jäger, wie es das Zeremoniell von ihm verlangte.

Ein kalter Lufthauch wehte durch den Saal und brachte die Spirituslampen zum Flackern. Der Sturm, der durch das Flußtal heraufzog, versprach, einer von der schlimmsten Sorte zu werden. Blendend helle Blitze hatten den Flug der Jäger die Klippenwand hinab beleuchtet. Und als sie vor dem Portal zur großen Versammlungshalle standen, war heftiger Regen auf sie niedergegangen. Eine furchtbare Nacht stand bevor.

»Braan und seine Jäger sind zurückgekehrt«, fuhr der Förderer fort, und die Anspannung, unter der er stand, war ihm vom Gesicht abzulesen, »und der geheimnisvolle Donner plagt uns immer noch. Was gibt es Neues über ihn zu berichten? Woher stammt er?«

»Von Besuchern ... von sehr mächtigen Fremden, o Ältester«, antwortete Braan düster. »Die lauten Geräusche werden von ihrem Fluggerät erzeugt. Jedes Mal, wenn es am Himmel erscheint, zerreißt es die Luft und bringt neue Fremde auf unsere Welt.«

»Die Bärenwesen?« fragte Koop vorsichtig.

»Nein, keine Bärenwesen«, entgegnete der Führer der Jäger. Er erstattete dem Rat vollständigen Bericht und erweiterte so das Wissen der Klippenbewohner um die Fremden. An einer Stelle wurde er von erstaunten Ausrufen unterbrochen. Braan bat darum, fortfahren zu dürfen, und versprach, sich zu bemühen, auf alle Fragen eine Antwort zu finden. Dennoch blieben immer noch Geheimnisse offen, für die auch er keine Erklärung hatte.

»Diese Wesen sind keine Götter«, stellte er dann fest. »Sie sind groß und stark, und sie haben helle Augen, aber sie fürchten wie wir Verletzung und Tod.« Er berichtete nun von dem Angriff der Felshunde. »Dennoch verstehen sie es, wie Götter zu töten. Und zwar aus einiger Distanz und mit einem Stock, der Flammen spuckt und Lärm macht. Eine Waffe also, mit der es keine der unseren aufnehmen kann.«

»Ist es wirklich der Stock, der tötet, oder vielmehr der Mann, der ihn in Händen hält?« wollte einer der Dampfmeister wissen.

»Nein, die Langbeine töten mit dem Stock«, antwortete Braan.

»Haben sie denn Flügel?« fragte einer aus der Zunft der Fischer. »Erste Berichte haben doch darauf verwiesen, daß diese Wesen sich aufs Fliegen verstehen sollen.«

»Nein, sie besitzen keine Flügel. Ohne Fluggefährt sind sie nicht in der Lage zu fliegen oder sich in die Lüfte zu erheben. Zumindest haben wir nicht einmal gesehen, daß es einer von ihnen versuchte. Sie sind an den Boden gebunden und bewegen sich, egal auf welchem Grund, langsam und unbeholfen.«

»Und was schlagt Ihr dem Rat vor, Braan, Führer-der-Jäger?« fragte der Förderer schließlich.

Braan dachte nach und sagte lange Zeit nichts. Das war keineswegs eine Ungehörigkeit dem Rat gegenüber, denn eine direkt gestellte Frage war eine direkte Aufforderung, sich den Kopf zu zerbrechen. Koop lehnte sich in dem Bewußtsein zurück, eine wichtige Frage gestellt zu haben.

Als Braan dann Antwort gab, wartete er keineswegs mit einer überraschenden Schlußfolgerung auf: »Unser Wissen über diese Fremden ist viel zu unzureichend, um jetzt schon eine Entscheidung fällen zu können. Uns stehen nur zwei Möglichkeiten offen: Entweder vernichten wir diese Wesen, oder wir verbinden uns mit ihnen. Beides birgt ernstzunehmende Risiken in sich. Wenn wir uns entschließen, sie zu töten, müssen wir dafür wohl einen furchtbaren Blutzoll entrichten, denn sie besitzen machtvolle Waffen. Dennoch sollten wir am Ende obsiegen, denn ihrer sind nur wenige, unserer aber sehr viele.«

Der Jäger schwieg für einen Moment und ließ den Blick über die Runde der Ältesten wandern. Die Ratsmitglieder begegneten einer nach dem anderen seinem Blick mit einem Ausdruck unverhüllter Furcht. Braan machte sich genauso wie sie Sorgen um die Zukunft seines Volkes.

»Wenn wir aber den Weg erwählen«, fuhr er dann fort, »uns mit ihnen anzufreunden, können wir nicht wissen, wohin uns das führt. Denn ein Bündnis kann nur dann zustande kommen, wenn die Langbeine dazu bereit sind und dies wünschen. Indem wir uns also ihrer Entscheidung unterwerfen, geben wir damit jeden Vorteil preis. Erweisen sie sich nämlich als verräterisch oder heimtückisch, gerät das Wohl der Klippenbewohner in noch größere Bedrängnis als im Falle eines Krieges.«

»Sollten wir dann nicht besser gleich angreifen, bevor noch mehr Langbeine vom Himmel gebracht werden?« rief der Jäger Bott'a unbeherrscht und ungehörig. Die Ältesten reagierten darauf mit gesteigerter Unruhe.

»Die Frage des jungen Kriegers ist berechtigt«, sagte Braan eilig. »Ohne Zweifel wird ein rasches Zuschlagen unsere Siegeschancen vergrößern. Aber damit wären alle anderen Möglichkeiten zunichte gemacht. Wir wären dann ihre Feinde, ein Zustand, der sich nur unter größten Schwierigkeiten ändern ließe.«

»So teile uns deinen Vorschlag mit«, beharrte der Förderer.

»Die geringe Anzahl der Langbeine stellt für uns noch keinen Anlaß zur Sorge dar«, erklärte der Anführer. »Ihr Flugboot muß noch sehr oft landen, ehe sie in der Lage sind, uns ernsthaft zu gefährden. Daher sollten wir die Zeit nutzen, um zu prüfen, ob sie für uns als Freunde und Verbündete in Frage kommen.«

»Sie prüfen? Aber wie?«

»Das weiß ich auch nicht ... noch nicht. Doch eine ständige Beobachtung wird uns schon zeigen, welchen Weg wir einschlagen sollen. Die Jäger werden bis zum Einsetzen der

Schneefälle Posten bei ihnen aufstellen. Möglicherweise löst der harte Winter das Problem für uns.«

Die Ältesten berieten sich kurz. Dann erhob sich Koop. »Braan, Führer-der-Jäger, Euer Plan ist auch unser Plan. Vielleicht werden die Langbeine ihr Schicksal – und damit auch unseres – selbst bestimmen, und das ganz unabhängig von unseren Wünschen. Wir treten in einem Zyklus des kleineren Mondes wieder zusammen.«

Braan verbeugte sich tief, dann führte er seine Jäger durch die große Versammlungshalle hinaus in die brausende Nacht. Heftige Regengüsse und wilde Böen machten das Fliegen unmöglich. Braan marschierte zum Aufzug. Er freute sich darauf, seine Frau und seine Familie wiederzusehen. Doch dann fiel ihm Brappa ein, der sich immer noch draußen aufhielt. Der erfahrene Krieger Craag würde schon auf seinen letzten Sohn aufpassen.

Die Nacht wurde empfindlich kalt. Es goß wie aus Kübeln, und die heftigen Sturmböen trieben den Regen bald hierhin, bald dorthin. Weiße Blitze tanzten über die Wolken und schossen wahre Salven von Stroboskoplicht ab. MacArthur wischte sich das Regenwasser aus den Augen, trat einen Schritt von ihrem Werk zurück und wartete auf den nächsten Blitz, um es betrachten zu können. Chastain kniete neben dem Floß und benutzte einen Stock, um die Knoten der letzten Querverbindungen strammzuziehen. Dann wickelte er die überschüssige Schnur um einen kleinen Ast.

»Das dürfte halten«, erklärte der Marine stolz und hockte zufrieden da.

Die Blitze kamen mit jedem Mal näher und beleuchteten seine Gesichtszüge mit blauweißem Licht. Ein vielfach gezackter Blitz schlug mit einer Wildheit, die die Luft zum Kochen brachte, nur einen Steinwurf entfernt am Ufer ein. Der folgende Donner explodierte in ihren Gesichtern und machte sie ganz benommen. Ihre Ohren klangen. Die elektrisch aufgeladene Luft summte und löste in ihren Fingern und Zehen Prickeln aus. Scharfer Ozongeruch brannte in ihren Nasen.

»Donner und Doria!« rief Chastain.

»Ja, damit triffst du den Nagel auf den Kopf!« lachte MacArthur nervös. »Das Gewitter ist verdammt nahe. Komm, wir verschwinden lieber hinter der Sandbank dort und warten ab, bis es sich verzogen hat.« Der nächste Blitz tauchte die Bäume auf den Hügeln in blendendweißes Licht. Die Druckwelle preßte gegen ihre kalten und nassen Gesichter.

Die Stunden krochen dahin. Dann ließ der Wind endlich nach, und die Blitze zuckten weiter westlich und nördlich. Doch nun setzten noch schlimmere Regengüsse ein. Eine wahre Sintflut brach über die zwei Männer herein. MacArthur überprüfte die Vertäuung des Floßes. Der Fluß schwoll an. Das Wasser kroch bereits unter die Äste der Stämme.

»Es wird Zeit!« brüllte er. Fassungslos mußte er entdecken, daß sein Kamerad sich zwischen den Felsen zusammengerollt hatte und eingeschlafen war. Er beneidete Chastain um seine widerstandsfähige Natur. MacArthur überlegte, ob sie nicht doch lieber bis zum Morgen warten sollten, aber der immer weiter ansteigende Fluß belehrte ihn eines Besseren. Er konnte nicht abschätzen, wieviel Wasser in den nächsten Stunden durch das Tal strömen würde, aber ihm war klar, daß es eine Menge sein würde.

Chastain regte sich, erhob sich, schleppte beide Backpacks auf das Floß und zurrte sie dort fest. MacArthur wollte ihm helfen, aber sein Körper ließ ihn im Stich. Sein Kopf und seine Schulter pochten. Er zog den Handschuh aus und schob die Hand unter den Mantel und das Hemd. Die nackte Haut fühlte sich kalt und feucht an, was kein Wunder war, wenn man bedachte, daß seine Kleidung schon seit Stunden vom Regen aufgeweicht wurde. Als er die Hand wieder herauszog, waren seine Finger verklebt. Trotz der Dunkelheit wußte er gleich, daß sie in Blut gefaßt hatten.

»Ist mit dir alles in Ordnung, Mac?« fragte Chastain.

»Laß uns endlich aufbrechen«, entgegnete der Marine brummig und beugte sich über eine Ecke des Floßes. Chastain tat es ihm auf der anderen Seite nach. Sie mußten das Gebilde nur ein kleines Stück weit schieben, bis der Fluß ihnen die Last abnahm. Die Strömung war außerordentlich stark. Die Männer liefen ins Wasser und versanken rasch bis zu den Hüften darin. Das Naß war so eiskalt, daß MacArthur schlagartig hellwach wurde. Sein Überlebensinstinkt pumpte ein weiteres Mal Adrenalin in seinen überanstrengten Kreislauf.

»Stoß ab«, befahl er keuchend. »Wir staken hinüber.«

Der Regen fiel wie ein Trommelfeuer auf das Floß und seine unglückliche Besatzung. Vollständige Finsternis umgab die Männer. Sie stießen das Gefährt in die ungeduldige Strömung und sprangen dann seitlich auf. Das Floß schaukelte und ächzte dramatisch, und Chastains schwererer Körper bescherte dem Holzgebilde eine leichte Schlagseite. Die zusammengebundenen Stämme drehten sich langsam in dem vom Regen aufgepeitschten Rauschen.

MacArthur umklammerte die Stange mit beiden Händen, und seine verletzte Schulter vergalt es ihm mit neuen Schmerzen. Er stieß den langen Stock so tief ins Wasser, wie es nur ging, suchte nach dem Flußbett und fand nichts. Die Strömung versuchte mit aller Kraft, ihm den Stecken zu entreißen.

»Hier ist es zu tief. Ich erreiche den Grund nicht!« keuchte er. Chastain stöhnte. MacArthur atmete tief durch, weil sich das schwarze Nichts seiner Sinne zu bemächtigen drohte.

»Dann schwimmen wir eben«, erklärte er schließlich und ließ sich langsam in den Fluß gleiten. Er fing an, Wasser zu treten und sich gleichzeitig mit den Händen an den Stämmen festzuhalten. Das Floß hatte immer noch Schlagseite, und daran erkannte er, daß Chastain seinem Beispiel nicht gefolgt war.

»Nun … mach … schon, Jocko … Allein … schaffe … ich … es … nicht!« MacArthur spuckte eisiges Wasser aus.

»Ich kann nicht schwimmen, Mac.«

»Aber klar doch, Jocko. Nun schwing endlich deinen Hintern vom Floß.«

»Nein, ehrlich, Mac. Sie haben die Tests frisiert, weil ich nämlich so ein guter Footballspieler war.«

MacArthur ließ die Stirn auf das Holz sinken. Ein paar Sekunden trieb er neben dem Floß her, dachte nach und fror entsetzlich, während der Regen unvermindert zischend niederging.

»Jocko, entweder kommst du jetzt ins Wasser, hältst dich am Floß fest und paddelst mit den Beinen, oder du bleibst oben hocken. Vielleicht treibt uns die Strömung ja ohne größere Zwischenfälle ans Ufer. Oder aber der Fluß trägt uns immer weiter, bis wir uns mit diesem Bündel Holz mitten in Stromschnellen wie denen von vorhin wiederfinden ...« MacArthur hielt inne, um zu Atem zu kommen und einen neuen Schwall Wasser auszuspucken.

»Weißt du, was passiert, wenn es uns zwischen solche Felsen verschlägt?« Noch während er sprach, vernahm er schon ein leises Grollen und Rumpeln. Stromschnellen! Sie trieben tatsächlich auf Stromschnellen zu!

»Schieb deinen Arsch endlich in den Fluß!« brüllte er, so laut er konnte. »Hörst du das denn nicht?«

MacArthurs Floßseite klatschte ins Wasser, als Chastain von seiner Seite hinabrutschte. Der große Mann trat wild mit den Beinen und ruderte mit dem freien Arm durch die Luft. Das Floß drehte sich im Kreis.

»Nicht so hastig«, schrie MacArthur, aber sein Kamerad konnte ihn wegen der sprühenden Gischt nicht hören. MacArthur hörte, daß die Stromschnellen immer näher kamen. Die Oberfläche des Wassers veränderte sich, als liefe es über eine unregelmäßig geformte Sandbank – oder über große Felsen!

»Halt dich fest, Jocko!« schrie der Marine aus Leibeskräften. Sein benebeltes Gehirn versuchte nachzudenken, aber das Tosen des Wassers beherrschte alle seine Sinne. Der Fluß wurde schmaler, und die eingeengten Wassermassen türmten Strömung auf Strömung und bildeten ein furchtbares Wellengebirge. Das Floß hob und senkte sich, und ein geisterhaftes Glühen tauchte aus der Dunkelheit auf. Das Holzgebilde wurde direkt darauf zugetrieben, ging dahinter unter, wurde mehrmals um die eigene Achse gedreht und ein Stück weiter von einer reflektierenden Woge ausgespuckt.

Die Männer fanden sich in ruhigerem Wasser wieder. Das Floß drehte sich immer noch, aber viel langsamer und sanfter. Das Getöse der Stromschnellen lag hinter ihnen und wurde allmählich leiser. MacArthur atmete tief durch und hielt sein Gesicht in den unablässigen Regen. Die Tropfen fühlten sich im Vergleich zum eisigen Flußwasser warm und angenehm an. Er zitterte wieder, doch diesmal vor Freude.

»Wir haben es geschafft!« rief Chastain. »Wir haben es doch geschafft, oder?«

»Klar«, brummte MacArthur nur, weil er ihm nicht sagen wollte, daß sie gerade Stromschnellen hinter sich gebracht hatten. Er bemühte sich, schneller zu schwimmen und mit Chastains Stößen mitzuhalten, weil das Floß sich immer noch in der Strömung drehte.

»Achte darauf, daß der Strom immer aus derselben Richtung kommt«, riet er seinem Kameraden, und sein Kinn zitterte vor Kälte. »Und vergeude deine Kräfte nicht sinnlos.«

Sie paddelten fleißig weiter, und die Anstrengung wärmte ihre Körper ein wenig. Weder das eine noch das andere Ufer war zu sehen. Das Gewitter war weitergezogen, und keine Blitze erhellten mehr die Nacht. Nur die Regengüsse hielten unvermindert an und erzeugten einen wispernden Wasservorhang vor den Männern. MacArthur fragte sich, wie weit stromabwärts sie abgetrieben waren, und wie viele Stunden zusätzlichen Marsches ihnen damit bevorstanden. Sie sprachen nur wenig miteinander, und wenn, dann konnten sie sich wegen des Klapperns ihrer Zähne kaum verständlich machen. Ein dunkles Donnern ertönte aus der Ferne, war aber nur wahrnehmbar, wenn man sich darauf konzentrierte. Das Trommeln des Regens und das Platschen ihrer Arme übertönten das Grollen immer wieder.

»Pst! Warte mal!« keuchte MacArthur. Er lauschte angestrengt, um das Geräusch zu hören, das er lieber nicht wahrnehmen wollte. Aber es war da, viel deutlicher jetzt. Ein fernes, dumpfes Rumoren. Der Marine stieß eine Verwünschung aus.

»Paddel schneller, Jocko!« brüllte er. Sie zogen an den Stämmen und schwammen gegen die Flut. Das Floß pflügte unbeholfen durch die stärker werdende Strömung.

»Jetzt hör ich es auch, Mac!« ächzte Chastain. »Ist was Großes, nicht wahr?«

»Da kannst du einen drauf lassen!« entgegnete MacArthur.

Sie ruderten und traten mit der Kraft der Verzweiflung Wasser. Und während sie um Atem rangen, schwoll das Getöse zunehmend an und wurde so laut, daß alle anderen Geräusche davon verschluckt wurden. Die Strömung raste stetig und unbeirrt, als besäße sie einen eigenen Willen und spannte all ihre Muskeln. Das Tosen wuchs zu einem Donnern von der Lautstärke einer startenden Rakete an. Die Panik, die MacArthur befiel, ließ ihn den Schmerz in der Schulter vergessen.

Dann kippte der Fluß buchstäblich unter ihnen weg. Das Floß und die beiden Männer stürzten in einen schwarzen Schlund. MacArthur schrie, was seine Lunge hergab, und löste sich von den Stämmen. Er fiel nicht tief, aber in der Finsternis kam es ihm wie eine Ewigkeit vor. Ein Mahlstrom raste ihnen entgegen und verschluckte sie. Das Unterste kehrte sich für die unglücklichen Männer zuoberst, und endlose Sekunden lang wurden sie hin und her geworfen. Und genauso plötzlich, wie sie untergegangen waren, wurden sie wieder ausgespuckt und tauchten über der Wasseroberfläche auf. MacArthur kam nicht mehr weiter, etwas hielt ihn fest. Aber er war nicht an einem

Fels hängengeblieben – eine bärenstarke Hand hatte ihn am Kragen gepackt und hievte ihn aufs Floß. Halb ertrunken und Wasser schluckend, umklammerte er einen Stamm und zog sich ganz auf die Hölzer. Chastains Arm legte sich auf seinen Rücken und hielt ihn fest, während das Floß von der Strömung immer wieder hochgeworfen wurde. Wellen spülten über sie hinweg. Immer wieder stieß das Floß gegen Fels, prallte ab und drehte sich um sich selbst. Dann wurde es gegen gischtumtoste Granitinseln geworfen und wieder abgestoßen, und die ganze Zeit über wippte das krude Gefährt bedenklich auf und ab. Die Männer wurden auf und nieder geworfen und waren öfter unter als über Wasser.

Das Floß war als solches kaum mehr zu erkennen; denn einige Knoten waren aufgegangen. Und dann tauchte ein massiver Fels aus der Dunkelheit. Das in Auflösung befindliche Gefährt krachte mit voller Wucht dagegen und klebte wegen der überwältigenden eisernen Kraft der Strömung geradezu an der Frontwand des Monolithen. Das Wasser brach immer wieder über den beiden Männern zusammen, fesselte die Hilflosen an die Stämme, die sich ihrerseits nicht von dem Stein lösen konnten. MacArthur spürte, wie die Hölzer sich unter ihm bewegten und verschoben. Darunter öffneten sich die Knoten noch mehr. Mit einem Tempo, bei dem sich ihm der Magen verkrampfte, lösten sich die Stämme, und dann flog der größere Teil des Floßes, auf dem sich auch ihre Backpacks befanden, davon und verschwand rasch links um den Felsen herum. Chastains stahlharte Finger krallten sich verzweifelt in MacArthurs Arm, als der verbliebene Teil des Gefährts unter ihnen wegrutschte, rechter Hand von der Strömung fortgerissen wurde und die beiden Marines mit sich zerrte und mit ihnen in einer donnernden Kaskade verschwand. Binnen Sekunden reduzierte sich ihr Floß auf einen einzigen Stamm. Die Männer hielten sich aneinander fest, gleichzeitig klammerten sie sich an das zersplitternde Holz, das nun ihre ganze Existenz bedeutete.

11 Letzte Landung

»Commander, mit diesem Witz von einem Orbit kommen wir nicht mehr lange hin«, meldete Rhodes aus dem Maschinenraum. Quinn hielt den Atem an und wagte es noch einmal, die Haupttriebwerke zu zünden, wenn auch nur für einen kurzen Moment. Die Energieanlage vibrierte ungesund und drohte, jeden Augenblick zu explodieren. Und die Alarmsirenen, die einen Orbitabfall anzeigten, schrillten ununterbrochen.

»Halten Sie durch, Virgil«, entgegnete der Pilot und betätigte die Steuerraketen. »In zehn Minuten haben wir sie in Reichweite und können sie übernehmen. Die Manöverjets können den Rest erledigen.«

Der EPL war längst nicht mehr ein bloßer Lichtpunkt in der Ferne, sondern hatte mittlerweile Gestalt und Farbe angenommen. Rote, weiße und blaue Stroboskoplichter blitzten mit blendender Helligkeit. Der Commander justierte den Vorausvektor mit einem Axialschub und senkte so den Abnahmewinkel. Dann schaltete er die Korvettenstroboskope aus. Buccari antwortete ihm, indem sie es ihm gleichtat.

»Wir sind gleich bei Ihnen, Sharl«, gab Quinn über Funk durch.

»Roger, Commander«, bestätigte der Lieutenant. »Das ist der beste Annäherungsflug, den ich je gesehen habe.«

Der Pilot betätigte behutsam die Düsen zur Feinjustierung, um den Annäherungswinkel anzupassen. Der Lander trieb an die Steuerbordseite der Korvette.

»Ein Kinderspiel«, murmelte Quinn. Da er Buccari nun nicht mehr auf dem Sichtschirm hatte, konzentrierte er sich auf das Andock-Display. Trotz der Planetenanziehung, die das Schiff immer wieder leicht vom Kurs abbrachte, gelang es ihm, die Korvette in einen relativen Stillstand neben das Planetenboot zu bewegen und den Hebekran vor den EPL zu positionieren.

Nach ein paar leichten, aber unangenehmen Kollisionen befand sich der Lander sicher auf dem Deck. Die Hangartore schlossen sich wieder.

»War ja wirklich nicht schwer«, gab der Pilot über Funk durch. »Zünden Sie die Haupttriebwerke, sobald Buccari clear gibt.«

»Roger«, antwortete Rhodes aus dem Lander-Deck. »Wir sollten uns wirklich beeilen. Das Deck steht wieder unter Druck. Okay, die Schleuse öffnet sich. Bin schon auf dem Weg.«

Quinn bestätigte und beugte sich über seine Konsole, um die nächste Zündung einzuleiten. Nach kaum einer Minute schwebte der Lieutenant aufs Flugdeck. Buccaris Züge wirkten angespannt. Trotzdem schenkte sie dem Commander ein Supernova-Lächeln, und ihre Augen blitzten im weißen Licht des Sonnenaufgangs.

»Schönen Dank, daß Sie mich aufgelesen haben. Und es tut mir leid wegen diesem miserablen Orbit«, erklärte sie.

»Willkommen daheim«, entgegnete der Pilot. »Was den Orbit angeht, sagen wir einfach, wir wissen Ihren guten Willen zu schätzen. Und ansonsten waren wir gerade in der Gegend und hatten ohnehin nichts Besseres vor.«

Buccari glitt zu ihrer Station, nahm den Helm ab und stöpselte ihre Nabelschnur in die Konsole ein. »Also, wo stehen wir?«

Quinn überspielte ihr die Daten, und sie konzentrierte sich sofort auf die Flugdeck-Situation. Der Orbitabfall befand sich mittlerweile außerhalb des kritischen Bereichs. Die Lufttemperatur in der Korvette war unangenehm hoch angestiegen, und der Pilot hatte alle Hände voll damit zu tun, das wackelnde und sich wälzende Schiff auf Kurs zu halten.

»Puh! Vorher hat es schon schlimm ausgesehen, aber jetzt ...« rief Buccari, nachdem sie die Instrumente abgelesen hatte. »Diese Energieanlage hat ja wirklich nur noch Schrottwert. Virgil, was haben Sie bloß den Triebwerken angetan?«

»Bitte um Verzeihung, Lieutenant, aber die haben wir dazu benutzt, um zu Ihnen zu gelangen«, antwortete der Maschinist über Interkom.

»Tja, dafür sehen sie ja eigentlich noch ganz prima aus«, entgegnete Buccari.

Quinn lachte. Er war erregt, und das aus gutem Grund. Sie würden es schaffen. Ein kurzer Energiestoß, um in einen sicheren Orbit zurückzukehren, dann den Lander auftanken und endlich sicher auf den Planeten hinabfliegen.

»Okay, alles für Stoß bereithalten. Zwanzig Sekunden bei zwei G«, kündete der Pilot an.

»Ich bin bereit«, meldete der Lieutenant.

»Maschinenraum bereit«, gab Rhodes durch.

»Zwei lausige G, Baby, das wirst du doch wohl schaffen«, beschwor Quinn die Anlage, während er die Drosselstellung checkte. »Countdown beginnt: Drei … Zwei … Eins … Zündung!«

Die Triebwerke erwachten donnernd zum Leben –

– und gingen wieder aus! Treibstoffpumpen und Kompressionsturbinen, die normalerweise unter dem Getöse der Triebwerke nicht zu hören waren, erstarben mit einem jämmerlichen Jaulen. Ein vibrierender Schlag hallte durch das Schiff. Dem folgte weiteres metallisches Knallen, und dann herrschte Stille. Warnlampen flammten überall auf und flackerten aufdringlich.

Der Pilot und der Lieutenant sahen sich an.

»Rhodes, fangen Sie an, Treibstoff in den Apfel zu pumpen!« brüllte der Commander.

Buccari hatte sich schon aus den Gurten gelöst, noch ehe Quinn seinen Befehl durchgegeben hatte. Sie ruderte zur Schleuse, glitt rasch durch die Mannschaftsräume und erreichte das Landedeck – den ganzen Weg zurück, den sie erst vor wenigen Minuten gekommen war. Rhodes folgte ihr auf dem Absatz und machte sich gleich ans Auftanken. Der Lieutenant sprang in den EPL und begann mit den Flugvorbereitungs-Checks. Sie hatte das Gefühl, ihr gesamtes Leben in dem beengten Cockpit verbracht zu haben. Die Korvette tanzte, bockte und hüpfte in immer größeren Sprüngen.

»Wir verlieren sie!« schrie Quinn über Interkom. »Wie lange noch?«

Buccari entdeckte, daß die Tankanzeigen erst ein kleines Stück gestiegen waren. Immerhin, es ging voran. Sie berechnete in Gedanken ihre jetzige Position im Vergleich zur Landestelle.

»Wir müssen uns über drei Dinge den Kopf zerbrechen«, antwortete der Lieutenant dann. »Nummer Eins: Können wir aus dem Orbit gelangen, ohne zu verbrennen oder unseren Sauerstoff aufzubrauchen? Nummer Zwei: Bekommen wir rechtzeitig genug Treibstoff in die Tanks, um eine weiche Landung hinzulegen? Äpfel sind nämlich keine ausgesprochenen Meister in Bauchlandungen. Drittens: Wie schaffen wir es, bei unseren Leuten zu landen? Der Planet ist nämlich wirklich riesengroß. Wir könnten irgendwo aufsetzen und die anderen nie wiedersehen.«

»Verstehe!« rief der Commander. »Wieviel Zeit bleibt uns noch?«

»Mindestens noch zehn Minuten, um ausreichend Treibstoff für einen kontrollierten Deorbit in die Tanks zu bekommen. Ich weiß zwar nicht, wo genau wir aufsetzen werden, aber wenigstens können wir den Orbit verlassen, ohne mit dem Sauerstoff Probleme zu bekommen. Um eine genaue Landung durchzuführen, benötigen wir allerdings zwanzig Minuten.« Der Lieutenant sprach ganz ruhig. »Vielleicht krachen wir mitten in einen Ozean. Um ausreichend Treibstoff aufzutanken, dort zu landen, wo wir hinwollen und mit heilen Knochen auszusteigen, brauchen wir allerdings vierzig Minuten. Kommt allerdings darauf an, wann und wo wir den Orbit verlassen. Und bei noch mehr Zeit schaffen wir es mit links. Stimmen Sie mir da zu, Virgil?«

»Roger, Lieutenant. Von hier aus kann ich das nur bestätigen«, erklärte Rhodes.

Buccaris Bericht hatte Quinn nicht überraschen können, und er kämpfte gegen das Monster an. Aus dem Orbit zu fallen, war die geringste seiner Sorgen. Er rang mit dem ausbrechenden und schlingernden Schiff. Vierzig Minuten vergingen rasch und doch quälend langsam. Der Commander faßte einen Entschluß.

»Genug Treibstoff«, befahl der Pilot. Er konzentrierte sich darauf, mit den Störungen Schritt zu halten, um sie früh genug regulieren zu können. »Schwingt eure Hintern in den Apfel. Sharl, starten Sie den Lander, sobald Rhodes eingestiegen ist. Ich bleibe an Bord. Sie können nicht abheben, wenn niemand an den Kontrollen sitzt und dafür sorgt, daß die Korvette stabil fliegt.«

Er erhielt keine Antwort. Wertvolle Sekunden vergingen ungenutzt.

»Rhodes, Buccari, haben Sie mich empfangen? Ich will, daß Sie beide sich sofort in den EPL begeben.«

Immer noch Schweigen. Quinn bemerkte hinter sich eine Bewegung. Er drehte sich um und entdeckte den Lieutenant und den Maschinisten, die aufs Flugdeck schwebten und die Arme vor der Brust verschränkt hatten. Buccari zeigte auf die Stelle an ihrem Helm, unter der sich ein Ohr befand, und hielt den ausgestreckten Daumen nach unten gereckt. Rhodes bedachte ihn mit der gleichen Geste.

»Dafür haben wir jetzt keine Zeit«, knurrte der Pilot.

»Netter Versuch, Commander, aber wir fliegen nicht ohne Sie«, erklärte der Lieutenant. »Hören Sie endlich damit auf, sich selbst leid zu tun … Sir.«

»Buccari, verdammt noch mal! Ich habe Ihnen einen Befehl

erteilt.« Quinn verspürte gleichzeitig Zorn und Dankbarkeit, eine Kombination, mit der er nur schwer zurechtkam. »Keiner von uns kommt von hier fort, wenn ich den verdammten Kahn nicht auf Kurs halte. Der Kran verkraftet die Trägheitsverschiebungen nicht. Selbst eine so tolle Pilotin wie Sie bekommt den Apfel dann nicht aus dem Deck.«

Buccari beobachtete, wie Quinn mit den Kontrollen rang, und langsam wurde ihr die Bedeutung seiner Worte bewußt. »Nein. Es muß einfach einen Weg geben, wie wir alle die Korvette verlassen können«, sagte sie leise.

Rhodes, der bislang geschwiegen hatte, meinte jetzt: »Ich glaube, ich habe da eine Idee.«

Quinn wie auch Buccari drehten sich zu ihm um und sahen ihn erwartungsvoll an.

»Der Skipper hält die Korvette stabil, bis wir alle im Apfel sind, und dann verläßt er das Schiff durch die EVA-Schleuse, natürlich im Kampfanzug. Wir holen ihn dann durch die Hauptluke des Landers an Bord. So etwas ist schon durchgeführt worden.«

»Hört sich gut an!« brummte der Pilot. »Dann machen Sie sich mal ans Werk. In fünf Minuten möchte ich von Ihnen ein Clear hören.« Er wandte sich wieder der ungehorsamen Korvette zu.

Buccari und Rhodes schwebten zum Lander-Deck zurück, um die Treibstoffschläuche abzunehmen. Der Lieutenant stieg anschließend ins Cockpit.

»Ich öffne die Decktore«, kündete Rhodes an.

Die großen Stahlplatten krochen wackelnd nach oben und unten. Buccari fühlte sich nicht wohl in ihrer Haut. Die Interlocks zeigten Grün an, und sie befahl Rhodes, den Kran zu aktivieren. Die Verankerungsverschlüsse lösten sich mit ihrem vertrauten Klacken, und schon schwebte der Lander. Allerdings nur für einen Moment. Dann krachte er gegen die Verschlüsse, und dabei entstand ein gräßliches metallisches Kreischen. Der EPL verwandelte sich in eine Schiffskanone, die sich aus ihren Verankerungen gelöst hatte. Im nächsten Moment hob das Boot sich wieder, preßte diesmal aber gegen die Halterungen des Krans. Ein paar Sekunden später setzte er wieder auf den Verankerungen auf.

»Scheiß auf den Kran!« schrie der Lieutenant. »Befreien Sie ihn von den Vertäuungen, ehe wir wieder herumsegeln!« Sie verfolgte, wie die Tore schwankten, und sie spürte eine vertikale Bewegung des Apfels. Sie wußte, daß die Vertikalkräfte den Kran empfindlich belasteten. Der Lander trieb nach draußen und schabte mit einem Kreischen über die Verankerungen. »Nicht schlecht«, murmelte Buccari. Als sie sich direkt unter dem Tor befand, löste sie die Kranbefestigung und bewegte den Lander mit Schüben der Manöverraketen weiter. Außerhalb der Korvette beschleunigte sie, und ihr Timing, den Schwankungen der Tore auszuweichen, war fast perfekt. Aber nur fast. Eine der Vertikalfinnen des EPL krachte donnernd gegen das obere Tor.

»Hoppla!« murmelte der Lieutenant in den Interkom.

Der Lander geriet aus der völligen Schwärze auf der solaren Leeseite der Korvette in die blendende Helligkeit der Sonne dieses Systems. Aus einer Entfernung von vierhundert Metern wirkte das Schiff gerade und auf Kurs, doch der Pilot mußte anscheinend unablässig die Stabilisatorraketen einsetzen, wie an den Flammenzungen zu erkennen war, die aus den Schubdüsen sprangen.

»Commander, wir warten auf Ihr Clear«, fragte der Lieutenant an.

»Paßt mir wirklich schlecht, dieses hübsche Picknick verlassen zu müssen«, gab Quinn zurück. »Ich brauche noch fünf Minuten.«

Buccari wartete ungeduldig. Der Bug der Korvette sackte langsam nach unten ab, und bald danach begann sie zu rollen.

Beide Bewegungen vollzogen sich mit wachsender Geschwindigkeit.

»Lieutenant«, meldete sich Rhodes aus seiner Operator-Station. »Ich würde jetzt gern die Hauptschleuse öffnen. Das Cockpit ist isoliert, und alle Versiegelungen machen einen guten Eindruck.«

»Roger. Erlaubnis erteilt, Hauptschleuse öffnen«, gab sie zurück und konzentrierte sich auf die EVA-Schleuse der wankenden Korvette. Ein Schwindelgefühl überkam sie, und sie schüttelte mehrmals den Kopf, denn sie wollte Quinns Ausstieg nicht verpassen. Das sich drehende Schiff würde ihn auf einen Tangential-Vektor schicken, und es war noch nicht abzusehen, in welche Richtung er schließlich treiben würde. Buccari schob den Lander zwischen die Sonne und die Korvette, um einen Maximalkontrast zu erhalten, auf dem sich der Raumanzug des Commanders möglichst deutlich abzeichnen würde. Zwei weitere Minuten vergingen, und das Schiff taumelte nur noch unkontrollierbar. Nachdem nochmals hundertzwanzig Sekunden verstrichen waren, versuchte sie, den Piloten über Funk zu erreichen, bekam aber keinen Kontakt. Ihr Sender konnte ihn nicht erreichen, bevor er die Korvette verlassen hatte.

Dann endlich erschien er. Er trieb sich überschlagend dahin und war nur als unglaublich kleiner Punkt vor der mächtigen Hülle des Schiffes auszumachen, die sich ihrerseits weiter und weiter in Richtung des schwarzen Nichts drehte. Buccari blinzelte, um sicherzugehen, daß nicht ihr Schwindelgefühl ihr den Punkt vor ihren Augen vorgaukelte.

»Ich bin draußen, Sharl! Können Sie mich sehen? Ich Sie nämlich nicht!« rief er scheinbar gutgelaunt. Doch der Anflug von Panik in seiner Stimme war nicht zu überhören. Seine Flugbahn veränderte sich abrupt. Er hatte sich also mit einer Manövrierrakete bewaffnet.

»Tallyho, Commander. Wir kommen direkt aus der Sonne.« Der Lieutenant drehte den Lander in seine Richtung.

»Kontakt. Halten Sie Vektor, Sharl. In zwei Minuten«, gab Quinn Anweisungen für das Zusammentreffen.

»Roger, halte Vektor.« Sie zwang sich, sich auf ihre Aufgabe zu konzentrieren. »Okay, Virgil, dann setzen wir mal zu einem Orbitalschub an. Wir wollen etwas an Höhe gewinnen, damit wir uns in Ruhe Gedanken über unseren nächsten Schritt machen können.«

»Aye, aye, Lieutenant«, bestätigte Rhodes. »Alle Systeme sehen gut aus. Ich habe hier eine Treibstoffanzeige von dreißig Prozent. Damit sollten wir eine Bilderbuchlandung hinlegen können.«

»Roger, stimmt mit meinen Anzeigen überein. Ich denke, wir schießen acht Kilometer hoch hinauf. Soviel Treibstoff sollten wir entbehren können.«

»Sie sind der Captain«, sagte Rhodes.

Die Checklist war beinahe abgeschlossen, als der Maschinist meldete: »Der Skipper kommt an Bord.«

Buccari warf einen Blick über die Schulter. Quinn glitt durch die offene Luke. Seine Manövrierrakete feuerte wie funkelnde Diamanten. Dann gab er Gegenschub gegen seinen Vorwärtsvektor, hielt geschickt vor dem Maul der gähnenden Luke an, hakte einen Fuß am Rand ein und schob sich dann an Bord. Der Lieutenant wandte sich beruhigt wieder der Check-List zu.

»Ich bin drin«, verkündete der Commander kurz und bündig.

»Sir, wir steigen auf. Der Treibstoff reicht für einen Sprung, und wir können die Zeit gut gebrauchen, um uns Gedanken darüber zu machen, wie wir aus dieser Situation rauskommen«, erklärte Buccari, ohne ihn um Erlaubnis zu bitten. Schließlich war sie hier die Pilotin und er nicht mehr als Fracht. »Wie sieht Ihr Status aus?«

»Habe noch für sechs Stunden Sauerstoff«, antwortete Quinn.

»Sechs Stunden also. Aye, das dürfte mehr als genug sein«,

dachte Buccari laut. »Virgil, lassen Sie Shannon wissen, daß wir zum Frühstück kommen. Commander, ich möchte, daß Sie sich bei meiner nächsten Beförderung an diesen Tag erinnern.«

»Sharl, wenn ich nicht befürchten müßte, daß Sie mir dann das Gesicht zerkratzen, würde ich Sie jetzt küssen.«

»Tz, tz, Commander, Sie sind mir doch viel zu alt. Ein Haufen Geld und eine dicke Beförderung reichen mir vollkommen.«

Rhodes meldete sich: »Ich habe die Triebwerke klargemacht.«

»Ist ja toll«, gab der Lieutenant zurück. »Hängen Sie sich nicht bei mir dran. Sie müssen den Commander schon selbst beeindrucken, damit er Sie küssen will.«

Quinn murmelte etwas, das nicht zu verstehen war, und sicher war das auch besser so.

»Eins nach dem anderen«, teilte der Lieutenant mit. »Bereithalten für Beschleunigung. Sind Sie da hinten auch gut angeschnallt?« Der Commander bestätigte, und Buccari fuhr fort: »Zwei G für fünfzehn Sekunden. Zündung ... Vier ... Drei ... Zwei ... Eins ... Start!«

Die Haupttriebwerke erwachten abrupt zum Leben. Das kleine Boot machte einen Satz, aber Buccaris Erleichterung währte nur kurz. Eine Warnlampe blinkte drohend auf und verkündete, daß die Auspuffdüsen überhitzt seien. Buccari brach das Manöver sofort ab.

»Heute klappt aber auch gar nichts!« schimpfte Rhodes. »Beginne mit Check der Systeme.«

Was er dann mitzuteilen hatte, war Buccari alles andere als willkommen: »Kardanische Aufhängung an Eins und Zwei durcheinander. Sie sind jetzt einhundert Prozent asymmetrisch. Diese Triebwerke können Sie weder für Geld noch für gute Worte bei einem Landerückschub einsetzen. Und bei der Überhitzung dürfte der Atmosphäreneintritt ein heißes Vergnügen werden.«

Für eine Weile sprach keiner ein Wort. Der Planet rollte über ihren Köpfen dahin und füllte den gesamten Sichtschirm aus.

Buccari verfolgte, wie sie sich der Tagnachtgrenze näherten und sie passierten. Die Dunkelheit der Nachtseite war nach der Helligkeit der von den Gewässern und den Wolken reflektierten Sonne eine wahre Wohltat.

»Sarge!« schrie O'Toole. »Sie sitzen im Lander. Lieutenant Buccari hat es geschafft!«

Shannon kroch aus seinem warmen Schlafsack und fand sich in kalter, feuchter Luft wieder. Dawson stürmte an ihm vorbei und zog sich dabei eine Kapuzenjacke über. Dann drängte sie O'Toole aus dem Funkersitz und riß ihm die Meldung aus den Händen. Eine Laterne spendete Licht, und über dem vollgestopften Alkoven hing eine Plane, um den Schein daran zu hindern, in den nervtötenden, unablässigen Regen zu entweichen. Wenigstens hatte das Gewitter aufgehört.

Der Sergeant stolperte in den Lichtkreis. Er hatte sich eine Thermaldecke über die Schultern gezogen. Das Licht aus der Laterne betonte seine eingefallenen Züge und den fast vollkommen weißen Haarflaum auf Schädel und Kinn. O'Toole reichte ihm die Meldung.

An: Hudson/Shannon
Von: Rhodes

Datum: 011659 0233 ST

Niedriger, instabiler Orbit zwang zum Verlassen der Harrier Eins. Quinn, Buccari und Rhodes sicher an Bord des EPL.

Orbit-Flugbahn zwingt zum Atmosphäreneintritt bei nächstem Orbit. EPL beschädigt. Sind nicht in der Lage, Haupttriebwerke einzusetzen. Auspuffdüsen nicht länger in kardanischer Aufhängung.

Setzt sofort Richtstrahl ein. Buccari erwartet ihn am äußersten Nordwestende des Sees – unter Eins-Eins-Zero Grad (110/2). Radiale mit Maximum-Dimension von See und frei von Inseln. Gleitwinkel fünf Grad. Versuchen Wasserlandung. Voraussichtliches Aufsetzen um 0410 Uhr Standardzeit.

Meldet euch vor 3330 Uhr Standardzeit, falls nicht in der Lage, Strahl auszurichten.

Im Auftrag

Rhodes
AR

Ein heftiger Adrenalinstoß schoß in Shannons Blutkreislauf. Eine Wasserlandung? Und das auch noch mitten in der Nacht?

»O'Toole, schmeiß alle aus den Betten. Wir brauchen jetzt jeden Mann. Der Richtstrahl muß in einer Stunde stehen. An neuem Standort. Holen Sie das Floß aus der Überlebensausrüstung. Schicken Sie Tatum zu mir. Und jetzt los!«

Dawson hämmerte eine Bestätigung in die Funkkonsole. »Soll ich noch etwas hinzufügen, Sarge? Bin bereit zu antworten.«

Hudson stürmte unter die Plane. »Wir haben doch bestimmt Fackeln in der Überlebensausrüstung, oder, Sarge?« fragte der Ensign ganz ruhig.

Shannon begriff sofort, was der Mann vorhatte, und wandte sich an die Funkerin: »Teilen Sie mit, daß wir am Ostufer des Sees eine Lichterkette errichten. Und geben Sie einen Wetterbericht durch.« Er trat an den Höhleneingang und meldete: »Wolkendecke dreihundert Meter, eher tiefer. Sicht praktisch null. Regengüsse. Mäßiger Wind. Ha, das wird sie aufmuntern.«

»Roger«, bestätigte sie. »Sonst noch einen Wunsch?«

»Sagen Sie ihnen nur, daß wir warten«, sagte er.

»Das funke ich gern«, antwortete Dawson, drückte auf den Sendeknopf und schickte die Meldung in den verhangenen Himmel. Shannon kehrte zu seinem Schlafsack zurück und zog seine muffigen Kleider heraus. Er zitterte.

»Rückstoßzündung in zehn Minuten«, kündigte der Lieutenant an.

»Ich verlange, daß Sie alle vor dem Aufsetzen aussteigen«, beharrte Quinn nun schon zum dritten Mal, diesmal mit noch lauterer Stimme, als wollte er allein kraft seiner Stimme die versiegelte Luke zwischen ihm und dem Cockpit durchdringen. Der Lander verfügte über Ejektionssitze, aber nur für den Piloten und den System-Operator.

»Sir, halten Sie endlich den Mund!« gab Buccari barsch zurück. »Bei allem gehörigen Respekt natürlich«, fügte sie hinzu und biß die Zähne zusammen. »Rhodes wird Ejektion durchführen. Auf meinen Befehl hin, oder früher, wenn sich das als unmöglich erweisen sollte. Ich für meinen Teil habe vor, auf diesem Apfel bis zur Landung zu reiten. Ich beabsichtige nicht mehr und nicht weniger.«

Die Spannung im Lander war fast mit Händen greifbar. Buccari zwang sich, sich auf andere Probleme zu konzentrieren.

»Sind Sie sicher, daß dieser kleine Sitz mich wirklich nach draußen befördert?« fragte Rhodes.

»Wird sicher knapp«, schnaubte der Lieutenant. »Aber beunruhigen Sie sich nicht wegen dem Sitz. Sie werden Ihren Bauch einziehen müssen, bis er hinten wieder rauskommt, um sich durch die Luke zu schieben. Ich würde mir mehr Gedanken um den Fallschirm machen.«

Rhodes gab ein gequältes Lachen von sich. »Wo wir gerade von der Luke sprechen, ich habe mir die Overrides angesehen. Ich kann sie öffnen, sobald wir uns der Luftgeschwindigkeit angenähert haben. Dann sinkt der Apfel wie ein Stein.«

»Wohl eher wie ein glühender Stein, falls er bei den Temperaturen nicht gleich auseinanderfliegt«, entgegnete der Lieutenant. »Was halten Sie davon, Commander, wenn wir alle Luken öffnen?«

»Alle Luken öffnen«, antwortete er nur düster.

Buccari nahm trotzdem Furcht in seiner Stimme wahr. Der Commander konnte nichts tun und fühlte sich hilflos – und das bereitete ihm Angst. Nicht, daß es ihr besser gegangen wäre. Quinn hatte keine Überlebenschance, wenn sie den Lander nicht auf dem See aufsetzte. Ein antriebsloser, allein mit Nachtfluginstrumenten durchgeführter Anflug durch eine dicke Wolkendecke – durch eine äußerst dichte Wolkendecke –, war nicht gerade das, worum ein Pilot sich riß. Und Buccari stand nur ein einziger Versuch frei. Sie konnte das Manöver nicht abbrechen, um es später noch einmal zu probieren.

»Richtstrahl steht, alle Test-Checks durchgeführt, Sarge«, keuchte Tatum. Regenwasser ergoß sich in Bächen von der Krempe seines aufgeweichten Huts und vereinigte sich weiter unten mit den Sturzbächen, die sich von seinem Poncho ergossen. Shannon spähte in die Finsternis. In einiger Entfernung blitzte eine Taschenlampe auf und sandte einen schwachen Lichtstrahl aus, in dessen Schein sich nur wenig ausmachen ließ. Alle Männer und Frauen hatten sich auf ihren Positionen am Nordostufer eingefunden und warteten auf das Zeichen, die Fackeln zu entzünden. Der Sergeant zermarterte sein Gehirn. Wie wollte der Lieutenant das nur bewerkstelligen?

»Gute Arbeit, Sandy«, lobte er. Tatum hatte den Strahlsender in Spitzengeschwindigkeit über den aufgeweichten Boden geschafft. »Die richtige Nacht zum Schwimmen, was?«

»Ja, wunderbar, einfach verdammt wunderbar«, schnaufte Tatum.

Shannon nahm ihm die Taschenlampe ab und richtete den Strahl auf seine Armbanduhr. »Noch zwanzig Minuten oder so. Wollen wir lieber mal nachsehen, ob O'Toole und Jones das Boot schon bereitgemacht haben.« Er gab die Taschenlampe zurück.

»Himmel, der Apfel wird immer heißer«, rief Rhodes über Interkom.

»Aber wenigstens bewegt er sich noch!« schrie der Lieutenant zurück. Der Lander zeigte achtern zum Orbit zurück, und die verbliebenen Triebwerke feuerten gegen den Orbital-Vektor. Rhodes hatte die Schäden an den Auspuffdüsen beheben können, aber die vorhin entstandenen Ausfälle an den anderen Triebwerken hatten die Temperaturen ebenso wie den Treibstoffverbrauch hochschnellen lassen. »Noch zehn Sekunden, und wir sind knusprig braun!«

Die Sekunden dehnten sich zu Ewigkeiten. Buccari zog die Drosseln zurück, und die Triebwerke beruhigten sich gemeinsam mit den Nerven der Besatzung. Sie veränderte die Höhe des EPL und hob und schwenkte mit einer Manövrierrakete den Bug, bis er im richtigen Winkel zum Atmosphäreneintritt stand. Das Plasmaglühen vor dem vorderen Sichtschirm warf ein pulsierendes bernsteinfarbenes Glühen über ihre erschöpften Züge. Das Boot mußte mehrere Stöße hinnehmen. Taub, blind und hilflos drangen sie in die Atmosphäre ein, und die intensive Hitze und die Turbulenzen machten jeden Funkverkehr unmöglich. Die Flugkontrollen waren nutzlos, bis die Atmosphäre dicht genug war, um auf die Klappen zu reagieren. Die beiden Männer und die Frau waren ihrem Schicksal völlig ausgeliefert.

Lee schleppte ihren Arztkoffer durch den Wolkenbruch. Er war nicht dafür geschaffen, durch den Regen zu müssen, genauso wie sie selbst auch. Die Schwerkraft marterte Lees Rücken und Beine. Ihr Atem ging schwer, und wenn sie nicht schwitzte, zitterte sie – und umgekehrt. Sie brach über dem schweren Koffer zusammen und wischte sich das Wasser aus den Augen. Der Poncho war ihr viel zu groß, und die Kapuze flappte ihr ständig ins Gesicht. Nach jedem Schritt, den sie tat, mußte sie sich den Kapuzenrand aus den Augen schieben, um etwas sehen zu können. Als sie sich jetzt auf ihre Ausrüstung hockte, zog sie sich die Kapuze über den Kopf, ohne daran zu denken, vorher das angesammelte Regenwasser auszukippen. Kalt und naß rann es ihr nun den Nacken hinunter, und ihr schmächtiger Körper wurde von heftigem Zittern geschüttelt.

Leslie drehte sich um und hielt nach Fenstermacher Ausschau. Trotz seines verletzten Arms hatte er sich nicht davon abhalten lassen, ihr dabei zu helfen, die Ausrüstung aus der Höhle zu schaffen. Sie hörte, wie er auf sie zuplatschte, und kurz darauf tauchte seine kräftige Gestalt aus dem Regen auf. Die Medizinerin hielt den Taschenlampenstrahl nach unten gerichtet und sah zu, wie die Regentropfen auf die Oberfläche des Sees prasselten.

»Gibt's was Neues?« fragte sie.

Fenstermacher, der zwei Fackeln trug, ließ sich Tropfen versprühend neben ihr auf dem Koffer nieder, und seine knochige Hüfte berührte ihre runde. Leslie rutschte ein Stück, um ihm Platz zu machen, aber er rückte wieder näher, und diesmal trafen sich ihre Oberschenkel. Weiter konnte sie nicht mehr auf der schmalen Oberfläche, und so blieb sie einfach sitzen. Seine Nähe machte ihr nicht viel aus. So wurde es ihr etwas wärmer, und eigentlich mochte sie Fenstermacher. Eigenartig, dachte sie, weil ihr niemand einfallen wollte, der etwas gegen ihn hatte oder ihn nicht leiden konnte.

»Nein, nichts«, beantwortete er jetzt noch halb außer Atem ihre Frage. »Sie müssen schon im Anflug sein. O'Toole wird dir mit dem Erste-Hilfe-Kasten helfen. Mit meinem gebrochenen Arm wäre ich dir da keine große Unterstützung.«

»Unsinn, du hast mir doch schon geholfen, den Koffer hierherzuschaffen. Dabei wärst du besser bei Rennault in der

Höhle geblieben. Du hast noch einen weiten Weg vor dir, ehe bei dir wieder alles normal ist. Nicht, daß bei dir jemals etwas normal gewesen wäre.«

Fenstermacher schwieg. Ganz gegen seine Gewohnheit ließ er diese Stichelei unbeantwortet.

»Ich hoffe, sie schaffen es«, bemerkte er plötzlich niedergeschlagen und stützte das Kinn auf die Hände. Lee sah ihn ein paar Sekunden lang an und legte ihm dann einen Arm um die schmalen Schultern. Und wenig später fanden sich dann ihre Blicke im kleinen Lichtstrahl der Taschenlampe.

Der Peilungsanzeiger über Buccaris Kopf entfernte sich von seiner Position. Der Lander war nach Norden abgedriftet. Der Lieutenant justierte den Kurs, und die Nadel fiel wieder zurück. Entfernungsangaben erschienen auf dem Schirm. Das Landefenster war gut, aber es blieb ihr kein Spielraum, um sich einen Fehler leisten zu können. Und wenigstens flog der EPL. Sie wackelte ein wenig mit dem Steuerknüppel.

Der große Mond stand im ersten Viertel und warf ein blasses Licht auf die Wolkendecke. Der kleine Mond war zwar voll und rund, verbreitete aber weniger Helligkeit als die hier besonders dicht stehenden Sterne. Dunkle Gipfel ragten aus dem silbernen Wolkenband, und an ihnen konnte der Lieutenant erkennen, mit welcher Geschwindigkeit sie sich bewegten. Weit entfernt am Horizont stiegen Reihen von Kumulonimbus aus den Bergen und flackerten magisch.

Buccari stellte fest, daß sich Treibstoff abgelagert hatte. Wertvolle Energie, die nun aufgrund der ausgefallenen Düsen nutzlos war. So blieb ihr nur genug Treibstoff, um die Hoverblaster zu zünden, und sie richtete alles auf einen energielosen Anflug aus. Ihr Sichtfeld verengte sich. Sie fragte sich, ob sie den Autopiloten einschalten sollte. Der Computer konnte das Boot besser ins Ziel steuern als sie – wenn er denn funktionierte. Eigentlich waren die Probleme am Autopiloten immer erst in der

Endphase aufgetreten. Nein, sagte sich Buccari dann, sie konnte den Systemen nicht mehr vertrauen; zu viel war mittlerweile schiefgelaufen. Sie schluckte, zum einen, um den wachsenden Druck auf ihre Ohren zu vertreiben, und zum anderen, um ihre Zweifel zu verscheuchen. Dann schaltete sie die Autokontrollen ab.

Mit einem Doppelknall senkte sich der Lander und glitt auf die Wolkendecke zu. Buccari legte den EPL in eine Schräglage, und gleich sank die Geschwindigkeitsanzeige. Sie verkürzte den Flugwinkel und verfolgte, wie der Timer die Sekunden zählte. Geschwindigkeit und Höhe fielen rasch ab, und die ersten Wolkenfinger versperrten mit ihren Wattebäuschen die Sicht aus dem Fenster. Der Lander tauchte tiefer in den seidigen Dunst ein. Die Sterne flackerten noch einmal auf und waren dann verschwunden.

Shannon riß den Kopf hoch, als der Doppelknall ertönte. Regentropfen fielen in seine Augen und rannen sein Gesicht hinab. Er senkte den Kopf und wischte sich das Wasser aus den Augen.

»Fünf Minuten! Schaltet die Taschenlampen ein – auf weißen Strahl«, brüllte er in sein Helmmikrophon. Die Marines hatten die Hüte und Kappen gegen Helme eingetauscht. »Bestätigung.«

Die Männer meldeten sich einer nach dem anderen. Alle waren bereit – doch wofür? Wenn Buccari den See verfehlte, würde sie Shannons ganze Truppe auslöschen. Und wenn sie Glück hatte und im Wasser landete, was dann?

Der Sergeant bückte sich und legte eine Hand auf das aufgepumpte Floß. Shannon konnte gut schwimmen, hatte aber eine tiefsitzende Angst vor allen Gewässern. Die Aussicht, in den schwarzen, von Regen überfluteten See zu springen, hatte wenig Verlockendes für ihn. Er warf einen Blick auf seine Uhr. Es wurde Zeit, die Fackeln anzustecken.

»Zündet sie an!« befahl er über UKW. Ein gutes Stück von ihm entfernt entstand aus dem Nichts eine helle rote Flamme. Ihr folgte eine zweite, dann eine dritte, bis eine ganze Perlenkette von roten Lichtern den Regenguß durchdrang und die Uferlinie beleuchtete und damit sichtbar machte. Der Sergeant beugte sich ins Boot, holte die Laterne heraus, zündete sie an und hielt sie in den Himmel.

Der Lander befand sich im endgültigen Anflugwinkel und flog unter Schallgeschwindigkeit. Die verzerrte Schwärze der Wolkendecke versperrte dem Lieutenant immer noch die Sicht nach vorn. Kondenswasser bildete sich an dem Schirm. Buccari konzentrierte sich auf das Display über ihr und registrierte, daß der Radar-Höhenmesser ausschlug. Sie würde auf dem See landen, dafür war die Geschwindigkeit jetzt weit genug gefallen. Ein gutes Zeichen, denn sie beabsichtigte keineswegs, mit dem Lander tief ins Wasser einzutauchen. Aber würde die verbliebene Energie für eine glatte Landung ausreichen?

Sie überprüfte die Distanz zum Richtstrahl, paßte die Flugrichtung an, senkte den Bug, um Luftgeschwindigkeit zu erreichen und aktivierte die Luftbremsen und die Spoiler für den unwahrscheinlichen Fall, daß ihr das Gefährt nicht um die Ohren flog. Der Gleitfluganzeiger hielt sich standhaft im Zentrum. Rasch nacheinander aktivierte sie die Flügelklappen und die Höhenruder und armierte die Hoverblaster. Sie war bereit und hatte nur noch die Klappen und die Blaster zu bedienen. Rhodes' Stimme klang monoton in ihren Ohren, als er Quinn zuliebe die Werte der Radar-Höhenanzeige und für die Entfernung zum Richtstrahl ablas. Buccari konzentrierte sich darauf, den Gleitflugkurs beizubehalten. Die Luftgeschwindigkeit war gut. Der Lieutenant aktivierte den nächsten Satz Klappen. Als sie noch vierunddreißig Kilometer von der Strahlquelle entfernt waren, stieg die Höhenanzeige abrupt um tausend Meter an. Sie hatten den Rand des Plateaus erreicht.

Noch zehn Kilometer. Im Gleitflug und auf Kurs. Die Trimmung erfolgte etwas rasch, und die Nase war nicht hoch genug. Aber noch durften sie sich solche Fehler erlauben. Ihnen blieb ausreichend Zeit, sie auf dem letzten Stück zu korrigieren. Buccari tippte das Ruder an und verlagerte den Druck ein Stück nach Backbord. Der Lander befand sich wieder im richtigen Winkel. Noch fünf Kilometer. Sie öffnete weitere Klappen, und die Nase stieg ein Stück an. Buccari kompensierte, bis sie sich wieder im korrekten Winkel befand. Drei Kilometer. *Wann hört endlich die Wolkendecke auf?* Sie überprüfte die Höhe, drückte die Nase nach unten und schaltete die letzten Klappen zu.

Rote Lichter! Sie entdeckte Flammen, die in einer ungeraden Linie rechts von ihr brannten. Die Geschwindigkeit näherte sich dem Stillstand. Der Radarhöhenmesser zeigte zehn Meter an. Buccari zog die Nase etwas hoch, hielt die Flügel gerade und steuerte nur noch mit den Rudern. Der Aufschlag war nur noch Sekunden entfernt! Buccari zwang sich dazu, die Höhe zu halten – jetzt nur keine ruckartigen Bewegungen. Mit erschreckender Plötzlichkeit traf das Heck auf die Wasseroberfläche. Und simultan dazu – mehr aus Glück denn aus richtiger Kalkulation – zündete der Lieutenant die Hoverblaster. Damit wurde das Aufsetzen hinausgezögert und gleichzeitig die Spitze des Landers daran gehindert, abzusacken. Sie schrie Rhodes zu, sich hinauszukatapultieren.

Und einen Moment später fand sie sich selbst hysterisch schreiend in der nassen Nacht und als lebendes Projektil wieder, das aus dem Lander, der neben ihr ins Wasser klatschte, hinausgeschleudert worden war. Bevor sie einen klaren Gedanken fassen konnte, schwebte sie schon in den See. Wie ein totes Gewicht am Ende eines Pendels. Ihr Fallschirm hatte sich nur so weit geöffnet, um den Aufprall abzumildern. Als ihr das eiskalte Wasser bewußt wurde, in dem sie sich jetzt aufhielt, ordneten sich auch die unzusammenhängenden Gedanken in ihrem Kopf. Sie tauchte ein Stück vom Schirm entfernt auf und suchte nach den Verschlüssen, aber im Verlauf des Ausstoßes und Falls waren diese nach oben gerutscht und hingen nun über ihren Schultern. Buccari trat verzweifelt Wasser, fand endlich die Schnallen und befreite ihren Harnisch von den Leinen. Im nächsten Moment befiel sie Panik, als einzelne Schnüre sich um ihre Fußknöchel wanden. Sie zwang sich zur Ruhe, tauchte wieder unter und begann, sich von den Fesseln zu befreien. Quälend langsam und eine nach der anderen lösten sich die Schnüre von ihren Füßen. Buccari trieb wieder an die Wasseroberfläche, legte sich auf den Rücken und bewegte die Beine, um nicht unterzugehen.

Die undurchdringliche Schwärze, die sie umgab, verhinderte jede bewußte Wahrnehmung. Der Helm schloß zusätzlich alle Geräusche aus, abgesehen von ihrem Herzschlag und den Explosionen ihrer angestrengten Atmung. Mit einiger Mühe öffnete sie den Helm und ließ die Geräusche des Sees herein. Und das kalte Wasser. Sie spuckte die erste hereinschwappende Ladung aus, und dann hörte sie wie im Traum Schreie, die über das Gewässer tönten. Und im nächsten Moment fuhr ein Lichtstrahl über den Lieutenant.

Der EPL, der wie ein wütender Drache aus dem wolkigen Himmel gefahren kam, stürzte in den See und warf eine riesige Wasserwand auf. Die krachende smaragdgrüne Welle, die auf surreale Weise von unten von den sprudelnden Hoverblastern bestrahlt wurde, raste auf das Ufer zu. Der Lander ging unter, aber die Blaster brannten auch unter Wasser hartnäckig weiter und beleuchteten den aufgewühlten See rings um das untergegangene Boot wie eine gigantische chinesische Laterne. Nach endlos langen Sekunden erloschen sie, nachdem ihr Treibstoff aufgebraucht war.

Buccari war ziemlich genau aufgekommen, nur hundert Meter von der Stelle entfernt, an der das Gummifloß wartete.

Während Tatum die Ruder bediente, behielt Shannon die Flugsitze im Auge, die aus dem Cockpit explodiert waren. Sie bewegten sich auseinander, der eine landete vor und der andere hinter dem EPL im Wasser. Der Sergeant wies Tatum an, auf den nächsten zuzusteuern, der etwa fünfzig Meter von ihnen entfernt ins Wasser gekracht war. Er selbst stand im Boot und schwenkte die starke Laterne. Die kolossalen Wellen, die von der brodelnden und schäumenden Stelle, an der das Luftgefährt untergegangen war, herangebraust kamen, forderten ihm einiges ab, um nicht das Gleichgewicht zu verlieren.

Die erste Wasserwand war so hoch und wuchtig, daß sie fast das Floß zum Kentern gebracht hätte. Shannon wurde gegen eine der nachgebenden Seiten geschleudert und bewahrte sich nur dadurch davor, über Bord zu gehen, daß er sich an einer der Leinen festklammerte. Dann rappelte er sich wieder auf, begab sich erneut nach vorn und suchte mit dem Lichtstrahl den wogenden See ab. Das auf und ab tanzende Floß bereitete ihm die größte Mühe, auf den Beinen zu bleiben. Jetzt entdeckte er etwas – das Licht spiegelte sich auf einem Gesicht mit weit aufgerissenem Mund wider – und erkannte den Lieutenant. Der Sergeant riß sich den Helm vom Kopf, schälte sich aus dem Poncho, befreite sich von den Stiefeln und brüllte die ganze Zeit über dem Marine zu, in welche Richtung er rudern solle. Mit mächtigen Stößen brachte Tatum das Floß nah genug heran, und Shannon sprang in das eisige Wasser. Einen Moment später tauchte er neben Buccari auf.

»Hübsche Landung, Lieutenant«, sagte er Wasser spuckend. Er packte sie am Harnisch und zog sie ins Boot.

»Lecken Sie mich doch«, keuchte Buccari.

»Soll ich diesen Befehl wirklich ausführen, Sir?« grinste der Sergeant, und sein Mund füllte sich gleich wieder mit Wasser. Er hielt sich mit einer Hand an der Rettungsleine fest, während er mit der anderen Buccaris Hinterteil hochschob. Gleichzeitig zog Tatum sie an den Armen ins Boot, wo sie wenig graziös auf den wasserbedeckten Boden plumpste. Shannon hievte sich am Heck hinein und gab dem Marine Anweisungen, wo der andere Schleudersitz gelandet war. Während Tatum gleich anfing zu rudern, berichtete der Sergeant über Helmfunk den Männern und Frauen am Ufer von der erfolgreichen Bergung. Vom Regen gedämpfter Beifall brandete über das Wasser.

Der See hatte sich noch nicht wieder beruhigt, und neue Wellen wogten zwischen den Ufern hin und her. Shannon brüllte die Namen von Rhodes und Quinn, hielt die Lampe über den Kopf und ließ den vom Regen durchlöcherten Strahl in langsamen kreisenden Bewegungen über das aufgewühlte Wasser kreisen. Buccari kroch und rutschte zitternd zum Bug. Nichts war über dem Krachen der Ruder, dem Anschlagen der Wellen an allen Seiten des Boots und dem Zischen der Tropfen, die auf den See niedergingen, zu hören. Die Fackeln am Ufer ließen sich nur noch als trübe Lichtpunkte ausmachen. Tatum hörte auf zu rudern und hielt ebenfalls Ausschau.

»Rhodes! Commander Quinn!« brüllte der Sergeant wieder.

Sie lauschten angestrengt und vernahmen doch nur die Geräusche des Wassers.

Dann streckte der Lieutenant einen Arm aus und schrie: »Da drüben! Ich sehe da was!«

Tatum legte gleich wieder die Hände auf die Ruder und bewegte das Boot in die angegebene Richtung, bis sie mit etwas gleichzogen, das auf dem Wasser trieb – ein Fallschirm. Alle beugten sich über den Rand und versuchten, den Stoff zu fassen zu bekommen. Sie zerrten den Schirm ins Boot und warfen ihn auf der anderen Seite wieder über Bord. Dann hatten sie die Leinen vor sich, und diese ließen sich mit Leichtigkeit ins Floß ziehen. Die dünnen, ins Fleisch schneidenden Schnüre schienen kein Ende nehmen zu wollen, aber dann spürten sie das Gewicht, das an ihnen hing, und bewegten die Leinen mit der Kraft der Verzweiflung schneller an Bord. Endlich tauchte

Rhodes' Leib am Rand auf. Schnüre hatten sich um seine Brust, seine Beine und seinen Hals gewickelt. Tatum und Shannon hievten den schweren, leblosen Körper ins Boot, wo er reglos liegenblieb.

Der Lieutenant verlor das Gleichgewicht, glitt aus und landete mit dem Gesicht neben Rhodes' Helm. Shannon hörte ihr scharfes Keuchen. Er kniete sich neben den beiden hin und löste die Helmverschlüsse. Der Helm löste sich mit einem schmatzenden Geräusch. Die weit geöffneten Augen des Mannes starrten wie bei einem Toten ins Leere. Seine Lippen waren violett angelaufen, und seine Haut hatte sich bläulich verfärbt. Der Mann sah aus, als sei er erstickt.

Buccari atmete tief ein, drückte ihre Lippen auf Rhodes' Mund, blies all ihre Luft in seine Lungen und drückte ihm gleichzeitig die Nasenlöcher zu. Shannon beugte sich ebenfalls über den Mann und preßte rhythmisch seine mächtigen Fäuste auf dessen Brust, was bei dem schweren Seegang keine leichte Aufgabe war.

»Wir rudern besser zum Ufer zurück«, sagte der Sergeant. »Vielleicht kann Leslie etwas für ihn tun.« Buccari reagierte nicht darauf und fuhr wie besessen mit ihren Wiederbelebungsversuchen fort. Shannon lehnte sich zurück und verfolgte ihre Bemühungen. Nach einem Moment gab er Tatum ungeduldig ein Zeichen, und der Marine legte sich in die Riemen. Die Fackeln am Strand erloschen eine nach der anderen.

Shannon schob den Lieutenant beiseite und übernahm es seinerseits, Leben in den Bewußtlosen zurückzupusten. Buccari lehnte sich erschöpft an die Bootswand und stand kurz vor einem Schock. Das Floß scharrte über den Strand, und ein Dutzend Hände streckten sich aus, um es an Land zu ziehen. Der Sergeant befahl, Rhodes hinauszutragen, und Jones und Hudson stützten Buccari, deren Beine vor Kälte und Schock immer wieder einknickten. Nach drei Schritten konnte sie sich nicht mehr aufrecht halten und brach zusammen.

»Bringt sie in die Höhle!« bellte Shannon. Jones, der vor Freude schluchzte, hob sie hoch und trug sie fort.

»Scheiße!« murmelte Buccari, sobald sie das Bewußtsein wiedererlangt hatte. Sie strampelte so lange, bis Jones sie absetzte. Ihre Knie waren noch zu weich. Jones hielt sie an den Schultern aufrecht.

»Shannon, schaffen Sie … das Floß wieder auf den See!« rief sie, so laut es eben ging. »Commander Quinn ist noch da draußen! Ich gehe hier nicht fort, ehe wir ihn nicht gefunden …« Sie wurde wieder ohnmächtig.

»Wickelt sie in eine Decke, und dann ab in die Höhle mit ihr!« ordnete Lee barsch an, während sie Rhodes immer wieder auf die Brust schlug und dabei einen Fluch nach dem anderen murmelte.

Nachdem sie Buccari, die noch nicht wieder zu sich gekommen war, in eine Decke und einen Poncho eingepackt hatten, kehrten Jones und die anderen im Laufschritt zum Ufer zurück. Shannon und Tatum schoben bereits das Boot ins Wasser. Sie stießen gerade ab, als Fenstermachers Schrei alle innehalten ließ. Der Mann deutete aufgeregt auf den noch immer vom Regen aufgewühlten See, wo gerade etwas an der Oberfläche erschienen war. Alle Taschenlampen richteten sich auf die Stelle, auch wenn durch das Unwetter nur wenig zu erkennen war. Dann zeigte sich dort ein Mann, der brusthoch im Wasser stand. Zwei mächtige Arme bewegten sich matt an den Seiten. Das Wesen stolperte und schien nicht mehr in der Lage zu sein, sein eigenes Gewicht tragen zu können. Dann fiel es, versuchte, sich wieder aufzurichten, und winkte hilfesuchend mit den Armen.

»Das ist Commander Quinn!« brüllte Hudson. »Er steckt in einem EVA-Anzug.«

Am ganzen Uferabschnitt stürmten Helfer ins Wasser und auf den Commander zu. Wasser strömte aus dem Raumanzug, als man ihn auf den steinigen Strand zog. Shannon bahnte sich mit den Ellbogen einen Weg durch die Umstehenden, und die Versiegelung des Raumanzugs löste sich mit einem vernehmlichen Zischen. Quinns erschöpftes Gesicht blinzelte in die Taschenlampenstrahlen. Er wirkte bleich und war schweißgebadet.

»Sind Sie in Ordnung, Commander?« fragte der Sergeant sofort und trat in den zuckenden Lichtkreis.

»Habe mich schon mal besser gefühlt, Sergeant«, keuchte Quinn. »Was ist mit Buccari und Rhodes?«

»Lieutenant Buccari geht es den Umständen entsprechend gut, Commander«, berichtete Shannon. »Ich habe sie in die Höhle schaffen lassen. Lee behandelt Rhodes noch hier unten am Strand.«

»Sieht nicht gut aus für Virgil, Commander«, fügte Wilson hinzu. »Er hat sich in den Fallschirmleinen verheddert.«

»Lee meint, er habe einen Schlaganfall erlitten«, ergänzte Wilson düster.

Quinn hockte nur da und nickte langsam.

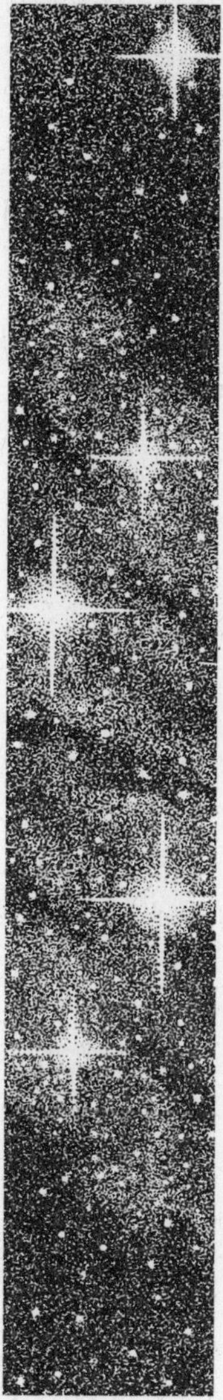

Teil Zwei

Gesellschaften

12 Kon – Zweiter Planet der Sonne

»Sind Sie sich da auch ganz sicher?« donnerte der blaugewandete Riese, während er sich auf seine elefantenhaften Hinterbeine erhob und sich gegen die eisernen Ketten der Schwerkraft stemmte. Jook I., Kaisergeneral der Nördlichen Hegemonie, war berühmt für seine ungeheuren Kräfte, berüchtigt für seine Unduldsamkeit und gefürchtet ob seiner erbarmungslosen Geringschätzung allen Lebens.

»Ich bitte um Vergebung, Oberster Führer, das bin ich natürlich nicht«, antwortete Wissenschaftsdirektor Moth kläglich. Die Angstdrüsen des Astronomen entluden sich ein weiteres Mal, und diesmal deutlich vernehmbar. Moth konnte seinen eigenen Angstgeruch riechen, als dieser in einer Wolke aufstieg. Er starrte auf den Boden, wo der polierte Onyx seine breite Nase und die graue Haut widerspiegelte. Seine verwaschenen braunen Augen waren unter den schmerzlich rigiden Stirnbrauenbüscheln vor Schrecken weit aufgerissen. Warum hatte er seinen Mund nicht halten können?

»Könnte es sich dabei nicht um eine raffinierte List gehandelt haben?« fragte der Kaisergeneral und ließ sich auf seinen Hydrostase-Thron zurückfallen. Die mächtige Gestalt des Herrschers bewegte sich wie mit Bleigewichten beschwert und suchte auf den mitternachtsblauen Pneumokissen nach etwas mehr Bequemlichkeit. »Sie können doch ihre Kommunikationssignale vorsätzlich simpel gehalten haben, und sei es nur zu dem Zweck, uns neugierig zu machen.«

»Ja, Erhabener«, erklärte Moth auf der verzweifelten Suche nach den Antworten, die jetzt von ihm erwartet wurden. Seine ganze Karriere, wenn nicht sogar sein Leben, hingen davon ab. »Die Signale waren tatsächlich von einer erstaunlichen Simplizität. Ich habe die Hypothese einer friedlich gemeinten Kontaktaufnahme gerade aufgrund der Natur dieser Übertragung vorgebracht. Einfache Muster und Zahlen, Musik, geometrische Formeln, all das wäre typisch für einen solchen Versuch, Erhabener.« Der Wissenschaftsdirektor nahm seine unterwürfigste Haltung ein und erwartete als zitternder Berg der Jämmerlichkeit, der sich ganz allein mitten am kaiserlichen Hof aufhielt, sein Schicksal.

»General Gorruk, wie ist Ihre Meinung?« knurrte der Oberste Führer zu einem mit steinerner Miene dasitzenden Mann, der sich eine Ebene unter dem schwarzen Marmorthron niedergelassen hatte. Gorruk, der Befehlshaber der kaiserlichen Armeen und gekleidet in ein Khakigewand mit rotem Besatz, richtete seinen hünenhaften Körper auf. Der General, der das dreifache Gewicht eines Menschen besaß, überragte sogar den Kaisergeneral. Auf seinen Epauletten funkelten die silbernen Sternensymbole des Planetenverteidigungskommandos. Moth verwunderte es, wieviel Zeit sich der General nahm, seine Tonnenbrust zu recken, den Kopf mit dem grobgeschnittenen Gesicht zu heben und endlich zu einer Antwort anzusetzen. Was für eine offene Zurschaustellung von Arroganz!

»Meiner Meinung nach«, begann Gorruk, und seine glänzenden schwarzen Stirnbrauen versteiften sich und vibrierten als sichtbares Anzeichen seiner Konzentration, »ist diese ganze Angelegenheit nichts als eine Verschwendung der kaiserlichen Zeit. Die Sache ist doch viel zu durchsichtig. Die Invasoren haben sich vor unserer Welt versammelt, um sie anzugreifen, genau so, wie sie es unter der Herrschaft des Ollant schon einmal getan haben.«

Der General ragte über Moth auf. Der Wissenschaftler lag auf dem Bauch, spürte Gorruks pulsierende Körperhitze und roch seine Irritation. Der Astronom schloß die Augen und preßte die Stirn auf den Steinboden.

»Wieso kann dieser wertlose Haufen intellektuellen Ausschusses sich anmaßen, Eure wertvolle Aufmerksamkeit erheischen zu wollen?« donnerte der General. »Der Oberste Führer hat wahrlich größere Sorgen. Unsere Rasse wurde vor einer weiteren Invasion bewahrt. Wir haben die Scharen der Feinde in die Flucht geschlagen und aus unserem System vertrieben – wieder einmal! Das Planetarische Verteidigungskommando hat den Eindringlingen mit der überwältigenden Unterstützung der strategischen Raketen der Nördlichen Hegemonie eine empfindliche Niederlage bereitet. Was vermag Euch dieser Wurm hier noch an Neuigkeiten zu bieten? Ihr, der Oberste Führer, laßt Euch von einem schnöden Bürokraten, einem sogenannten Wissenschaftler, beraten? Er ist nichts als ein elender Feigling. Warum ist er überhaupt hier?«

»Weil ich ihn zu mir bestellt habe, General« antwortete Jook I. mit gefährlich tiefem Knurren.

»Natürlich«, entgegnete Gorruk spöttisch, »aber vergeßt darüber nicht Euren feierlichen Schwur …«

»General Gorruk!« brüllte der Kaisergeneral und richtete sich ruckartig auf. »Sie brauchen mich nicht an den Schwur zu erinnern, mein Reich und mein Volk immerdar zu schützen. Wir werden nie wieder von einem Feind überrascht werden!«

»Sie da! Wissenschaftlerlein!« rief Gorruk und wechselte geschickt die Zielscheibe seines Angriffs. Denn der General, ein Titan unter Titanen, griff immer an.

»Ja, großer General?« sagte Moth mit zitternder Stimme.

»Wie ist es möglich, daß unsere Feinde, wann immer ihnen der Sinn danach steht, in unser Sonnensystem fliegen, während wir nicht in der Lage sind, dieses System zu verlassen? Sie sind nicht nur einmal, sondern zweimal erschienen und in den Kreis unserer Planeten eingedrungen. Diese Wesen kommen von irgendwo her, aus den Tiefen des Alls. Sie überqueren die größten Entfernungen. Warum ist das so? Über welche Kenntnisse verfügen sie, die wir nicht besitzen?«

Der Wissenschaftsdirektor schwieg, weil er es nicht wagte, etwas zu antworten.

»Sprich, du Nichts!« fuhr der General die auf dem Bauch liegende Gestalt an.

Moth hob den Kopf. »Ich bitte um Gnade, General, denn ich bin nur ein Astronom. Mir steht es nicht zu, über Dinge zu reden, von denen ich nichts weiß.«

»General Gorruk!« mischte sich Jook I. ein, »Kehren Sie sofort an Ihren angewiesenen Platz zurück. So wenig angenehm diese Wahrheit auch sein mag, Sie haben recht. Wir werden nie wieder zulassen, daß feindliche Kräfte zuerst angreifen. Doch das steht jetzt hier nicht zur Debatte.« Der Herrscher starrte seinen Heerführer an. Gorruk blieb aufrecht, unbeweglich und entschlossen stehen.

»Knien Sie nieder, Gorruk!« brüllte der Kaisergeneral. Die Adern an seinen Schläfen und an seinem Hals traten hervor, und die dicken braunen Brauenbüschel standen wie ein Fächer ab. »Dies ist mein Palast, und deswegen haben Sie sich mir zu fügen! Nieder mit Ihnen, Gorruk!« Wie ein Vorbote drohenden Unheils trieb der säuerliche Geruch kaiserlichen Zorns durch den Thronsaal. Die Palastwachen traten nervös auf der Stelle. Stämmige Gestalten, jede mit schußbereitem Blaster, näherten sich aus im Schatten liegenden Alkoven.

Gorruk ließ sich wie in Zeitlupe auf die vernarbten Hände fallen und breitete als Unterwerfungsgeste die Arme aus. Sein Wutgas vermischte sich gefährlich mit dem des Kaisers. Nach einem kurzen Moment erhob der General sich wieder, blieb auf allen vieren, wie es der Natur seines Volkes entsprach, und kehrte an seinen Platz im Thronsaal zurück.

Die Luftzirkulatoren dröhnten auf Hochtouren.

»Mit allem gebotenen Respekt, Großer Führer«, ergriff ein anderer Höfling das Wort. Er war nicht ganz so kräftig, trug dafür aber eine leuchtend weiße Robe, die mit einem schwarzen Saum besetzt war. Der vergleichsweise zierliche, goldhäutige Edlerkon Et Kalass, Minister des Innern, stand bequem auf seinen Hinterbeinen. »Ich muß unserem tapferen kommandierenden General zustimmen«, erklärte er mit beruhigender und nicht erregter Stimme. »Die Fremden sind, egal, wie ihr Vorhaben auch ausgesehen haben mag, zurückgeschlagen worden. Wollen wir uns daher jetzt lieber wieder den weitaus vertrauteren Problemen der Regierungsgeschäfte zuwenden.«

Der Minister winkte kurz mit der Hand, und Moth spürte, wie jemand erst leicht an seinem Mantel zupfte und dann stärker zog. Der Astronom drehte sich um und entdeckte einen Hofbediensteten, der ihm zu verstehen gab, daß er ihm folgen sollte. Das ließ der Wissenschaftler sich nicht zweimal sagen. Auf allen vieren, so wie es eben auch der stolze General getan hatte, trottete er hinaus. Draußen vor dem Thronsaal drehte sich der blaulivrierte Lakai um und sah sein Gegenüber herablassend an. »Minister Et Kalass zeigt Interesse an Ihrer Geschichte. Richten Sie sich darauf ein, daß er Sie morgen kontaktieren wird.«

Moth sah zu, wie der Diener sich entfernte und sein von der Schwerkraft beeinträchtigter Bauch dabei den Boden fegte. Der Astronom war noch immer von Ehrfurcht erfüllt, sich hier im kaiserlichen Palast aufhalten zu dürfen, aber mehr noch drängte es ihn, jetzt so rasch wie möglich in seine vertraute Umgebung zurückkehren zu können. Ein sich auf allen vieren bewegender Lakai geleitete ihn durch die Kristallhalle und die niedrige, mit dicken Säulen versehene Rotunde, den Pantheon der früheren Kaisergenerale. Viele von ihnen hatten sich nicht freiwillig von der Macht verabschiedet, und alle starrten mit strengem, geradezu böswilligem Blick aus den vergoldeten Rahmen. Eine Bronzebüste von Jook I. stand auf einem Podest im Zentrum der sonnendurchfluteten Halle.

Sie kamen am Sicherheitsposten vorbei und mußten Felddetektoren, Chemoschnüffler und Ultraschall-Untersuchungskäfige, neben denen schwerbewaffnete Wächter an Informationskonsolen und vor Bildschirmen hockten, über sich ergehen lassen. Sobald sie die Säulenhalle hinter sich gebracht hatten, ließ der Lakai den Wissenschaftsdirektor allein. Moth lief auf allen vieren durch den festungsartig ausgebauten Ausgang und die Paraderampe hinunter. Dann überquerte er den Kaiserplatz, ließ die Gärten links liegen und schritt endlich durch das stark bewachte vordere Palasttor. Er schloß sich der Menge der Konen an, die in dichten Scharen über die geborstenen Bürgersteige der breiten Avenue trotteten. In den Arbeits- und Produktionsstätten war gerade Schichtwechsel, und die Mienen der Werktätigen – de facto der Getretenen – reichten von finster bis stoisch. Moth war so erleichtert, der angespannten Atmosphäre im Palast entronnen zu sein, daß es ihm auch wenig ausmachte, sich hier von den Massen der freudlosen Proletarier herumschubsen zu lassen.

Der Tag war ungewöhnlich wolkenlos, was eine viel dünnere Luft zur Folge hatte. Sogar die glatten Hügel, die die Hauptstadt im Süden und im Westen begrenzten, waren heute sichtbar, wenn auch nicht sehr deutlich. Sie verliehen der gedrungen wirkenden Skyline der Hauptstadt eine zusätzliche vertikale Dimension. Der rotbraune Ozean im Nordosten verschwand allerdings unter dichtem Smog, der keinen Ausblick auf den Horizont gewährte. Am Himmel umrahmte ein Dunstkreis die niedrige Mittagssonne. Das Firmament selbst präsentierte sich in friedlichem Cremeweiß, das hier und da gelbliche und rostbraune Tönungen aufwies. Der Siegesturm, fünfmal höher als jedes andere Gebäude in der Stadt, ragte trübe in den Himmel und erinnerte an ein hinter einem Tuch verborgenes Stilett, dessen Spitze auf das viel hellere Auge der Sonne gerichtet war.

Wie hübsch, dachte Moth, während er sich seinen Weg durch die strömenden Massen suchte und immer wieder von Entgegenkommenden angerempelt wurde. Der Astronom bog zum Transitbahnhof ab und stellte sich brav in den Schlangen vor den Identifizierungstoren an. Er brauchte nur fünfzehn Minuten, um auf den Bahnsteig zu gelangen – heute waren über die Hälfte der Tore geöffnet. Doch es kostete ihn doppelt soviel Zeit, einen Platz in einem der Wagen zu ergattern. Die ersten beiden Züge waren von der Öffentlichen Sicherheits-Miliz requiriert worden und hielten gar nicht erst an. Die Waggons rollten einfach durch, und die Helme und Waffen der darin sitzenden Soldaten waren nur als verwischte Schemen wahrzunehmen.

Eine Stunde später stieg Moth an einem Bahnhof außerhalb der Stadt aus, wo er gleich vom Bahnhofsvorsteher erkannt wurde, der sofort ein Transportmittel für ihn besorgte. Nach ein paar Minuten trottete der Wissenschaftsdirektor durch den Haupteingang des Kaiserlichen Astronomischen Instituts, wo er sich endlich als wichtiger Kone fühlen durfte.

»Ich hoffe, es ist alles gut verlaufen«, begrüßte ihn Wissenschaftler Dowornobb, Moths ebenso verläßlicher wie vielversprechender Assistent und ebenso Astrophysiker wie anerkannter Astronom. Sie liefen auf allen vieren zu den Verwaltungsbüros. Unterwegs kamen sie am geräumigen Betriebszentrum vorbei. Direktor Moth vermerkte mit einiger Genugtuung, wie die Programmierer ihn anstarrten. Einige der weiblichen Angestellten waren sogar so vermessen, den Blick nicht zu senken und ihn anzusehen. Normalerweise hätte er für solches Verhalten einen scharfen Tadel aussprechen müssen, doch im Moment genoß er viel zu sehr den selten erlangten Ruhm, vor den Obersten Führer gerufen worden und lebend wieder zurückgekehrt zu sein.

»Eigentlich gut«, beantwortete er jetzt hochnäsig die Frage seines Assistenten. »Haben Sie die Flugbahnberechnungen bereits abgeschlossen? Man hat mich wissen lassen, daß wir schon morgen weitere Informationen vorzulegen haben.« Der Direktor trottete in seine Bürosuite und begab sich zu seinem Terminal, um die eingegangene Post durchzusehen.

»Die Berechnungen sind abgeschlossen, Herr Direktor«, antwortete Dowornobb, »aber die Ergebnisse sind leider unbestimmt.« Der junge Mann wich in gespieltem Entsetzen vor einem Wutausbruch seines Vorgesetzten zurück.

»Unbestimmt? Unbestimmt!« schrie Moth und starrte seinen feixenden Assistenten ernst an. »Was soll das heißen, unbestimmt? Reißen Sie sich gefälligst zusammen. So sprechen Sie doch!«

»Jawohl, Herr Direktor.« Dowornobb hob den gesenkten Blick und schaute respektlos zum Fenster hinaus. »Die großen Schiffe der Fremden sind, äh, simultan verschwunden, einfach fort. Wie durch Zauberei. Eben unbestimmbar. Puff! Eben noch da, und im nächsten Moment weg. Uns liegen keinerlei Beweise dafür vor, daß einige von ihnen zerstört oder wenigstens beschädigt wurden, obwohl unsere Abfangjäger auf kritische Reichweite herangekommen sind. Sie sind einfach verschwunden, das heißt, nur die großen Schiffe.« Dowornobb stellte sich vor das Terminal. Moth wußte, daß der junge Kone ein Genie war. Sein Mangel an Respekt und Benehmen ließ sich darum leicht übersehen.

»Wir waren jedoch in der Lage, eines der Schiffe nach dem Verschwinden der Primäreinheiten zu verfolgen.« Während er in seine Daten versunken war, ließ er auch die letzte Achtung vor seinem Vorgesetzten fahren. »Die Fremden haben also ein funktionstüchtiges Schiff zurückgelassen. Das steht übrigens in Übereinstimmung mit den Berichten des Militärs.« Er studierte den Report und ignorierte den Direktor dabei völlig.

»Und?« fragte Moth ungeduldig. »Was heißt das?«

»Wie? Ach so.« Dowornobb hob den Kopf. »Alle Treffen und deren Ausgang sind belegt, bis auf eines.«

»Und weiter?« Der Direktor hatte Mühe, die Fassung zu wahren. All seine Theorien wurzelten auf Dowornobbs Analysen. Er war völlig abhängig von seinem Assistenten, vor allem jetzt, da der Kaiser selbst Interesse zeigte.

»Einige von unseren Schiffen sind nicht mehr zurückgekehrt«, stellte der junge Mann fest.

»Das ist mir bekannt!« explodierte Moth. »Bei den meisten der Abfangjäger war überhaupt nicht vorgesehen, daß sie zurückkehren sollten. Ihre Aufgabe bestand darin, die feindlichen Verbände abzufangen und zu stören und dabei weiter vorzudringen, als ihr Operationsradius es zuließ. Uns war bewußt, daß bei einigen von ihnen der Treibstoff für den Rückflug nicht reichen würde. Die betreffenden Einheiten haben sich dann lieber selbst gesprengt, als sich gefangennehmen zu lassen.« Der Direktor war nicht befugt, diese Informationen weiterzugeben.

»Oh!« entfuhr es Dowornobb. »Das erklärt natürlich manches.«

»Natürlich, Mann. Jetzt fahren Sie endlich fort.«

»Nun gut. Unsere Schiffe haben in ihren Berichten gemeldet, den Feind vernichtet zu haben. Aber die Flugbahnanalysen lassen an dieser Darstellung einige Zweifel aufkommen. Wenigstens ein fremdes Schiff, und da bin ich mir ganz sicher, hat sich noch weiter im Sektor bewegt, nachdem unsere Abfangjäger zurückgerufen wurden oder zerstört waren. Hm, vielleicht ist *zerstört* nicht ganz der treffende Ausdruck.«

»Sind Sie sich da auch ganz sicher? Wohin ist das Schiff geflogen?« Moth war so erregt, daß er fast all seine Amtswürde vergaß. »Seitdem sind ein paar Tage vergangen. Man wird uns fragen, warum wir so lange gebraucht haben, das zu melden.«

Dowornobb bedachte ihn mit seinem irritierenden wissenden Lächeln. »Nun, natürlich gibt es dafür keine hinreichend gute Entschuldigung, aber Sie könnten ja bei unseren herrlichen Führern vorbringen, daß dic antiken Datenprozessoren, an denen sie uns arbeiten lassen, wirklich reichlich langsam sind. Unsere Telemetrieverbindungen arbeiten nur periodisch, und die Flugbahndaten-Unterlagen sind ziemlich umfangreich. Ja, wenn wir die Hardware besäßen, die diese Geier von der Öffentlichen Sicherheit einsetzen, um die Dissidenten zu überwachen, könnten wir auch …«

»Schluß damit, Wissenschaftler Doworrnobb!« schrie Moth mit vor Panik schriller Stimme. Dann sah er sich vorsichtig nach allen Seiten um. »Ich dulde solch aufrührerische Reden nicht. Sie haben Ihre technische Kompetenz eindrucksvoll bewiesen. Bitte zwingen Sie mich nun nicht, an die Grenzen meiner Loyalität zu gehen.«

»Genellan«, meinte der Assistent nur.

»Wie? Genellan?«

»Das fremde Schiff ist in einen Orbit um Genellan eingetreten«, erklärte Doworrnobb besonnen. »In einem sehr niedrigen Orbit, der kaum meßbar ist. Und seitdem ist auch diese Einheit verschwunden.«

13 Der Test

Brappa paddelte gemächlich unter Wasser und fing in aller Ruhe Fische. Für Nahrung war im warmen Wasser neben der Quelle immer ausreichend gesorgt. Er folgte gerade einem Schwarm fetter Fische, der über dem sandigen Grund schwamm. Doch dann stieß er Luft aus und schlug mit unerwarteter Schnelligkeit zu. Zahnbewehrte Kiefer ergriffen ein argloses Mitglied der Fischgemeinschaft.

Der Fischer tauchte mit dem Fang zwischen den Zähnen zur Wasseroberfläche auf.

Er hörte Craags Warnpfiff und entdeckte im selben Moment das Boot. Das Gefährt der Langbeine befand sich zwischen ihm und der Insel. Der junge Jäger tauchte wieder unter, aber nicht tief, weil der Fisch im Mund ihn daran hinderte, tief genug einzuatmen. Unter der Oberfläche trieb er sich mit kräftigen Beinstößen zum felsigen Festland, wo er zwischen den Klippen Schutz finden konnte. Er watete an Land und spähte zurück. Das Boot glitt gerade an den Strand.

Eine ärgerliche Störung, aber auch eine willkommene Abwechslung. Bei dem schlechten Wetter hatten die Fremden die Höhle tagelang nicht verlassen. Nachdem der unaufhörliche Regen in der letzten Nacht endlich aufgehört hatte und ein strahlender Morgen gekommen war, herrschte überall lebhaftes Treiben. Die Langbeine hatten in lärmenden Gruppen ihr Lager verlassen, sich am Strand gewaschen und sich im Wasser vergnügt. Sie waren wirklich lautstarke und unvorsichtige Wesen. Und seit kurzem fuhren sie auf ihrem Boot über den See.

Brappa lief das Ufer hinauf, um zwischen den Felsen den Fisch zu verzehren. Seine instinktive Furcht hatte sich weitgehend gelegt. Sein Appetit war hingegen deutlich angewachsen.

»Hier ist das Wasser viel wärmer!« rief Goldberg und tauchte eine Hand in den See. »Auf der Insel muß es wohl eine warme Quelle geben.«

Tatum ruderte langsamer, während Goldberg ihre Finger durchs Wasser gleiten ließ.

»Sandy, bring uns doch zu der Insel«, forderte Dawson ihn auf.

Der Angesprochene legte sich kräftig in die Riemen. Goldberg hockte achtern, flirtete mit dem Marine und bewunderte, wie seine kräftigen Schultern und Arme das Boot vorantrieben. Er lächelte und zwinkerte ihr zu. Goldberg drehte rasch den Kopf weg. Als das Floß über den Sandstrand scharrte, sprang Dawson ins Wasser. Sie schnaufte und ächzte, während sie an dem Eisenring am Bug zerrte, um das Boot weiter an Land zu ziehen.

»Nun warte doch, Nance«, sagte Tatum. »Du brauchst doch nicht das Boot zu ziehen, während ich noch drinsitze.«

»Das Wasser ist herrlich!« rief Dawson. »Pepper, du mußt es unbedingt spüren.«

Goldberg entfernte sich vom Heck und stützte sich auf Tatum, während sie langsam um ihn herumglitt. Dann sprang sie aus dem Boot und platschte kreischend durchs Wasser. Tatum zog das Floß ganz heraus. Die Frauen entledigten sich ihrer Stiefel und Thermalleggins, rollten die Hosenbeine hoch und stapften mutig in den See. Bald spritzten sie sich gegenseitig naß und fielen so oft hin, daß ihre Uniformen ganz durchweicht wurden. Tatum beobachtete ihr Treiben kurz, sah sich dann aber wachsam nach allen Seiten um.

»Sandy, komm schon!« rief Goldberg. »Du kannst dringend ein Bad gebrauchen. Du stinkst schon gegen den Wind!«

Der Marine trat an den Wasserrand und stemmte die Fäuste in die schmalen Hüften.

»Meine Kleider sind endlich wieder trocken. Ich habe nicht vor, sie gleich wieder naßzumachen, und ihr beide seid noch nicht reif genug, um mich ohne zu sehen. Außerdem hat der Sarge mir befohlen, dafür Sorge zu tragen, daß die jungen Ladies sich nicht erschrecken müssen.«

Sie johlten und buhten, und Dawson bespritzte ihn mit Wasser. Tatum trat ein paar Schritte zurück.

»Haltet die Augen offen. Ich sehe mich mal auf der Insel um«. Er verschwand in den Büschen.

Brappa sah zu und lauschte. Die Langbeine mit den sandfarbenen Kleidern tollten im Wasser herum. Sie machten keinen gefährlichen Eindruck. Der große, breitschultrige Fremde mit dem grünen Gewand wirkte hingegen sehr stark und war ein echter Riese. Er schritt kräftig aus und sah sich immer wieder wie ein Jäger um. Brappa fing an, sich Sorgen um Craag zu machen. Doch dann tauchte der Gigant wieder auf und warf einen Blick zurück.

Brappa hörte ein dumpfes Grollen. Tief unter ihm öffnete sich ein Schlund, und eine ganze Salve von Beben erschütterte den Boden. Das ganze Plateau geriet in Bewegung, und Schockwellen brachten den Granit zum Schwanken, während das Erdbeben sich fortpflanzte, Felsen verschob und den See umverteilte. Das in Unruhe versetzte und wogende Wasser sammelte sich am Rand des Sees und schoß dann, ständig schneller und machtvoller werdend, auf die Kanäle zwischen den Inseln am Nordende zu. Hohe Wellen ergossen sich über die Eilande und den nördlichen Strand, trugen das Floß weiter hinauf, überschwemmten das Dickicht und brandeten gegen den kleinen Granithügel an.

Brappa verließ sein Glück. Erdbeben waren in dieser Gegend keine Seltenheit, und der Jäger wußte genau, was hier vor sich ging, allein, er konnte nichts dagegen tun. Die Wogen trafen ihn mit voller Wucht und schleuderten seinen kleinen Körper gegen die Klippen. Er schlug mit dem Kopf an, verlor das Bewußtsein und brach sich einen Arm. Dann zogen sich die Wasser lautstark von dem steinigen Strand zurück, und nach wenigen Minuten lag der See wieder ruhig und friedlich da. Lediglich eine Brise erschuf ein paar kleine Wellen auf ihm.

»Wow!« schrie Fenstermacher. »Eine richtige Flutwelle!«

Buccari hörte das Geschrei des Boatswain Mate und rannte den Hügel hinunter. Fenstermacher und Gordon stapften zwischen den naß gewordenen Fichtennadeln herum und suchten ihr Angelzeug zusammen. Unweit von ihnen fing eine Gruppe Stöhnschönchen an, mit doppeltem Eifer zu heulen, so als helfe ihnen das, die Tropfen loszuwerden, die von den unerwarteten Wellen übriggeblieben waren.

»Ist mit euch Jungs alles in Ordnung?« fragte der Lieutenant.

»Aber immer«, antwortete Fenstermacher. »Hat sogar großen Spaß gemacht.«

Shannon tauchte hinter Buccari auf. »Wo steckt Tatum?« wollte er wissen. »Und wo ist das Gummiboot abgeblieben?«

Rufe und Schreie ertönten von der Insel. Tatum, Dawson und Goldberg standen heftig winkend am Strand, und hoch über ihnen war das Boot zwischen den Felsen zu erkennen. An manchen Stellen war die Luft aus ihm entwichen.

»Da drüben!« zeigte der Lieutenant auf das Eiland.

»Sind alle wohlauf, Sergeant?« fragte Quinn, der jetzt bei der Gruppe auftauchte.

»Was treiben die denn da drüben?« murmelte Buccari.

»Tatum hat darum gebeten, mit dem Floß hinausfahren zu dürfen, um sich die heiße Quelle anzusehen, Lieutenant«, antwortete der Sergeant. »Ich habe keinen Grund gesehen, es ihm zu verbieten. O'Toole, Gordon, schwimmt hinüber, und helft Tatum, das Boot zu bergen.«

Die beiden Marines zogen sich bis auf die Unterwäsche aus und liefen dann ins Wasser. Dawson und Goldberg schwammen bereits zurück. Schließlich stiegen die beiden Frauen mit durchnäßter, herabhängender Kleidung aus dem See und fingen sofort aufgeregt an, von der heißen Quelle zu berichten. Buccari hörte ihnen nur mit einem Ohr zu und verfolgte lieber die Bemühungen der Männer, das Floß aus den Felsen zu bekommen. Von der wachsenden Menge am Ufer ging ein erregtes Summen aus. Als dann zur allgemeinen Begeisterung das Boot aus dem Wasser gezogen wurde und Tatum und seine Helfer in den glühendsten Farben beschrieben, wie warm und angenehm das Wasser bei der Insel sei, waren alle bereit, auf die Vorschriften zu pfeifen und sich ins Naß zu stürzen.

»Sarge«, meinte Tatum, »wir sollten zuerst die Insel erkunden.«

Shannon hob eine Hand, um die Männer und Frauen zur Ruhe zu ermahnen. »Was hast du dort denn entdeckt, Sandy?«

»Eigentlich nichts. Jedenfalls nichts Konkretes«, antwortete der Marine. »Sah nur so aus, als wäre vor uns schon jemand dort gewesen. Trampelpfade oder so etwas führen durch das Unterholz, und es kam mir so vor, als würde ich Pfiffe vernehmen.«

»Pfiffe?« fragte der Commander düster.

»Okay, Sandy«, sagte der Sergeant. »Dann erkunde die Insel. Nimm drei Männer mit, und sieh dich gründlich um. Ihr nehmt euch eine Packschale, und auf der befördert ihr euren Kram. Und vergeßt die Waffen nicht.« Shannon kehrte Tatum den Rücken zu und wandte sich an die Menge. »Kein Schwimmen, ehe das Floß nicht repariert ist«, befahl er barsch. Die Anwesenden murrten enttäuscht. Der Sergeant lief rot an.

»Schluß jetzt. Hört mir zu. Wir befinden uns hier nicht auf einem gottverdammten Strandausflug. Jegliches Schwimmen bei Tageslicht ist untersagt. Ich wiederhole: Jegliches Schwimmen bei Tageslicht. Vorausgesetzt, auf der Insel droht keine Gefahr, werden wir Schwimmgruppen einteilen, die aber erst nach Sonnenuntergang ins Wasser dürfen.« Er warf Quinn einen kurzen Blick zu und fuhr dann gleich fort: »Alle Schwimmgruppen werden von bewaffneten Wächtern begleitet. Ich sage es jetzt einmal, und ich möchte, daß alle sich das gut einprägen: Wir sind hier fremd und wissen nicht, was sich da draußen alles herumtreibt. Wir sind schon im All beschossen worden, und wir befinden uns hier auf dem Territorium unserer Feinde. Deswegen halten wir uns lieber im Verborgenen auf. Haben mich alle verstanden?«

Der Commander nickte. »Gut gesprochen, Sergeant. Wir wollen wieder an unsere Arbeit zurückkehren. Da wir nun die warmen Quellen entdeckt haben, werden wir schon noch einen Weg finden, sie für uns zu nutzen. Und jetzt Ende der Versammlung.«

Die Gruppe löste sich auf, und die Männer und Frauen trotteten gehorsam über den Strand zum Lager zurück. Buccari entfernte sich von ihnen, lauschte dem Stöhnen der Blumen und fühlte sich irgendwie aus der Kommandohierarchie ausgeschlossen. Hudson gesellte sich zu ihr.

»Das war ja vielleicht ein Erdbeben«, bemerkte der Lieutenant.

»Du meinst wohl eher ein R-K Drei-Beben«, lächelte Hudson.

»Klar, genau das wollte ich sagen. Ein R-K Drei-Beben. Hört

sich richtig poetisch an.« Sie trat an den Wasserrand, Hudson lief weiter.

»Sieh nur, ein toter Fisch!« rief der Ensign unvermittelt und sprang auf die Felsen, die sich am Rand des Sandstrands erhoben. »Die Flut muß ihn angespült haben. Wenn er noch frisch ist, können wir ihn mitnehmen und essen.«

Er kletterte zwischen den Steinen herum, hob den Fisch mit zwei Fingern auf und hielt ihn in Augenhöhe hoch. »Mann, das mußt du dir ansehen!« rief er dann. Er sprang ein Stück weiter und bückte sich. Sein noch junger blonder Haarschopf spiegelte das Sonnenlicht wider.

»Igitt! Sharl, komm her, das mußt du gesehen haben!« flüsterte Hudson drängend. »So was von häßlich!« Er zog langsam seine Pistole.

Alarmiert kletterte der Lieutenant über die Steine bis zu der Stelle, über die der Mann sich beugte. Dort schwamm etwas in einer Pfütze zwischen den Felsen. Eine ledrige Membrane hatte sich gelöst und lag halb ausgestreckt auf einem Stein, und ein Bein mit unheimlichen Krallen ragte in die Luft. Dunkelrotes Blut rann dort aus dem Kopf, wo sich eigentlich ein Ohr befinden mußte. Sein Maul stand offen, und eine Reihe gezackter Zähne glitzerte im hellen Sonnenlicht. Das Wesen war wirklich von abstoßender Häßlichkeit, und Buccari verzog angewidert den Mund. Plötzlich hob sich sein Oberkörper. Dort, wo sich vermutlich die Lungenflügel befanden, dehnte sich der Brustkorb aus und zog sich wieder zusammen. Das Tier atmete noch.

»Es lebt!« rief der Lieutenant und fuhr einen Schritt zurück.

Doch das Wesen blieb bewußtlos. Buccari sah Hudson an und stellte sich die Frage, was sie nun tun sollten. Dann kniete sie sich neben das Tier hin und berührte vorsichtig die ausgebreitete Membrane.

»Es ist mit Fell bedeckt, ein ganz feines Fell«, bemerkte sie, während sie das Wesen näher inspizierte. »Sieh dir nur diese

Krallen an! Vielleicht sollten wir es erschießen und so von seinen Qualen befreien. Der Flügel scheint mir gebrochen zu sein. Huch! Das ist nicht nur ein Flügel, sondern ein Arm mit einer Hand. Vermutlich haben wir eine der großen Fledermäuse vor uns, die Dawson entdeckt hat.«

»Was fangen wir denn mit dem Tier an, Sharl?« fragte Hudson und streckte vorsichtig eine Hand nach dem Flügel aus.

»Keine Ahnung«, antwortete sie. »Ich weiß noch nicht, wie schwer es verletzt ist. Wenn wir es in Ruhe lassen, kommt es vielleicht wieder zu sich, krabbelt fort und verendet elendig. Nein, wir bringen das Wesen in die Höhle, und dort soll Leslie es sich einmal ansehen.« Sie beugte sich hinab und hob vorsichtig den Kopf des Tiers an.

»Und wie wollen wir es transportieren?« fragte Hudson.

»Zieh einfach deine Hinternplane aus«, erklärte sie.

»Wie bitte?«

Sie lächelte ihn zuckersüß an. »Das ist ein Befehl, Ensign.«

»Na schön, wenn du unbedingt den Vorgesetzten heraushängen lassen mußt. Und wenn ich keine Unterwäsche trage?« fragte er und fing an, sich aus seiner Uniform zu schälen.

»Meinst du, das würde mir irgend etwas ausmachen? Nun mach schon.«

Hudson beeilte sich.

»Brrr! Ist das kalt!« beschwerte sich der Offiziersanwärter. In seinen grünen Raumthermals und Stiefeln sah er wirklich lächerlich aus.

Buccari breitete den Fluganzug auf dem Sand aus, und dann hoben sie gemeinsam und sehr vorsichtig den kleinen Körper aus der Pfütze. Das Wesen verfügte für seine Größe über ein erstaunlich geringes Gewicht. Die beiden nahmen die sehnigen Arme und Beine und legten sie in den Anzug, bevor sie den Reißverschluß hochzogen. Buccari knotete die Ärmel und Beine zusammen und erhielt so eine Art Zwangsjacke.

»Das dürfte halten«, bemerkte sie. »Wenn das Wesen anfängt

zu zappeln, setzen wir es ab. Paß auf sein Maul auf. Sind wirklich scharfe Zähne.«

Braan kreiste über der Insel und verfolgte die Ereignisse, die sich unter ihm abspielten. Hilflos mußte er mit ansehen, wie die Langbeine den schlaffen Körper seines Sohnes forttrugen. Craags Signalpfiff, der »Lage klar« ausdrückte, erfüllte die Luft, und die Jäger setzten zur Landung an. Craag berichtete Braan so sachlich wie möglich von den tragischen Ereignissen. Nachdem er Bericht erstattet hatte, verlangte er, für Brappas Gefangennahme in vollem Umfang verantwortlich gemacht zu werden, und zeigte damit seinem Anführer an, wie tief ihn der Vorfall getroffen hatte. Die anderen Jäger waren vom Verhalten des gerühmten Helden sehr bewegt.

»Craag, Sohn-des-Veera«, begann Braan, und der Verlust seines Sohnes lag schwer auf seiner Seele. »Craag, mein Gefährte in der Schlacht und im Leben, verzweifelt nicht. Das Beben hat Brappa erwischt. Es stand nicht in Eurer Macht, ihn davor zu bewahren. Die Götter haben ausgeatmet, und die Felsen erzitterten darunter. Es ist töricht, sich die Schuld zu geben, wenn solche Kräfte walten, mein braver und getreuer Waffenbruder. Ihr habt nichts anderes getan, als Eure Pflicht erfüllt. Mehr kann ein Führer wirklich nicht von seinen Kameraden verlangen.«

Die anderen nickten zustimmend, aber Craags Verzweiflung war viel zu groß, als daß diese Worte ihn hätten trösten können.

»Hm, genau das gleiche Tier«, sagte Dawson. »Nur war das, das ich gesehen habe, mit Pfeil und Bogen bewaffnet und trug ein Lederwams.«

»Aber klar doch, Dawson«, stichelte Fenstermacher. »Dir ist ein Indianer auf dem Kriegspfad über den Weg gelaufen. Wir nennen ihn Tonto.«

»Verzieh dich, du Schmeißfliege«, gab Dawson giftig zurück, »ehe ich dir eine knalle.«

»Du hast doch seit deinem zwölften Lebensjahr nichts mehr getroffen«, grinste Fenstermacher, zog sich aber vorsichtshalber aus der Reichweite ihrer Hand zurück.

»Jetzt ist es aber genug!« schimpfte der Lieutenant. »Sarge, sorg dafür, daß die Leute von hier verschwinden!«

»Also, Herrschaften, ihr habt den Lieutenant gehört«, knurrte Shannon und schob die Umstehenden aus der Höhle. »Alle zurück in die Zelte. Der Zoo wird später eröffnet. Lee braucht Platz, um das Wesen untersuchen zu können.«

»Kannst du etwas für es tun, Leslie?« fragte Buccari.

»Weiß nicht, Sir. Hängt davon ab, wie wild Tonto wird, wenn er wieder zu sich kommt – falls er wieder zu sich kommt.« Die Medizinerin schob vorsichtig die ledrige Haut um das lippenlose Maul zurück und betrachtete die rasiermesserscharfen Zähne. »Dieser kleine Teufel vermag einigen Schaden anzurichten.«

»Kannst du ihn nicht unter Beruhigungsmittel setzen, ihm die Schnauze zubinden und ihn intravenös ernähren?« fragte der Ensign.

»Ist nicht ungefährlich, Tieren Medikamente zu verabreichen«, gab Leslie zurück. »Es könnte sterben, noch ehe wir festgestellt haben, was genau ihm fehlt. Das einzige, was ich für Tonto tun kann, ist, ihm den gebrochenen Knochen zu schienen und dafür zu sorgen, daß er sich nicht bewegen kann. Vielleicht verabreiche ich ihm ein Schmerzmittel, auch wenn selbst das nicht frei von Risiken ist. Ich verbinde ihn jetzt und sorge dafür, daß er nicht herumflattert. Und die Schnauze lassen wir frei, damit er fressen kann. Aber alle sollen sich davor hüten, ihm zu nahe zu kommen.«

Braan und Craag bewegten sich geräuschlos durch den Wald unterhalb der Höhle. Mit ihrer Nachtsicht konnten sie alles deutlich erkennen, obwohl die eigentlich gar nicht erforderlich war. Die Langbeine machten es ihnen sehr einfach. Sie hatten mitten zwischen ihren Zelten ein großes Lagerfeuer errichtet, das sein gelbliches Licht überallhin verbreitete. Die Fremden hatten gekocht und gegessen, aber sie dachten offensichtlich nicht daran, das Feuer jetzt kleiner brennen zu lassen.

Die beiden Jäger schlichen weiter durch das Unterholz des kleinen Gehölzes, als Braan sonderbare Geräusche vernahm. Sie bewegten sich vorsichtig auf die Quelle des Lärms zu und lauschten. Ein rhythmisches Rascheln von Blättern und Ästen wurde begleitet von leisem Stöhnen und heftigem Atmen. Die beiden blieben stehen und sahen sich im matten Schein des Feuers an. Die Laute schwollen an, und das Stöhnen wollte kein Ende nehmen. Die Klippenbewohner wunderten sich darüber, daß die Langbeine, die kaum fünfzig Spannen entfernt am Lagerfeuer hockten, von diesen geheimnisvollen Geräuschen nichts mitzubekommen schienen. Neugierig traten die Jäger näher und legten vorsichtshalber Pfeile auf die Sehnen. Das Schnaufen, Grunzen und Stöhnen wurde noch lauter. Die Klippenbewohner waren jetzt auf der Hut. Braan machte schließlich in den Schatten eine Bewegung aus und deutete auf die Stelle. Sie spähten durch die Äste und Blätter, und dann traf sie die Erkenntnis. Craag unterdrückte ein Kichern. Offenbar teilten die Fremden gewisse Vergnügungen mit den Klippenbewohnern. Braan schlich fort von der Szene, während Craag noch eine Weile stehenblieb und weiter zusah. Sie würden den anderen eine Menge zu berichten haben.

Buccari starrte auf Tonto hinab. Das Wesen blickte zurück und blinzelte mehrmals. Seine großen Augen wiesen eine dunkelbraune, fast schwarze Farbe auf, während die Pupillen an die einer Katze erinnerten. Die oben und unten angebrachten Lider, die ständig auf und nieder gingen, verliehen den Augen etwas Unheimliches. Fenstermacher hatte gerade die Decke unter Tonto gewechselt, nachdem dieser sich entleert hatte.

»Er wollte uns bestimmt etwas mitteilen«, murmelte der

Lieutenant und beugte sich tief über den Kopf des Wesens. »Deswegen hat er so panisch ausgesehen und so laut gekreischt. Wir sollten ihn losbinden. Wenn er noch einmal so reagiert, bringen wir ihn nach draußen. Seht euch nur seine Augen an.«

»Komm ihm nicht zu nahe, Lieutenant«, warnte Lee sie aus ihrem Schlafsack.

»Ruhig, Lee, schlaf weiter«, sagte Fenstermacher. »Ich halte hier jetzt Wache.«

»Meinst du, daß ich dann auch nur ein Auge zubekomme!« brummte die Medizinerin und kehrte ihm den Rücken zu.

Das kleine Wesen faszinierte Buccari. Sie bestand darauf, bei seiner Versorgung mitzuhelfen. Schließlich hatte sie Tonto ins Lager gebracht und verspürte deswegen Verantwortung für ihn. Als der Kleine anfing zu trinken und etwas Fisch zu verspeisen, freute sie sich darüber. Alle wunderten sich, wie fügsam das Wesen sich verhielt. Lee vermutete, daß die Kopfverletzung ihn verwirrt hatte, und er nicht mehr in der Lage sei, sich draußen in der Wildnis zurechtzufinden. Aber nach der Meinung des Lieutenants begriff Tonto, daß ihm hier geholfen wurde.

Sie streckte eine Hand aus und berührte die schwieligen Fingerspitzen am Ende des gesunden Arms. Die spinnenbeindürren Finger des Wesens schlossen sich um Buccaris Zeigefinger, aber nicht, um ihn zu verletzen, sondern um ihn festzuhalten. Buccari ließ ihn für einen Moment dort und zog ihn dann langsam wieder zurück. Dann schloß sie ihre Hand um die kleine Faust des Wesens und drückte sie einmal sanft. Tonto ließ sie nicht aus den Augen, blinzelte einige Male und schien zu begreifen, daß diese Berührung ihm Zuversicht und Beruhigung signalisieren sollte.

Plötzlich warf das Wesen den Kopf zur Seite und warf sich gegen die Schnüre, die es festbanden.

»Was stimmt denn nicht, junger Mann?« fragte Buccari. Sie war vor Schreck zurückgewichen.

Tonto quiekte laut und stieß einen mehrfach unterbrochenen schrillen Pfiff aus. Seine Schnauze und seine Kehle arbeiteten heftig, aber nur Pfeifen und Tschirpen kam aus seiner Brust. Fenstermacher trat neben Buccari und blickte ebenfalls besorgt auf den erregten Patienten. Lee schleuderte den Schlafsack von sich und begab sich zum Krankenlager. Dawson blieb vor ihrem Funkgerät sitzen, hob aber den Kopf und drehte sich zu ihnen um.

Der Wachposten war das einzige Hindernis, dem sie begegnet waren. Craag hatte ihn abgelenkt, indem er Steine den Hang hinabrollen ließ, so daß Braan sich leicht an dem verwirrten Langbein vorbeischleichen konnte. Jetzt schlich er so geräuschlos wie möglich zwischen den Felsen vor dem Höhleneingang umher. Er warf einen Blick auf das Lager, das sich unter ihm ausbreitete. Die Dunkelheit verbarg ihn, doch er konnte die Fremden deutlich erkennen. Der Führer stieß einen leisen Pfiff aus, und Brappa antwortete ihm, so laut er konnte.

»Leise!« ermahnte der Vater seinen Sohn. »Ich höre Euch gut. Wie geht es Euch? Seid Ihr in Gefahr?«

»Ich bin verletzt, mein Vater«, antwortete Brappa. »Schande über mich, daß ich mich so dumm habe ausschalten lassen.«

»Welcher Art sind Eure Verletzungen? Könnt Ihr aus eigener Kraft entfliehen?«

»Mein Arm ist gebrochen, und ich kann mit ihm nicht fliegen. Außerdem hat man mich gebunden.«

»Besteht Gefahr für Euer Leben?«

»Ich glaube nicht, mein Vater. Den Langbeinen scheint an meinem Wohlergehen gelegen zu sein. Sie haben Anstrengungen unternommen, meinen Arm zu richten. Und sie versuchen, mir Trost zu spenden. Außerdem füttern sie mich, und der Schmerz läßt langsam nach.«

Ihre Unterhaltung erweckte die Aufmerksamkeit der Fremden. Die Langbeine im Lager regten sich, und man rief den Wachen an beiden Seiten der Höhle etwas zu.

»Solche Nachricht vernehme ich gern, Sohn. Das gibt mir Mut und Zuversicht. Versuche nicht zu entfliehen, es sei denn, eine Gefahr bedroht dich. Wir überlegen uns einen Plan. Sei tapferen Herzens. Wir haben den Wachposten auf die mittlere Insel verlegt.«

Grelle Lichtfinger wanderten über die Felswand, und Braan erkannte in den Händen einiger Langbeine Stöcke, die Tod spucken konnten.

»Ich verstehe. Bringt Euch jetzt lieber in Sicherheit, mein Vater«, drängte Brappa.

Einer der Wächter näherte sich Braans Standort. Der Jäger pfiff rasch das Signal zur Flucht, und Craag, der sich weiter oben aufhielt, sprang in die Nacht und lenkte so die Aufmerksamkeit der Fremden auf sich. Braan stieß sich neben der Höhle ab und schlug mit seinen Flügeln die Luft. Er schwebte über dem Lager der Langbeine und bemühte sich, rasch an Höhe zu gewinnen. Die Lichtfinger tasteten jetzt in die Nacht hinein, und einige von ihnen fanden den Anführer, während dieser verzweifelt zu entkommen suchte. Die Fremden schrien durcheinander und rissen die todbringenden Stöcke hoch.

Buccari schrie laut genug, daß jeder sie hören mußte: »Nicht schießen! Ich strecke jeden nieder, der auch nur einen Schuß abgibt. Nicht feuern!« Sie zeichnete sich als Silhouette vor dem Höhleneingang ab und hielt ihre Pistole in die Luft. Dann tauchte Shannon neben ihr auf. Die Taschenlampenstrahlen hefteten sich an das Flugwesen, das kräftig und gleichmäßig mit den Flügeln schlug und immer höher in den sternenübersäten Himmel aufstieg. Schließlich war es außer Reichweite des Lichts und entschwand gleitend in der Nacht. Die Männer und Frauen, die nach dem Schrei des Lieutenants erschrocken innegehalten hatten, schwatzten jetzt alle gleichzeitig drauflos. Alle beschäftigte die Frage, wie viele von seiner Art ihren verletzten Gast hatten besuchen wollen.

»Es waren vier!« rief Petit von seinem Posten.

»Wie um alles in der Welt konnten vier von ihnen so nahe herankommen?« brüllte der Sergeant. »Einige sind sogar in die Höhle eingedrungen. Wie war das möglich? Petit, bist du noch wach oder schläfst du schon?«

»Sie müssen hereingeflogen sein, Sarge«, antwortete er.

»Also hereingeflogen, was?« wütete Shannon. »Wir beide sprechen uns noch!«

Der Sergeant starrte wütend in den Nachthimmel. Buccari ließ ihn auf der Terrasse stehen und kehrte zu dem verletzten Wesen zurück. Tonto lag wieder ganz ruhig da. Seine Augen waren weit aufgerissen, glänzten im Halbdunkel und reflektierten das trübe Licht der Lampe.

»So, so, mein kleiner Freund, deine Leute sind dich also besuchen gekommen«, bemerkte der Lieutenant und befreite ihn von seinen Schnüren. »Wenn sie noch einmal kommen, sag ihnen doch, daß sie gern bleiben dürfen. Wir könnten ein bißchen Gesellschaft durchaus gebrauchen.«

14 Regierungsdienste

Der Transporter der Öffentlichen Sicherheit hielt innerhalb des Vordertores des Kaiserlichen Astronomischen Instituts an. Ein Trupp Milizionäre sprang heraus und sicherte den Eingang. Wissenschaftler Dowornobb und Direktor Moth befanden sich gerade in einer Besprechung, als sie die Nachricht erhielten, daß alle Tore besetzt seien.

»Sie sind gekommen, um mich abzuholen«, jammerte Moth. »Man verhaftet mich wegen Inkompetenz und aufrührerischen Verhaltens. Und dann werden sie das Institut schließen.«

»Nein, Direktor«, entgegnete der Assistent, »dafür ist unsere Arbeit viel zu wichtig.«

Doch auch Dowornobb beschlichen Ängste. Der Direktor hatte seinem freidenkerischen Assistenten ziemlich viel durchgehen lassen, und Dowornobb hatte mehr als einmal ausprobiert, wie weit er die Grenzen überschreiten durfte. Außerdem hatte Moth recht. Repressive Katastrophen dieser Art waren auch schon über andere Institute gekommen. Da er nicht wußte, was er jetzt tun sollte, sah der Assistent einfach zu, wie die Soldaten sich über das Gelände verteilten. Er konnte die Angst seines Direktors riechen – zusammen mit seiner eigenen.

Eine zweite Fahrzeugkolonne rumpelte durch das Haupttor des Instituts. Eine Eskorte gepanzerter Wagen des Innenministeriums fuhr auf den Hof vor dem Hauptkomplex vor und spie viele Beamte und noch mehr Leibwächter aus. Dowornobb starrte ungläubig hin, als Et Kalass, der Minister des Innern, in seiner prächtigen schwarzen und weißen Robe aus einem der Panzerwagen stieg. Der schlanke Edlerkone erhob sich auf seine Hinterbeine und schritt auf die Eingangstür zu. Der Direktor und sein Assistent eilten zu den Aufzügen. Milizsoldaten mit grimmigen Mienen fingen sie unterwegs ab und führten sie schweigend zum Hauptkonferenzraum, wo der Minister und sein Gefolge bereits warteten.

»Ich fühle mich außerordentlich geehrt, hoher Herr«, umschmeichelte ihn Moth und warf sich vor ihm auf den Bauch. Dowornobb drückte sich an eine Wand und versuchte, sich unsichtbar zu machen, aber einer der Soldaten stieß ihn mit dem Gewehrkolben in die Mitte des Raums.

Et Kalass ignorierte die beiden und studierte statt dessen ein riesiges Wandbild, das den Nachthimmel darstellte, wie er oberhalb der milchigen Atmosphäre des Planeten zu sehen war. Minuten vergingen in völligem Schweigen.

Dann geruhte der Minister, das Wort zu ergreifen. »Sehr

hübsch. Stellen Sie fest, wo das herstammt. Ich hätte gern ein gleiches Werk für mein Zuhause.« Ein Adjutant machte sich sogleich daran, die gewünschte Information zu beschaffen. Nun wandte Et Kalass sich an die Astronomen. Dowornobb hörte und roch die Explosionen aus den Furchtdrüsen des Direktors. Seine eigenen ließen nicht lange auf sich warten.

»Stehen Sie bequem, meine Herren«, befahl der Minister. »Es besteht keine Veranlassung, vor mir strammzustehen. Rühren. Und, bitte, bringen Sie Ihre Körpertemperaturen unter Kontrolle.« Er ließ sich auf einer Lesecouch nieder. Ein junger, sehr kräftiger Edlerkone, der eine Militäruniform trug und auf den Hinterbeinen stand, lehnte sich mit dünkelhafter Miene an die Rücklehne des Sofas, auf dem Et Kalass ruhte.

»Nehmen Sie bitte Platz«, befahl der Minister. Couchen wurden herangetragen. »Darf ich Ihnen Et Avian vorstellen, meinen Neffen«, erklärte er und nickte in die Richtung des Edlerkonen, der hinter ihm stand, »und außerdem Chefwissenschaftler Samamkook, meinen wissenschaftlichen Berater.« Et Kalass verbeugte sich kurz in Richtung des gewöhnlichen Konen, der auf allen vieren zu seiner Rechten stand.

Moth und Dowornobb ließen sich höflicherweise auf die Hände hinab, und Samamkook verbeugte sich in Anerkennung dieser Geste vor ihnen. Sodann tauschten sie weitere Höflichkeiten aus. Dowornobb war hocherfreut, dem bedeutenden Astronomen gegenüberzustehen, dessen publizierte Arbeiten ihn zur absoluten Autorität auf seinem Fachgebiet machten. Der Minister gestattete ihnen, sich auf diese Weise mit Nettigkeiten zu überhäufen. Dowornobb empfand es als höchst bemerkenswert, daß jemand, der verhaftet werden sollte, ein solches Privileg erhielt. Und überhaupt, warum war eigens der höchst ehrenwerte Samamkook mitgekommen?

»Ich bin im Auftrag des Obersten Führers und der königlichen Familien erschienen«, begann der Minister und kam ohne Umschweife auf den Punkt. »Ihr Bericht über die Natur der

Signale, die wir während der Invasion abgefangen haben, hat unser Interesse erweckt. Man könnte leicht den Schluß ziehen, daß wir eine nicht-aggressive Streitmacht zurückgeschlagen haben. Nicht, daß uns das in irgendeiner Weise beschäftigen würde. Die schrecklichen Ereignisse, die am Ende der Herrschaft des Ollant standen, werden sich nie mehr wiederholen. Wir haben in jedem Fall im Interesse unserer Rasse gehandelt. Dennoch wollen wir genau erfahren, was sich ereignet hat, und Sie vom Kaiserlichen Astronomischen Institut verfügen da über eine einzigartige Perspektive. Es gibt Gerüchte, Sie hätten zusätzliche Informationen erlangt, die für uns von Interesse sein dürften.« Er warf Dowornobb einen durchdringenden Blick zu.

»Richtig, edler Herr«, sagte Moth nervös. »Wir haben eine erschöpfende Analyse aller Radar-Flugbahn-Informationen abgeschlossen, die während des Zusammentreffens gesammelt worden sind. Und wenn ich hinzufügen darf, es waren ungeheure Mengen von Daten. Wir haben mit den ersten Berechnungen vor ein paar Tagen begonnen, und die Resultate sind erst heute, äh, soweit, daß sie veröffentlicht werden können. Wissenschaftler Dowornobb hat die Zusammenstellung abgeschlossen und wird den Abschlußbericht in, äh, bald vorlegen.«

Der Assistent warf einen verstohlenen Blick auf Samamkook, der unbeteiligt an die Wand starrte.

»Wissenschaftler Dowornobb, fassen Sie Ihren Bericht zusammen«, befahl der Minister. »Man hat mir mitgeteilt, daß Sie zu interessanten Schlußfolgerungen gelangt sind. Mir ist es leider nicht gegeben, wissenschaftliche Berichte zu Ende zu lesen. Ich nehme an, Ihre Bewertung hat etwas mit Genellan zu tun, oder?«

Dowornobb starrte unbehaglich auf den Direktor und beeilte sich dann, eine detaillierte Zusammenfassung seiner Entdeckungen zu geben. Et Kalass gestattete ihm, diese zu Ende zu bringen, ohne von Zwischenfragen unterbrochen zu werden.

»Eine Ansammlung von durchaus zwingenden Schlußfolgerungen«, bemerkte Samamkook dann. »Gemäß Ihrer Theorie sind die Fremden also in unser System eingedrungen und haben gleich angefangen, ihre Anwesenheit mit elektromagnetischen Emissionen auf allen Frequenzen kundzutun. Diese Signale stellten Ihrer Ansicht nach nur eine Art Vorspiel dar, waren sozusagen ihr Versuch, mit uns Kontakt aufzunehmen.« Der Assistent nickte zustimmend.

»Wir haben darauf sehr rasch reagiert«, fuhr der altehrwürdige Wissenschaftler fort. »Zu rasch, weil uns dadurch entging, welchem Zweck der Besuch der Fremden diente. Oder aber, wir waren klug genug, ihnen nicht in die Falle zu gehen – eine Möglichkeit, die wir nicht außer acht lassen dürfen. Obwohl ich gestehen muß, daß die nachfolgenden Ereignisse mich verleiten, genau das zu tun. Wir haben sie angegriffen, und die Fremden haben sich kaum verteidigt. Im Gegenteil, sie entschlossen sich zu einem raschen Rückzug und sind ... irgendwie ... verschwunden. Lediglich ein paar kleinere Schiffe blieben zurück. Diese unglücklichen Einheiten wurden während der folgenden Kämpfe aufgerieben – bis auf eines, dem es auf mysteriöse Weise gelang, unseren Abfangjägern zu entwischen. Und diese Fremden haben womöglich in unserem System ein Versteck gefunden.« Samamkook stützte sein massives Kinn auf eine breite Hand.

»Genellan ist kein Ort, an dem höherentwickelte Wesen überleben können«, wandte Moth ein. »Schon möglich, daß dieses Schiff in einen Orbit um den Planeten gegangen ist, doch zu welchem Zweck? Auf Genellan ist es bitterkalt, ganz zu schweigen von der giftigen Luft. Nein, ein hoffnungsloser Ort!« Er hockte sich hin und sah sich in der Runde um.

»Ein hoffnungsloser Ort für uns, Direktor«, hielt Samamkook dagegen. »Dennoch hat diese grausame Welt Leben in vielfältiger Form hervorgebracht. Angenommen, die Fremden sind in der Lage, den Orbit zu verlassen und hinabzusteigen – eine zugegeben sehr kühne Annahme –, dann dürfte es doch auch nicht auszuschließen sein, daß sie auf einer solchen Welt überleben können.«

Dowornobb konnte sich beim besten Willen nicht vorstellen, wie jemand auf Genellan überleben konnte. Er hatte die merkwürdigen, fellbedeckten Wesen gesehen, die man von dieser Welt in die hiesigen Zoos gebracht hatte; dennoch schienen ihm die Bedingungen auf der Oberfläche des dritten Planeten geradezu lebensfeindlich zu sein. Die öden Landstriche und die fürchterlichen klimatischen Verhältnisse … ganz zu schweigen von der schwefelreichen Atmosphäre. Nein, da streikte seine Phantasie ganz einfach …

»… nobb. Wissenschaftler Dowornobb!« rief ihn der Minister.

»Oh, äh, ja bitte, hoher Herr?«

»Haben Sie schon irgendwelche Fortschritte bei der Entschlüsselung ihrer Sprache machen können?« Et Kalass betrachtete wieder das Wandgemälde.

»Nun ja, hoher Herr«, antwortete der junge Wissenschaftler, »wir sind noch nicht hinter die Geheimnisse ihrer Sprache gedrungen. Ich habe das, was wir aufgezeichnet haben, unseren Sprachcomputern eingegeben, aber mit dem, was sie als Analyse geliefert haben, läßt sich nicht allzuviel anfangen. Aber die Computer haben uns mit einer Symbologie versorgt, die wir vielleicht verwerten können – Piktogramme und Zeichen. Wir könnten damit in so etwas wie eine Kommunikation mit ihnen treten. Allerdings käme dabei nicht viel mehr als Kindergeplapper heraus.«

»Ausgezeichnet. Wir verfügen über Mittel, Ihnen auf dieser Grundlage weiterzuhelfen.« Der Minister tauschte einen Blick mit dem jungen Edlerkonen aus, erhob sich dann und marschierte hinaus – mit seinem gesamten Gefolge auf den Fersen.

Moth und sein Assistent nahmen Respekthaltung ein und waren kurz darauf wieder allein.

Am frühen Morgen flog die Tür von Dowornobbs Wohnung krachend auf. Der Kone richtete sich schlaftrunken auf seinem Bett auf.

»Wer ist da?«

Eine dunkle Gestalt schob sich durch die Tür zu seinem Schlafzimmer. Weitere Schatten waren zu bemerken, die den kurzen Flur zu seinem Wohnzimmer füllten.

»Wer ist da?« fragte der Wissenschaftler, mittlerweile hellwach, flehentlich. Furcht breitete sich in seiner mächtigen Brust aus. Er betete darum, daß es sich bei den Eindringlingen um Räuber oder Banditen handeln möge. Denn wenn sie keine Kriminellen waren, konnte das nur bedeuten, daß sie für die Regierung arbeiteten.

15 Gnade

»Shannon war vielleicht schlecht drauf«, erzählte Petit, während sie auf der Tundra des Zentralplateaus auf Patrouille unterwegs waren. Auf den Granitplatten und Steinfeldern auf höherem Grund kam man gut voran. »Ich hatte mich schon darauf eingestellt, von ihm den Arsch abgerissen zu bekommen, weil ich nicht verhindert habe, daß die kleinen Mistkerle so nahe an die Höhle gelangen konnten. Aber darüber hat er kein Wort verloren.«

»Da solltest du froh drüber sein«, sagte Tatum. »Der Sarge hatte eine Scheißlaune. Wenn er einmal angefangen hätte, dir den Arsch aufzureißen, hätte er damit gar nicht mehr aufgehört.«

»Was für ein Furz sitzt ihm denn quer?« fragte Petit.

»Quinn wollte keinen Erkundungstrupp aussenden«, antwortete Tatum. »Ich schätze, der Commander möchte nicht, daß sich jemand außer Sichtweite des Lagers begibt.«

»Wieso denn das?« brummte Petit. »Befürchtet er vielleicht, wir könnten genauso verlorengehen wie Mac und Jocko?«

»Wer weiß, könnte sein«, sagte Tatum und sah sich um. Das flache, sich endlos hinziehende Land bot keine Deckungsmöglichkeiten.

»Wenn der Lieutenant sich nicht eingeschaltet hätte, würde keiner von uns auf Patrouille gehen«, bemerkte Jones. »Ich habe mitbekommen, wie sie miteinander geredet haben. Buccari ist hart geblieben und hat kein Nein vom Commander akzeptiert.«

»Sie meinte auch, wir sollten uns nach einem besseren Ort umsehen, um uns niederzulassen«, erklärte Tatum. »Der Lieutenant sagte, die Winter hier könnten recht unangenehm werden.«

»Das ist schon 'ne Marke für sich, was?« grinste Jones. »Der beste verdammte Offizier in der ganzen Flotte.«

»Warum ist Shannon dann immer noch stinkig?« wollte Petit wissen. »Jetzt hat er doch seine blöde Patrouille bekommen.«

»Na ja, er wollte gern selbst mitgehen«, antwortete Tatum. »Der Sarge macht sich große Sorgen um MacArthur und Chastain. Und er muß dringend mal von der alten Mutter Quinn fortkommen.«

Der Trupp zog nach Osten und erreichte am frühen Nachmittag den Rand der Hochebene. Tatum fühlte sich unbehaglich. Ein kaum noch erträglicher Schwefelgestank verätzte ihre Schleimhäute, und die ungeschützte Höhe des Plateaus hatte etwas Einschüchterndes an sich. Der Rand stürzte nicht jäh ab, aber das Land dahinter sank unter ihm weg, und mit jedem Schritt, den er tat, ging es steiler nach unten. Die wogenden Plains im Osten schienen zu einer anderen Welt zu gehören und verblichen in der Ferne unter einer Dunstwolke. Die Welt der Marines hingegen war flach und endete nur ein paar Schritte entfernt abrupt. Petit und Jones hielten sich vom Rand fern. Tatum kehrte zu ihnen zurück.

Da sich hier kein Weg zeigte, der direkt nach unten führte, lief Tatum am mäandernden Rand des Abgrunds entlang. Er hoffte, auf eine besteigbare Spalte oder Ritze zu stoßen, durch die sie hinuntergelangen und dann dem Kurs folgen konnten, den sie am ersten Tag mit ihren Fallschirmen geflogen waren. Aber sie entdeckten keine geeignete Stelle.

Die Wächter schlugen Alarm. Auf dem Salzweg waren fremde Wesen gesichtet worden. Kuudor schickte nach Braan, und der Führer der Jäger eilte mit Craag an seiner Seite zu ihm. Die Jäger beobachteten die beiden Langbeine, die sich den steilen und schmalen Pfad an der Klippenwand hinaufmühten. Der eine hatte einen Arm um die Schultern des anderen gelegt und ließ sich von ihm stützen.

»Der Kleinere scheint verwundet zu sein«, bemerkte Kuudor.

»Und der Größere ist am Ende seiner Kräfte. Aber Ihr habt recht, Hauptmann-der-Wache, der Kleinere ist dem Tode nahe«, stimmte Craag zu und bewunderte die Anstrengungen des größeren Langbeins.

»Sie sind keine Götter«, erklärte Braan.

»Aber sie kennen Mitgefühl«, meinte Craag.

»Auch das unterscheidet sie von den Göttern«, meinte der alte Kuudor in aller Offenheit, auch wenn er damit die Götter lästerte.

»Wir stehen in ihrer Schuld«, sagte Braan.

»Euer Sohn ist aber nicht freigelassen worden, Führer-der-Jäger«, entgegnete Kuudor. »Hütet Euch davor, eine Schuld schon zu begleichen, ehe sie erworben worden ist.«

Die Sonne stand hoch am kobaltblauen Himmel, und ihre

Wärme und Helligkeit nahm an Intensität zu. Die Klippenwand verdoppelte ihre Kraft, reflektierte sie auf die beiden sich vorankämpfenden Langbeine und hielt den kühlen Nordwind ab.

»Wir sind fast am Ziel, Mac«, schnaufte Chastain. »Nur nicht stehenbleiben, dann schaffen wir es.«

Der Pfad wurde noch enger und stieg fast senkrecht an. Rechts von den beiden gähnte der Schlund des Flußtals. Lilafarbene und gelbe Blumen standen hier überall in reicher Anzahl, und den Wegrand säumten Disteln mit dickem Stiel und weißer Blüte. Ihr Anblick verschaffte einem psychologische Ablenkung von dem jähen Sturz dahinter. Die Sonne brannte heiß vom Himmel. Chastain stampfte immer weiter voran und wünschte sich nichts sehnlicher als eine Bergbahn, die sie hinauf und fort von dem gefährlichen Klippenweg bringen würde.

»Bist du okay, Mac?« fragte Chastain und atmete keuchend ein. »Sag doch was, Mac. Was wollen wir zum Beispiel tun, sobald wir oben angekommen sind? Mac?!«

Der Marine keuchte. Chastain war froh, ihn ächzen zu hören, sagte ihm das doch, daß sein Kamerad noch lebte. Halb betäubt mühte sich der Riese den endlosen Anstieg hinauf. Seine geschwollene Zunge füllte mittlerweile Rachen und Mund aus. Sie brauchten dringend Wasser. Was für eine grausame Ironie, daß tausend Meter unter ihnen der Strom endlos rauschte, in dem sie beinahe ertrunken wären. Und gar nicht so weit entfernt stürzte ein Wasserfall vom Klippenrand. Ergoß sich wie eine weiße Wasserdecke, die sich atomisierte, in Engelshaardunst verwandelte, Chastain anlockte und ihn verspottete.

»Wir sind fast da, Mac. Fast … da. Der Pfad wird schon … gerader …« keuchte Chastain noch benommen. Dann brach er zusammen.

Braan und Craag schwebten über den beiden im Staub daliegenden Langbeinen. Sie wirkten wie tot. Ein furchtbarer Gestank ging von ihnen aus, der nach Fäulnis roch, in den sich aber auch ein tierisches Aroma mischte. Die Klippenbewohner landeten oberhalb des Pfads und studierten die Körper der Fremden. Kein Lebenszeichen ging von ihnen aus. Braan pfiff, und ein Dutzend Jäger tauchte am Rand auf und näherte sich vorsichtig den Langbeinen. Sie trugen Schüsseln, Flaschen sowie eine Bahre aus Tierhaut heran und befolgten die Befehle ihres Führers, der von seinem erhöhten Standpunkt aus ihr Tun steuerte. Craag breitete die Schwingen aus und landete wie mit einem Fallschirm bei seinen Gefährten, um ihnen zu helfen.

Der Kleinere der beiden wurde auf die Bahre gerollt und fortgetragen. Sein Zustand verschlechterte sich zusehends, und es schien schon so, als käme jede Hilfe zu spät. Sein Leben lag nun ganz in den Händen der Gärtner. Der andere Fremde wirkte aus der Nähe noch riesiger. Braan staunte über seine Ausmaße. Ein Wesen wie er konnte es leicht mit den mythischen Bären aufnehmen. Das Langbein war dehydriert, aber dem konnte abgeholfen werden. Die Jäger stellten Schüsseln mit Wasser und Flaschen mit Honig vor ihn hin und zogen sich dann rasch zurück. Braan und Craag bauten sich neben ihm auf und kippten ihm gleichzeitig Wasser aus den Schüsseln über den Kopf. Der Riese regte sich, und die beiden Jäger stießen sich vom Klippenrand ab und entschwanden rasch aus seiner Sicht.

Chastains verworrene, vom Durst bestimmte Träume endeten in einem jähen Wasserbad. Er erwachte mit brennenden Augen und fürchterlichen Kopfschmerzen. Wasser! Der Marine leckte die Tropfen auf, die von seinem Hutrand rannen. Er riß sich den Hut vom Kopf und preßte ihn über seinem Mund aus. Salzig schmeckendes Naß rann über seine Lippen.

Wo mochte das hergekommen sein? Von MacArthur? Nein, Mac war doch verwundet. Wo steckte er überhaupt? Panik befiel ihn, und er fürchtete schon, sein Kamerad sei über den

Rand gestürzt. Langsam kehrte Klarheit in seine Gedanken zurück, und er stellte fest, daß die Disteln am Rand nicht zertrampelt waren. Dann bemerkte er die Schüsseln. Zwei waren leer, und zwei weitere bis zum Rand mit einer klaren Flüssigkeit gefüllt. Und Flaschen. Er setzte sich aufrecht hin, schützte die Augen mit der Hand und starrte fassungslos auf das Geschirr. Nach einem Moment rief er MacArthurs Namen, doch nur ein Krächzen kam aus seiner rauhen Kehle. Nun beäugte er die Schüsseln mit der verlockenden Flüssigkeit und berührte zögernd eine davon. Der Durst ließ ihn alle Vorsicht vergessen, und er brachte ebenso zittrig wie gierig das irdene Gefäß an seine Lippen und trank einen tiefen Schluck. Zuviel auf einmal, denn er erlitt einen Hustenanfall und spuckte die Hälfte der Flüssigkeit wieder aus. Würgend setzte er die Schüssel wieder an, wartete, bis seine Lunge sich beruhigt hatte und trank dann den Rest. Danach betrachtete er das schmucklose Gefäß, das in seinen riesigen Händen kaum größer als eine Tasse war, drehte es neugierig herum, suchte nach einem Hinweis auf seine Herkunft und fand nichts.

Nun nahm er die andere gefüllte Schüssel und trank sie ebenfalls leer, diesmal jedoch langsamer und vorsichtiger. Er schnüffelte an dem Wasser, während er die letzten Tropfen aufleckte. Dann fühlte er sich plötzlich schuldig und schämte sich, weil er das ganze Wasser getrunken hatte. Nachdenklich betrachtete er jetzt die Fläschchen und nahm eines davon in die Hand. Es besaß einen Stopfen aus weichem Holz. Er zog ihn heraus und roch am Inhalt. Den Duft, der aus der Flasche entströmte, konnte er nicht einordnen. Er kippte sie, und eine dicke, klare und bernsteinfarbene Flüssigkeit tropfte auf seinen Finger. Chastain stieß mit der Zungenspitze dagegen. Was für eine Süße! Flüssige Energie! Er hielt das Fläschchen über seinen Mund und ließ die wunderbare, klebrige Masse in seinen Schlund rinnen. Danach leckte er sich den Finger ab und saugte die letzten Reste aus dem Behältnis. Verlangend betrachtete er dann das zweite Fläschchen, widerstand aber der Versuchung und steckte es in eine Tasche seiner Uniform. Er wollte die Flasche als Beweisstück mitnehmen.

Wieder zu Kräften gekommen, stand er auf und brüllte den Namen seines Kameraden. Seine laute Stimme hallte von der Klippenwand wider. Wieder rief er nach Mac, doch diesmal etwas leiser. Und als er den Namen ein drittes Mal ausstieß, konnte eigentlich nur noch er selbst sich hören. Er studierte den Weg, der vor ihm lag, und dann den, den er hinter sich gebracht hatte. Zögernd lief er ein paar Schritte. Schweigen rings um ihn herum. Dann hockte er sich wieder auf den Boden und rang die Hände. Die Sonne, die sein verschwitztes Haar zu zerkochen begann, riß ihn aus seiner Starre. Chastain setzte sich den Hut auf, sprang hoch und bückte sich gleich wieder, um eine der leeren Schüsseln in seine Tasche zu stecken. Dann stieg er die Felsen hinauf und entdeckte auf dem obersten Stein ein weiteres Fläschchen voll Honig. Er leerte es ohne Reue. Zwei gleiche Beweisstücke waren wirklich nicht erforderlich.

Chastain befand sich auf der Hochebene. Er marterte sein von der Sonne ausgedörrtes und an Hunger und Durst halb eingegangenes Erinnerungsvermögen, um sich die Einsatzbesprechung vor der Ejektion seiner Kapsel ins Gedächtnis zurückzurufen. Nicht alles war ihm eingefallen, und so lief er leicht unsicher über die wogende Ebene. Traurig warf er noch einen Blick über die Schulter – in der vergeblichen Hoffnung, seinen Kameraden und Freund zu entdecken.

Der Bewußtlose wurde unter den tosenden Wasserfall und dort die Höhlung hinab getragen. Am Ende der grob in den Fels gehauenen Kammer bog der Tunnel scharf ab und öffnete sich gleich darauf zu einer Terrasse, die über einer tiefen Spalte angebracht war. Eine fünfeckige Plattform war mit einem Netzwerk von Rollen, Seilen und Flaschenzügen verbunden, die überall an der Spaltenwand zu erkennen waren. Dieses Gebilde diente als Aufzug.

Die Jäger legten die schlaffe Gestalt auf die Plattform, und der Fahrstuhl senkte sich sanft zur nächsten Ebene, wo ein Wagen mit Gummirädern darauf wartete, sie in Empfang zu nehmen. Einer der Ältesten, an seinem Schmuck aus Smaragden und Granaten als Mitglied der Gärtner-Zunft zu erkennen, überwachte den Transport. Lehrlinge nahmen den Jägern die Last ab und rollten den Wagen fort. Die neugierigen Krieger tschirpten aufgeregt miteinander, bevor sie vom Rand der Terrasse in die Tiefe sprangen, ihre Flügel ausbreiteten und sich von den starken Aufwärtsströmungen tragen ließen.

Der Wagen rollte über den glattbehauenen, sanft abfallenden Korridor, der von flackernden Spirituslampen beleuchtet wurde. Wasser rann an einer der glatten Wände eine stufige Rinne herab. Der Gang endete in einer Höhle, deren hohe Decke teilweise offen war. Zwei weitere Höhlen liefen am Eingang mit ihr zusammen und boten ein herrliches Panorama vom blauen Himmel und dem Flußtal. Hier ragte eine weitere Fahrstuhlplattform an einem Ausleger über den Abgrund. Statt Seilen war sie mit Ketten verbunden, die durch ein Loch hoch oben im Fels verschwanden. Arbeitsgeräusche und zischender Dampf strömten aus einem Fenster, das auf halber Höhe in die Wand gemeißelt war. Überall waren Zunftler zu sehen. Ein Dampfmeister, der für die Öffnung verantwortlich war, überwachte die unter ihm durchgeführten Arbeiten. Der Wagen rollte hinaus ins Sonnenlicht, und der Gärtner gab dem Aufzugmeister ein Zeichen. Die Plattform senkte sich glatt und ohne Ruckeln.

Sie passierten einige Zwischenebenen, bevor sie, immer noch hoch über dem Fluß, am Ende des Kettenstrangs angelangt waren. Hier wurde der Wagen aus dem Lift gezogen und durch einen ebenen, wenn auch gewundenen Gang geschoben. Neugierige Klippenbewohner flankierten die Tunnelwände, um den Zug zu sehen. Der Transport erreichte den nächsten Fahrstuhl, wurde wieder verladen und gelangte tiefer die Klippenwand hinab. Als er endlich am Ziel angekommen war, fand er sich in dickem, warmem Dampf wieder. Und der darunter verborgen liegende Fluß rauschte ganz in der Nähe.

16 Wiedervereint

Als Buccari erwachte, war es noch dunkel. Da sie keinen Schlaf mehr finden konnte, schlüpfte sie aus ihrem Schlafsack, nahm Stiefel und Kleider an sich und glitt aus dem Zelt, das sie mit Lee teilte. Die feuchte Kühle des frühen Morgens drang durch ihr Thermalunterzeug und brachte sie zum Zittern. Buccari hockte sich ans Lagerfeuer und entfachte etwas Glut. Die Holzspäne, die sie hineinwarf, fingen rasch Feuer, und langsam wurden die Flammen höher. Sie legte zwei Scheite darauf. Die eingeschlossene Asche bildete eine gute Grundlage für ein neues Feuer, und bald leckten die Flammen an den Scheiten. Der Lieutenant stellte sich dicht an das Feuer, drehte sich auf der Stelle und wärmte sich so in Etappen auf. Buccari setzte sich mit dem Rücken zum Feuer hin und betrachtete den mondlosen Himmel, die Pracht der morgendlichen Sternkonstellationen, das Funkeln und Tanzen der Himmelskörper. Die kristallartigen Lichtpunkte standen so dicht beieinander, als wollten sie das schwarze Samttuch des Firmaments mit einem Muster von Diamantsplittern versehen. Die Sterne hier waren noch so jung, sahen aus, als seien sie eben erst entstanden.

Als Buccari sich aufgewärmt fühlte, hockte sie sich auf einen Stamm und kehrte weiterhin dem Feuer den Rücken zu. Während sie sich bückte, um ihre Stiefel zuzuschnüren, fiel ihr etwas ins Auge. Die Klappe von Shannons Zelt wurde langsam zurückgeschlagen. Ein Arm tauchte in der Öffnung auf, dann ein Oberkörper. Endlich stand ein kompletter Mensch aufrecht vor dem Zelt und sah sich verstohlen um – Dawson. Die hochgewachsene Unteroffizierin zog sich die Kapuze über den Kopf und schnürte im Gehen die Schuhbänder zusammen. Ihr Weg führte sie am Lagerfeuer vorbei. Buccari drehte sich zu den Flammen um, aber Dawson hatte sie schon bemerkt. Die Kommunikationstechnikerin näherte sich ihr ohne Zögern.

»Guten Morgen, Lieutenant«, grüßte sie leise, ließ sich am Feuer nieder und wärmte sich an den Flammen. Sie sah müde aus, aber auch zutiefst befriedigt.

»Guten Morgen, Dawson«, sagte Buccari und wußte nicht, ob sie verärgert, indifferent oder neidisch sein sollte.

Der Morgen kam mit Kälte und Stille. Eine dünne Rauhreifschicht bedeckte alles im Zeltlager. Tatum rollte sich aus seinem Schlafsack und erwartete, den Plateaurand und den dahinter sich erstreckenden östlichen Horizont in aller Klarheit zu erblicken. Statt dessen erwarteten ihn eine dünne Wand aus Nebelschleiern und sich träge bewegender Dunst, der langsam in den Himmel stieg. Die kühle, stehende Luft hielt diesen Vorhang zusammen, und nur langsam schwebten hoch über ihren Köpfen Teile davon fort, um sich wie durch Magie aufzulösen. Petit hielt Morgenwache. Sein kräftiger Körper zeichnete sich wie eine Silhouette vor dem dunstigen Schleier ab. Stark gefiltertes, unheimlich anzuschauendes orangefarbenes Sonnenlicht brach sich über dem Horizont Bahn, und die noch kalten Strahlen machten sich sogleich über den Frühnebel her. Tatum drehte sich um und sah Petit, der sich gerade aus seinem Schlafsack kämpfte.

»Goooott«, stöhnte der Marine und blinzelte mit einem Auge in den Sonnenaufgang. »Ist ja wie im Märchen.«

»Mir ist es verdammt zu kalt für ein Märchen!« brummte Petit. »Bringt das Feuer in Gang und macht endlich Frühstück.«

»Ja, wir sollten uns beeilen«, sagte Tatum. »Shannon will,

daß wir morgen bei Sonnenuntergang zurück sind, und ich möchte noch soviel wie möglich von dem Plateaurand abschreiten. Irgendwo muß es doch einen Weg hinunter geben.«

Während sie zusammensaßen und aßen, zwang die Sonne den Dunst von den Klippen und die steilen Wände hinab. Als sie sich wieder in Marsch setzten, waren nur noch vereinzelte dünne Schwaden zu sehen. Tatum war froh, daß es weiterging. Wenn man direkt am Rand stand, konnte einem leicht schwindlig werden. So jäh und so tief, wie es dort abfiel, bekam selbst der Mutigste Höhenangst.

Später am Vormittag bemerkte Tatum die Flugwesen, winzige schwarze Punkte, die sich vor dem endlosen blauen Himmel abzeichneten. Die Marines bewegten sich von West nach Süd und ließen die Rundung der Hochebene immer weiter hinter sich zurück. Ansteigendes Terrain erwartete sie.

»Auf dieser Patrouille bekommen wir bestimmt nicht viel zu sehen«, bemerkte Tatum mit Blick auf den Sonnenstand.

»Immer noch besser, als im Lager herumzuhocken und Däumchen zu drehen«, entgegnete Jones. »Ich werde mich jedenfalls sofort freiwillig melden, wenn noch mehr von diesen Pfadfinderausflügen anstehen.«

Tatum lachte. »Warte nur, bis es anfängt zu regnen oder du weder Wasser noch etwas zu essen finden kannst.«

»Das macht mir nichts«, sagte Jones. »Eigentlich hätte ich ja zu den Marines gehen sollen. Bei meiner Konstitution ...«

»Du wärst nicht einmal durch die Musterung gekommen«, zog Tatum ihn auf.

»Wie soll ich das denn verstehen?« ging Jones darauf ein.

»Na ja, du kannst selbständig deine Schuhe zubinden, verstehst dich also auf technische Dinge. Damit hast du für die Marines einfach zuviel Grips im Kopf«, antwortete Tatum, während er den Horizont mit seinem Fernglas absuchte.

»Mir ist noch nicht aufgefallen, daß du Probleme mit deinen Schnürriemen hast«, gab Jones zurück.

»Ich binde sie ja nie. Das erledigt der Sarge für mich. Und weil er das kann, ist er ja auch Sergeant geworden. Hat allerdings zwanzig Jahre lang üben müssen.«

Petit lachte schrill wie ein wiehernder Esel.

Sie liefen weiter, frotzelten sich gegenseitig an und waren nur selten still.

»Ein Fluß!« rief Petit schließlich und deutete nach vorn. »Er strömt über den Rand!«

Die Männer liefen auf den Wasserlauf zu, und die ganze Zeit über ging es mäßig bergauf. Das Terrain hatte sich gewandelt. Das Land, das an die Klippen grenzte, war nicht mehr eben, sondern setzte sich aus Höhen und Senken zusammen. Manchmal ragten regelrechte Wände hoch, und andernorts erhoben sich kleine Hügel über glatte Felsflächen. Der Rand des Plateaus senkte sich, und das Tundragras hielt sich an einigen wenigen Stellen. Der Fluß, eher ein größerer Bach, war vom Regenguß angeschwollen, strömte über die Klippen und ergoß sich, vom Wind umtost, als Sprühregen hinab.

Das Ufer war recht steil, und das Wasser lief tief und schnell. Tatum blickte flußaufwärts und suchte nach einer Furt, an der sie den Fluß überqueren konnten. Während er Ausschau hielt und sein Blick immer weiter wanderte, machte er unvermittelt eine Bewegung aus. Sofort riß er das Fernglas an die Augen.

»Da treibt sich etwas, genauer gesagt, jemand herum. Scheint am Fluß entlangzulaufen. Ist noch ein gutes Stück entfernt«, alarmierte er seine Kameraden und reichte Petit das Glas.

Als der Marine das Binokular wieder absetzte, fragte Tatum: »Ist es der, von dem ich glaube, daß er es ist?«

»Chastain«, bestätigte Petit. »Er hinkt zwar, aber ich erkenne ihn an seinem Gang.«

Sie rannten im Dauerlauf zu dem Mann, brauchten aber über eine Stunde, bis sie auf Rufweite heran waren. Tatum überlegte, ob er einen Schuß abgeben sollte, um den herumwandernden

Marine auf sie aufmerksam zu machen. Aber dann erkannte er, daß Chastain direkt auf das Hauptlager zulief, und da wäre der Schuß die reine Munitionsverschwendung gewesen. Schließlich reagierte der Mann auf ihre Rufe. Er drehte sich zu ihnen um und ging sofort in Deckung. Doch seine Furcht legte sich, als er die Kameraden erkannte. Er sprang dann sofort auf, lief auf sie zu, stolperte und landete auf den Knien.

»Wo ist MacArthur?« rief Tatum.

Chastain, der einen schmerzhaft aussehenden Sonnenbrand erlitten hatte, rappelte sich wieder auf. Sein Mund und seine Hände waren von Beerensaft dunkelblau gefärbt.

»Keine Ahnung«, murmelte er und ließ die Schultern hängen. »Ich habe ihn irgendwo verloren.«

»Was soll das heißen, ihn verloren?« fuhr Petit ihn an. »Du bist doch wirklich der blödeste …«

»Halt die Klappe, Petit!« brachte Tatum ihn zum Schweigen. »Jocko, du bist wieder bei uns. Und du siehst relativ unverletzt aus. Aber was ist mit Mac? Wo hast du ihn zuletzt gesehen?«

Chastain liefen mittlerweile die Tränen über die Wangen, und er brabbelte sinnloses Zeugs. Die Männer hörten Entschuldigungen, etwas von einem reißenden Strom, von Bären und von einem wunderschönen Tal heraus. Sie lauschten geduldig, und Tatum stellte Chastain Fragen, wenn seine Ausführungen gar zu unverständlich wurden. So wurde es Nachmittag. Wenn sie jetzt noch anfingen, nach MacArthur zu suchen, würden sie nicht rechtzeitig ins Lager zurückkehren. Und das würde Shannon erst recht auf die Palme bringen. Davon abgesehen, brauchte Chastain dringend etwas zu essen und medizinische Versorgung. Frustriert suchte Tatum den Himmel ab und entdeckte weitere Flugwesen. Die großen Vögel zogen nach Westen.

MacArthur erwachte und konnte nichts sehen. Etwas lag auf seinen Augen. Auch vermochte er weder den Kopf noch seine

Gliedmaßen zu bewegen. Er hatte das Gefühl, nackt zu sein, fühlte sich aber dennoch warm und behaglich. Das letzte, woran er sich erinnern konnte, waren furchtbarer und verzweifelter Durst sowie schreckliche Schmerzen in seiner verletzten Schulter. Aber jetzt hatte er keinen Durst mehr, und seine Schulter tat nicht mehr weh. Panik wollte in ihm aufkommen, brach jedoch nicht aus, weil er dafür viel zu entspannt und ausgeruht war. Ein eigenartiger, nur schwach wahrnehmbarer Geruch hing in der Luft, wie nach Schwefel. MacArthurs Magen knurrte.

»Hallo?« flüsterte er krächzend. »Ist hier jemand?«

Er hörte eine leise, unaufdringliche Bewegung. Jemand war ganz in der Nähe.

»Ich weiß, daß du da bist«, sagte er heiser, weil seine Kehle geschwollen zu sein schien, und lauschte. Stunden vergingen. MacArthur schlief ein und wachte wieder auf. Lauschte wieder und fiel erneut in Schlaf. Mittlerweile war er sich sicher, daß man ihm irgend etwas verabreicht haben mußte.

Als er ein weiteres Mal erwachte, nahm er Bewegungen wahr. Er wartete wieder, und sein Gehör wurde in der Stille schärfer. Dann drang ein Geräusch in sein Bewußtsein, ein Pfeifen, das immer wieder in Frequenzhöhen anstieg, die zu vernehmen er nicht in der Lage war. Als es ihm zu dumm wurde, fing er an, ein paar Töne zu pfeifen. Die Geräusche endeten abrupt. Der Marine pfiff eine kleine Melodie und erhielt keine Antwort. Er entschied sich für »Shave and haircut – two bits«, die alte Melodie, der der Rhythmus Lang-kurz-kurz-lang-lang-Pause-kurz-kurz zugrunde lag. MacArthur wiederholte die Tonfolge einige Male. Zumindest hatte er eine Reaktion ausgelöst, auch wenn die nur aus Schweigen bestand.

Dann antworteten schrille Geräusche wie Pfiffe oder Zwitschern, die viel zu hochtönig waren, um die Melodie im richtigen Rhythmus wiedergeben zu können. Dennoch versuchte dort jemand oder etwas ohne Zweifel »Shave and haircut –

two bits« zu pfeifen. Er war nicht allein! Jemand hatte ihm geantwortet. Der Marine pfiff das Liedchen wieder, und diesmal wechselte der Unbekannte in eine tiefere Tonlage. MacArthur glaubte nun, mehrere Stimmen herauszuhören, die miteinander zu debattieren schienen. Die Wesen wirkten erregt und pfiffen wieder und wieder die Melodie. Er antwortete ihnen auf die gleiche Weise. Weitere Geräusche ertönten, waren jedoch voller arythmischer Pausen und oft so hoch, daß er nichts davon mitbekam. Nur einige der Laute lagen unterhalb der höchsten Töne eines Soprans. MacArthur pfiff jetzt nur die ersten fünf Noten und hielt dann inne. Eine Antwort blieb aus. Er wiederholte die Töne und wartete. Nach einer Weile erfolgten von seinen unbekannten Gastgebern die beiden fehlenden Noten. Er pfiff ein weiteres Mal den ersten Teil und erhielt diesmal rascher den zweiten zur Antwort. Wieder wartete er. Irgendwer gab die ersten fünf Töne zum Besten und hielt dann inne. Der Marine vervollständigte die Melodie. Dieser Austausch kam ein weiteres Mal zustande. MacArthur pfiff das Liedchen wieder und mußte dann furchtbar lachen. Die ganze Situation kam ihm unglaublich albern vor. Er lag gefesselt und splitterfasernackt auf dem Rücken und pfiff ein dummes Liedchen. Und jemand oder etwas antwortete ihm auch noch. Er konnte das Lachen, das aus tiefstem Herzen kam, nicht stoppen, und bald rollten ihm Tränen über die Wangen. Etwas berührte sein Gesicht. Er wollte den Kopf drehen, doch das war ihm nicht möglich. Man wischte ihm sanft die Tränen weg.

»Ältester, darf ich mich nach dem Zustand des verletzten Langbeins erkundigen?« fragte Muube.

»Es handelt sich bei ihm um ein höchst widerstandsfähiges Geschöpf«, antwortete Koop-der-Förderer. »Es leidet an einer schlimmen Infektion und an Unterernährung, reagiert aber gut auf unsere Behandlung.«

»Sehr schön. Und wie soll es nun weitergehen?« wollte der Kräutermeister wissen.

»Der Rat wägt die einzelnen Möglichkeiten noch ab, Meister Muube«, antwortete Koop. »Allerdings hat man mich darüber in Kenntnis gesetzt, daß der Führer-der-Jäger wünscht, den Fremden freizulassen.«

Die Ältesten watschelten an dunstgefüllten Blumenanlagen vorüber. Die Orchideen wiesen alle möglichen Formen, Größen und Farben auf, waren aber streng nach Aussehen getrennt.

»Sehr beeindruckend, Kräutermeister«, lobte der Förderer und bewegte sich wie die Honigbienen, die über ihren Köpfen summten, von Blüte zu Blüte.

»Ich danke Euch, Ältester«, sagte Muube. »Es war ein ertragreiches Jahr für unsere Medizinen.«

»Könnten wir das doch von allen unseren Ressourcen sagen«, entgegnete Koop bedauernd, während er vor einer riesigen gelbschwarzen Orchidee stehenblieb und ehrfürchtig die wunderbare Blüte bewunderte.

»Einfach schön!« flüsterte er dann ergriffen.

Der Zunftmeister lief weiter an der endlosen Reihe von Beeten entlang. Dampf stieg die Klippenwand hinauf, Sonnenschein funkelte durch die gespenstischen Schwaden, und das Summen der Bienen vermischte sich mit dem gedämpften Donnern des tief unten dahinrauschenden Stromes.

Braan kehrte mit der Wachablösung zum See zurück und landete auf der zweiten Insel. Der wachhabende Offizier berichtete dem Führer, was inzwischen vorgefallen war: Die Langbeine hatten ihr Boot repariert, und zweimal täglich, kurz vor Sonnenaufgang und unmittelbar nach Sonnenuntergang, gingen sie mit dem klobigen Gebilde auf Fahrt. Es beförderte die Fremden zu den heißen Quellen, wo sie schwammen und sich sonstwie vergnügten. Die Grüngekleideten unter ihnen verbrachten viel Zeit damit, die Gegend zu erkunden, und zweimal waren sie dabei dem Lager der Wächter ziemlich nahe gekommen.

»Die Langbeine werden bald damit beginnen, diese Insel zu erforschen«, schloß der Wachhabende. »Vielleicht ist es an der Zeit, uns einen sichereren Standort zu suchen.«

»Einen sichereren Standort? Wir können nicht unbegrenzt oft ausweichen, sonst sehen wir uns eines Tages gezwungen, unser Heim zu verlassen«, entgegnete Braan.

»Was sollen wir denn tun, Führer?« fragte der Wachhabende.

»Kehrt zu den Klippen und zu Eurer Sippe zurück, Krieger. Und wartet dort auf Euren nächsten Einsatz«, antwortete Braan. »Doch seid vorsichtig, denn die Langbeine schicken Patrouillen aus. Geht ihnen aus dem Weg. Euer Dienst ist nun beendet.«

Die müden Wächter der vorangegangenen Schicht flogen bei günstigen Aufwinden davon. Braan überprüfte, ob alle neuen Wächter ihren Posten eingenommen hatten, und drehte dann seine Runde über dem See. Er stieg dank einer starken Strömung zu einer Karawane von flauschigen Wolken auf und glitt am Höhenzug entlang. Schließlich landete er, sah sich sorgfältig nach Felshunden und Langbeinen um, schlug ein karges Lager auf und wartete.

Die Sonne ging unter, die Dämmerung wurde zunehmend schwärzer, und von unten warf das große Lagerfeuer zwischen den Zelten seinen flackernden Schein hinauf. Die zurückkehrende Patrouille der Fremden erschien auf dem Hügel. Ein Wächter brüllte etwas, und schon strömten alle Langbeine bei den Zelten zusammen, um den wiedergefundenen Riesen zu umringen. Sogar die Wachen verließen ihre Posten und näherten sich der freudigen Schar. Braan nutzte diesen Vorteil, stieß sich von einem hohen Felsen ab und glitt lautlos zum Höhleneingang. Sein Glück hielt an, denn kein Fremder hielt sich mehr dort auf. Brappa lag unbewacht unter einer weichen

Decke da, war aber nicht mehr gefesselt. Der Führer näherte sich vorsichtig und gab seinem Sohn leise zu verstehen, daß er erschienen war. Brappa nickte nur und lauschte sorgfältig den Anweisungen seines geliebten Vaters.

MacArthur erwachte auf dem harten Granit des Hochplateaus. Die Morgensonne stand bereits am östlichen Himmel. Er zitterte, schüttelte die Benommenheit aus seinem Kopf und rappelte sich steifbeinig auf. Befand er sich in irgendeinem verrückten Traum? Was war mit seiner Schulter? Sie tat zwar noch ein wenig weh, aber er erinnerte sich, daß die Schmerzen früher schlimmer gewesen waren. Der Marine machte den Oberkörper frei und betrachtete voller Erstaunen die bloße Schulter. Die Wunde hatte sich geschlossen, und die häßlichen grauen und gelben Streifen, die sich auf seinem Arm abgezeichnet hatten, waren verschwunden. Irgendwem schuldete er einen gesunden Arm, wenn nicht sogar sein Leben. Aber wem? Oder was?

Und Chastain? Was in Dreiteufelsnamen war aus seinem Kameraden geworden?

MacArthur sah an sich hinab. Seine Kleider waren sauber und trocken, aber seine Pistole und sein Messer waren verschwunden. Er ging in die Hocke und ließ den Blick über das Land schweifen. Nirgends regte sich etwas. Dann suchte er den Boden nach Spuren ab, fand aber nichts auf dem harten und unergründlichen Fels. Er sah sich ein letztes Mal um und setzte sich dann in Bewegung. Der Marine fühlte sich unerklärlich fit. Nach ungefähr hundert Metern wurde ihm bewußt, wie sinnlos es war, hier einfach aufs Geratewohl herumzurennen. Er verlangsamte seine Schritte und versuchte, sich zu orientieren. MacArthur befand sich auf der Hochebene. Der Landeplatz konnte nicht mehr als einen Tagesmarsch entfernt liegen.

Als er endlich den See mit den Inseln erreichte, der bei der Einsatzbesprechung als Orientierungspunkt angegeben worden war, war er erschöpft und verspürte großen Hunger. Die Sonne war schon vor einer Stunde untergegangen, und die Wolken, die von einem starken Wind bewegt wurden, verdeckten immer wieder Sterne und Monde. Der durchtrainierte Marine gähnte und blinzelte, weil eine Bö ihm Tränen in die Augen getrieben hatte. Inmitten der Finsternis machte er bei den Hügeln ein Glühen aus. Ein Lagerfeuer? Mac schüttelte die Kälte ab und marschierte auf den Lichtpunkt zu.

Als er den See umrundete, verschwand das flackernde Leuchten. Zerklüftetes Karstland ragte vor ihm auf, und der Duft von Fichten drang in seine Nase – und mit ihm der Geruch von brennendem Holz. Der Marine stieg hinauf, machte einen Wächter aus, der an einem Baum lehnte. Er erkannte Mendoza, den Antriebselektriker. Erleichterung überwältigte ihn. Zitternd wischte er sich die Freudentränen aus den Augen. Doch dann überlagerte eine perverse Idee seine Begeisterung, und er schlich sich leise an dem ahnungslosen Posten vorbei.

Im Lager hatten sich die meisten zur Nachtruhe begeben. Ein halb heruntergebranntes Feuer inmitten des Zeltkreises verbreitete nur wenig Licht. Ensign Hudson und Chief Wilson hockten bei den Flammen. Der Gunner erzählte gerade Geschichten, die er angeblich im Raum erlebt hatte. MacArthur schlich sich nahe an die beiden heran, hörte eine Weile dem alten Raumfahrergarn zu und ergötzte sich an Wilsons Leichtgläubigkeit. O'Toole tauchte zwischen den Felsen auf und begab sich von der Höhle zum Feuer. MacArthur folgte ihm unhörbar. Der Marine warf einen Scheit in die Glut. MacArthur ließ sich auf den Nadelboden nieder, genoß die Umarmung der stillen Nacht und hörte zu, wie O'Toole eine eigene Geschichte zum Besten gab. Dann knurrte sein Magen, und er erhob sich leise, zog sich den Hut tief ins Gesicht und trat wortlos in den Kreis. Er ließ sich gegenüber den Männern nieder, zog die Knie an, legte die Ellenbogen darauf, verdeckte mit den Händen das

Gesicht, streckte sich und gähnte. Die Wärme des Feuers war ungeheuer angenehm.

»Gunner«, sprach er dann Wilson an, »was du da erzählst, ist nichts als ein Sack voll Scheiße. Der junge Offiziersanwärter wird dich niemals respektieren, wenn du ihm so dicke Lügen auftischst.«

Die drei Männer rissen die Köpfe hoch. Wilson öffnete den Mund zu einer scharfen Entgegnung, doch dann erkannte er sein Gegenüber und stockte. Alle starrten MacArthur mit weit aufgerissenen Augen an.

»Scheiße!« murmelte der Chief schließlich, als er sich wieder gefaßt hatte. »Hat dieses Arschloch MacArthur es doch tatsächlich geschafft. Tja, mein Lieber, ich fürchte, ich bin der einzige, der sich über deine Rückkehr freut, und das auch nur, weil du mir noch Geld schuldest.«

Hudson und O'Toole schrien und brüllten alle zusammen. Die Zelte und die Höhle leerten sich rapide. Die gesamte Besatzung der *Harrier Eins* drängte ans Lagerfeuer. Chastain stürmte so ungestüm aus seinem Zelt, daß er es halb mitriß. Zuerst starrte er ungekämmt und mit Schlaf in den Augen seinen Kameraden ungläubig an, dann packte er MacArthur mit beiden Armen, hob ihn hoch und erdrückte ihn fast.

»Wie lange bist du denn schon hier, Jocko?« brüllte der kleinere Mann laut genug, um das allgemeine Getöse zu übertönen. Chastains Griff löste in seiner Schulter Schmerzen aus, aber er war viel zu glücklich, um sich zu beschweren.

»Über eine Woche«, antwortete der Hüne. »Wir haben mehrere Patrouillen ausgeschickt, Mac, die nach dir suchen sollten, aber die sind alle mit leeren Händen zurückgekehrt. Ich habe Sergeant Shannon erklärt, daß ich mich morgen selbst auf die Suche nach dir begeben würde. Hier ist unser neues Heim, Mac. Ich habe ihnen von dem Tal erzählt, aber das Lager hier ist auch nicht schlecht. Wir haben hier eine Höhle und Betten und heiße Quellen und …«

MacArthur mußte trotz der Schmerzen in seiner Schulter schallend lachen und bat dann darum, heruntergelassen zu werden. »Wenn hier alles so toll ist, warum bekomme ich dann nicht endlich etwas zu essen?« rief er.

Shannon kam mit Quinn, Buccari und dem Rest der Höhleninsassen herangelaufen. Als sie die Runde erreichten, befreite Wilson MacArthur gerade aus Chastains Umarmung.

»Er ist weder tot noch verwundet«, verkündete Wilson. »Höchstens hirntot. Fühlst du dich okay?«

»Mir ist nur kotzschlecht, weil ich deine häßliche Visage sehen muß«, entgegnete der Marine.

Der Sergeant schob sich mit den Ellenbogen durch das Gedränge. Der Commander war ihm auf den Fersen.

»Corporal MacArthur!« brüllte Quinn. »Ist mit Ihnen alles in Ordnung? Private Chastain hat erklärt, Sie hätten eine böse verletzte Schulter, die sich infiziert habe. Er hielt Sie sogar für tot.«

»Wo um alles in der Welt hast du gesteckt, Mac?« wollte der Sergeant wissen.

Der Corporal warf einen Blick auf seine Schulter. »Es gab Momente, da dachte ich auch, ich wäre tot.«

Der Commander baute sich vor der Menge auf und rief: »Alle Mann zurück ins Bett oder auf den Posten. Und damit meine ich, auf der Stelle. MacArthur ist morgen früh auch noch da. Geht jetzt, Leute. Lee, sehen Sie sich bitte seine Schulter an.« Die Männer und Frauen zogen sich langsam zurück, nahmen sich aber noch die Zeit, MacArthur zu umarmen oder ihm auf den Rücken zu klopfen.

MacArthur folgte der Medizinerin und betrat die Höhle. Der Sergeant war ihm auf den Fersen und stellte unablässig Fragen, bis der Commander schließlich einschritt und Shannon erklärte, das habe doch wohl bis morgen Zeit. Der Commander und der Sergeant blieben auf dem Vorplatz zurück und debattierten leise, aber zusehends erregter miteinander. Rennault, dessen Verletzungen fast verheilt waren, begegnete MacArthur auf dem Weg zu seinem Schlafplatz in der Krankenstation. Die beiden begrüßten sich herzlich. Dann bemerkte der Corporal den anderen Patienten.

»Was um alles in der Welt … wer ist denn das?« entfuhr es ihm, als er in die Schatten starrte. Lee hatte Tonto losgebunden. Fenstermacher stellte sich neben das Wesen und grinste dämlich.

»Leslie hat mein Baby bekommen«, erklärte er.

»Der Witz hat langsam einen Bart, Winfried!« stöhnte Lee übertrieben. »Wir haben das Tier nach dem Erdbeben am See gefunden. Das Beben hat eine Flutwelle ausgelöst, und die hat den armen Kerl gegen die Felsen geschleudert. Dabei hat er sich einen Arm gebrochen. Hast du eigentlich etwas von dem Beben mitbekommen, Mac?«

Der Corporal trat vorsichtig an das Lager des kleinen Patienten.

»Ja, habe ich«, antwortete er, während er das Wesen betrachtete. Es erwiderte seinen Blick ohne Scheu und blinzelte rhythmisch.

»Warum habt ihr ihn nicht wieder freigelassen?« wollte MacArthur dann von der Medizinerin wissen.

»Weil es ein Tier ist und sich den Arm gebrochen hat. Damit hätte es sich draußen nur noch weiter verletzt und wäre schließlich elendig krepiert«, erklärte Leslie. »Aber mittlerweile ist alles ziemlich gut verheilt, und es darf die Höhle verlassen, wenn es das will. Aber der kleine Kerl bleibt hier, als begreife er irgendwie, daß wir ihm helfen wollen. Wir haben ihn auf den Namen Tonto getauft.«

Der Corporal drehte sich wieder zu dem häßlichen Wesen um und zwinkerte ihm zu. Das Tier starrte ihn verständnislos an. MacArthur kratzte sich an der sonnenverbrannten Nase und trat dann zu dem Schlafsack, den die Medizinerin ihm hingelegt hatte. Eine Nacht voller Schlaf erschien ihm wie das Paradies und fast noch schöner als etwas zu essen. Lee folgte ihm mit einer Taschenlampe. Als der Corporal einmal den Kopf hob, entdeckte er, daß Tonto sie beobachtete. Fenstermacher grunzte etwas, und das Wesen drehte den Kopf in seine Richtung.

»Winfried«, sagte MacArthur, während er das Tier studierte. »Na hör mal, Fenstermacher, dein Vorname ist doch nicht wirklich Winfried, oder?«

Lee machte: »Oje!« und fing an, MacArthur die Uniform von der Schulter zu schälen.

Fenstermacher setzte sich mitsamt seinem Schlafsack aufrecht hin und warf einen vernichtenden Blick auf die Medizinerin.

»Recht herzlichen Dank, Lee«, grollte er. »Ja, ich heiße Winfried. Na und?«

»Ein hübscher Name«, sagte der Corporal. Das Wesen schien die Konversation zu verfolgen. »Paßt wirklich hervorragend zu Fenstermacher.« Der Mann gab eine ganze Serie von Verwünschungen von sich, legte sich dann wieder hin, rollte sich herum und präsentierte den anderen seine Rückenpartie.

»Sieht gut aus. Und du selbst siehst auch nicht schlecht aus …« begann Lee, während sie mit einer Hand die Muskeln rings um die Wunde abtastete.

»Bild dir bloß nichts darauf ein, das sagt sie jedem«, murmelte Fenstermacher aus seiner Ecke.

Lee sagte nichts dazu, während sie die Wunde aus verschiedenen Winkeln begutachtete.

»Nähte!« rief sie plötzlich abrupt. »Wer hat dich denn in den Fingern gehabt? Diese Nähte stammen von einem Profi!«

MacArthur sah auf seine Schulter. Lees laute Stimme hatte die Neugier von Shannon und Quinn geweckt. Die beiden traten zu ihr.

»Das weiß ich auch nicht«, antwortete der Corporal. »In einem Moment trägt Chastain mich durch die Gegend, und im nächsten wache ich mit verbundenen Augen an einem warmen Ort auf. Und ein paar Tage später – oder was weiß ich, wieviel

Zeit inzwischen verstrichen ist – schlag ich wieder die Augen auf und bin draußen in der freien Natur. Meine Pistole und mein Messer sind fort, aber ich bin noch am Leben, und meine infizierte Schulter ist fast wieder wie neu.« Der Corporal schwieg und sah die Gesichter derjenigen, die ihn umstanden, der Reihe nach an.

»Das ist meine ganze Geschichte«, fuhr er dann fort. »Chastain dürfte euch den Rest erzählt haben. Am Fluß hat es mich fast erwischt. Und ja, das Tal! Ein wunderbares Tal! Nachdem wir vom Strom fortgetragen und irgendwo angespült wurden, stießen wir auf ein Tal mit einem großen See, in dem es von Fischen, Enten und Ottern nur so gewimmelt hat. Außerdem haben wir Rotwild, Bären und ein Tier gesehen, das große Ähnlichkeit mit einem Elch hatte …«

Quinn hielt ihm eine kleine Schüssel hin.

»Wir wollten bis morgen warten, um Ihnen das zu zeigen«, erklärte er ruhig. »Am Tag, an dem Chastain Sie verloren hat, hat ihn jemand mit Wasser und Honig, echtem Bienenhonig, versorgt. Lee, zeigen Sie ihm das Fläschchen.«

Die Medizinerin reichte ihm einen glasierten Keramikbehälter.

»Kosten Sie davon«, befahl der Commander ihm.

»Honig?« fragte der Corporal. »Davon habe ich schon einmal gehört, glaube ich jedenfalls. Was habe ich mir denn darunter vorzustellen?«

»Ein Nahrungsmittel, das von Insekten hergestellt wird, genauer gesagt von Bienen«, erklärte Leslie ihm. »Früher hat es davon auf der Erde recht viele gegeben. Ich glaube, heute gibt es immer noch ein paar, aber die machen längst keinen Honig mehr.«

»Aber es gibt noch Honig«, bemerkte Quinn. »Ein Luxus, den sich nur die Reichen leisten können.«

MacArthur zog den Stopfen heraus und kippte das Fläschchen. Ein zähflüssiger Tropfen fiel auf seinen Finger. Er hielt ihn an die Zungenspitze und erkannte im selben Moment, daß er mehr davon wollte. Das Wasser lief ihm im Mund zusammen. Quinn nahm den Behälter und reichte ihm eine angeschlagene Schüssel.

»Kommt Ihnen davon irgend etwas bekannt vor?« fragte der Commander.

MacArthur spürte jetzt, wie müde und erschöpft er war.

»Tut mir leid, Sir«, antwortete er, »aber das alles sagt mir nichts. Ich kann mich nicht daran erinnern, gefüttert worden zu sein oder etwas zu trinken eingeflößt bekommen zu haben. Die Unbekannten haben mir die Augenbinde nicht abgenommen und mir irgendwelche Sachen, vielleicht Drogen, verabreicht. Ich habe sehr viel geschlafen, eigentlich die meiste Zeit. Doch wenn mich mein Gedächtnis nicht täuscht, habe ich Pfiffe gehört.«

»Pfiffe?« entfuhr es dem Sergeant.

»Ja«, erklärte der Corporal. Er setzte sich aufrecht hin. Die Erinnerung, die jetzt einsetzte, verscheuchte all seine Müdigkeit. »Ist 'ne komische Geschichte. Nachdem ich dort ziemlich lange herumgelegen habe, glaubte ich mitzubekommen, wie meine Wohltäter sich unterhielten. Nur war das keine Sprache in unserem Sinne, sondern eine Aneinanderreihung von ziemlich schrillen Pfiffen. Na ja, und irgendwann habe ich dann angefangen, ihnen etwas vorzupfeifen. Und sie haben mir geantwortet.«

»Pfiffe!« sagte Quinn und sah Shannon und Lee an. »In der letzten Zeit haben wir hier in der Gegend doch eine Menge Pfeifen zu hören bekommen, oder?«

Der Corporal starrte das Wesen an, und Tonto blickte aufmerksam zurück. Der Commander erzählte von den Ereignissen des Abends, als ihr Patient Besuch von seinen Gefährten erhalten hatte, und schloß mit der Bemerkung, daß man allgemein der Ansicht zuneige, bei den Pfiffen handele es sich um eine Art von Kommunikation.

MacArthur dachte über das Gehörte nach. Plötzlich erhob er sich und trat zu dem Wesen. Tonto sah ihn furchtlos an. Der Corporal leckte sich über die Lippen und pfiff die ersten fünf Noten des Liedchens »Shave and haircut«. Das Tier zuckte zusammen, als es die Laute hörte, und seine Miene ließ eindeutig den Schluß zu, daß es die Tonfolge zu analysieren versuchte. MacArthur pfiff die Melodie ein zweites Mal. Fenstermacher erhob sich von seinem Lager und stand da, als wollte er seinem Kameraden antworten. Der Corporal winkte ihn zurück. Tonto beobachtete dieses Treiben genau und warf einen Blick auf Fenstermacher. Dann sah er wieder den Mann an, der sich über ihn beugte. MacArthur pfiff das Lied wieder und wartete. Er wollte gerade ein weiteres Mal seine Lippen spitzen, als das Tier sein Maul öffnete und zwei Reihen scharfer Zähne zeigte. Dann gab es zwei schrille Laute von sich.

»Two bits!« rief Fenstermacher.

17 Den Gefallen zurückerweisen

MacArthur erwachte und hatte Mühe, sich zu orientieren. Er sah sich in der Höhle um und entdeckte Fenstermacher, der an einem kleinen Feuer hockte. Ein diesiges Grau erfüllte die Höhle.

»Fensterma –, Winfried, wie spät ist es?« grunzte er und zwang die schlafverklebten Augen auf. Dann fiel ihm Tonto wieder ein, und er drehte sich zu ihm um. Das Wesen starrte ihn an.

Fenstermacher spähte hinaus in den nebligen Morgen. »Ungefähr noch eine halbe Stunde bis Sonnenaufgang, Knittergesicht. Bei dem Nebel kann man das aber nicht genau sagen.«

MacArthur streckte sich. »Dann habe ich aber nicht allzulange geschlafen.«

Fenstermacher lachte. »Du hast einen ganzen Tag verloren, Erbsengehirn. Drei Wachen hindurch hast du vor dich hin geschnarcht.«

Der Corporal schüttelte seine gesunde Schulter, weil sie recht steif war. Anscheinend mußte er die ganze Zeit über auf ihr gelegen haben. Er hustete und versuchte, Feuchtigkeit in seinen pelzigen Mund zu bekommen.

»Das glaube ich dir sogar«, murmelte MacArthur und rollte sich aus seinem Schlafsack. Er hatte Mühe, sich auf die steifen Beine zu stellen. Sein Körper ächzte, als er sich wieder bewegen mußte.

»Quinn und Shannon wollen dich sehen. Mir ist die ehrenvolle Aufgabe übertragen worden, sie sofort zu holen, sobald du endlich aufgewacht bist«, erklärte Fenstermacher. Der Corporal hörte Schritte, und plötzlich tauchte der Lieutenant aus dem Nebel auf.

»Worauf wartest du dann noch, Fenstermacher? Lauf zu ihnen«, befahl Buccari. Der Mann grinste breit, salutierte vorschriftsmäßig und trottete nach draußen.

»Guten Morgen, Corporal«, sagte der Lieutenant. »Hast du gut geschlafen?«

Sie trat zu dem Tier und hielt ihm einen Finger hin. Tonto streckte eine winzige Hand aus und umklammerte den Finger, wobei er einen freudigen spitzen Laut ausstieß. Buccari lächelte, und ihre grünen Augen funkelten fröhlich. MacArthur bewunderte ihr hübsches Gesicht, das von feinem kastanienbraunen Flaum umrahmt wurde.

»Äh, guten Morgen, Lieutenant. Seien Sie nicht zu streng mit Fenstermacher. Er wollte mir nur die Chance lassen, dem, äh, Ruf der Natur zu folgen.« Der Corporal schloß rasch seine Uniform und setzte sich hin, um in die Stiefel zu steigen.

»Oh, äh, tut mir leid.« Sie errötete tatsächlich leicht. »Wir nehmen es hier übrigens nicht mehr so furchtbar genau. Du darfst mich ruhig duzen. Geh nur, ich passe so lange auf Tonto auf.«

»Natürlich, Sir, äh, ja ... Tonto scheint dich schon gut zu kennen. Ich würde sogar sagen, er mag dich.« Sein Blick traf den ihren, und er lächelte fröhlich. Ihrer Miene war nicht anzumerken, was sie dachte, aber ihre Augen leuchteten auf.

»Ich habe ihn hierhergebracht«, erklärte Buccari und sah den Corporal direkt an. »Nun geh schon und tu das, was du tun mußt. Ich sage dem Commander Bescheid.«

»Ja, Sir, äh, und danke.« MacArthur traf unterwegs auf Fenstermacher und ließ sich von ihm den Weg zur Latrine beschreiben. Der Mann erzählte ihm dann von der heißen Quelle und empfahl ihm dringend, dort ein Bad zu nehmen.

»Du stinkst nämlich ganz fürchterlich«, fügte er noch hinzu. MacArthur lachte herzlich und schlug dem Boatswain den Hut vom Kopf. Das gute Stück wurde von einer Bö erfaßt und segelte zwischen den Felsen davon. Dann stapfte der Corporal steifbeinig die Anhöhe hinab und ließ Fenstermacher mit seiner wie gewohnt unübertrefflichen Schimpfkanonade allein.

Sie näherten sich dem Klippenrand. Buccari folgte MacArthur mit einem Schritt Abstand und warf immer wieder einen Blick auf Tonto, den der Marine wie ein Indianerkind auf dem breiten Rücken trug. Quinn und Shannon liefen hinter ihr, und Tatum bildete das Schlußlicht.

Das Wesen starrte immer wieder in den Himmel. Der Lieutenant blickte ebenfalls hoch und war nicht überrascht, dort einige kreisende schwarze Punkte zu entdecken.

»Sarge«, erklärte MacArthur und blieb nur wenige Schritte vor dem Rand stehen. »Hier bin ich aufgewacht. Vielleicht sollten wir hier ein Lager aufschlagen und abwarten, was sich dann tut.«

»Warum setzen wir den Floh nicht einfach hier ab und ziehen uns dann zurück?« entgegnete der Sergeant.

»Weil Tonto dann vielleicht allein loszieht und wir genauso klug sind wie zuvor«, sagte der Corporal.

»Was wollen wir denn überhaupt bei dieser Unternehmung herausfinden?« fragte Shannon.

»Eine gute Frage, Sergeant«, erklärte Quinn. »Ich schätze, wir möchten sicherstellen, daß diese Wesen erkennen, was wir beabsichtigen – nämlich ihnen einen Gefallen zurückerweisen.«

Der Commander trat an den Rand, aber nicht zu nahe heran. Er spähte in die Tiefe und blickte dann in den Himmel.

»Ich stimme Corporal MacArthur zu«, sagte er dann. »Wir wollen hier unser Lager aufschlagen.«

Buccari befreite sich von ihrem schweren Rucksack, ging dann zu MacArthur und löste das Tier aus seiner Halterung. Es wehrte sich nicht gegen diese Behandlung, starrte aber unentwegt in den Himmel.

»Ich entferne mich mit Tonto ein paar Schritte weit von der Gruppe und hocke mich neben ihn hin«, erklärte der Lieutenant. »Möglicherweise tut sich ja etwas, wenn sie sehen, daß er sich frei bewegen kann.«

Sie trug das Wesen auf der Hüfte zum Klippenrand und ließ sich auf dem warmen Granit nieder. Vorsichtig wickelte sie das Tuch auseinander, befreite seine Flügel und Beine, stellte ihn aufrecht hin und hielt ihn an der langen Leine. Tonto blieb ganz ruhig stehen, sah sie mehrmals an und blickte immer wieder an ihr vorbei in den Himmel. Buccari beschäftigte sich damit, die Kleidungsstücke des Wesens zu richten. Hin und wieder hob sie den Kopf, aber nicht zu auffällig. Hauptsächlich hielt sie den Blick auf das Wesen vor ihr gerichtet. Die Männer hinter ihr hatten damit zu tun, das Lager zu errichten.

Tonto richtete sich zur vollen Größe auf und überragte jetzt die sitzende Buccari. Sie lehnte sich zurück und verfolgte das Treiben des Tiers, das jedoch nicht einmal an seiner Leine zerrte. Das Wesen pfiff, gab Klickgeräusche von sich, streckte den gesunden Arm aus, breitete die Membrane aus, ließ sie im Wind flattern und hielt dabei die ganze Zeit über den verletzten Arm an den Körper gepreßt. Buccari bewunderte die Mechanik des Flügels. Ein Knochenanhängsel ging von Tontos Unterarm aus und ragte fast einen Meter über Handgelenk und Hand hinaus. Zur vollen Länge ausgefahren, fungierten Handgelenk und Hand als eine Art zentrales Aufhängungsgelenk, das den Flügel gerade hielt. Wenn der Flügel eingefahren wurde, drehte sich der Arm, und das Anhängsel faltete sich auf dem Unterarm zusammen, während das überschüssige Membrangewebe sich glatt am unteren Rücken des Wesens zusammenlegte. Der Lieutenant sah zu, wie die Kreatur anmutig den gesunden Flügel einholte.

Buccari faszinierte auch das feine Fell des Tiers. Sie streckte eine Hand aus und strich über den seidigen Pelz. Tonto sah zu, wie er von ihr gestreichelt wurde, lehnte sich nach einigen Momenten gegen ihre Finger und schloß die Augen, bis sie nur noch schmale Schlitze waren. Plötzlich spannten sich die beweglichen Muskeln des Wesens an und wurden hart wie Stein. Gleichzeitig riß es die Augen weit auf und starrte an dem Lieutenant vorbei zu den Klippen. Buccari hob den Kopf und entdeckte, daß Quinn, MacArthur und Tatum mitten in ihrer Bewegung erstarrt waren. Shannon hielt eine Pistole in der Hand, und Tatum hatte sich ein Gewehr gegriffen. Buccari rollte sich auf die Knie und drehte sich langsam um.

Zwei unbeschreiblich häßliche Wesen, die viele Narben aufwiesen, waren zwischen ihr und dem Rand aufgetaucht. Wie die Menschen im Lager regten auch sie sich nicht. Nur ihre schmalen Augen drückten kämpferische Entschlossenheit aus. Die beiden trugen dicke Lederwämse, die Brust und Unterleib schützten. Einer von ihnen hielt eine Pike in der Hand, die anderthalbmal so hoch war wie er selbst. Der Lieutenant räusperte sich unwillkürlich. Die grimmig dreinblickenden Augen der Tiere richteten sich sofort auf sie, stellten fest, daß von ihr keine unmittelbare Bedrohung ausging, und konzentrierten ihre Aufmerksamkeit wieder auf die Männer. Buccari richtete sich etwas unbeholfen auf und stellte fest, daß sie die Neuankömmlinge um Haupteslänge überragte. Sie bückte sich langsam und öffnete die Schnalle, die die Leine an Tontos Brustgeschirr hielt. Sie löste auch das Geschirr, und als das Wesen frei war, schob sie es seinen Artgenossen entgegen.

Tonto nahm ihren Finger.

Buccari sah auf das Wesen hinab und versuchte zu lächeln. Dann zog sie den Finger mit sanfter Gewalt aus seiner kleinen Hand, trat drei Schritte zurück und wartete. Tonto hüpfte zu seinen Kameraden. Der Pikenträger trat vor und legte seine Waffe Buccari zu Füßen. Sie wußte nicht genau, was sie jetzt tun sollte, und drehte sich unsicher zu den Männern um. Dann seufzte sie erleichtert, als sie feststellte, daß Tatum und Shannon ihre Waffen ebenfalls auf den Boden legten. MacArthur hielt den Zeigefinger an die Lippen, begab sich zu Tatum und zog das Messer aus dessen Unterschenkelscheide. Nun lief er an Buccari vorbei und legte den Dolch dem ersten der Wesen zu Füßen. Dann kehrte er zu dem Lieutenant zurück und hob den Spieß auf. Das Tier bückte sich, nahm das Messer auf und verbeugte sich elegant. MacArthur ahmte die Geste nach und verblüffte dann alle, die Kreaturen eingeschlossen, indem er alle sieben Noten des kleinen Liedchens pfiff. Als hätte er das lange geprobt, wiederholte Tonto, der jetzt bei seinen Artgenossen stand, die ersten fünf Töne, und der Corporal vervollständigte die Melodie.

Die Spannung zwischen beiden Gruppen ließ spürbar nach, aber bei allen blieben die Nerven angespannt, und jeder bewegte sich nur vorsichtig. Die beiden Neuankömmlinge nahmen Tonto in die Mitte und hüpften mit ihm zum Klippenrand. Ohne sich noch einmal umzudrehen, stießen sie sich ab und verschwanden aus der Sicht der Menschen. Nur schrille Schreie, die die Stille zerrissen, waren noch zu vernehmen.

18 Gorruk

»Sie haben den Tod verdient«, erklärte Gorruk barsch. Sein mächtiger Leib bebte, und seine Brauenbüschel standen wie Stimmgabeln ab.

»Sie sind hoffnungslos«, grollte Jook. »Warum lassen Sie sich immer so hinreißen. Immerhin repräsentieren Sie meine Herrschaft. Eine ganze Bezirksregierung hinrichten zu lassen, war überaus töricht.« Die beiden Männer befanden sich in den Privatgemächern des Herrschers, tranken *kotta*-Wein und rauchten teure *wahocca*-Zigarren. Der Herrscher hatte sein Gefolge fortgeschickt.

»Provinzbürokraten!« schnaubte der General überrascht und wurde ärgerlich. Eigentlich hatte er für seine Entschlußfreudigkeit eine Belobigung erwartet. »Sie wollten der Aufforderung nicht gehorchen, Vorräte heranzuschaffen. Meine Armeen müssen schließlich essen.«

»Ja, ja, natürlich ist es von entscheidender Bedeutung, daß Ihre Soldaten ausreichend versorgt werden. Schließlich steht ihr großer Moment in Bälde bevor. Dennoch haben auch nutzlose Provinzbürokraten ihren Zweck«, erklärte der Herrscher. »Jetzt müssen wir sie ersetzen, und das löst Chaos aus. Außerdem schmelzen dadurch unsere Steuerüberschüsse dahin.«

Gorruk bedachte den Kaiser mit einem trotzigen Blick. Die Winkelzüge und Verwicklungen von Politik und Verwaltung waren nichts für sein geradeaus denkendes Gehirn. Er hatte hart damit zu ringen, dem Wunsch zu widerstehen, Jook seine eigene Vergangenheit ins Gesicht zu schleudern. General Jook – den man auch die Geißel der Einigungskriege genannt hatte – hatte sich einen besonderen Namen als Schlächter und Verwüster gemacht.

»Sie können jemanden nicht gleich töten lassen, bloß weil er Ihnen nicht sofort zustimmt«, predigte ihm der Kaiser. »Ich habe diese Lektion auch gründlich lernen müssen. Wenn man zuviel Furcht erzeugt, kann sich das als kontraproduktiv erweisen. Damit erschafft man nämlich Märtyrer.«

»Gut, Jook, aber …«

»Werden Sie mich wohl anreden, wie es mir zusteht!« brüllte Jook ihn an. Beide Riesen erhoben sich, vom vielen Wein leicht schwankend, auf ihre Hinterbeine. Die Drüsen der Männer sonderten gelbes Wutgas aus. Geheime Türen flogen auf, und Dutzende schwerbewaffneter Palastwächter stürmten herein. Ihre starken, stummelläufigen Blaster waren auf Töten eingestellt. Luftzirkulatoren schalteten sich ein.

Gorruk war nicht nur ein äußerst gerissener, sondern auch ein besonders mutiger Mann. Er blieb aufrecht stehen und warf nicht einen Blick auf die Soldaten.

»Ja, Erhabener«, erklärte er schließlich, und nur sein Mund lächelte.

Jook brach in ein Gelächter aus, das den Boden zum Beben brachte. Er entließ die Wachen mit einem ungeduldigen Rucken seines Pokals und verspritzte Wein auf den Teppich.

»Oh, wie gut ich Sie verstehe«, höhnte er dann und nickte mehrmals mit seinem mächtigen Kopf. »Es ist sicher nicht einfach, der oberste General zu sein, aber glauben Sie mir, Kamerad, es ist noch viel schwieriger, auf dem Thron des Kaisergenerals zu sitzen.«

»Ich unterwerfe mich Ihrer Größe«, erklärte der General ohne sonderliche Überzeugungskraft.

Jook schenkte ihnen beiden aus einem großen Gefäß Wein nach. »Sagen Sie mir doch, General, wie Ihre Meinung zu dieser Geschichte mit den Fremden aussieht.«

Gorruks Verstand rang darum, seinen Zorn in den Griff zu bekommen. Mit einiger Mühe verhinderte er, daß ihm die Galle überlief, und konzentrierte sich auf das neue Thema, das jedoch auch nicht geeignet war, seine Laune zu verbessern.

»Die Fremden … großer Führer?« schnaubte er. »Wir haben

sie für weitere vierhundert Jahre ins All zurückgeschlagen. Diesmal vielleicht sogar für immer. Wir haben nämlich aus der Geschichte gelernt.«

»Hm, ich frage mich, was wir wirklich aus ihr gelernt haben.«

»Wie darf ich das verstehen, Euer Exzellenz?«

»Sie wissen doch, was sich vor vierhundert Jahren wirklich ereignet hat, oder?« fragte Jook.

»Nun, man hat uns vom All aus angegriffen«, antwortete der General, »und dabei ist die dekadente Regierung des Adels zerstört worden. Den Generälen gelang es, den Planeten zu verteidigen.«

»Und seitdem herrschen die Militärs mit Weisheit und Perfektion. Sie haben zu oft die offiziellen Darstellungen gelesen, General.« Jook wirkte nach innen gekehrt. »Ja, unsere Welt wurde angegriffen, aber wir wissen nicht von wem oder von was. Und die Generäle haben die Schlacht nicht wirklich gewonnen. Die Feinde haben sich vielmehr zurückgezogen. Sind einfach so davongeflogen.«

»Dennoch hat sich damals die Junta der Generäle etabliert«, entgegnete Gorruk, »denn die Adelshäuser hatten all ihre Macht verloren, und …«

»Und unsere Welt ist seitdem nie wieder dieselbe gewesen«, unterbrach ihn der Kaisergeneral. »Die globalen Handelsnetzwerke und die ökonomischen Warenaustauschverträge, die bis dahin von den Adelshäusern kontrolliert wurden, konnten noch nicht wieder in vollem Ausmaß mit Leben erfüllt werden. Seitdem sind die beiden Hemisphären durch mehr als nur die Äquatorialwüsten voneinander getrennt.«

»Aber wir haben doch unsere Probleme gelöst«, widersprach Gorruk und wunderte sich über die Sichtweise Jooks. »Unsere Bevölkerungszahlen haben schon lange nicht mehr die Menge der zur Verfügung stehenden Ressourcen überschritten. Seit zweihundert Jahren hat es bei uns keine Hungersnot mehr gegeben, und die Kriminalitätsrate tendiert gegen Null.«

»Das will ich auch nicht in Abrede stellen. Der Hunger ist fürwahr besiegt. Es wäre ja auch eine erbärmliche Regierung, die es zuließe, daß ihre Soldaten Hungers stürben.«

»Unsere Armeen haben die gesamte nördliche Hemisphäre geeint«, führte Gorruk weiter aus. »Unter den richtigen Umständen wird es uns auch möglich sein, den gesamten Planeten wiederzuvereinen. Dann wird es weltweit zu einem Wohlstand und zu einer Sicherheit für die Bürger kommen, wie es sie früher nie gegeben hat, selbst unter den Edlen nicht.«

»So steht es in den Geschichtsbüchern, die von unseren militärischen Ahnen diktiert wurden«, erklärte der Kaiser. »Wenn ich recht informiert bin, lesen die Adligen allerdings in anderen Büchern.«

»Bah!« machte Gorruk. »Ihre Version der Historie ist irrelevant.«

»Und dennoch sind unsere adligen Freunde nicht ganz hilflos. Sie haben es verstanden, sich in verantwortlichen Positionen festzusetzen und Macht und Verantwortung auszuüben. Und das nicht nur im technischen oder wissenschaftlichen Bereich, sondern auch im Militär. Und in fünf Staaten der südlichen Hemisphäre ist es ihnen gelungen, die Herrschaft wieder an sich zu reißen. Vielleicht sind sie ja schon längst dabei, die Geschichte umzuschreiben, was, General?«

»Schon möglich. Und wenn wir diese Renegatennationen im Süden erobert haben, sollten wir dafür sorgen, daß alle Häuser von Ungeziefer gereinigt werden.«

»Hm, daran haben gewisse Kreise auch schon gedacht, aber bis heute hat niemand eine Antwort auf die Frage gefunden, wie die Wirtschaft ohne unsere besonderen Freunde weiter funktionieren kann. Die Weltökonomie ist nie wieder so robust geworden, wie sie vor der Herrschaft der Generäle dagestanden hat. Die Edlen müssen gar nicht Länder beherrschen, sie kontrollieren auch so schon die Portefeuilles des Planeten Kon.«

»Unsere Welt hat sich gewandelt, Euer Exzellenz«, meinte der General, »denn eines dürft Ihr nicht vergessen: Unter der Regentschaft des Ollant haben die Adligen direkt den nördlichen und den südlichen Wirtschaftsraum beherrscht. Das ist heute nicht mehr so, und das sehe ich als signifikanten Fortschritt an.«

»Das ist richtig. Die südlichen Völker sind voller Tücke und lehnen jede Zusammenarbeit ab. Der Wüstengürtel am Äquator hat sie schon zu lange in einem falschen Sicherheitsgefühl gewiegt.«

»Das werden wir ihnen schon austreiben!« rief der General. »Meine Armeen stehen jedenfalls bereit.«

»Ja, aber bis es soweit ist, sollten wir nicht die anderen Möglichkeiten übersehen, die sich uns bieten. Kehren wir daher zu der Angelegenheit mit den Fremden zurück. Unser Minister des Innern glaubt, die zweite Invasion habe sich erheblich von der ersten unterschieden …«

»Natürlich, denn dieses Mal waren wir vorbereitet!« rief der General dazwischen. »Wir haben die Außerkonen aufgehalten und zurückgeschlagen, bevor sie nahe genug heran waren, um die Welt selbst anzugreifen.«

»Aber wer waren sie, General? Wie ist es möglich, daß sie zu den Sternen zu fliegen vermögen? Und handelt es sich bei diesen Invasoren um dieselben, die uns schon einmal, nämlich vor vierhundert Jahren, angegriffen haben? Wer kennt eine Antwort auf diese Fragen? Daher sollten wir die Aktivitäten unseres teuren Et Kalass im Auge behalten. Unser adliger Freund hat es nämlich auf sich genommen, eine Expedition nach Genellan zu finanzieren.«

»Ich habe von dem mysteriösen fremden Schiff gehört, und ich halte das Ganze für eine kolossale Verschwendung von Zeit und Geld. Selbst wenn an der Geschichte etwas dran sein sollte, was ich stark bezweifle, dürften alle Fremden, die auf dem eisigen Planeten gestrandet sind, längst tot sein. Und so reichlich sind unsere Mittel auch nicht, als daß wir sie dafür vergeuden dürften, auf der Nachbarwelt nach fremden Gebeinen herumzuschnüffeln. Schließlich haben wir einen Krieg zu planen und durchzuführen.«

»Was ist denn aus Ihrer Neugier geworden, General?«

»Ich bin Soldat – und kein Wissenschaftler.«

»Trotzdem, General, ich bin der festen Überzeugung, daß Et Kalass ein bestimmtes Ziel verfolgt. Ich wünsche daher, daß Sie auf alles, was unser teurer Minister unternimmt, ein Auge haben. Wir wollen Genellan nicht vorschnell zu den Akten legen. Vielleicht, und ich gebe zu, daß die Wahrscheinlichkeit dafür recht gering ist, befindet sich dort wirklich etwas, das für uns von Interesse ist. Und für diesen Fall gebietet es doch die Klugheit, jemanden in der Expedition zu wissen, der uns treu ergeben ist und Bericht erstattet. Ich nehme an, Sie können da etwas arrangieren, nicht wahr?«

»Ich setze stets den besten Mann an eine Aufgabe«, versprach General Gorruk.

19 Erkundung

»Alle reden nur noch von deinem Streit mit dem Commander, Sharl«, sagte Hudson, als er sich neben ihr am Seeufer niederließ. »Du bist ganz schön aus der Haut gefahren.«

»Ist auch verdammt schwierig, hier ein vertrauliches Gespräch zu führen.«

»Tut mir leid, daß ich reingeplatzt bin, aber wir haben dich schreien gehört und dachten, du seist in Schwierigkeiten. Und was du Quinn zu sagen hattest, hörte sich ungefähr so vertraulich wie ein Kollisionsalarm an.«

»Diese Felsen und Klippen tragen Geräusche sehr weit.«

»Ja, besonders, wenn es sich um Flüche handelt«, murmelte Hudson.

»Ich bin ganz schön aus der Haut gefahren, was?« lachte der Lieutenant. »Tja, es tut mir trotzdem kein bißchen leid.«

»Der Commander hat einen ziemlich verärgerten Eindruck gemacht. Einen sehr verärgerten Eindruck sogar.«

»Er wird schon darüber hinwegkommen«, entgegnete sie, und das Lächeln verschwand aus ihrem Gesicht. »Irgendwie mußte ich ihn schließlich aus seinem Kummer um seine Frau herausreißen. Damit er endlich wieder er selbst wird und anfängt, Entscheidungen zu treffen. Und wenn er schon keine Lust hatte, Gruppen zusammenzustellen, die nach einem besseren Ort suchen sollen, an dem wir uns niederlassen können, dann wollte ich ihn eben mit der Nase drauf stoßen. MacArthur hat gesagt, es gäbe weiter flußabwärts ein Tal, an dem wir alles finden würden, was wir brauchen. Und der Corporal sagt so etwas nicht leichtfertig dahin. In weniger als drei Monaten wird hier auf dem Plateau alles zugefroren sein.«

»Sharl, alle stehen auf deiner Seite. Jeder im Lager weiß, daß du recht hast. Aber als du den Commander so hart angegangen bist, hat uns das alle nervös gemacht. Ich fürchtete schon, Shannon würde sich in die Hosen machen, als du verlangt hast, daß er und Quinn höchstpersönlich an einer Patrouille teilnehmen sollen.«

Buccari kicherte, legte sich lang hin und machte es sich auf dem warmen Strand gemütlich. Ein Geschwader flauschiger Wolken zog über den Himmel und betonte die Klarheit seiner ansonsten ungetrübten dunklen Bläue. Zwei Sterne funkelten schwach am Zenit. Ein unsichtbarer Fisch verursachte ein Geräusch, als würde man gegen ein leeres Faß treten. Ein Schwarm grauer Vögel, die ihnen nun, da der Sommer zu Ende ging, längst zum vertrauten Anblick geworden waren, flog niedrig über das Ufer und schwenkte nach links, um den Menschen auszuweichen. Irgendwo stöhnte eine Blume.

»Ich frage mich, ob das irgendwelche Auswirkungen hat«, sagte sie unvermittelt.

»Was, daß der Sarge sich in die Hosen macht?« Hudson drehte sich zu ihr um.

»Auf diesem Planeten dauern die Tage und die Jahre länger. Bedeutet das, daß wir auch länger leben werden?«

»Warum sollte das so sein?« Hudson hob einen weiteren Stein auf und warf ihn ins Wasser.

»Warum nicht? Unser Metabolismus könnte sich doch an die hiesigen Tages- und Jahreszyklen anpassen. Und vielleicht entschließen sich unsere Körper, genauso viele Tage oder Jahre zu leben, als wenn wir auf der Erde wären. Das würde bedeuten, daß wir in absoluter Zeit gemessen eine zehn oder zwanzig Prozent höhere Lebenserwartung vor uns hätten.«

»Ein hübscher Traum, aber ich glaube nicht daran«, entgegnete er und trat an den Wasserrand. »Ich fürchte, unser Metabolismus wird den Unterschied gar nicht bemerken.«

»Da bin ich mir nicht sicher. Vielleicht braucht es ein paar Generationen, aber dann haben sich unsere Körper bestimmt angepaßt. Und wenn sich schon sonst nichts ändert, dann aber immerhin doch dies: Wir schlafen weiterhin sechs bis acht Stunden am Tag und erhalten dadurch zwei Komma zwei drei Stunden zusätzlicher Wachzeit. Die Zeit, die wir auf den Schlaf verwenden, ist prozentual zurückgegangen.«

Hudson dachte über die Logik ihrer Ausführungen nach. Er warf noch einen Stein ins Wasser.

»Vielleicht bist du da auf einen interessanten Punkt gestoßen, Sharl. Aber ich fürchte, irgendwann müssen wir dafür einen Preis bezahlen. Nichts ist umsonst.«

»Selbst die Monate dauern hier länger, wenn man den größeren Mond als Grundlage nimmt. Von einem Vollmond zum nächsten vergehen zweiunddreißig Tage.«

»Eigentlich kommt mir der kleinere Mond geeigneter vor. Er braucht für einen Zyklus nur vierzehn Tage. Wenn wir diesen

Zeitraum verdoppeln, haben wir wie auf der Erde einen achtundzwanzigtägigen Monat. Davon abgesehen ist es sicher angenehm, lange Sommertage genießen zu dürfen.«

»Warten wir lieber mal ab, wie wir die ganze Geschichte sehen, nachdem wir hier erst einmal einen Winter verbracht haben. Ich fürchte, einen solchen Winter sind wir nicht gewöhnt. Verdammt, wir müssen unbedingt von diesem Plateau hinunter.«

Die Patrouille hielt vor dem Anstieg am Klippenrand an. MacArthur wischte sich den Schweiß von der Stirn, blickte nach oben und machte Dutzende von Klippenbewohnern aus, die am wolkenlosen Himmel ihre Bahn zogen. Zwei von ihnen glitten deutlich tiefer als die anderen. Der Corporal nahm seinen Rucksack ab, öffnete ein Seitenfach und zog ein kleines Notizbuch heraus.

»Und was machen wir jetzt?« fragte Petit.

»Wir lassen das hier zurück«, antwortete MacArthur. »Ich muß nur noch einen Briefkasten finden.«

»Geben Sie mir das Buch, Corporal«, befahl Quinn.

»Ja, Sir«, sagte MacArthur und reichte es ihm. Er beobachtete den Commander genau. Der Skipper hatte, schon seit sie das Lager verlassen hatten, eine finstere Miene aufgesetzt. »Lieutenant Buccari und Mr. Hudson haben gute Arbeit geleistet, Sir.«

»Sieht für mich wie ein Comic aus«, bemerkte Petit, der Quinn über die Schulter blickte.

»Klar, wenn man in seinem ganzen Leben nie was anderes gelesen hat!« lachte der Corporal.

»Was willst du damit sagen?« wollte Petit wütend wissen.

»Nichts, war nur ein Witz«, lächelte MacArthur.

»Und warum kann ich dann nicht darüber lachen?«

»Jetzt haltet die Klappe, alle beide!« schimpfte Shannon, der gerade vom Klippenrand zurückkehrte. Seine Laune war, seit sie aufgebrochen waren, keinen Deut besser geworden als die des Commanders.

»Genau darum handelt es sich im Grunde ja auch, um Comiczeichnungen«, erklärte Quinn und löste damit die Spannung. »Der Lieutenant meint nämlich, daß wir niemals in der Lage sein werden, die Sprache dieser Wesen zu sprechen, genausowenig wie sie die unsere. Deshalb hat sie dieses Notizbuch mit Piktogrammen, Abbildungen und Comicfiguren gefüllt, sozusagen als ersten Schritt zur gegenseitigen Verständigung.«

»Sieht so aus, als würden sie Freihauslieferungen nicht gern annehmen«, bemerkte der Sergeant.

»Der Lieutenant sagte, wir sollten einen Steinhaufen errichten, das Buch in einer Tüte versiegeln und darauf zurücklassen«, erklärte der Corporal. »Was halten Sie davon, Commander?«

»Tun Sie genau das«, ordnete Quinn an und reichte ihm das Notizbuch zurück. »Und dann wollen wir weiter. Ich möchte wirklich gern dieses Tal sehen, von dem Sie und Chastain die ganze Zeit erzählt haben.«

Als sie alles wie von Buccari vorgesehen erledigt hatten, marschierte der Trupp an der steinigen Klippenwand entlang und hielt nur einmal an, um im Fluß die Feldflaschen zu füllen.

»Der Weg beginnt hier drüben«, erklärte der Corporal und ließ den Blick über das schwindelerregende Hindernis schweifen. Hinter ihnen rauschte der Fluß mit lautem Getöse in den Abgrund.

Sie stiegen den schmalen Pfad hinauf und verbrachten den Rest des Tages in der Klippenwand. Als die Dämmerung hereinbrach, wurde der Weg eben und bog zu ihrer großen Genugtuung vom Flußtal ab. Sie fanden hier eine geeignete Stelle für ihr Nachtlager. Im Dämmerlicht blickte MacArthur hinaus auf die Plains, wo in der Ferne die Zwillingsvulkane aufragten, die sich weit tiefer als ihr gegenwärtiger Standort befanden.

Der Morgen kam rasch und war erfreulich wärmer als die frostigen Sonnenaufgänge auf dem Plateau. Ein heißer Tag schien bevorzustehen. Nach einem langen morgendlichen Marsch die staubigen Hügel hinab erreichte die Patrouille eine dünn besetzte Baumlinie. Dort bog der Weg scharf nach Nordwest ab und näherte sich auf geradem Weg dem Fluß. MacArthur machte am jenseitigen Ufer ein kleines Tal aus. Unter ihnen rauschte der mächtige Strom nach Norden und eilte den Turbulenzen einer Enge zu.

»Chastain und ich sind viel weiter höher auf den Pfad gestoßen«, sagte der Corporal und verschnaufte im spärlichen Schatten der Fichten. »Das alles hier habe ich damals nicht zu Gesicht bekommen.«

»Vorschläge?« fragte der Commander mit Blick auf den steilen Pfad.

»Das Tal liegt drei Tage flußabwärts von hier. Wenn wir jetzt oben bleiben, geht es später die ganze Zeit nur noch bergab. Wenn wir aber diesem Weg zum Fluß folgen, steht uns am Ende eine anstrengende Kletterpartie bevor.«

»Was meinen Sie denn, Sergeant?« fragte Quinn Shannon. »Sollen wir dem Pfad folgen und feststellen, ob er uns irgendwie weiterbringt, oder sollen wir querfeldein zu MacArthurs Tal marschieren?«

»Wir sollten zuerst die Gegend erkunden«, antwortete Shannon.

Quinn deutete abwärts, und MacArthur setzte sich, ohne ein weiteres Wort zu verlieren, in Bewegung. Während er den abschüssigen Pfad hinablief, warf er einen Blick in den Himmel und entdeckte zwei schwarze Punkte, die über ihnen ihre Kreise zogen.

»Wir werden beobachtet«, teilte er mit und deutete auf die Flugwesen.

»Vielleicht haben sie das Buch des Lieutenants schon an sich gebracht«, sagte Shannon.

»Glaubst du etwa, die können lesen?« entgegnete Petit. »Das sind doch bloß dumme Tiere.«

»Du kannst doch auch lesen, oder?« grinste der Corporal. »Na ja, ein bißchen jedenfalls, was?«

»Leck mich doch!« gab der Marine wütend zurück.

»Ich habe euch beiden eben schon gesagt, daß Schluß damit ist!« fuhr der Sergeant sie an. »Und das gilt ganz besonders für dich, Mac.«

»Tut mir leid, Petit«, entschuldigte sich der Corporal, »aber irgendwer hat mich wieder zusammengeflickt, und wenn es nicht diese häßlichen Wichte waren, dann muß da oben noch jemand anderer wohnen.«

Petit brummte etwas, das wohl so etwas wie ein Okay sein sollte.

»Weiter, Männer«, befahl der Commander und lief an ihnen vorbei, um die Führung zu übernehmen.

Der felsige Pfad fiel jäh ab, als sie den Fluß erreichten, und zog sich bald hierhin und bald dorthin durch das Tal. MacArthur entdeckte die Brücke, lange bevor sie sie erreicht hatten. Eingehüllt in Nebel, überspannte sie den Fluß an seiner dunkelsten und schmalsten Stelle, war aber dennoch fast zweihundert Meter lang. An ihrer niedrigsten Stelle hing die Brücke nur fünfzig Meter über den schäumenden Wassern. Flußaufwärts donnerte der Strom von einer höhergelegenen Ebene als Wasserfall hinab und warf einen gewaltigen Nebel auf, der die Sicht auf alles versperrte, was dahinter lag. Das Tosen war so laut, daß man sich nicht mehr miteinander verständigen konnte. Flußabwärts wirbelten die Wasser zwischen den Wänden der engen Schlucht, wanden sich nach Norden und verschwanden damit aus dem Blickfeld der Männer.

Doch die ungeheure Ausdehnung des Plateaus bot von diesem tiefen Standort aus einen noch weitaus spektakuläreren Anblick. Dort wuchsen die Felswände senkrecht in die Höhe. Ihr unmerklicher schräger Anstieg hatte für den Betrachter etwas Unendliches an sich und bot die unglaublichsten Perspektiven. Die Sonne, die gerade erst ihren Zenit überschritten hatte, versank bereits hinter den höchsten Klippen, und die Flußnebel brachen die Lichtstrahlen und erzeugten über dem Tal die unwahrscheinlichsten Regenbögen.

MacArthur entdeckte wieder zwei Klippenbewohner am Himmel, die durch den Dunst glitten und die nassen Felsen am gegenüberliegenden Brückenende ansteuerten.

»Hängebrücke … Kettenglieder …!« brüllte Quinn über das Brüllen des Stroms.

Der Corporal studierte die faustgroßen Glieder und folgte den konvergierenden und divergierenden Kettenlinien der Haltestränge, die zu beiden Seiten des Flusses von den Klippen abfielen. Parallel dazu ragten Ketten aus dem Felsbett direkt unter seinen Füßen und bildeten ein schmales Brückenbett. Trittbretter, die das hochspritzende Flußwasser feucht und glatt gemacht hatte, waren im Abstand von einem halben Schritt angebracht. Die Lücken zwischen ihnen waren größer als die eigentliche Trittfläche. Der Blick durch sie auf den tief darunter brausenden Strom konnte einem ganz schön an die Nerven gehen.

MacArthur überprüfte die Ketten nach Anzeichen von Rost, entdeckte aber nur leichte Oxidationsspuren. Einige der vom Wasserdunst abgekühlten und tropfenden Glieder wirkten neuer als ihre Nachbarn. Die Stücke waren wenig bearbeitet und wiesen eine rauhe, nicht geglättete Oberfläche auf, aber insgesamt waren sie, eines wie das andere, fest und gleich geschmiedet. Der Corporal setzte einen Fuß auf das erste Brett und belastete es probeweise mit seinem Gewicht. Die Brücke trug ihn. MacArthur lief los, achtete aber sorgfältig darauf, nicht in eine der Lücken zu treten. Die andern folgten ihm einer nach dem anderen. Der Strom unter ihm machte mit seinem Lärmen konstant auf sich aufmerksam, auch wenn es für den Corporal dieser Erinnerung nicht unbedingt bedurft hätte.

Sobald er auf der gegenüberliegenden Seite angelangt war, blieb ihm kaum etwas anderes übrig, als dem Pfad zu folgen. Er zog sich flußaufwärts hundert Schritte weit entlang der steilen Klippenwand dahin und stieg dann abrupt an bis zu der Stelle, wo der Fels scharf abfiel und mit dem Weg eins wurde. Als sie die Spitze des Vs erreichten, fanden sie sich in dem schmalen Tal wieder, das sie vorhin vom höher gelegenen andern Ufer aus gesehen hatten. Der Pfad mäanderte ansteigend über die steil aufragenden Wände zu einer Stelle am jenseitigen Ende des Tals. Ein paar Gruppen von gelbborkigen Fichten standen hier und da, doch ansonsten enthielt das Tal nur steinige Flächen und kaum Vegetation.

Die Gruppe marschierte den ganzen Nachmittag durch eine Senke und legte an einem Fach im Felsboden, der gleichzeitig den Rand der Hochebene darstellte, eine Rast ein. Der Weg verlief jenseits des Wasserlaufs eben, und das Terrain verwandelte sich zusehends in eine durchgehende Prärielandschaft. Hinter ihnen erhob sich das Plateau in all seiner Majestät, eine Zikkurat, die gewaltig über ihren Köpfen aufragte. MacArthur drehte sich um, legte den Kopf in den Nacken, versuchte, das Massiv zu erfassen, und trat unwillkürlich einen Schritt zurück. Stromaufwärts fiel das Plateau zurück, bis es sich in seinem Profil zeigte und die Unregelmäßigkeit seiner Oberflächenstruktur darlegte. Terrassen, Überhänge, Vorgebirge und zerklüftete Felstürme wechselten einander auf der Granitfläche ab.

Dampfschwaden stiegen vom Fluß hoch und schwebten spiralförmig an der Klippenwand hoch. Dabei vereinigten sie sich mit feuchten Luftströmungen und verschmolzen mit Rauch und Dunst, der aus Öffnungen in den Felsen zu treiben schien. Als die Nachmittagsbrisen nachließen und die Temperatur abfiel, verdichteten sich die Dampfschleier und stiegen machtvoller zum Rand der Wand hinauf. Manchmal gelang es ihnen sogar, ihn hinter sich zu lassen – dünne Schwaden, die sich schwarz vor dem Gold der Abendsonne abzeichneten. Die im Schatten liegende Wand verfärbte sich grau und schien nach oben zu streben.

MacArthur zwang sich, den Blick von dem wabernden Koloß abzuwenden. Der Bach, dem sie folgten, verjüngte sich zu einem Rinnsal und wurde schließlich zu einer blumenbestandenen Quelle. Der Corporal richtete sich zur vollen Größe auf und schnüffelte. »Könnt ihr das auch riechen?«

»Was denn?« wollte Petit wissen. »Ich kann nur das riechen, was meinen Achselhöhlen entströmt.«

»Tiere. Millionen von ihnen«, antwortete MacArthur. »Moschusochsen oder Büffel oder etwas in der Art. Wenn wir oben angelangt sind, könnt ihr sie sehen, und ehrlich, Mann, dann haltet ihr euch wirklich besser die Nasen zu.«

»Commander!« rief Shannon mit einer Stimme, als wollte er die Luft wie ein großer Hund zerbeißen, »wir sollten unser Nachtlager aufschlagen, sobald wir die Höhe bezwungen haben. Ich sehe keinen großen Sinn darin, heute noch über die Plains zu ziehen. Wir sind alle am Ende unserer Kräfte. Heute nacht wird kein Feuer gemacht.«

»Hier draußen haben Sie das Sagen, Sergeant«, entgegnete Quinn.

Das Tageslicht verging. Der trügerische Druck, der von der sich ausbreitenden Ebene ausging, nagte an den Nerven der Männer, und ihr Unbehagen wurde von dem aufragenden Plateau, das in ihrem Rücken lag, nur noch vergrößert. Endlich liefen sie über die Prärie, und mit jedem Schritt verstärkte sich der metallische Gestank, bis er fast mit Händen greifbar zu sein schien. Der Geruch hatte etwas von verbotenen Essenzen aus einer Giftküche an sich. Die Patrouille bestieg den tundrabedeckten Hügel, und die ferne Herde der Büffel kam nun in Sicht. Die Menschen betrachteten die ruhig grasenden Tiere.

»Puh!« machte Petit. »Wir wollen doch wohl nicht mitten in diesem Scheißegestank lagern, oder?«

»Halt die Klappe, Petit«, befahl Shannon.

»Ausnahmsweise muß ich Petit einmal recht geben, Sarge«, erklärte MacArthur. »Warum kehren wir nicht zu der Quelle zurück und schlagen dort unser Lager auf. An dem Ort war der Gestank nicht ganz so arg. In einer halben Stunde sind wir da. Morgen kehren wir zurück und folgen dem Pfad durch das Tal.«

»Hört sich vernünftig an«, stimmte Quinn zu. »Was halten Sie davon, Sarge?«

»Ich möchte eigentlich nur weg von diesem offenen Gelände«, brummte Shannon. Er warf einen letzten Blick auf die Bisons, drehte sich dann auf dem Absatz herum und marschierte zurück in Richtung Fluß. Die anderen folgten ihm kommentarlos. Die Horizontlinie, die das Plateau bildete, ragte hoch über ihnen auf, eine vollkommen schwarze Silhouette vor den letzten tiefroten Tönen des Dämmerlichts. Am Himmel waren bereits die ersten Sterngeschwader aufgetaucht. Die Dunkelheit senkte sich über sie, und die wogenden Hügel der Taiga verloren in der Finsternis ihre Form.

»Was ist denn das?« entfuhr es dem Sergeant. »Seht nur! Da oben. Und da drüben. Und dort ...«

»Mann«, flüsterte Petit. »Lichter, an der gesamten Klippenwand.«

Die Männer blieben wie die Statuen stehen und starrten auf die monolithische schwarze Fläche vor ihnen. Matte Lichter und schwaches Glühen bedeckten in unregelmäßigen Abständen die Klippenwand. Die gelblichen Punkte verschwanden und tauchten wieder auf oder verbargen sich hinter den Dampfschwaden, die senkrecht aufstiegen. Die unzähligen Lichter an der Fassade des Plateaus verliehen ihr etwas Magisches und Flüchtiges. Die Klippen waren keine Felswand mehr, sondern eine Sternengalaxie, die sich in wandelnden Konstellationen bewegte.

»Dieser Anblick war alle Strapazen wert«, flüsterte der Commander.

Braan lauschte den Ausrufen der Langbeine und begriff, daß sie Ausdruck ihrer Ehrfurcht waren. Die Lichter an der Klippenwand waren immer schon eine Quelle der Stärke und ein Signal für Sicherheit und Geborgenheit gewesen, und das für zahllose Jagdtrupps, die von der grenzenlosen Prärie zurückkehrten.

»Was denkt Ihr?« fragte Craag.

»Daß sie jetzt unser Heim gesehen haben. Nun haben wir nicht mehr viel, was wir vor ihnen verbergen können.«

»Goldberg ist schwanger«, teilte Lee ihr leise und sachlich mit.

»Sie ist was?« fragte der Lieutenant deutlich lauter.

»Schwanger, Sir«, flüsterte die Medizinerin.

Buccari starrte Leslie an, als habe die plötzlich einen zweiten Kopf auf den Schultern sitzen. »Aber wie?« platzte es aus ihr heraus, ehe ihr klar wurde, wie dumm die Frage war, und sie sich ebenso dämlich fühlte.

»Die Reiseimplantate halten nicht ewig«, seufzte Lee geduldig, »besonders nicht, wenn sie über längere Zeit einer Planetengravitation ausgesetzt sind. Goldberg hätte ihres schon letzten Monat erneuern lassen müssen. Ich bin in etwa sechs Monaten fällig, Dawson in knapp drei. Wenn mein Gedächtnis mich nicht täuscht, bist du in etwas weniger als einem Jahr an der Reihe. Aber bei der Schwerkraft hier läßt sich das natürlich nicht mit hundertprozentiger Sicherheit sagen.«

»Verdammt!« murmelte der Lieutenant. »Und wer ist der Vater?«

Lee warf einen Blick in den strahlend blauen Himmel und verdrehte die großen mandelförmigen Augen. Eine kühle Brise spielte mit ihrem noch recht kurzen, glänzend schwarzen Haar.

»Ist sicher einfacher zu erklären, wer auf gar keinen Fall dafür in Frage kommt«, antwortete sie dann und hob die perfekt geformten Brauen. »Ich fürchte, wir müssen abwarten, bis sich eine deutliche Ähnlichkeit zum Vater zeigt – oder einen DNS-Test durchführen, falls wir je in die Zivilisation zurückkehren sollten. Goldberg glaubt, Tatum sei derjenige welcher.«

»Himmel noch mal!« schimpfte Buccari. »Da wird Commander Quinn aber ganz schön sauer sein – wenn er mit seiner verdammten Patrouille überhaupt jemals wieder auftaucht.« Sie hob den Kopf und spähte auf den Rand des Plateaus. Der Trupp war seit nunmehr drei Tagen überfällig.

»Nun, ich würde nicht zu hart mit ihr ins Gericht gehen«, sagte Leslie sanft.

»Was? Und das ausgerechnet von dir? Dabei dachte ich, du würdest von uns allen am sauersten darauf reagieren. Schließlich bist du diejenige, die dem Baby auf die Welt helfen muß. Oder hast du etwa vor …«

»Eine Abtreibung durchzuführen?« Die Medizinerin dachte eine Weile darüber nach, so als wäre ihr diese Möglichkeit noch gar nicht in den Sinn gekommen. »Nein, zu gefährlich. Ich wüßte nicht, wie ich das hier mit meinen Mitteln zuwege bringen sollte. Nein, das ist viel zu riskant.«

»Was wird Quinn dazu sagen?«

»Ist das nicht vollkommen egal? Goldberg wird danach immer noch schwanger sein.« Lee blickte in den Himmel. »Außerdem mache ich mir keine großen Sorgen um sie. Goldberg ist jung und gesund. Und davon abgesehen, hat sie die ganze Arbeit zu erledigen, und nicht die Ärztin.«

»Das Kind kommt mitten im Winter zur Welt, Himmeldonnerwetter noch mal! Wir kann man nur so gedankenlos sein? Wer weiß, wie schlimm die Winter hier werden? Wie kann man nur mitten im Winter ein Baby bekommen wollen?«

»Eigentlich sollten wir ihr eher dankbar sein«, erklärte Leslie, und alle Zurückhaltung war aus ihrer Stimme verschwunden.

»Was, ihr auch noch dankbar sein?« schrie der Lieutenant fast hinaus.

Die Medizinerin nickte. Buccari drehte sich um und entdeckte Rennault, der auf sie zukam.

»Das hat Nancy jedenfalls gesagt«, flüsterte Lee und hielt sofort inne, als sie die Schritte des Marines vernahm. Rennault nickte ihnen zu und lief weiter.

»Dawson weiß es also auch schon?« fragte Buccari.

»Nun, von ihr habe ich es erfahren. Aber im Ernst, wir sollten ihr wirklich dankbar sein. Nancy meinte nämlich, daß Peppers, äh, nächtliche Aktivitäten eine Menge Druck vom Rest von uns genommen haben. Vom Rest von uns Frauen natürlich.«

»Das soll doch wohl nicht etwa ein Scherz sein, oder?« schnappte Buccari. »Nein, du scheinst das wirklich ernst zu meinen. Wenn Goldberg nicht einmal weiß, wer der Vater ist, hat sie meiner Meinung nach eine besonders große Menge Druck von uns genommen!«

Sie hatte diese Worte eigentlich nicht witzig gemeint, mußte jetzt aber dennoch lachen. Die ausgelassene Heiterkeit der beiden Frauen wurde unterbrochen, als der Wächter über der Höhle sich meldete.

»Die Patrouille!« brüllte O'Toole. »Auf der anderen Seite des Sees. Die Männer sehen ziemlich mitgenommen aus!«

Buccari befahl Tatum, O'Toole und Chastain, mit ihr zu kommen; denn möglicherweise war einer der Männer verletzt. Sie rannte los, verlangsamte ihr Tempo aber bald auf Laufschritt, als sie die Männer um Quinn und Shannon ausmachen konnte. Sie erkannte gleich, daß keinem der Patrouillenmitglieder ernstlich etwas fehlte. Die Männer befanden sich lediglich am Rande der Erschöpfung.

»Sind wir froh, Sie endlich wiederzusehen«, murmelte der Commander. Er wirkte ausgelaugt. Die Übermüdung hatte seinen ganzen Körper erfaßt. Er ließ die Lider hängen und bekam den Mund kaum noch zu.

»Willkommen daheim«, begrüßte der Lieutenant sie. »Tatum, nehmen Sie dem Commander seinen Rucksack ab. Und ihr anderen helft den restlichen Männern. Diese Jungs können durchaus etwas Hilfe gebrauchen.«

Sie lief zu MacArthur und machte sich sogleich daran, die Gurte seines Backpacks zu lösen. Der Marine lachte, als er sich den Rucksack von den Schultern nahm und ihn ihr umhängte. Seine Hand berührte ihren Nacken, als er eine Locke ihres kurzen Haars beiseiteschob, damit es sich nicht in den Gurten verfangen konnte. Buccari blieb neben ihm stehen, zog den Hüftgurt bis zum letzten Loch an und zerrte dann die verschwitzten Schulterbänder stramm. Dann kehrte sie den Männern den Rücken zu und stapfte in Richtung Lager los.

Männer hatten sie früher schon offen angestarrt, aber MacArthurs Lachen vorhin war ihr doch recht persönlich vorgekommen, und seine Berührung hatte eine lange nicht mehr verspürte, subtile chemische Reaktion in ihr ausgelöst. Nein, dies war wirklich nicht der richtige Moment, um Quinn mitzuteilen, daß Goldberg schwanger war. Buccari nahm sich vor, sich an Lees Rat zu halten und nicht zu hart mit der werdenden Mutter ins Gericht zu gehen. Und plötzlich verstand sie auch die Eigenart des Drucks, dem Goldberg sich unterworfen hatte. Ihr Leben hier auf der fremden Welt war so sehr von Unsicherheit und Unwägbarkeiten geprägt, daß körperliche Zuneigung geradezu eine Insel der Hoffnung darstellte. Sie waren überall von Gefahren umgeben, und dies hatte sich auch in ihrem Bewußtsein festgesetzt. Doch viel tiefer, tief unten in den Arterinnerungen des Unterbewußtseins, regte sich eine zusätzliche Erkenntnis: daß nämlich ihre Art selbst bedroht war. Körperliche Lust war da sowohl eine Flucht wie auch eine Lösung.

»Commander Quinn, die Botschaft!« rief der Corporal, um gleich darauf zu schweigen. Der Lieutenant blieb stehen.

»Ach so«, sagte Quinn, »die hätte ich ja beinahe vergessen. Ein Brief lag im Briefkasten. Er fand sich auf dem Steinhaufen, auf dem Corporal MacArthur Ihr Comicheft zurückgelassen hat. Unsere Freunde haben die Antwort in der gleichen Form verfaßt, deswegen glaube ich, daß Sie der Adressat sind.« Er lief zu Tatum, der seinen Rucksack trug, öffnete ein Fach und zog ein nicht näher bestimmbares Bündel heraus. Dann faltete er die Blätter auseinander und reichte sie dem Lieutenant. Die Blätter bestanden aus einem festen Material, steifem Stoff oder Leinen am ähnlichsten. Darauf zeigte sich ein Strichmännchen, dasgenauso gezeichnet war wie das, das sie in ihrer Nachricht abgebildet hatte. Darunter stand in sauberen Buchstaben das Wort MENSCH zu lesen. Neben dem Piktogramm fanden sich zwei weitere Strichmännchen, die stilisiert die Vertreter einer anderen Rasse wiedergaben. Das erste war deutlich kleiner als der Mensch und besaß ein gleichschenkliges Dreieck als Kopf, kurze Beine und ausgebreitete Arme, an denen gespannte Membranen hingen. Wenn Buccari nicht alles täuschte, handelte es sich hierbei um die Darstellung eines Wesens wie Tonto. Das zweite Piktogramm war größer, reichte aber nicht an den Menschen heran. Es verfügte ebenfalls über Flügel, war dem Menschen aber schon ähnlicher als das Tonto-Wesen. Unter den Strichmännchen war eine Art Text hinzugefügt, offenbar Schriftzeichen, die die Namen der Wesen in ihrer eigenen Sprache benannten.

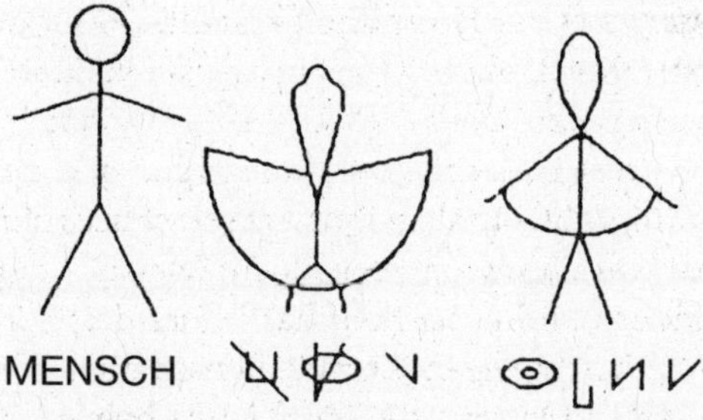

Buccari starrte fasziniert auf die Abbildungen. Ihre eigenen Zeichnungen, die sie mit einem Stift und einem Lineal angefertigt hatte, kamen ihr im Vergleich zur Präzision dieser Darstellungen krumm und hingeschludert vor.

»Es scheint zwei verschiedene Typen zu geben«, flüsterte sie.

»Vielleicht männlich und weiblich?« schlug MacArthur vor.

»Wunderbar!« rief der Lieutenant jetzt. »Wir erleben einen historischen Moment! Der erste Kontakt mit einer extraterrestrischen Intelligenz höherer Ordnung!«

»Eigentlich der dritte Kontakt«, gähnte der Commander. »Der erste war das Massaker im Shaula-System. Beim zweiten wurde unsere Flotte in den Hyperraum zurückgeschlagen. Deshalb haben wir es hier mit dem dritten Kontakt zu tun.«

»Dann eben der erste friedliche Kontakt«, erklärte sie, ohne sich in ihrer Begeisterung beeinträchtigen zu lassen.

»Und das ist noch nicht alles«, erklärte Quinn. Er schien in dem Maße wieder zu Kräften gekommen zu sein, wie die Erinnerung an die Ereignisse während der Patrouille einsetzte. »In der Nacht ist die Klippenwand des Plateaus mit unzähligen Lichtern besetzt. Ein beeindruckendes Schauspiel. Und eine Brücke führt über den Fluß. Und MacArthurs Tal ist tatsächlich der ideale Ort für unsere Siedlung, sobald der rechte Moment zum Weiterziehen gekommen ist.« Er redete in seiner Erschöpfung nur noch vor sich hin.

Buccari sah ihn an und fürchtete schon, der Mann sei im Delirium, doch dann bemerkte sie, daß die vier anderen Teilnehmer an der Patrouille heftig zu seinen Ausführungen nickten und ein eigenartiges Leuchten in ihre Augen getreten war.

20 Der dritte Planet der Sonne – Genellan

»Wir landen bei der Station Goldmine, auf dem Kontinent Imperia«, verkündete Et Avian. Sein Benehmen hatte sich seit dem Abflug von Kon deutlich gewandelt, und er trug nun einen einfachen Arbeitsanzug ohne Rangabzeichen. Lediglich sein goldener Pelz erinnerte Dowornobb noch daran, wie unerreichbar hoch der Edlerkone über ihm stand. »Bei der Station Goldmine handelt es sich um die einzige dauerhafte Werksanlage auf Genellan. Natürlich fördert man dort längst kein Gold mehr, aber immerhin noch seltene Metalle.«

»Gibt es denn auf dieser Welt keine weiteren Niederlassungen?« wollte der Wissenschaftler wissen.

»Doch, noch eine, die aber nur in den Sommermonaten genutzt wird. Es handelt sich dabei um eine kleine wissenschaftliche Station. Sie befindet sich auf Corlia, dem zweiten großen Kontinent auf dieser Welt ... äh ... hier.« Der Edlerkon zeigte auf einen Punkt der Karte auf dem Computerbildschirm. »Man nennt sie Ozean-Station, und sie dient dem Studium der Planetenwissenschaft. Unsere weiteren wissenschaftlichen Stationen wurden bereits vor einigen Jahrhunderten geschlossen, weil die Kosten für ihre Unterhaltung ins Astronomische stiegen. Ich habe im letzten Industriewerk auf diesem Planeten als Ingenieur gearbeitet. Eine Platinextrahierungsanlage mitten im Ozean.«

Er schüttelte seinen massigen Körper. Für einen Edlerkonen war er wirklich groß. »Seitdem habe ich immer gehofft, nie wieder einer solchen Kälte ausgesetzt zu werden.«

Dowornobb überraschte es sehr, daß ein Edlerkone nicht nur die Mühe auf sich genommen hatte, auf diesen Eisplaneten zu fliegen, sondern auch noch dort zu arbeiten. In früheren Zeiten hatte man hauptsächlich Strafgefangene auf die grausame Welt Genellan geschickt, wo sie oft genug zugrunde gegangen waren – damals, als der Erz- und der Fellhandel noch fette Profite abgeworfen hatten. Der Bevölkerungsdruck in der Heimat war durch die Massaker der Invasion aufgelöst worden, und seitdem hielt man die Bevölkerungszahl durch rigide Fortpflanzungsgesetze unter Kontrolle. Als Konsequenz daraus konnte die Welt sich nun selbst versorgen. Nach den Erzen und Mineralien Genellans zu schürfen, war unwirtschaftlich geworden. Und auch die anderen Wirtschaftszweige auf dem dritten Planeten, vor allem der Pelztierfang, waren verkümmert.

Nachdem Dowornobb herausgefunden hatte, daß die Reise für ihn nach Genellan ging, hatte er sich über den dritten Planeten kundig gemacht. Die Konen unterhielten dort dank der Großzügigkeit der Kaiserlichen Nördlichen Hemisphäre einige wissenschaftliche Forschungseinrichtungen. Die Stationen hatten unter ständigem Geldmangel und einer äußerst knappen Versorgung zu leiden. Im Grunde reichten die Mittel, die dafür zur Verfügung gestellt wurden, gerade eben aus, um den Anspruch der Nördlichen Hemisphäre auf diese Welt deutlich zu machen und andere, weniger mächtige Staaten auf Kon daran zu hindern, sich hier unbefugt breitzumachen. Wenn Dowornobb allerdings genauer darüber nachdachte, gab es auf ganz Kon keine Nation, die größeres Interesse hätte, sich hier niederzulassen.

Drei angenehme Monate waren seit Dowornobbs Entführung vergangen. Der junge Wissenschaftler bekam ausreichend zu essen, und, was ihm sehr wichtig war, er mußte sich nicht länger mit Direktor Moths Launen herumplagen, und er durfte die Hochenergie-Computer der Öffentlichen Sicherheit für die Arbeit an seinen Orbit-Teleskopen nutzen.

Dowornobb sah sich in der Schiffskabine um. Er gehörte zu den vier Spezialisten, die Et Avian angefordert und um sich geschart hatte, um mehr über die Natur der fremden Rasse in Erfahrung zu bringen. Unter ihnen fanden sich Wissenschaftler H'Aare, ein bedeutender Physiker, und Wissenschaftler Mirrtis, seines Zeichens Metallurg, die sich mit den Technologien und Antriebssystemen der Fremdrassigen beschäftigen und möglichst herausfinden sollten, wie es ihnen möglich war, zu den Sternen zu reisen. Wissenschaftler Kateos war Linguist und weiblich, was die ganze Unternehmung etwas problematisch machte. Normalen weiblichen Wesen war es untersagt, öffentlich die Stimme zu erheben. Bibliothekarinnen, Ärztinnen und Linguistinnen, die als Dolmetscher arbeiteten, stellten die einzigen Ausnahmen von der Regel dar. Forschung, Medizin, Sprache und Übersetzung galten als die traditionellen weiblichen Berufe schlechthin. Von Frauen, die nicht in diesen Disziplinen tätig waren, erwartete man Schweigen und Gehorsam. Dowornobb hatte schon mehr als einmal diese Regel gebrochen, aber nur mit weiblichen Wesen, die er sehr gut kannte und auch nur dann, wenn er sich sicher sein durfte, daß weder er noch sie eine Bestrafung zu erwarten hatten. Et Avian bestand darauf, daß Geschlechtsunterschiede bei seiner Expedition keine Rolle spielen durften, wie es in Adelskreisen immer schon üblich gewesen war, und Dowornobb zeigte sich mit dieser Regelung durchaus einverstanden. Das traf allerdings nicht auf die anderen Teilnehmer zu, besonders nicht auf die vier Milizsoldaten, die den Wissenschaftlern als militärischer Schutz zugeteilt worden waren. Bei diesen handelte es sich allesamt um harte Burschen, die nicht bereit waren, irgendwelche Zugeständnisse zu machen. Die Fahrt nach Genellan währte lange, und wie nicht anders zu erwarten, hatte man Kateos bislang weitgehend ignoriert.

Die Reise begann mit einem Start, bei dem es einem die Eingeweide zu zerreißen drohte, und sie führte zunächst zu einer Verteidigungsstation im Orbit. Nach einem zweitägigen Aufenthalt nahm sie eine Shuttle-Rakete, die eigens für den Verkehr zwischen den Planeten konstruiert worden war, auf und beförderte sie nach Genellan. Glücklicherweise befand sich die dritte Welt in einer optimalen Position, um direkt angeflogen zu werden. Nachdem die Rakete das Landemodul im Orbit zurückgelassen hatte, nahm es auf der Rückseite der Welt Treibstoff und Fracht auf, nutzte die Planetenschwerkraft zu einer Energieschleuder und befand sich längst auf dem Rückflug nach Kon.

Der Atmosphäreneintritt verlief ohne besondere Vorkommnisse. Das Modul landete auf der Stationsplattform, und die

Turbulenzen der Geschwindigkeitsverlangsamung wurden durch die Ruhe und die angenehm niedrige Schwerkraft Genellans ersetzt. Die Landersysteme heulten, und die Druckausgleichssysteme tosten und pulsierten – beides dazu angetan, Dowornobbs Nasenflügel zum Beben zu bringen. Ein dumpfer Knall zeigte die Verknüpfung mit der Nabelschnur des Turms an, und bald füllten sich die Passagierräume mit der Wärme der Station Goldmine an. Dowornobb genoß es sehr, seine Lungen mit Volldruckluft zu füllen. Ein Besatzungsmitglied gab das Zeichen zum Aussteigen.

Als die Teammitglieder einen teleskopartigen Verbindungsgang hinabkrochen, warf der junge Wissenschaftler einen Blick durch die Fenster. Unermeßliche Weiten gab es dort zu sehen! Geradezu beklemmend unermeßliche Weiten. Seine Augen hatten Mühe mit der Fernsicht. Die Luft hier war so klar, vollkommen durchsichtig. Also stimmten die Geschichten, die man sich zu Hause erzählte. Dowornobb hatte das Gefühl, jemand habe ein Vergrößerungsglas vor seine Augen geschoben, und schon glaubte er, bis in die Unendlichkeit sehen zu können.

»Die Luft hier ist unsichtbar«, erklärte er, ohne damit jemanden direkt anzusprechen.

»Das liegt daran, daß es hier kaum Luft gibt«, entgegnete der Edlerkon.

Die Neuankömmlinge klebten an den Bullaugen und starrten hinaus auf die unbeschreibliche Landschaft. Die Farben wirkten ungewöhnlich stark definiert. Da war der leuchtend kobaltblaue Himmel, über den einige strahlende Wolken zogen. Eine kräftig grüne Grasfläche erstreckte sich an einer Seite bis zu Bergen mit elfenbeinfarbenen Gipfeln und auf der anderen bis zu dem buntschillernden Ozean. Halbdurchsichtige Kuppeln erhoben sich über ihren Köpfen, brachen die Sonnenstrahlung und erzeugten Prismenbildungen, die sich langsam mit der Sonne und rascher mit der Position des Betrachters bewegten.

»Oh, wie wunder-, wunderschön!« rief Fräulein Kateos. Die

Frau erkannte sofort ihren Fehler und senkte unterwürfig das Haupt.

Alle drehten sich um und starrten sie an. Für ein solch ungebührliches Benehmen gab es keine Entschuldigung. Mirrtis erbleichte und hüstelte. Selbst Dowornobb war schockiert. H'Aare, der sich direkt neben der unglücklichen Linguistin aufhielt, entfernte sich eilig von ihr.

»Wir haben später noch Zeit für Besichtigungen«, erklärte Et Avian. »Gehen wir weiter.« Zu Kateos' Glück waren die Soldaten schon unten an der Rampe angelangt und hatten so nichts von ihrem Ausbruch mitbekommen. Der Edlerkon trat zu der Wissenschaftlerin, nahm eine ihrer Taschen auf und marschierte die Rampe hinunter. Dowornobb beobachtete diesen unerwarteten Akt der Vergebung, stellte sich aus einem Impuls heraus zu Kateos und nahm ihre andere Tasche in die Hand. Bevor er losging, lächelte er der Unglücklichen mitfühlend zu und machte sich auf den Hinterbeinen, ganz so wie Et Avian es getan hatte, an den Abstieg. Das zusätzliche Gewicht von Fräulein Kateos' Tasche zwang ihn dazu, die Arme einzusetzen, und aufrecht kam er eindeutig besser voran. Abgesehen davon bereitete ihm die Last in der geringeren Schwerkraft keine Mühe. Er drehte sich selbstbewußt um und entdeckte, daß die anderen in ihre alte Gewohnheit verfallen waren und sich auf allen vieren bewegten. Sie trugen ihre Taschen auf dem Rücken, an Haken oder am Gürtel.

»Solareruptionen«, beharrte der leitende Direktor der Station Goldmine. »Solareruptionen haben während eben jener Periode unsere Instrumente geblendet. Wir fingen nur ein kleines Objekt auf, haben dem aber keine weitere Beachtung geschenkt, weil wir es für ein Trugbild der Sonnenflammen hielten.«

Dowornobb sah den Edlerkon an und empfing von diesem einen Blick, der seine eigene Meinung über den Direktor bestätigte: dieser Mann war vollkommen inkompetent.

»Dann lassen Sie uns weitersehen«, sagte Et Avian. »Verfügen Sie über irgendwelche Daten, die auf eine Landung oder einen Aufschlag auf dieser Welt hindeuten?«

»Oder können Sie uns Orbital-Parameter zur Verfügung stellen«, mischte sich Dowornobb ein und wandte sich gleich an den Expeditionsleiter. »Ich könnte nämlich eine Simulation erzeugen und anhand ihrer ein Muster der Gebiete erstellen, die am ehesten für eine Landung in Frage kommen. Der Orbit würde uns auch die Gebiete aufzeigen, die die Fremden am ehesten als landetauglich ausgemacht haben dürften.« Der Blick, den er von Et Avian empfing, drückte gleichzeitig Tadel und Nachdenklichkeit aus.

»Fremde?« entfuhr es dem leitenden Direktor. »Wollen Sie damit etwa andeuten, fremde Wesen seien auf Genellan gelandet?«

»Selbstverständlich nicht!« beschied ihn der Edlerkon gleich. »Wissenschaftler Dowornobb hat sich nur seiner eigenen Fachterminologie bedient. Objekt unserer Untersuchung ist eine vermutete Sonde, die von Mineralräubern auf der südlichen Hemisphäre ausgesandt wurde. Ich muß zugeben, daß die Wortwahl von Wissenschaftler Dowornobb doch arg dramatisch ausgefallen ist. Ha, ha, ha!«

Der Direktor lachte höflicherweise. Dowornobb gab sich alle Mühe, zerknirscht zu erscheinen, und das fiel ihm nicht schwer, weil er sich tatsächlich so fühlte. Wie hatte er nur Et Avians ausdrückliche Instruktionen vergessen können? Er sah sich vorsichtig in dem Raum um, und Fräulein Kateos fing seinen Blick auf. Sie sah ihn kühn an, und er konnte nicht anders, als sie ebenso anzustarren. Dann senkte sie rasch den Kopf, aber sie hatte einen Blick in seine Seele werfen können.

Die Erstellung der Orbital-Simulation nahm lediglich eine Woche in Anspruch. Eine beträchtliche Menge von Trümmern war über das seenreiche Gebiet im westlichen Corlia niedergegangen. Dowornobb trug die Ergebnisse dem Edlerkon vor, der ungeduldig darauf wartete, endlich aktiv werden zu können. Ihnen stand schließlich nur noch ein Monat Sommerzeit bevor. Danach wurde das Wetter rasch unberechenbar, und lediglich eines ließ sich mit Bestimmtheit sagen: daß es bitterkalt wurde.

Et Avian erhielt die Erlaubnis für einen Suborbital-Flug zur Ozean-Station, der wissenschaftlichen Einrichtung auf dem Erdteil Corlia. Er gab die entsprechenden Suchkoordinaten dorthin durch und befahl, daß das Fluggerät unverzüglich aufzutanken sei.

Die Wissenschaftsstation lag im Delta eines großen Stroms, der am Nordufer eines fruchtbaren und fast zur Gänze von Land umgebenen Äquatorialmeeres einmündete. Hierbei handelte es sich um das wärmste Gebiet auf ganz Genellan. Bei seltenen Gelegenheiten wagten sich im Sommer die mutigsten unter den Konen barfüßig in das eisige Wasser.

Das Suborbital-Modul setzte auf einer breiten Stahlplattform auf, die über keinen geschlossenen Ausstiegsturm verfügte. Man händigte den Reisenden statt dessen dicke Anzüge mit Druckhelmen aus. Die Treibstofftanks, die sie auf dem Rücken tragen mußten, waren klobig, aber angesichts der angenehm niedrigen Schwerkraft kein allzu großes Hindernis. Sobald sich alle dergestalt ausstaffiert hatten, stiegen sie auf einer Leiter zur Plattform hinunter. Und von dort aus ging es weiter hinab auf die eigentliche Oberfläche des Planeten. Wissenschaftler in Druckanzügen nahmen sie in Empfang und geleiteten sie zu einem wartenden Raupenfahrzeug.

Nach einer kurzen, ruckelnden Fahrt öffnete sich die Fahrspurrampe zu Grasland und Sonnenschein. Ein kleinwüchsiger Wissenschaftler, der keinen Helm trug, sehr dunkel war und aufrecht stand, trat ihnen dort entgegen. Er strahlte Et Avian an und wagte es dann sogar, dem Edlerkon die Hand zu schütteln. Man führte die Besucher durch eine Luftschleuse. Dort durften sie endlich die Helme abnehmen, und sogleich fingen sie an, sich erregt zu unterhalten. Fräulein Kateos hielt sich abseits und schwieg. Nur Dowornobb, in dem die Abenteuerlust erwacht war, bedachte sie mit einem spontanen Lächeln. Sie errötete zutiefst, doch nur zum Teil aus Verlegenheit.

»Achten Sie auf Ihre Atemgeräte«, ermahnte sie der barhäuptige Wissenschaftler, und seine übersprudelnde Laune wirkte auf alle Anwesenden ansteckend. »Wir verfügen nur über wenige Ersatzgeräte, und ich kann Ihnen versprechen, daß es für Sie ohne eine solche Apparatur äußerst unangenehm werden wird.«

Er räusperte sich und fuhr dann fort: »Willkommen auf der Ozean-Station. Mein Name ist Et Silmarn, und ich bin hier der leitende Wissenschaftler. Es ist mir eine große Freude, Gäste begrüßen zu dürfen. Ganz besonders, wenn es sich dabei um alte Freunde handelt.« Er nickte Et Avian heftig zu und hielt dann ein Atemgerät hoch.

Also handelte es sich bei diesem Wissenschaftler ebenfalls um einen Edlerkonen. Aber sein Fell wies eine so dunkle Färbung auf und besaß nichts von dem weichen Gold, das sonst für die Vornehmen üblich war. Die anderen Wissenschaftler, die in dieser Station Dienst taten, waren ebenso schwarz.

»Et Avian hat mich kurz darüber informiert«, erklärte Et Silmarn nun, »worum es bei unserer Mission geht. Ich werde Sie nämlich zu den Seen begleiten und als einer Ihrer Piloten fungieren. Wir brechen beim ersten Tageslicht auf.

In der Station findet sich leider nicht ausreichend Platz für alle. Daher werden Sie draußen kampieren. Je eher Sie sich an die hiesigen Verhältnisse akklimatisieren, desto besser für Sie. Und bevor Sie nach draußen gehen … aber ich habe ja bereits vorhin die Atemgeräte angesprochen. Nun, Sie können die Luft dieser Welt atmen, zumindest das wenige davon, das Sie vorfinden werden. Eine Warnung gleich vorweg: Auch wenn die hiesige Atmosphäre recht dünn ist, so enthält sie doch einige giftige Gase in hohen Dosierungen, und die können Sie erkranken lassen und sogar töten. Das trifft im besonderen Maße auf die Gebiete mit seismischer Aktivität oder die Zonen zu, in denen sich die nördlichen Herden bewegen.

Doch es sind nicht die toxischen Gase, die für Sie das größte Risiko darstellen, sondern vielmehr das Fehlen eines Luftdrucks. Die niedrige Schwerkraft, die einige von Ihnen zu genießen scheinen«, er warf einen Blick auf Dowornobb, der wieder auf den Hinterbeinen stand, »führt zu einer Atmosphäre von äußerst niedrigem Luftdruck. Der Druck beträgt hier nur die Hälfte dessen, den Sie von zuhause gewöhnt sind. Hier auf Genellan gibt es Berge von ausreichender Größe, um Ihnen das Blut in den Adern kochen zu lassen.«

Et Silmarn sah sich in der Runde um. »Das setzt natürlich eine enorme Höhe voraus, doch auf dieser Welt ist das theoretisch möglich. Worauf ich hinauswill: Tragen Sie Ihr Atemgerät, und achten Sie darauf, daß es jederzeit funktionsbereit ist. Die Luft wird Ihnen nicht ausgehen, wohl aber der Treibstoff, den Sie für Ihren Kompressor benötigen. Eine Tankfüllung reicht bei einem durchtrainierten Konen für etwas mehr als eine Woche. Ich gebe jedoch zu bedenken, daß keiner von Ihnen einen durchtrainierten Eindruck macht, und dabei schließe ich durchaus Ihren Expeditionsleiter mit ein.« Er lächelte Et Avian gutmütig zu.

»Wir gehen gleich nach draußen. Sobald Sie Ihre Helme aufgesetzt haben, möchte ich, daß Sie sich mit den Regulationskontrollen an Ihrer rechten Seite vertraut machen. Die Knöpfe und Anzeigen dort regeln die Dichte, den Druck und die Temperatur der Luft. Daneben finden Sie auch Kontrollen für das Helmmikrophon, den Display und die Lampe.

Zum nächsten Punkt: Auf Genellan ist es sehr, sehr kalt. Zusammen mit dem Atemgerät haben Sie auch einen isolierten Anzug erhalten. Die Atmungseinheit bläst die erwärmte Luft in die Isolierung, und dieser Vorgang stellt für Sie den Unterschied zwischen Leben und Tod dar. Wenn wir nach Norden ziehen, sinken die Temperaturen rasch auf Minusgrade, wie wir sie am kältesten Ort auf Kon nicht kennen. Und ich spreche hier nur von den Tagestemperaturen. Je weiter wir nach Norden gelangen, und das gilt erst recht für die Nacht, desto ungemütlicher wird es. Ich sollte wohl besser sagen, daß Sie sich ein solches Klima in Ihren schlimmsten Alpträumen nicht vorstellen können.« Der Chefwissenschaftler ließ den Blick über nervöse Gesichter wandern.

»Damit genug der schlechten Nachrichten. Nun zu den guten Neuigkeiten. Wir sind wegen der wissenschaftlichen Forschung und wegen der Szenerie hier. Ich möchte, daß die Hälfte von Ihnen das Atmungsgerät anlegt. Sobald wir uns für ein paar Minuten draußen aufgehalten haben, bewaffnet sich die andere Hälfte mit dem Apparat. Hat die zweite Gruppe ihre Geräte aktiviert, dürfen die anderen die ihren abnehmen und die ungefilterte Luft mit dem niedrigen Druck probieren. Zweck der Übung: Stets muß die Hälfte der Truppe das Atmungsgerät tragen; denn zur Not können auch zwei Personen daran angeschlossen werden.«

Man führte sie zur Luftschleuse zurück und schloß sie in die Kammer ein. H'Aare setzte sofort seinen Helm auf. Mirrtis und zwei der verdrießlich dreinblickenden Soldaten taten es ihm nach. Dowornobb nahm sich fest vor, nicht nach Fräulein Kateos zu sehen, aber seine Augen schienen ihren eigenen Willen zu haben. Wieder erwiderte sie seinen Blick. Der junge Wissenschaftler fühlte sich beschwingt und freute sich darüber, das Abenteuer auf der neuen Welt mit jemandem teilen zu können. Er nickte ihr zu, und keiner von beiden setzte den Helm auf.

Die Außentür der Kammer öffnete sich mit einem Rauschen. Sonnenlicht und fremde Geräusche strömten herein. Dowornobb schluckte hart, um den Druckunterschied auszugleichen, während eine eisige Brise ihm das Wasser in die Augen trieb. Doch sein Unbehagen wurde von der unverfälschten Frische und absoluten Klarheit der Laute und Gerüche Genellans mehr als wettgemacht. Was für Aromen! Dowornobbs Geruchsdrüsen überluden sich mit der Symphonie von Düften. Soviel Süße und Gehalt. Ein Gefühl der Übersättigung breitete sich durch sein nicht eben kleines Riechorgan aus. Er schnüffelte verzückt. Und erst die Sicht! Sie waren umgeben von den allergrünsten Wäldern, über denen sich der blaueste Himmel spannte. Und am fernen nördlichen Horizont zeichnete sich in der vollkommen klaren Luft rasiermesserscharf die gezackte Linie der schneebedeckten Gipfel ab.

Die Konen traten auf die baumbestandene Rasenfläche hinaus, die die Station umgab. Rote und gelbe Vögel hüpften und flatterten über smaragdgrünes Gras und trillerten und zwitscherten, daß es eine Freude war. Ein unbehelmter Wissenschaftler streute Samenkörner und Krümel über den Rasen, und Dutzende von Vögeln fielen aus den Bäumen und eilten herbei. Fräulein Kateos ging sofort auf das pickende und gefiederte Gewimmel zu und starrte verzaubert auf diese Fülle von Farben und Lauten. Sie warf Dowornobb einen Blick zu und lächelte glücklich wie ein Kind. Der junge Wissenschaftler konnte nicht anders, als dieses unschuldige Lächeln zu erwidern. Er fühlte sich beschwingt, wußte aber nicht genau zu sagen, ob das vom Fehlen der Kohlenstoff-Komponenten in der Atmosphäre herrührte.

Et Silmarn setzte hier draußen seinen Einführungsvortrag fort. Die Neuankömmlinge hörten ihm aufmerksam zu, auch wenn es ihnen schwerfiel, sich von der ungewohnten Szenerie nicht ablenken zu lassen. Dowornobb, den die Aufmerksamkeiten des Fräuleins mit einem beruhigenden Glücksgefühl erfüllten, versuchte, diese ganze Welt auf einmal aufzunehmen, sich keine der Farben entgehen zu lassen und die Geräusche in sich zu speichern ... Doch nach wenigen Minuten machte sich in ihm ein neues Gefühl breit, das bald alle anderen überdeckte. Es begann mit einem Prickeln zwischen den Augen und erwuchs rasch zu einem ununterdrückbaren Aufwallen im Hinterkopf. Ohne Erfolg bemühte er sich, die sich anbahnende Explosion zurückzuhalten. Und dann löste sich ein kolossaler Nieser nach dem anderen aus der Tiefe seines mächtigen Körpers. Beschämt sah er sich um und stellte fest, daß die anderen auch von diesem Niesreiz geschüttelt wurden.

»Das Zeichen, daß es an der Zeit ist, das Atmungsgerät anzulegen«, erklärte Et Silmarn. »Sie haben Pollen eingeatmet, aber keine Bange, Sie werden sich schon daran gewöhnen.«

Dowornobb spähte nach Kateos. Ihr Gesicht war stark gerötet, und sie hatte die Augen weit aufgerissen. Als sie seinen Blick bemerkte, blinzelte sie ihm zu. Die beiden setzten die Helme auf, und ein gegenseitiger Blick bewies ihnen, wie sehr sie sich über die lustige gemeinsame Erfahrung freuten, die sie gerade gemacht hatten.

21 Beweisstücke

In dieser Nacht schlief keiner von ihnen gut, was mit einem Helm auf dem Kopf auch kein leichtes Unterfangen war. Erledigt und nur halbwach, wie sie sich früh in der ersten Dämmerung fühlten, vermochten sie sich doch an den hellen Streifen am Himmel und an den extrem strahlenden und klaren Sternen, die am mondlosen Himmel standen, zu erfreuen. In den dunstigen Nächten auf Kon war ein solches Schauspiel einfach undenkbar.

Ihre Freude währte jedoch nicht lange, denn die Kälte der Luft, die sie umgab, machte sich viel zu rasch bemerkbar. Sie schalteten ihre Helmlampen ein, um bei der Arbeit etwas sehen zu können, bauten die Zelte ab und packten ihre ganze Lagerausrüstung zusammen. Das Ende des Sommers war greifbar nahe.

Während die schläfrigen Wissenschaftler zitternd und frierend über den dunklen Pfad zur Station stolperten, gingen Bogenlampen an und verbreiteten ein grelles künstliches Licht. Zwei Atmosphärenflieger standen auf der Plattform, und ihre hochglänzenden weißen Flanken reflektierten den harschen Schein. Die stämmig wirkenden Gefährte erhoben sich auf Niederdruckreifen. Sie besaßen einen gedrungenen Rumpf und herabhängende Flügel, die ziemlich hoch angebracht waren, um den Insassen einen Blick nach unten zu ermöglichen. Das Heck der Flieger teilte sich und lief in zwei Flossen aus. Dazwischen war ein Aufzug angebracht, der recht hoch hinauf führte. Und über den Sparren zeigte sich die drehbare Antriebszelle.

»Verstauen Sie Ihr Gepäck im Flugzeug«, ordnete Et Silmarn an. »Wir nennen diese Aeroplane Abaten.«

Nach einer überraschend erregten Debatte zwischen Et Avian und dem Führer der Miliz wurde das Team in zwei Gruppen aufgeteilt. Die eine mit dem Expeditionsleiter, Kateos, Dowornobb und zwei Soldaten, besetzte das erste Flugzeug, die andere das zweite. Et Silmarn würde das Gefährt steuern, in dem sich die Gruppe um seinen Edlerkonen-Freund befand, während der Pilot des anderen Aeroplans Lollee hieß und Wissenschaftler und Ingenieur in der Station war.

»Abaten?« fragte Dowornobb den Expeditionsleiter. »Ist das nicht der Name eines mythischen Raubvogels?«

Der Edlerkone nickte. »Wir haben diesen Namen auch einer bestimmten Vogelspezies auf diesem Planeten gegeben. Aber wir reden später noch über die echten Abaten. Jetzt verfolgen Sie lieber den Sonnenaufgang.«

Und tatsächlich bot sich ihnen ein extravaganter Anblick: Durch die Wolkendecke bahnten sich goldene Sonnenstrahlen, die an den Spitzen in Orange und Korallenrot prangten, ihren unregelmäßigen Weg in das sich auflösende dunkle Blau und Violett der vergehenden Nacht.

Mit dem Sonnenaufgang im Rücken starteten die Piloten die Triebwerke der Abaten, warteten, bis diese die gewünschte hohe Drehzahl erreicht hatten, und lösten dann die Bremsen. Beide Gefährte setzten sich in Bewegung, rollten von der Betonfläche auf den Rasen und erhoben sich dort wenig elegant in die Lüfte. Der zweite Aeroplan fiel hinter den ersten zurück, und in dieser Formation bogen sie scharf nach Norden ab und flogen an der Gebirgskette entlang. Dowornobb saß am Fenster und konnte den Blick nicht von den Gipfeln wenden, von denen manche die Flügelspitzen zu berühren schienen.

»Ich möchte, daß Sie beide zusammenarbeiten«, erklärte Et Avian und riß den jungen Wissenschaftler aus seiner Trance. Fräulein Kateos saß neben Dowornobb, und er vermied es tunlichst, zu ihr hinüberzusehen, denn sie starrte ihn die ganze Zeit über an. Er bemerkte, daß die Soldaten aufmerksam geworden waren und zuhörten. Die Verachtung in ihren Mienen war nicht zu übersehen.

»Ja, Euer Exzellenz«, sagte Dowornobb.

»Das wird es unumgänglich machen, daß Sie beide sich miteinander verständigen«, fuhr der Edlerkone fort und blickte abwechselnd in die unter einem Helm befindlichen Gesichter der zwei Wissenschaftler.

»Ja, Euer Exzellenz«, sagte Dowornobb wieder.

»Unter Verständigung verstehe ich keine Einbahnstraße. Sie beide werden miteinander reden und einander zuhören, und zwar wann immer das erforderlich sein sollte.«

Der Edlerkone ließ wirklich keinen Zweifel offen. Dowornobb fragte sich, was jetzt von ihm erwartet wurde. »Ja, Euer Exzellenz«, war alles, was ihm auf die Schnelle einfiel.

Et Avian starrte Dowornobb eindringlich an. Dann wanderte sein Blick zu der Frau und kehrte nach einem Moment wieder zu dem jungen Wissenschaftler zurück. Er verdrehte die großen Augen in seinem massiven Schädel.

»Fräulein Kateos«, sagte er dann, den Blick aber immer

noch auf Dowornobb gerichtet, »ich muß Ihnen mein Bedauern ausdrücken. Ich hatte gehofft, mit der Abreise von Kon würde sich diese, äh, Situation von allein klären. Aber die konischen Männer scheinen nun einmal nicht in der Lage zu sein, mit unseren überholten Konventionen zu brechen. Deshalb obliegt es Ihnen, den Männern zu helfen. Gehen Sie auf Wissenschaftler Dowornobb zu. Teilen Sie ihm Ihre Bedürfnisse und Fähigkeiten mit. Der Flug zu dem Gebiet, das wir untersuchen wollen, wird zwei Tage andauern. Und Sie könnten die Zeit nutzen, indem Sie zu einem gegenseitigen Verständnis gelangen und Ihren jeweiligen Beitrag zu unserer Arbeit kennenlernen.«

»Jawohl, Euer Exzellenz«, erklärte Kateos und hob den Kopf. »Ich verstehe. Deshalb will ich mich bemühen, Wissenschaftler Dowornobb dazu zu bringen, meine Arbeit in diesem Team zu verstehen und anzuerkennen.«

»Ausgezeichnet«, lobte der Edlerkone und warf einen Blick auf die Soldaten. »Ich lasse Sie beide jetzt allein, denn ich habe etwas mit dem Obergefreiten Longo zu bereden.«

Et Avian zwängte sich durch den vollgestopften schmalen Mittelgang zu dem Führer des Soldatentrupps durch. Dowornobb wußte, daß der Edlerkone es lieber gesehen hätte, wenn alle Milizionäre in einem und die Wissenschaftler im anderen Flugzeug Platz gefunden hätten. Aber Obergefreiter Longo hatte sich schlichtweg dagegen ausgesprochen und darauf beharrt, daß sein Befehl dahin gehend laute, alle Expeditionsteilnehmer zu schützen. Wenn die Soldaten nun von den Wissenschaftlern getrennt würden, könne er seinem Auftrag nicht mehr nachkommen. Dowornobb mußte zugestehen, daß die Argumente des Obergefreiten logisch waren, dennoch war ihm etwas an dieser Regelung nicht geheuer.

»Ich spreche acht Sprachen, Wissenschaftler Dowornobb«, teilte Fräulein Kateos ihm stolz mit.

Wie eitel von ihr, dachte der junge Kone und entgegnete,

weil ihm nichts Besseres einfiel: »Ich wußte gar nicht, daß es auf unserer Welt so viele Sprachen gibt.«

»Oh, es gibt mindestens zwanzig lebende Sprachen und mindestens zehnmal so viele Dialekte. Der Norden ist viel homogener als der Süden, und das rührt von seiner Geschichte totalitärer Regime her. Nach dem Großen Massaker haben die Herrscher des Nordens viele isolierte Stämme zwangsbefriedet und ihre Sprachen unterdrückt. Und wer sich weigerte, wurde getötet. Der Süden konnte dem Norden jedoch widerstehen und wurde nie Opfer von dessen völkermordender Tyrannei.«

Dowornobb sah sich besorgt um. Er selbst neigte auch dazu, offen über die Fehler seiner Regierung zu sprechen, doch er wußte auch, wo er sich Grenzen zu setzen hatte. Und das galt insbesondere, wenn man einem Fremden gegenübersaß. Was diese Frau da von sich gab, war glatter Hochverrat.

»Ich habe in meiner Tätigkeit als Dolmetscherin im Auftrag des Ministeriums des Innern den ganzen Planeten bereist. Ironischerweise ist meine Stimme gesucht und willkommen, solange ich die hohlen Worte irgendeines aufgeblasenen Offiziellen übersetzen muß. Man fordert mich recht häufig an, um bei Verhandlungen zwischen zwei verfeindeten Führern als offizieller Dolmetscher zu fungieren.« Sie redete immer schneller, so als sei ein Damm in ihr gebrochen, als wolle sie sich alles von der Seele reden, was sich jahrelang dort aufgestaut hatte.

»So, so«, entgegnete Dowornobb nervös.

»Und ich habe die Bänder mit den Aufzeichnungen der Fremden gehört!« platzte es dann aus ihr heraus.

Das erweckte nun doch Dowornobbs Interesse und ließ ihn alles Unbehagen vergessen.

»Die Bänder aus dem Astronomischen Institut? Aber das meiste darauf setzt sich doch nicht aus gesprochenem Text zusammen. Die Übertragungen haben meines Wissens die ganze Bandbreite des Spektrums abgedeckt.«

»Oh, ich habe nur die im Audio-Bereich gehört«, sagte sie. »Seine Exzellenz wünscht unsere Zusammenarbeit, damit Sie mir erklären können, was sich sonst noch auf den Bändern befindet.«

»Hm«, machte der junge Wissenschaftler und dachte nach. »Ohne eine Datenbankverbindung sind uns leider die Hände gebunden.«

»Nein, Sie haben mich mißverstanden. Seine Exzellenz erwartet nicht, daß wir das schon auf dieser Reise erledigen. Deren Ziel besteht darin, das Wrack zu untersuchen. Wissenschaftler Mirrtis und Wissenschaftler H'Aare sind Antriebs- und Technologieexperten. Meine Aufgabe besteht darin, nach Artefakten und anderen Dingen Ausschau zu halten, die uns Aufschluß über die Sprache der Fremden geben könnten. Sie haben sicher nicht gewußt, daß ich auch noch diplomierter Archäologe bin.«

Dowornobbs Respekt vor Kateos wuchs. Das rührte jedoch weniger von ihren Worten als vielmehr von ihrer Entschlossenheit und ausdrucksstarken Persönlichkeit her.

»Fräulein Kateos«, begann er. »Ihre Ausbildung ist wirklich beeindruckend, aber bitte ...«, er rückte näher an sie heran, »halten Sie sich mit Ihren politischen Ansichten doch etwas zurück. Der Oberste Führer hat seine Ohren überall.«

Sie schluckte, wurde schlagartig nüchtern und spähte vorsichtig zu den Soldaten.

»Tut mir leid, Wissenschaftler Dowornobb«, entgegnete sie dann leise und mit herabhängenden Mundwinkeln. »Selbstredend sind meine Ansichten nicht dazu geeignet, ans Licht der Öffentlichkeit zu gelangen. Sie sind mir eben einfach so herausgerutscht, und das deshalb, weil ich mich so sehr darüber freue, mit Ihnen zusammenarbeiten zu dürfen.«

»Sie freuen sich ... über die Zusammenarbeit mit mir?« fragte er fassungslos.

»Aber natürlich!« Ihre dunklen Augen blickten ihn strahlend aus dem Helm an. »Ich bin nur selten einem so freundlichen Konen wie Ihnen begegnet. Sie haben mir am Tag der Landung eine Tasche getragen, und das, nachdem ich mich so ungehörig benommen und meine Gefühle laut geäußert habe. Das war sehr mutig von Ihnen. Und anders als die anderen scheinen Sie auch sonst an meinem Wohlergehen interessiert zu sein. So bin ich noch nie von einem männlichen Konen behandelt worden. Sie haben mich sogar angelächelt, und das in aller Öffentlichkeit. Wissenschaftler Dowornobb, Sie sind wirklich der allerfreundlichste Mann.«

Der junge Wissenschaftler errötete zutiefst. Konen verteilten oder erhielten nur selten Komplimente, höchstens bei offiziellen Anlässen, und dann war denen wenig Bedeutung zuzumessen. Und jetzt mit einem ganzen Schwall von Komplimenten überschüttet zu werden, verwirrte ihn zutiefst. Die Wärme in seinem Gesicht breitete sich bis zu seinem Herzen aus, was recht angenehm war, und, weniger erfreulich, bis zu seiner Drüsenblase.

»Und Sie sind nicht nur freundlich, sondern auch hochintelligent.« Sie rückte ihm immer näher und legte ihm jetzt auch noch eine Hand auf den Arm. »Et Avian hat gesagt, Sie hätten in Ihrer Disziplin einen raschen und steilen Aufstieg hinter sich gebracht. Man sieht Sie bereits in der ersten Reihe der führenden Astronomen und Astrophysiker. Der Edlerkone hat Sie sogar ein Genie genannt.«

Dowornobb nahm alles nur noch wie durch einen Schleier wahr. Nie zuvor hatte er solche Lobpreisungen erhalten. Er wußte, daß das Institut regelmäßig Berichte veröffentlichte, doch in der Regel unter Direktor Moths Namen. Nur selten erfolgte ein Hinweis auf Dowornobbs Mitwirkung an dem jeweiligen Forschungsprojekt. Er hätte nie erwartet, daß die höheren Stellen von seiner führenden Rolle beim Zustandekommen dieser Berichte Kenntnis hatten. Unvermittelt fühlte er sich zutiefst befriedigt.

»Und Sie sind auch noch so kühn!« Anscheinend wollte Fräulein Kateos überhaupt nicht mehr aufhören, und Dowornobb beabsichtigte keineswegs, sie zum Schweigen zu bringen. »Seine Exzellenz hat sehr anerkennend über Ihre Initiativen zur Entdeckung der Aufschlagstelle des fremden Schiffs gesprochen.«

Unvermittelt stoppte ihr Redeschwall, und die Art, wie sie ihm jetzt in die Augen sah, war noch viel überwältigender als die vielen Komplimente. Dowornobb dankte im stillen seinem Schöpfer dafür, einen isolierten Anzug zu tragen – und auch dafür, daß alle anderen ähnlich geschützt waren; denn in diesem Moment entlud sich seine Drüsenblase mit aller Macht. Die Essenz seiner Gefühle entströmte buchstäblich seinem ganzen Körper. Kurzum, der junge Wissenschaftler war in Liebe entbrannt.

»Wir landen gleich, um unser Nachtlager aufzuschlagen«, verkündete Et Avian. Sie hatten Stunde um Stunde mit Gesprächen über die unterschiedlichsten Themen verbracht. Dowornobb blieb nicht verborgen, wie beeindruckt der Edlerkone war, daß seine und Fräulein Kateos' Wissensgebiete und auch ihre anderen Interessen sich so hervorragend ergänzten.

»Wir fliegen ziemlich tief«, sagte Dowornobb. Er preßte den Helm an das dicke Fenster, so daß er die Vibrationen des mächtigen Triebwerks spüren konnte. Sie befanden sich noch immer im Bergland, aber hier waren nicht mehr so viele hohe Gipfel zu erkennen. Schneeverwehungen und Gletscherströme hingen an den ansonsten trockenen und vegetationsfreien Hängen. Dunstige Wolkenformationen bedeckten die tiefer gelegenen Regionen. Das pulsierende Glühen von grimmig roter Lava, das immer wieder in dem Nebel aufblitzte, brachte Dowornobb zu dem Schluß, daß es sich bei den Bänken eher um Rauch und Asche handelte, die von einer ganzen Kette von Vulkanen ausgespuckt wurden.

»In der Nacht ist diese Welt fast noch spektakulärer als am Tag«, erklärte der Edlerkone vom Sitz hinter dem jungen Wissenschaftler. »Des Nachts wird das Land von einander kreuzenden rotglühenden Bändern überzogen, und wenn man einmal Zeuge eines Magmaausstoßes wird, findet man einfach keine Worte mehr.«

»Müssen wir denn so nahe bei den Vulkanen landen?« schluckte Dowornobb.

»Unsere Landestelle liegt nicht so nahe, wie es jetzt vielleicht den Anschein hat«, lachte Et Avian. »Warten Sie es nur ab, Sie werden sich noch wünschen, wir wären direkt neben einem Vulkan gelandet, weil es dort nämlich viel wärmer ist.«

Die Landschaft wandelte sich abrupt von aschebedeckten Lavaströmen zu Grasflächen. Höhen mit schroffen Kanten erhoben sich hoch in die Lüfte und schlossen das Grün und die beiden niedrig fliegenden Abaten in einem schmalen, tiefen Tal ein. Unten verlief ein schillernder Bach parallel zu ihrer Flugbahn. Die Aeroplane bewegten sich mit der Spätnachmittagsbrise, und als sie ihre Flügel senkten, schienen sie in der Luft stillzustehen. Der Pilot ging in den Landeanflug, das Triebwerk vibrierte lauter als zuvor, und schon raste der Boden den Rädern entgegen. Der Abate hüpfte einmal und rollte dann aus.

Die Sonne stand noch hoch im Westen, und helles Tageslicht empfing sie, doch als die Luke aufging, wehte ein eisiger Luftzug herein. Obwohl die Konen vorgewarnt waren, nahm ihnen der Temperatursturz den Atem. In einem Anfall von Panik drehten sie die Temperaturregler an ihren Anzügen weit auf, und die Anlage verbrannte gleich mehr Treibstoff. Mit einem starken flauen Gefühl im Magen machten sich die Wissenschaftler klar, daß sie über eine Woche unter diesen klimatischen Bedingungen verbringen mußten. Das kam einer schweren Haftstrafe gleich! Et Silmarn und Et Avian trieben ihre Schäfchen zur Eile an. Lollee, der Pilot des zweiten Fliegers, rammte Stöcke in das Erdreich, an denen die Aeroplane verankert wurden. Der Boden bebte und schwankte unter ihren Füßen.

»Machen Sie sich bitte wegen der seismischen Aktivität keine Sorgen!« rief der Chefwissenschaftler, und der rauhe Wind riß seine Worte davon, kaum daß sie seinen Mund verlassen hatten. »In dieser Gegend ist das sozusagen der Normalfall. Je rascher Sie Ihre Zelte aufgebaut haben, desto eher können Ihnen die Böen nichts mehr anhaben.«

Sie nutzten die Abaten als Windbrecher, bauten die Zelte auf und sicherten sie. Et Avian und die beiden Piloten beanspruchten ein Zelt für sich. Die vier Soldaten verschwanden rasch im zweiten, und so blieb den vier Wissenschaftlern nur noch das dritte. Sie fühlten sich dort etwas beengt, mußten aber zugeben, daß ihnen die größere Nähe auch mehr Wärme spendete.

»Wundervoll, nicht wahr?« bemerkte Et Silmarn, als er durch die Thermalkammer hereinkam. Die vier Wissenschaftler hockten in ihren Schutzanzügen dicht an dicht gedrängt da und sahen den Edlerkonen bekümmert an. »Für diese Jahreszeit herrschen hier ungewöhnlich moderate Temperaturen«, erklärte der Edlerkone, »und die Luft in den Zelten wärmt sich rasch auf. Schalten Sie jetzt Ihre Atemgeräte aus. Mit einem Helm auf dem Kopf kann man schließlich schlecht essen. Als erstes werden wir eine Mahlzeit zubereiten, also geben Sie gut acht, damit Sie etwas lernen. Der Zeitpunkt wird kommen, an dem Sie für sich selbst kochen müssen.«

Et Silmarn organisierte den Kochvorgang. Er stellte trotz der Bodenbeben einen transportablen Herd in einer Nische mit Luftabzug auf. Das Mahl war rasch zubereitet und noch schneller verschlungen. Allmählich wurde es im Zelt tatsächlich wärmer. Die Wissenschaftler fingen an, sich besser zu fühlen, und nachdem ihr Hunger gestillt war, legten sich auch ihre Ängste und Kümmernisse. Bald kam ein lebhaftes, geradezu vertrauliches Gespräch in Gang, wie es unter Abenteurern, und als solche fühlten sich die vier mittlerweile, durchaus üblich war. Wissenschaftler H'Aare ließ sich sogar dazu herab, sich mit Fräulein Kateos zu unterhalten. Wissenschaftler Mirrtis wurde zunehmend redseliger, wandte sich aber nur an die Männer. Immerhin beschwerte er sich nicht und zeigte auch keinerlei Anzeichen von Widerwillen, wenn die Linguistin sich zögernd zu Wort meldete.

»Mehrere Pflichten obliegen uns«, teilte der Edlerkone ihnen mit. »Nämlich zunächst einmal, den Abaten aufzutanken. Diese Aufgabe erwartet uns täglich. Je geschickter Sie sich dabei anstellen, desto weniger Zeit wird dieser Vorgang beanspruchen. Hören Sie mir jetzt bitte aufmerksam zu.« Er unterwies sie in der Tätigkeit, und nachdem sie alles gehört hatten, setzten sie sich die Helme wieder auf und folgten dem Piloten hinaus in die Kälte.

Obwohl die Nacht eisige Temperaturen mit sich brachte, waren die Konen mittlerweile besser auf das vorbereitet, was sie in der freien Natur erwartete. Mit wenigen Stößen und Rufen rollten sie die Treibstoffässer aus den Lagerkammern und gossen deren Inhalt in die in den Flügeln befindlichen Tanks. Als die Arbeit erledigt war, kehrten die Wissenschaftler gut gelaunt in ihr Zelt zurück. Endlich hatte sich bei ihnen eine Art Teamgeist eingestellt, an dem es ihnen vorher gemangelt hatte. Sie nahmen rasch ihre Unterhaltung wieder auf, und diesmal redete jeder von ihnen gleichberechtigt mit.

»Sie stellen rund um die Uhr Wachen auf«, befahl Et Avian streng, dessen sonst unerschütterliche Geduld von Longo arg strapaziert worden war. Er nahm seinen Helm ab und kratzte sich an der Nase.

»Aber draußen ist es doch so kalt, Euer Exzellenz«, jammerte der Obergefreite. »Wir sind für ein solches Klima nicht geschaffen. Und unser Befehl lautet nicht, daß wir ...«

»Ihr Befehl lautet, daß Sie uns beschützen sollen«, fiel ihm der Edlerkone ins Wort. »Wie wollen Sie diesem Auftrag nachkommen? Etwa indem Sie sich in Ihrem Zelt verkriechen? Wer soll dann Sie beschützen?«

»Vor was muß denn hier überhaupt beschützt werden, außer vor der Kälte?« erwiderte Longo ungehörig.

»Sie haben doch bereits Erfahrung auf Genellan hinter sich«, antwortete Et Avian geduldig. »Dann wissen Sie doch auch um die Gefahren, die hier drohen. Auf diesem Kontinent treiben sich Bären und Raubechsen herum. Dazu Aasfresser-Rudel, Abaten, Raubkatzen, Berglöwen und Schwarzhunde. Die Kälte dürfte da unsere geringste Sorge sein.«

»Raubechsen, Euer Exzellenz?« stammelte der Obergefreite.

»Ja, ganz recht. Über welche Genellan-Erfahrung verfügen Sie und Ihre Männer überhaupt?«

»Wir waren Wächter in der Station Goldmine, Herr, nicht mehr.«

»Und …«

»Das ist schon alles, Euer Exzellenz. Keiner von uns hat hier mehr als ein paar Nächte im Freien verbracht.«

Der Edlerkone starrte ihn an: »Stellen Sie Wachen auf. Ich werde Kontrollgänge durchführen. Halten Sie die Augen offen, aber fürchten Sie sich nicht zu sehr. Es dürfte kaum wahrscheinlich sein, daß ein Raubtier sich den Zelten nähert. Die Tiere hier sind ziemlich vorsichtig. Wenn Sie etwas Verdächtiges bemerken, feuern Sie in die Luft. Damit läßt sich hier auf Genellan jedes Getier erschrecken.« Et Avian ließ den Soldaten stehen, bückte sich, kroch aus dem Zelt der Milizionäre und machte sich nicht die Mühe, den Helm aufzusetzen. Der Ärger, der in ihm brodelte, versorgte ihn bis zu seinem Zelt mit ausreichend Wärme.

Longo kniete in der Mitte des Zelts. Der Wind zerrte an den dicken Wänden.

»Glauben Sie, er hat Verdacht geschöpft, Oberst?« fragte einer der schwarzgekleideten Soldaten.

»Obergefreiter, Sie Idiot!« knurrte Longo. Der Soldat ließ den Kopf hängen.

»Wer weiß?« erklärte er dann. »B'Aane, Sie übernehmen die erste Wache. Nach zwei Stunden löst Lollee Sie ab. Danach Rinnk. Was der Edlerkone gesagt hat, stimmt: Hier gibt es nur Tiere. Und die lassen sich durch laute Geräusche verjagen.«

»Ja, aber dazu muß man sie doch erst sehen«, wandte Lollee ein.

»Halten Sie den Mund und gehorchen Sie!«

Die Wissenschaftler der Station Ozean unternahmen einmal in der Woche einen Angelausflug den breiten Fluß hinauf. In Ufernähe wimmelte es im Ozean von Fischen, Krustentieren und Seesäugern. Ein Fisch, den sie Fleckfisch nannten, war bei allen gleichermaßen beliebt. Man bekam ihn nur im frischen Wasser des Stroms an die Angel. Wissenschaftler Kott und Techniker Supprее war die Aufgabe übertragen worden, mit dem Motorboot loszufahren und den zur Neige gehenden Vorrat an Fleckfischen aufzufrischen. Diese Arbeit gehörte zu den angenehmeren Pflichten, bedeutete es doch, einen ganzen Tag der monotonen Tätigkeit des Datensammelns und -überprüfens zu entgehen, woraus sich ihr Dienst hier auf der Station hauptsächlich zusammensetzte. Offiziell waren die beiden heute unterwegs, um biologische Proben und Wetterdaten zu sammeln.

Als die Sonne noch halb hinter dem Horizont verborgen lag, beluden Kott und Supprее bereits das Boot, starteten und fuhren gegen die schwache Mündungsströmung des Stromes flußaufwärts, die sich stets als brauchbare Hilfe gegen die Flut erwiesen hatte, falls die nicht allzu mächtig daherkam. Ihr Ziel lag ein gutes Stück entfernt, dort, wo das große Wasserband seine letzten Windungen hatte, ehe es sich im Sumpf- und

Marschland des Flußdeltas auflöste. Die längere Fahrt durch den kalten Morgen wurde vom Sonnenaufgang erleichtert – wie stets eine beeindruckende Metamorphose von Nacht zu Tag –, der einen spürbaren Temperaturanstieg mit sich brachte. Die Ufer des Flusses erwachten. Herden langbeiniger Gazellen grasten friedlich auf den häufig anzutreffenden Lichtungen. Eine Vielzahl der unterschiedlichsten Vögel kreischte dem vorbeiziehenden Motorboot zu. Flußbewohner sprangen ins Wasser oder hinaus und suchten in alle Richtungen dem dröhnenden Störenfried zu entkommen. Sie passierten zwei Rudel von friedlichen, rundrückigen Flußmonstern. Die mächtigen weißen Wesen, die gleich zur Seite rollten, waren die einzigen Hindernisse, die sich ihnen auf ihrer Fahrt in den Norden in den Weg stellten.

Die Konen landeten schließlich an einer vertrauten kleinen Insel. Ihr halbmondförmiger Strand, der Lieblingsplatz der Männer, wurde den ganzen Tag über von den Sonnenstrahlen erwärmt. Zusätzlich schützte ihn ein Höhenzug vor den Brisen aus dem Norden. Der Fluß strömte zu beiden Seiten tief und breit vorüber und hinderte so Raubtiere daran, hierher zu schwimmen. Allerdings mußten die beiden jetzt feststellen, daß sich hier seit ihrem letzten Besuch eine Familie pelziger Wesen mit breiten, flachen Schwänzen häuslich niedergelassen hatte.

Während Techniker Suppree die Störenfriede mit ein paar Tritten verscheuchte, entlud Wissenschaftler Kott die Ausrüstung und stellte die Reusen auf. Sobald sie auch die Netze ausgelegt hatten, bewaffneten sich die Männer mit ihren Angelruten und warfen die Schnüre aus. Da alle Arbeit nun erledigt war, konnten sie sich dem Nichtstun hingeben. Die Sonne stand außerdem bereits hoch genug, um sie mit der nötigen Wärme zu versorgen, und so lösten sie sich halbstundenweise mit dem Helmtragen ab. An dem sonnenverwöhnten Strand war von den eisigen Winden nichts zu spüren, und so konnten sie ihre massigen Körper in aller Ruhe mit ein wenig Wärme auftanken. Nach einer halben Stunde wurde es einem der Sonnenanbeter dann doch zu kühl, er legte Helm und Anzug wieder an und überprüfte die Netze und Reusen, ob sich bereits etwas in ihnen gefangen hatte. Währenddessen entkleidete sich der andere und legte sich tapfer auf den Sand. Gelegentlich fing eine Rute an zu zucken und sich zu verbiegen. Dann eilte gleich der geschützte Kone herbei und holte den zappelnden Fisch ein. Man nahm ihn als biologische Probe an sich und warf ihn in ein Bassin im Boden des Motorboots.

Die Fische bissen heute hervorragend, und am frühen Nachmittag war das Bassin bereits gefüllt. Da die Sonne mittlerweile weitergezogen war, rauschten die Winde gegen die Klippen an, die den Sandstrand abschirmten. Dieser schöne Tag ging zu Ende, und die beiden sich entspannt fühlenden Konen, die nun beide wieder die Schutzkleidung trugen, sammelten ihre Angelgeräte ein.

»Ich lade die Netze ein, Suppree«, erklärte Kott. »Übernehmen Sie bitte die Nachmittagswerte?«

»Das riecht ja nach Arbeit!« beschwerte sich der Techniker. Er holte die Instrumententasche aus dem Boot, stapfte hundert Schritte den Fluß hinauf und verschwand hinter dem Höhenzug.

Einen Moment später kehrte der Techniker schon wieder zurück. Aufgeregt rannte er auf allen vieren über den Sand und schrie unaufhörlich etwas Unverständliches. Kott ließ die Netze fallen und fragte sich, ob er ins Boot springen und den Motor anlassen sollte.

Aber da blieb Suppree stehen und drehte sich um. »Kommen Sie mit! Rasch!« brüllte er und lief den Weg zurück, den er gekommen war. Der Wissenschaftler folgte ihm unsicher.

Eine Art Floß, von dem nicht mehr als zwei oder drei zusammengebundene Stämme übriggeblieben waren, lag auf dem Stück Strand am Fuß des Höhenzugs, und das lange Ende einer Schnur trieb in der Strömung. Zwei sehr kleine grüne Helme und ein winziger Rucksack waren mit Seilen an den Hölzern befestigt. Eine Miniaturwaffe ragte aus dem Pack. Suppree und Kott starrten auf die Gegenstände, umrundeten das Floß und ließen sich dabei nicht einmal von dem eisigen Flußwasser abschrecken.

»Ein Helm«, sagte Kott, löste das Stück aus der Verschnürung und nahm es in die Hand. »Aber er ist so klein.« Der Kopfschutz hatte bequem auf seiner Handfläche Platz.

»Und das ist ohne Zweifel ein Schießeisen«, bemerkte der Techniker und zog das verrostete Gewehr aus dem Rucksack. Sein Finger war viel zu dick, um sich um den Abzug krümmen zu können. »Et Avian wird diese Gegenstände sicher sehen wollen, sobald er aus dem Norden zurück ist.«

Eine Woche später hielt Dowornobb den kleinen Helm in der Hand und starrte fasziniert auf dessen Miniaturgröße. Wie war es einem Wesen mit einem so kleinen Gehirn nur möglich, zwischen den Sternen herumzureisen? Aber vielleicht saß bei ihm das Gehirn ja gar nicht im Kopf. Oder es besaß zwei Köpfe. Immerhin waren zwei Helme und nur ein Rucksack gefunden worden.

»Was für eine Ironie«, bemerkte Et Avian, der den anderen Helm wie eine Reliquie hielt. »Wir überfliegen einen ganzen Erdteil, um Trümmerstücke zu untersuchen, die uns nichts sagen können, und dann werden uns die eigentlichen Beweisstücke direkt vor die Haustür gespült.«

»Nein, Euer Exzellenz«, widersprach H'Aare. Sein Enthusiasmus für diese Mission war in den letzten Tagen ständig gewachsen und hatte mittlerweile das Stadium des Feuereifers erreicht. »Wir haben eine Menge aus den Trümmern lernen können.«

»Und im nächsten Jahr sind wir besser vorbereitet«, fügte Mirrtis mit einer Begeisterung hinzu, die alle verblüffte. Der

Wissenschaftler hatte mehr als die anderen unter dem rauhen Klima gelitten.

»Was Seine Exzellenz damit sagen wollten, ist, daß wir keinerlei Hinweise auf die Fremden entdecken konnten. Weder Schriftstücke noch Abbildungen, noch Werkzeuge«, erklärte Kateos mit fester Stimme. Dowornobb verspürte einen eigenartigen Stolz auf Kateos, wenn er miterleben durfte, wieviel Selbstbewußtsein die Linguistin auf dieser Expedition entwickelt hatte.

»Ja, ganz recht, Fräulein Kateos«, äußerte sich der Edlerkone. »Wir besitzen nun eindeutige Hinweise auf die Fremden. Und was noch viel wichtiger ist, wir wissen nun, daß sie sich hier auf Genellan aufhalten. Und mehr noch, wir können das Suchgebiet auf das Flußtal einschränken.«

»Das ist aber immer noch ein ziemlich großes Gebiet«, wandte Wissenschaftler Lollee ein. »Und die kalte Jahreszeit steht bevor, was bedeutet, daß wir jede weitere Suche verschieben müssen. Höchstwahrscheinlich werden die Fremden den strengen Winter auf dieser Welt nicht überleben, wenn sie nicht ohnehin schon längst eingegangen sind. Nur stumpfsinnige Tiere überleben den hiesigen Winter.«

Dowornobb warf einen Blick auf Et Avian, der entschlossen auf ihre Ausrüstung starrte. Die über alle Maßen strengen Winter Genellans ließen ihnen keine Hoffnung. Dowornobb wandte den Blick ab und entdeckte den Obergefreiten Longo, der schweigend in einer Ecke stand.

22 Salzzug

Der junge Brappa war für die allherbstliche Salzexpedition auserwählt worden, was für einen jungen Krieger soviel wie die Mannbarkeitsweihe darstellte. Als Kuudor Braan mitteilte, daß sein Sohn in diesem Jahr dabeisein sollte, erfüllte den Führer der Jäger väterliche Sorge. Viele Wächter waren von diesen Zügen nicht mehr zurückgekehrt. Aber er unterdrückte rasch die Ängste um seinen Sprößling. Die Salzexpeditionen waren geprägt von ihren ganz eigenen Problemen – da blieb kein Platz für elterliche Befindlichkeiten. Und so machte Braan sich vielmehr Gedanken um die Größe des Zuges. Die Ältesten hatten bekanntgegeben, wie groß der Salzbedarf war, und die geforderte Menge drohte ihm das Herz zu zerreißen: einhundert Sack. Der Führer der Jäger seufzte und schluckte seinen Einspruch hinunter. Er mußte jetzt eine ganze Menge Jägerheime aufsuchen. Als ihr Führer oblag es ihm, die Teilnehmer darüber zu informieren, daß sie auserwählt waren und sich zu melden hatten. Und da ein Jäger nie den Gehorsam verweigerte, wurde Braan in den Heimen mit grimmigem Respekt empfangen.

Helle Glocken läuteten den Vorabend des Aufbruchs ein. Junge Krieger mit dünnen Silberbarren, die an ihren Hälsen hingen, glitten an der Klippenwand auf und ab, und das Gebimmel hörte sich zu fröhlich an für die Aufgabe, die es zu bewältigen galt. Der goldene Abendhimmel verdunkelte sich zur Nacht, und die Jägerfamilien feierten ernst ihr Dankfest. Die auserwählten Krieger und Wächter schliefen fest und erfüllt von Mut und Stolz ob ihrer großen Verantwortung.

Im Morgengrauen zogen sich alle Jäger, ob jung oder alt, ihr Schlachtgewand an und stiegen die Klippen hinan. Ihre drängende Menge füllte alle Wege und Tunnel der Siedlung aus. Am Vormittag hatten sich Tausende von Kriegern am Klippenrand versammelt – ein Meer von schwarzen Augen und Lederschwingen. Pikenspitzen und Bögen ragten wie ein Wald von Wehrhaftigkeit über ihren Köpfen empor. Im Zentrum der versammelten Krieger standen ordentlich in Reih und Glied hundert schwerbewaffnete Wächter, allesamt stolze junge Männer, die auf ihre letzte Prüfung und Weihe warteten. An ihrer Seite befand sich Kuudor, der Hauptmann-der-Wächter. Fünf Wächter im zweiten Jahr spielten einen feierlichen Zapfenstreich. Sie schlugen mit schwingenden Metallstangen gegen Granitblöcke. Wieder andere Wächter standen ringsherum und am Rand Posten. Auf Craags Signal hin verstummten die Musikanten.

Wie an jedem Tag frischten die Winde mit dem Aufstieg der Sonne auf. Braan stand allein und schweigend auf einer Felserhebung, von der aus er die ganze Versammlung überblicken konnte. Er drehte sich mit Würde und breitete die Flügel aus, um die vier Winde zu empfangen. Dabei sang er mit mächtiger und die Anwesenden begeisternder Stimme die alten Litaneien. Allen Jägern strömte darob heißes Blut durch die Adern, und das Fell an ihrem Rückgrat stellte sich vor Erregung, Erwartung und Anspannung auf. Dann fielen sie machtvoll in Braans Lieder ein, ein Chor, der die Klippenwand zum Schwingen brachte. Die Sehnen ihrer Bögen vibrierten, und Staub stieg vom Boden auf – die Ekstase von Hoffnung und Furcht.

Als er sein Bittgebet beendet hatte, stieß Braan einen schrillen Schrei aus und richtete die Spitze seines schwarzen Spießes auf Kuudor. Der Hauptmann-der-Wächter marschierte vor die Front der Auserwählten, sah ihnen in die Augen und rief mit feierlicher Stimme die Namen von fünfzig Jünglingen auf, darunter auch den von Brappa, Sohn-von-Braan. Die Musikanten schlugen einen schnellen Marsch, und die Aufgerufenen hüpften vor, nahmen jeder einen schwarzen Sack an sich und stellten sich in Doppelreihe auf, deren Front zum Klippenrand zeigte. Ihre Bewegungen waren synchron, und ihre Mienen zeigten stoische Entschlossenheit. Die anderen Krieger tschirpten und schrillten begeistert im Rhythmus des Marsches. Sie erkannten die unterdrückten Ängste der Auserwählten und erinnerten sich an ihr eigenes Erstes Mal. Braan hob einen Arm, und die Trommler kamen mit einem donnernden Wirbel zum Ende. Die Wächter, deren Name nicht gefallen war, schlossen rasch die Lücken in ihren Reihen, und auf ihren Gesichtern spiegelte sich gleichermaßen Erleichterung wie Enttäuschung wider.

Braan drehte seinen Spieß und deutete auf Craag-den-Krieger. Mit ebensolchem feierlichen Ernst wie Kuudor sang Craag weitere Namen, die von sechzig Kriegern. Einer nach dem anderen traten sie vor. Die ersten zehn, alterfahrene Kriegsmänner, unter ihnen Tinn'a und Bott'a aus der Sippe Botto, schulterten nun ihre Waffen. Sie stellten die Pfadfinder und Wächter des Zuges dar und bildeten das erste Glied der Truppe. Die anderen fünfzig nahmen sich ebenfalls einen Salzsack. Auch sie waren schlachterfahren, aber noch nicht so lange dabei wie die ersten zehn. Jeder von ihnen würde auf dem Zug einem der Neuen zur Seite stehen und für dessen Sicherheit und Ausbildung verantwortlich sein. Die fünfzig traten zu den Jungen, und ihre Reihen gingen ineinander über.

Die neue Gemeinschaft tuschelte miteinander und zeigte Anzeichen von Unruhe. Braan hob dramatisch die Arme, und alle schwiegen sofort, so daß man nur noch das Gurgeln und Plätschern eines in der Nähe fließenden Baches vernehmen konnte. Der Führer der Jäger stieß einen lusterfüllten Schrei aus und verlangte Beifall für die Teilnehmer des Zugs. Rituelle Lobgesänge ließen die ganze Klippenwand erbeben. Dann sangen die Jäger mit donnerndem Hall das traditionelle Todeslied. Alle Versammelten stimmten das Lied an, in dem es darum ging, einen ehrenvollen Tod zu erleiden und einen raschen Übergang zum ewigen Frieden zu erhalten – das Eingeständnis der Jäger, daß auch ihr Dasein endlich war, daß sie bis zum letzten Atemzug kämpfen wollten und daß sie bereit waren, dem Tod entgegenzutreten.

Der schrille Gesang stieg immer höher an, bis er Frequenzen erreichte, die nur noch für bestimmte Tiere und die Klippenbewohner selbst zu vernehmen waren. Mittendrin hob Braan seine Pike, und die Trommler schlugen einen rhythmischen Marsch, begleitet von Wirbeln und Schlenkern. Der Führer-der-Jäger glitt daraufhin von seiner erhöhten Position und gesellte sich zu Craag, der an der Spitze der Formation stand. Die beiden Männer schritten über den Klippenrand hinaus, und knatternd schlugen ihre Flügel in den Wind. Jeweils zu zweit folgte der Rest der Abteilung, und die Zurückbleibenden stießen Beifallspfiffe aus. Während die Männer der Salzexpedition sich von Thermalwinden nach oben tragen ließen, änderten sie ihre Aufstellung. Zwei Reihen bildeten sich, die auseinanderstrebten, bis eine große V-Formation entstanden war – und jeder Jäger seine eigene Luft vor sich hatte. Die Pfiffe und Schreie der Versammelten auf dem Klippenrand nahmen an Lautstärke zu. Tausende Jäger folgten in ihrer Begeisterung dem Zug ein Stück weit. Sie sprangen vom Rand, fielen auf den Fluß zu und ließen sich von den Aufwinden an der Klippenwand hochtragen. Bald war der Fels schwarz vom Gewimmel der Jäger, die lärmend auf und ab stiegen, während die Expedition in einer dünnen Linie am Horizont verschwand.

»Seht doch!« rief MacArthur und deutete aufgeregt zum Plateaurand. Eine sich ständig durcheinander bewegende schwarze Wolke stieg dort in den Himmel. Der Lieutenant blickte durch das Fernglas, während die anderen Mitglieder der Patrouille – O'Toole, Chastain und Jones – mit bloßem Auge hinstarrten.

»Das sind unsere Freunde«, verkündete Buccari, setzte das Fernglas ab, weil sich das Spektakel auch so verfolgen ließ. »Müssen Tausende sein.« Sie reichte dem Corporal das Glas, der es nach einem Moment weiterreichte. Die Männer wechselten einander ab, bis jeder einen Blick hindurch geworfen hatte. Nach einer Weile dünnte sich die schwarze Wolke aus, und schließlich flogen nur noch einzelne an der Klippenwand entlang.

»Was mag das zu bedeuten haben?« fragte MacArthur.

Buccari sah ihn an und zuckte die Achseln.

»Vielleicht warten sie auf dein Antwortschreiben, Leutenant«, bemerkte der Corporal dann.

»Das wäre wirklich zauberhaft von ihnen«, gab sie kurz angebunden zurück. Buccari konnte es gar nicht abwarten, einen weiteren Satz von Piktogrammen und Zeichnungen am Steinhaufen zu hinterlegen. Seit dem ersten Austausch war von den Fledermäusen nichts mehr gekommen. Sie suchte mit dem Fernglas den Himmel im Osten und im Norden ab. Ein Wetterwechsel schien bevorzustehen.

Die Patrouille unter ihrer Leitung war zu MacArthurs Tal unterwegs, eine letzte Versorgungs- und Erkundungsexpedition vor Einbruch des Winters. Buccari schüttelte ihre Frustration ab. Es wäre ihr wirklich lieber gewesen, wenn die ganze Mannschaft vor der kalten Jahreszeit in das Tal umgezogen wäre. Nach den Worten des Corporals bestand der Boden dort aus fruchtbarem Erdreich, die Temperaturen waren milder, Wild war in Hülle und Fülle vorhanden, und die Wälder wuchsen dichter und artenreicher.

Doch der Commander hatte beschlossen, den Winter auf der Hochebene zu verbringen. Buccari fragte sich immer häufiger, ob Quinn überhaupt noch in der Lage war, vernünftige Entscheidungen zu treffen. Sie fürchtete, der emotionale Streß, unter dem er immer noch stand, beeinträchtigte immer mehr sein Urteilsvermögen. Der Commander verbrachte immer häufiger lange Stunden in Einsamkeit und war nur dann zu einer deutlichen Erklärung zu bewegen, wenn man ihn unter Druck setzte. Bei den meisten Diskussionen wirkte er indifferent oder geistesabwesend. Doch aus irgendeinem unerfindlichen Grund beharrte er mit allem Nachdruck darauf, das Plateau nicht zu verlassen. Sie hatten zwei stabile A-förmige Blockhäuser und einen festen Vorratsraum, in dem hauptsächlich Fleisch aufbewahrt wurde, am Hang unterhalb der Höhle errichtet. Außerdem war ein ziemlich großer Holzvorrat angelegt worden, um im Winter ausreichend heizen und kochen zu können. Und natürlich war da noch die Höhle selbst. Sie stellte durch ihr bloßes Dasein ein Element der Dauerhaftigkeit und Sicherheit dar. Außerdem war die Truppe ihrem ersten Lagerplatz irgendwie emotional verbunden. Quinn hatte erklärt, und war darin von Shannon unterstützt worden, daß sie bestens auf den Winter vorbereitet seien.

Wann die kalte Jahreszeit genau einsetzen würde, war unsicher und hatte etwas von einem Mysterium an sich. Die Winde waren bereits empfindlich kalt geworden, und auch die Luft roch anders. Aber Buccari hatte darauf bestanden, eine letzte Expedition zu unternehmen, bevor sie eingeschneit würden. Sie hatte den Commander so lange damit gequält, bedrängt und belästigt, bis er schließlich nachgegeben hatte, und sei es auch nur, um seine Ruhe wiederzufinden. Der Lieutenant hatte gleich die Truppe zusammengestellt und war aufgebrochen, ohne noch länger zu zögern. Sie hoffte, bei dem Zug wertvolle Kenntnisse zu gewinnen, die ihnen im Frühjahr, wenn es hoffentlich endlich zum Umzug kommen würde, von Nutzen sein konnten. Und dazu war es unabdingbar, möglichst viel über das Tal in Erfahrung zu bringen.

»Eine Kaltwetterfront kommt auf uns zu«, erklärte sie nun und setzte das Glas ab.

»Ist jetzt schon ziemlich kalt«, brummte Jones.

»Was ist denn mit dir los, Boatswain?« fragte O'Toole. »Ich dachte, es macht dir Spaß, hier herumzulaufen und Marine zu spielen.«

»Da hat er recht, Boatswain«, mischte sich der Corporal ein. »Reiß dich zusammen und benimm dich wie ein Mann. Ist doch so, oder, Lieutenant?«

»Richtig, Boatswain«, stimmte Buccari zu. »Zeig uns, daß du ein Mann bist. Corporal, Abmarsch!«

»Aye, Sir«, sagte MacArthur und stapfte auf den Horizont zu.

Braan flog vorneweg und maß seine Höhe anhand des Drucks in seinen Ohren. Die Aufwinde waren für diese Jahreszeit ungewöhnlich stark, und die herbstlichen Südwestwinde pusteten die Jäger rasch über die Plains.

So vergingen Stunden. Die Thermalwinde hielten sie oben, aber Braans anfängliches Hochgefühl wurde immer mehr von dem bevorstehenden Wetterwechsel beeinträchtigt. Aus der Parade unschuldiger und dicker Kumuluswolken war eine hoch aufragende Front von bedrohlichen Nimbuswolken geworden. Konzentrationen sich ballender Turbulenzen trieben höher, und flockige Wolkenschwaden stiegen noch weiter in den Himmel hinauf, während die Bäuche der Wolken schwarz und hochschwanger mit Regen waren. Das war nicht nur ein Unwetter, sondern ein ausgewachsener Sturm. Braan wich nach Westen aus, um so die Regenriesen umfliegen zu können. Damit würde sich die Reise zu den Salzebenen um einige Stunden verlängern, aber wenn sie direkt in das Gewitter hineinflögen, würde sie das womöglich noch weiter vom Kurs abbringen. Bedrohliche Donnerschläge zerrten an den empfindlichen Nerven in seinen Sonarrezeptoren, und fauchende blaue Lichtzacken zuckten aus den dahinrollenden Unwettergebirgen. Die Jäger flogen schneller, umrundeten die verfärbten Wolken und mußten dann feststellen, daß die Sturmfront sich weiterhin vor ihnen dahinzog. Braan entschied sich für einen gewundenen Umweg, sank langsam tiefer und flog durch ein Tal voller grollender Titanen. Er schrie den anderen einen Befehl zu, der an den beiden Seiten der Formation weitergegeben wurde. Craag, der Führer eines Flügels, sank noch tiefer, fiel zurück und bildete mit seiner Truppe eine neue V-Formation. Dünne Wolkenabsprengsel und erste Regentropfen trafen die Jäger, und hoch über ihnen sperrten schwarze Gebirge die letzten Sonnenstrahlen aus. Die Männer ließen sich rascher hinabgleiten und mußten gegen zunehmende Turbulenzen und abnehmende Sicht ankämpfen.

Sonarpulse von erschrockenen Jägern sausten hierhin und dorthin, während sie sich mit Hilfe ihrer Lokalisierungsorgane zu orientieren versuchten. Braan an der Spitze, dem nichts weiter als seine Augen und sein Instinkt zur Verfügung standen, blieb ruhig. Die Turbulenzen zerrten immer wieder an ihm. Und nun setzte auch noch ein Platzregen ein – wenig später gefolgt von Hagel. Braan schrie den anderen zu, daß nun jeder Jäger auf sich allein gestellt sei. Eine Nimbuszelle verschluckte sie, und sie wußten nicht mehr zu sagen, wohin die mächtigen und aufgewühlten Winde sie tragen würden. Braan bemühte sich, weiterhin so gut wie möglich die Richtung beizubehalten, tauchte weiter ab und hoffte, die Formation würde zusammenbleiben. Doch bald mußte er die Fruchtlosigkeit seiner Anstrengungen erkennen. In diesen Luftströmungen ging nichts mehr. Je länger die Jäger in der Luft blieben, desto größer war die Gefahr, daß ihr Verband auseinandergerissen wurde. Der Führer rief mehrmals den Befehl zum Landen. Er zog seine Membranschwingen ein und faltete sie auf dem Rücken zusammen. Ein heftiger Aufwind erfaßte ihn, konnte ihn aber nicht halten. Braan stürzte mit der Schnauze voran zum Boden und schnitt wie ein Messer durch die Strömungen.

Er fiel aus den Wolken, und das ihn umgebende schwarze Grau wandelte sich abrupt in das Mitternachtsgrün der regengetränkten Plains, die immer rascher auf ihn zukamen. Braan machte sich so flach wie möglich und bremste mit ausgebreiteten Schwingen in den Propellerböen ab, um so an Fahrt zu verlieren. Dann schlug er heftig mit den Flügeln, um seinen nassen Körper oben zu halten. Spiralförmig ließ er sich durch den Wolkenbruch nach unten gleiten und rief seine Kameraden. Viele Schreie antworteten ihm von allen Seiten. Und während er noch über der hagelbestreuten Tundra trieb, hüpften schon einige Jäger auf seine voraussichtliche Landestelle zu oder folgten im Flug seinen Rufen. Wunderbarerweise waren nach einer halben Stunde voller Pfiffe und Suchrufe alle wieder beisammen und in Formation. Nicht einer hatte eine größere Verletzung davongetragen. Ihr Abenteuer hatte begonnen.

Die Gewitter zogen über sie hinweg, waren jedoch nur die Vorboten einer sich rasch bewegenden Sturmfront. Die schneidend scharfen Böen waren bald ebenfalls nicht mehr zu verspüren, und ein starker Nordwind trat an ihre Stelle, der einen deutlichen Temperatursturz mit sich brachte. Hagelkörner knirschten unter den Füßen der Jäger, und durch größere Lücken raste ein kalter blauer Himmel dahin. Die Expeditionsteilnehmer mußten nun marschieren, denn die kalte, feuchte Luft konnte ihr Gewicht nicht tragen. Die Jäger stellten sich im Abstand von zehn Spannen in zwei Kolonnen auf. Braan schickte die erfahrensten Wächter an die Flanken und befahl Tinn'a, mit zwei Kriegern die Vorausabteilung zu bilden. Craag bildete mit den Veteranen die Nachhut. Knurrer und andere Raubtiere griffen gern von hinten an. Die Masse der Plains-Fleischfresser hielt sich jedoch weiter im Osten auf, wo die großen Herden ihre Wanderungen begonnen hatten. Doch es war nicht auszuschließen, daß versprengte Büffel und andere Nachzügler sich noch hier in der Gegend aufhielten. Selbst kleinere Herden mochten zurückgeblieben sein, und solche Tiere waren ein bevorzugtes Ziel für alle Arten von todbringenden Wesen. Braan stieß einen Schrei aus, und der Verband setzte sich hoppelnd in Bewegung. Trotz der kurzen Beine, mit denen sie keine großen Schritte machen konnten, bewegten sich die Männer hartnäckig über die nasse Tundra voran. Braan beobachtete voller Stolz seinen Sohn, der sich ebenso gut hielt wie die anderen.

Stoßwinde fegten über die Prärie und entluden Schauer eisigen Regens auf die gebeugten Rücken der Jäger. Als gerade wieder eine Sintflut herniedergegangen war, hörte Braan Tinn'as Warnruf. Er befahl beiden Marschsäulen anzuhalten und lief nach vorn. Tinn'a hockte direkt unter der Spitze auf einer Anhöhe. Als Braan zu ihm eilte, tauchte unmittelbar über dem Kamm ein niedrig fliegender großer Adler auf. Der Führer rief den Kriegern um Tinn'a zu, daß sie sich in Sicherheit bringen sollten, denn sie waren zu wenige, um das mörderische Monster abwehren zu können. Er fürchtete nicht um die beiden Kolonnen, denn die verfügten über ausreichend Pfeile und Feuerkraft, um ein Dutzend Adler vom Himmel holen oder zumindest in die Flucht schlagen zu können.

Die anderen Pfadfinder zogen sich rasch zurück. Tinn'a hingegen breitete leise seine Flügel aus und glitt geräuschlos den Hang hinab. Doch da entdeckte Braan, daß der Adler rasch den Kopf drehte, weil er die Bewegung des Kriegers ausgemacht hatte. Er schlug mit seinen kräftigen Schwingen und stieg rasch höher. Der Raubvogel flog eine Kurve und kehrte dann, den Wind im Rücken, mit erschreckender Geschwindigkeit zurück. Braan blieb keine andere Wahl. Er schrie wieder, doch diesmal nicht zum Rückzug, sondern zum Angriff. Der Führer schlug heftig mit den Flügeln und erhob sich in die Lüfte. Er schob sich nach vorn, kämpfte darum, an Höhe und Geschwindigkeit zu gewinnen, und schwang sein Kurzschwert.

Die furchtlosen Aufklärer folgten seinem Befehl sogleich. Ihre Flügel schlugen knatternd in die Luft, und sie schwirrten tapfer über die nasse Tundra heran, um den Adler abzuwehren. Tinn'a schwang herum, um sich dem Angriff zu stellen. Seine Flügelspitze schleuderte einen ganzen Schwall von Wasser und Hagelkörner vom Boden hoch. Braan, der auf diese Reaktion nicht vorbereitet gewesen war, sauste aufgrund des hohen Tempos, das er mittlerweile erreicht hatte, über seinen Kameraden hinweg und entfernte sich weiter von ihm, als eine gute Taktik es erlaubte. Aber ihnen blieb keine Zeit, umzukehren und sich zu vereinen. Die Todesschreie der Jäger erfüllten die Luft, und sie näherten sich ihrem riesigen Rivalen am Himmel von mehreren Seiten.

Der Blick des Adlers war auf Tinn'a fixiert. Doch als die anderen Krieger auf ihn zustürzten, wurde dem Riesenvogel bewußt, daß er es nicht nur mit einem Gegner zu tun hatte. Ohne sich davon ablenken zu lassen, flog Braan auf ihn zu, das ausgestreckte Schwert direkt auf eines der tückischen gelben Augen des Raubvogels gerichtet. Der Adler ließ sich von der Direktheit dieses Angriffs ablenken und schwang zur Seite, doch Braan folgte seiner Bewegung und schlug mit dem Schwert zu. Der Zusammenprall warf den Jäger aus der Bahn, und er wirbelte, sich mehrmals überschlagend, davon. Instinktiv breitete er die Flügel aus und konnte so die Landung auf dem aufgeweichten Boden abbremsen. Der unbezwingliche Führer rollte sich ab und stieß sich gleich wieder in die Lüfte.

Das in Wut geratene Untier stieß einen gräßlichen Schrei aus, stieg höher und fand den unglücklichen Tinn'a wieder. Halb blind, rasend vor Schmerz und besessen von dem Verlangen, das kleinere Wesen in Stücke zu reißen, sauste der Adler im Sturzflug auf ihn hinab. Tinn'a war viel zu tief, um das Monster angreifen zu können, andererseits aber auch zu langsam, um es auszumanövrieren. So behielt er seinen Kurs bei, glitt weiter, und kurz bevor der Adler ihn mit seinen ausgefahrenen Krallen zu fassen bekam, tauchte der Jäger abrupt unter ihm weg. Doch das Manöver erfolgte nicht rechtzeitig. Eine der Krallen traf Tinn'a mit einem mörderischen Stoß in den Rücken, und er wurde wie ein Stein zu Boden geschleudert.

Die beiden Aufklärer umringten das Tier und bemühten sich, auf einer Höhe mit dem schnelleren und besseren Flieger zu bleiben. Braan, der noch nicht weit genug aufgestiegen war, entdeckte, daß das Trio auf ihn zukam. Tinn'a lag reglos auf dem nassen Boden. Der Adler spreizte wieder die Krallen und wollte sich erneut auf seine Beute stürzen. Braan war seinem Kameraden näher, faltete die Flügel zusammen und landete schwer neben dem Verletzten. Die Arme und Hände des Führers bewegten sich mit rasender Geschwindigkeit. Schon hatte er den Kurzbogen aus der Scheide gezogen und einen Pfeil auf die Sehne gelegt. Er zielte auf den Adler. Das Tier, das auf einer Seite blind war, legte den Kopf mit dem fürchterlich spitzen Schnabel schief, um mit dem gesunden Auge das Ziel zu erfassen. Der Pfeil schnellte los, und seine eiserne Spitze durchschnitt die Luft und bohrte sich tief in das glühende böse Auge, fand das kleine Gehirn des Raubvogels und bereitete seinem Dasein ein Ende. Mit einem furchtbaren Schrei zog der Adler die Schwingen an, geriet außer Kurs und fiel dann blind und tödlich verwundet aus dem Himmel.

Die Pfadfinder landeten links und rechts neben dem zuckenden Tier. Auch sie hatten einen Pfeil aufgelegt und waren schußbereit. Braan zog einen zweiten Pfeil aus dem Köcher. Die Jäger, denen das Herz bis zum Hals schlug, liefen langsam um den Adler herum. Der Adler regte sich ein letztes Mal und lag dann still da.

»Kommt ...«, keuchte der Führer, »wir wollen uns um unseren Kameraden kümmern.«

Er hüpfte hinüber zu Tinn'a. Der Jäger lag in verkrümmter Haltung da, war aber ohne Zweifel noch am Leben. Sein Atem ging rasch und flach. Braan richtete vorsichtig die Gliedmaßen des Kriegers. Doch sein Bemühen, dem Kameraden die Lage zu erleichtern, war vergeblich. Tinn'as Rückgrat war gebrochen. Er öffnete jetzt flatternd die Lider.

»Ich war nicht schnell genug, Braan-unser-Führer«, flüsterte er matt.

Braan schwieg. Seine schwerste Pflicht lag vor ihm. Er warf einen Blick in den Himmel und stimmte mit leiser Stimme und im verlangsamten Takt das Todeslied an. Sein Klagegesang verbreitete sich langsam und traurig über die Ebene. Zum vorgesehenen Zeitpunkt fielen die Aufklärer darin ein, und selbst Tinn'a, dem die Ehre zuteil wurde, seinen eigenen Tod zu besingen, erhob seine schwache Stimme. Die Krieger schämten sich nicht ihrer Tränen. Als der rechte Moment gekommen war, setzte Braan ein Knie auf Tinn'as Brust, hob den Kopf seines

Kameraden langsam, fast zärtlich mit beiden Händen und drehte ihn einmal kurz und hart, womit er ihm das Genick brach und das Rückenmark zerriß. Tinn'a aus der Sippe des Botto, zu Lebzeiten ein bedeutender Krieger, wurde mit dem abgeschlagenen Haupt des Adlers in den Händen begraben, um anzuzeigen, daß sein Tod teuer bezahlt worden war.

Der Duft von gebratenem Fleisch und das Klappern von Geschirr weckten Buccari. Sie verließ nur zögernd den warmen Schlafsack und kroch mit steifen Gliedern aus dem Zelt. Der Morgen war eiskalt, und Rauhreif bedeckte das ganze Land. Nur ein paar vereinzelte Rauchfäden trieben an der Klippenwand empor. Hinter den spärlichen Nebelschwaden zeichnete sich die harte Linie des östlichen Horizonts ab und kündete den neuen Tag an. Die ersten Sonnenstrahlen schoben sich über die Grenzlinie zwischen Himmel und Erde. Eine einsame Wolke, die rosafarben und hoch am neonblauen Firmament hing, legte Zeugnis von der bevorstehenden Helligkeit der Sonne ab, die noch nicht aufgegangen war. MacArthur und Chastain hockten an einem kleinen Feuer. Der Corporal blickte auf, als sie aus dem Zelt kam.

»Morgen, Lieutenant«, grüßte er fröhlich. »Wir haben Glück. Ein Murmeltier ist uns in die Falle gegangen.«

Buccari schluckte hart und verzog das Gesicht. Schon wieder fettiges Fleisch.

»Ist mit dir alles in Ordnung?« fragte MacArthur mit leiser Sorge.

»Mir geht es prächtig, Corporal«, antwortete sie und bemühte sich, das ihren Gesichtszügen anmerken zu lassen. »Ich fühle mich nur noch ein bißchen steif.«

»Da bist du nicht die einzige. Ich mußte O'Toole heute früh buchstäblich mit Tritten wecken, damit er die Wache übernahm. Der Ärmste konnte sich kaum regen. Liegt nur an diesem verdammten Campingleben. Das kriegt uns noch alle klein.«

Sie hob den Kopf und entdeckte O'Toole, der gerade auf dem Weg zurück vom Bach die Anhöhe erklomm. »Wo steckt denn Jones?«

MacArthur deutete mit dem Daumen auf ein Zelt. Im selben Moment stöhnte der Marine laut, wie es nur Männer tun, wenn sie sich widerwillig von ihrem Lager erheben. Die Zeltklappe flog auf, und Jones' breites Gesicht und seine noch breiteren Schultern schoben sich ins Freie. Er hatte sich eine Decke um Kopf und Rücken geschlungen.

»Schei-ße! Ist das kalt!« murrte er zitternd und mit halb geschlossenen Augen. »Oh ... Verzeihen Sie, Lieutenant«, fügte er rasch hinzu, als er Buccari entdeckte. »Ich wollte vielmehr sagen, daß es eine Freude ist, sich im Freien aufzuhalten. Geradezu erfrischend, diese Temperaturen.« Er richtete sich zur vollen Höhe auf und streckte sich ausgiebig. Seine lebendigen braunen Augen blinzelten träge, dann drang ihm der Duft des bratenden Murmeltiers in die Nase.

»Mann, das riecht aber gut!« Man sah ihm an, daß ihm das Wasser im Mund zusammenlief. »Mensch, ich hoffe, ihr habt mehr als bloß diese eine Felsratte in der Pfanne.«

»Willst du den Racker etwa ganz allein verdrücken, Boatswain?« rief O'Toole, der eben das Lager erreichte. »Aber immerhin nimmst du ja auch das ganze Zelt für dich in Anspruch. Ich komme mir schon so vor, als wäre ich mit dir verheiratet. Bist du dir ganz sicher, nicht doch irischer Abstammung zu sein?«

Jones lächelte. »War saukalt in dem Zelt. Die beste Gelegenheit, sich mit seinem Kameraden anzufreunden.«

»Wo wir gerade von Freunden sprechen, Lieutenant«, erklärte O'Toole, »dein Notizbuch ist irgendwann im Verlauf meiner Wache verschwunden. Als ich die Wache angetreten habe, bin ich natürlich gleich nachschauen gegangen, und da lag es noch auf den Steinen. Doch als ich vor einer Stunde noch einmal dort war, war es fort. Im Frost waren aber Fußspuren zu erkennen, und die führten direkt zu den Klippen.«

»Na endlich«, seufzte sie. » Haben unsere Freunde irgendwas zurückgelassen?«

»Nein, nichts, Sir.«

Als die Sonne über den fernen Horizont im Osten stieg, hatte die Salzexpedition bereits ein gutes Stück Wegs zurückgelegt. Der muffige Gestank der Moschusbüffel machte sich immer stärker bemerkbar. Die Aufklärer entdeckten im Osten eine Herde. Die Jäger kauten Dickwurz und änderten ihren Kurs, um den Tieren aus dem Weg zu gehen. Alle Arten von Fleischfressern, die voller Raubgier waren und längst gegen den Gestank immun geworden waren, hielten sich stets in der Nähe solcher Herden auf. Sie schlichen ständig in Erwartung von Beute um sie herum und rissen im geeigneten Moment die alten und schwachen Tiere. Braan führte seine Abteilung nach Westen und hoffte, so den Knurrern entgehen zu können. Die Salzseen lagen nicht mehr allzu fern.

Der Führer lief nach vorn zu den Aufklärern. Das Land senkte sich scharf und ging in eine flache Ödnis über. Nördlich davon lagen die weißumrandeten Seegründe. Die Herden blieben lieber im Osten, und man konnte dort ständige Bewegung ausmachen. Braune Staubwolken, die von den Hufen der Ebenenbewohner aufgeworfen wurden, stiegen in den kristallklaren Himmel, als wollten sie ihn verdecken. Einer der Pfadfinder stieß einen Pfiff aus, doch Braans Aufmerksamkeit wurde weniger davon in Anspruch genommen, sondern vielmehr von einem geisterhaften Heulen, das sich über die Plains fortsetzte – der Ruf eines Büffeldrachens. Und schon zeigten sich ein gutes Stück entfernt zwei der wilden, langbeinigen Ungeheuer. Einer der Drachen blieb unvermittelt stehen und drehte den Kopf in Richtung der Jägerkolonnen. Sein langer, faltiger Hals fuhr aus und hob den gräßlichen Schädel hoch über den mit dicken Platten besetzten Rücken. Dann legte das Tier den Kopf schief, schnüffelte und schlug unruhig mit dem dornenbewehrten

Schwanz. Doch ebenso abrupt, wie es angehalten hatte, machte das Monster kehrt und rannte hinter seinem Gefährten her. Braan stieß einen tiefen Seufzer der Erleichterung aus.

Normalerweise traf man Drachen tagsüber so gut wie nie an. Diese Tiere waren gefährliche Mörder, aber aus Gründen, die Braan unklar blieben, mieden sie die Klippenbewohner, so als ahnten sie die Wehrhaftigkeit der Jäger. Wie dem auch sei, der Führer war von Herzen dankbar für diesen Umstand, denn diese Monster konnten einem schon gehörig Respekt abnötigen. Er hatte mit eigenen Augen gesehen, wie Drachen mit unbeschreiblicher Kraft und Wildheit selbst einen anstürmenden Bullen zu Boden zwangen.

»Braan-unser-Führer!« zwitscherte der Aufklärer und deutete nach vorn: »Knurrer!«

Gegen den Wind und ein großes Stück von den Kriegern entfernt trottete ein Rudel dieser Räuber vorüber. Die Tiere folgten den Drachen und stellten für die Jäger keine akute Bedrohung dar. Ihre grauen Mähnen und silbernen Pelze verfärbten sich bereits. In zwei Monaten würden sie dick und schneeweiß sein. Trotzdem folgte Braan seinem Instinkt und schlug die entgegengesetzte Richtung ein. Weitere Knurrer tauchten an der Flanke der Kolonnen auf. Ein Aufklärer gab Alarm. Das Rudel bestand zwar nur aus sechs Tieren, doch diese schlichen sich bereits an die Jäger an, und ihre dünnen Schwänze schlugen wie Peitschen.

Der Pfadfinder, der ihnen am nächsten war, erhob sich in die Luft und glitt auf die Gefahr zu. Er schwebte aufreizend langsam von den Kolonnen fort und tat so, als sei er verletzt. Er landete unbeholfen nur wenige Schritte von den Raubtieren entfernt. Sie sprangen erschrocken zur Seite, stellten sich auf ihre Hinterbeine und fletschten die gelben Fangzähne. Die Räuber knurrten wütend und laut darüber, in ihrem Vorhaben gestört worden zu sein, eine grimmige, aus grauer Vorzeit stammende Melodie aus Heulen und Grollen.

Der pfiffige Jäger ließ sich fallen, hoppelte ein paar Schritte weit und erhob sich dann wieder in die Luft. Die Knurrer hatten sich mittlerweile von ihrem Schrecken erholt und griffen mit erhobenen Ruten an. Der Aufklärer landete alle paar Spannen und ließ dann müde die Flügel hängen, nur um wieder aufzusteigen, ehe die Räuber ihn erreicht hatten. Er reizte sie mit diesem Manöver bis aufs Blut, denn nie vermochten sie ihn zu fassen. Braan sah diesem Treiben anerkennend zu. Die Kolonnen zogen weiter und hatten bald die Knurrer hinter sich gelassen. Als die Gefahr vorüber war, stieg der Aufklärer höher hinauf und kehrte zum Ende der Marschsäulen zurück. Die frustrierten Raubtiere hatten das Nachsehen.

23 Begegnungen

Der Jägerverband marschierte über das absolut flache Land der alkalihaltigen Seen. Die Landschaft war öde und leer, geradezu surreal durch das Fehlen jeglicher Perspektive. Alles Leben schien auf zwei Dimensionen reduziert, die Existenz auf die vollkommene Flachheit beschränkt. Alle Distanzen wurden von den schimmernden Linien gefrierender Wärme verdeckt, die von den silbernen Luftspiegelungen hochstiegen. Braan bewegte sich an der Spitze des Zugs und setzte die Aufklärer als Nachrichtenübermittler ein. Die Kolonnen der ungeduldig werdenden Jäger kamen an alten Grabungsstellen vorbei, die vom Wind und Regen geglättet worden waren. Der Führer wußte um die Vorteile, Salz von der allerreinsten Qualität abzubauen. Jedes Körnchen, das sie nach Hause transportieren konnten, war von größter Kostbarkeit. Ein zusätzliches Pfund Salz von höchster Reinheit rechtfertigte jede Überstunde und jede Marschbeschwernis.

Braan blieb stehen. Durch die thermalen Verzerrungen, die

von den gleißenden weißen Salzflächen aufstiegen, glaubte er, kleine, auf den Hinterbeinen stehende Tiere auszumachen. Sie hatten ihn längst gewittert und waren wie erstarrt. Der Wind blies von links und trug keine gefährlichen Gerüche mit sich, sondern nur das schale, säurehaltige Odeur des Salzlandes. Der Führer pfiff leise zu dem nächsten Pfadfinder und befahl ihm, zum Zug zurückzukehren und dort Anweisung zu geben, sich zu einem Angriff zu formieren. Dann gab er den anderen Aufklärern das Zeichen, an den Flanken auszuschwärmen. Vorsichtig überprüfte er nun die aufsteigenden Luftströmungen für den Fall, daß eine rasche Flucht geboten schien. Dann erst setzte er sich in Richtung der Tiere in Bewegung. Beim Näherkommen klärte sich die wirbelnde, spiegelnde Luft, und ein vertrauter Geruch drang in seine Nase. Bei den vermeintlichen Tieren handelte es sich in Wahrheit um einen Stamm von Bergbewohnern.

Braan blieb hundert Schritte vor ihrem Lager stehen und hielt Schwert und Bogen so, daß sie nicht als Bedrohung angesehen werden konnten. Seine Aufklärer waren zu seinen beiden Seiten mit gespanntem Bogen in Stellung gegangen. Die Bergbewohner hatten bemerkt, daß ein Klippenbewohner auf sie zukam, und erwarteten ihn mit bereitgehaltenen Piken und Dolchen. Nur wenige von ihnen waren mit einem Bogen bewaffnet. Braan zählte rasch ihre Köpfe. Etwa siebzig von ihnen hielten sich bei den Abbaustellen auf. Ihr Anführer, eine wenig vertrauenerweckende Gestalt mit einem tückisch wirkenden Messer in der Hand, humpelte auf ihn zu und blieb zehn Schritte vor ihm stehen. Er war wie Braan Jäger, aber kleiner und dunkler. Gegen das glänzende Schwarz des Klippenbewohners wirkte sein Fell matt und stumpf wie Kohle. Außerdem besaß er keinen cremefarbenen Fleck auf der Brust. Der Führer der Bergbewohner wirkte alt und schien bereits viele Schlachten geschlagen zu haben. Etliche Narben verliehen seiner faltigen Erscheinung ein zusätzliches Muster. Die eigentümlichen Augen des Jägers besaßen die Farbe von hellem Kräutersud.

»Wir waren zuerst hier, Klippenbewohner«, erklärte der Häuptling der Bergbewohner.

»Ich bin auch nicht gekommen, um zu streiten, Bergbewohner«, entgegnete Braan. »Haltet Frieden.«

Der Veteran spähte an seinem Gegenüber vorbei in die Ferne, machte die Späher aus und versuchte vergeblich abzuschätzen, mit wie vielen Kriegern die Klippenbewohner erschienen waren. Braan spürte den Ärger und die Frustration des Häuptlings.

»Ihr braucht Euch nicht zu fürchten, Krieger«, beruhigte der Führer-der-Jäger ihn. »Ihr seid sehr weise, wenn Ihr alle Eure Jäger dazu einsetzt, Salz abzubauen. Der Schnee des Winters wird schon bald das Land bedecken.«

»Wir sind für heute fertig«, erklärte der sauertöpfische Häuptling. Braan hatte Mühe, seinen Dialekt zu verstehen. Der Bergbewohner starrte den größeren Klippenbewohner mißgünstig an. Manche Stämme, vor allem die, die in den Bergen hausten, überfielen gern andere Stämme, um ihnen ihr Salz abzunehmen und sich die Mühe zu sparen, selbst eine anstrengende Expedition zu den Seen auszurüsten. Manche Bergbewohner nahmen die Salzträger anderer Stämme sogar gefangen und zwangen sie, das Salz zu ihren Siedlungen zu befördern, um sie dort zu versklaven oder zu erschlagen.

»Ihr habt eine vortreffliche Stelle ausfindig gemacht«, lobte Braan ihn. »Das Salz hier ist von außerordentlicher Reinheit.«

Der knorrige Jäger schwang seinen Dolch. »Wagt es ja nicht anzugreifen, Größerer. Zieht Euch zurück, sonst kämpfen wir. Meine Krieger sind alle schlachterfahren, und wir fliehen nie.«

Braan schaute über den Schädel des grimmigen Häuptlings hinweg auf dessen Streitmacht von zerlumpten Bergbewohnern. Die Krieger wirkten müde und unterernährt. Ein Feind, der nichts mehr zu verlieren hatte, war der schlimmste Gegner.

»Erspart Euch Eure Drohungen, Krieger-der-Berge«, entgegnete Braan ungerührt. »Grabt weiter, und zieht dann in Frieden von dannen. Wir wollen Euch nichts zuleide tun, es sei denn, Ihr seid so töricht, uns zu provozieren.« Er drehte sich um und breitete die Schwingen aus. Doch dann blieb er stehen und sah dem Häuptling noch einmal ins verkniffene Gesicht.

»Eure Jäger leiden Hunger. Wir haben einen Adler erlegt. Was wir von seinem Fleisch erübrigen können, schaffen wir zu Euch, als Geste unseres guten Willens.« Nun machte er endgültig kehrt und erhob sich in die Lüfte. Ein mäßiger Aufwind trug ihn nach oben, und er glitt zu seinem Zug zurück. Die Aufklärer zogen sich zu Fuß zurück und deckten ihren Anführer.

Der Herbst hatte sich auf das Unterholz am Ufer des großen Stroms gesenkt. Isolierte Inseln aus Gelb und Kupferrot rahmten das dunklere Grün der Fichten und Kiefern ein und verliehen den kleinen bedeckten Hängen und Hohlwegen, die in das größere Tal einmündeten, Perspektive und Tiefe. Doch all die Schönheit des Herbstes, die sie an den Tagen schauen durften, an denen sie am Fluß entlangliefen, war nichts im Vergleich zu der Pracht und dem Reichtum, die sie in MacArthurs Tal erwarteten. Buccaris Patrouille erreichte den Ort im ersten Licht des folgenden Tages. Sie stieß auf die Fälle, die sich vom Rand in den Fluß stürzten, und das Tosen der Stromschnellen löschte alle anderen Geräusche aus. Der Lieutenant blickte über den ruhigen See am Eingang des Tals hinaus auf das Land, das all ihre Träume wahr werden zu lassen schien. Strahlen aus reinstem Gold kamen von der niedrigen Morgensonne und erschufen Regenbögen im aufspritzenden Wasser der Fälle. Überall leuchteten die wunderbarsten Herbsttöne und waren dank der Reflexionen der Seeoberfläche doppelt vorhanden. In der Ferne gingen Erdfarben in allen Schattierungen in Streifen blaugrünen Bergwaldes über, durch die ein Wasserfall über mehrere Katarakte stürzte. Er strömte aus einer Hügelkette bis zum Grund der hochaufragenden Berge hinab. Höher gelegen schmiegte sich ein von weißem Frost überzogener türkisfarbener Gletscher zwischen die schneebedeckten Gipfel und spitzen Felsen, die allesamt auf das prächtigste vom See reflektiert wurden.

»Grundgütiger!« entfuhr es Buccari. »Wie wunderschön!« Der einmalige Anblick raubte ihr den Atem und ließ sie das schwere Gewicht des Backpacks vergessen. »Ich möchte nie wieder von hier fort!«

»Ich weiß, was du sagen willst«, bemerkte der Corporal und zertrat mit einem Fuß die dünne Eisdecke, die sich auf einer Pfütze gebildet hatte. Wenn die Menschen sprachen, war der Atem vor ihren Mündern als kleines Wölkchen zu erkennen, was wiederum ihr Staunen unterstrich.

MacArthur lief an ihr vorbei, und sie folgte ihm und strauchelte, weil sie den Blick nicht von der phantastischen Landschaftsszenerie wenden konnte. Riesige Schwärme von Wasservögeln erhoben sich explosionsartig vom See, und das Rauschen ihrer Schwingen übertönte sogar das rivalisierende Tosen des Stroms. Die Patrouille bewegte sich weiter, lief über den knirschenden Uferkies und gelangte tiefer ins Tal. Buccari gelang es schließlich, den Blick wieder auf den Weg voraus zu richten. Dabei fielen ihr hohe Gräser ins Auge, die hier im Marschland und in Ufernähe in Überfülle wuchsen. Vögel umflatterten die Halme und pickten immer wieder daran.

»Warte mal einen Moment, Corporal«, befahl sie. »Ich möchte mir das mal näher ansehen.« Der Lieutenant nahm den Backpack ab, ließ sich auf dem Boden nieder und zog sich die Stiefel aus.

»Wir könnten durchaus eine Rast einlegen«, sagte MacArthur und befreite sich ebenfalls von seinem Rucksack. »Was ist, hast du dir eine Blase gelaufen?«

»Siehst du das buschige Gras dort im See?« entgegnete sie

und watete in das knöcheltiefe eisige Wasser. »Kommt mir wie Getreide vor.« Buccari untersuchte die brusthohen Halme und entdeckte zu ihrem Entzücken dichte Ährenreihen mit reisförmigen Körnern. Sie pflückte eine Handvoll Körner, befreite sie von der Schale und betrachtete den weißen Hülseninhalt. Ihr Instinkt sagte ihr, daß sie hier etwas Eßbares in der Hand hielt. Sie hackte ein paar Halme ab und trug sie zum Ufer. Dort ließ sie sich nieder, und der Corporal gesellte sich zu ihr.

»Ich bin hier mindestens ein dutzendmal entlanggelaufen, aber dieses Getreide ist mir nie aufgefallen«, erklärte MacArthur.

»Bis vor ein paar Wochen gab es hier auch noch nichts davon zu sehen.« Sie nahm einen Kochtopf aus ihrem Gepäck und ließ die Körner hineinfallen.

»Kann ich helfen?« fragte der Corporal. Dann nahm er sich einen Halm und streifte die Körner ab. Der Lieutenant beobachtete ihn bei seinem Tun. MacArthurs Hände bewegten sich rasch und sicher, und seine Miene zeigte an, daß er sich ganz auf die Arbeit konzentrierte.

Sie entleerten rasch alle Halme und betrachteten dann ihre magere Ausbeute. Die Körner stellten unzweifelhaft ein Nahrungsmittel dar. Daraus ließ sich Brot backen, die Grundlage des Lebens. Buccari hob den Kopf und wollte gerade etwas sagen, als sie bemerkte, daß der Corporal sie intensiv anstarrte. Sie drehte rasch den Kopf weg, weil die ungewollten Emotionen, die jetzt in ihr aufstiegen, sie aus der Fassung zu bringen drohten.

»Man muß sie schälen«, erklärte sie rasch und fingerte durch das Körnerhäufchen. Sie trennte die Schalen von den Samen, und ihre Stimme hatte heiser geklungen. Dieser verdammte Druck. Sie verspürte das Drängen, das dabei entstand, wenn man auf einer natürlichen Welt lebte, in der die animalischen Triebe voll zum Tragen kamen. Ihre Existenz auf diesem Planeten war auf das Grundsätzliche, das Fundamentale reduziert worden. Hier spielte es keine Rolle mehr, daß sie eine meisterliche Apfelpilotin war. Auch ihre Computerkenntnisse waren hier ebenso überflüssig, wie ihr militärischer Rang irrelevant war. Sie befand sich in einem Tal auf einer jungfräulichen Welt und mußte sich der Tatsache stellen, daß sie jetzt zu lernen hatte, eine Frau zu sein. Eine Frau auf einem primitiven Planeten. Dieser Gedanke formte sich nicht in ihrem Bewußtsein, aber die Instinkte machten ihn dennoch wahrnehmbar, so daß er durch ihr ganzes Unterbewußtsein drang. O ja, sie verspürte den Druck genau.

Die Bergbewohner verschwanden in der Nacht. Braan begab sich zu den Ausrüstungsgegenständen, die sie zurückgelassen hatten, und begutachtete sie. Das, was hier herumlag, ließ darauf schließen, daß Panik sie befallen hatte. Der Führer war in seinem langen Leben erst ein dutzendmal Vertretern anderer Stämme begegnet, und jedes dieser Zusammentreffen war von großer Furcht und tiefem gegenseitigem Mißtrauen begleitet gewesen. Braan dachte über die offenkundigen Unterschiede zwischen seinem Volk, den Klippenbewohnern, und den anderen Stämmen, den Bergbewohnern, nach. Und die Erkenntnisse, zu denen er dabei gelangte, verwunderten ihn sehr.

»Wo sollen wir anfangen zu graben, Braan-unser-Führer?« unterbrach Craag seine Gedankengänge. Sein Stellvertreter hatte, wie von ihm gewünscht, ringsherum Wachen aufgestellt. Braan warf einen raschen Blick auf seine fähige und intelligente Truppe und war dankbar für die Vorteile, die die Klippenbewohner den anderen gegenüber besaßen.

»Konzentriert Euch auf die Stellen, an denen bereits gegraben wurde, aber dringt nicht tiefer als eine Pikenlänge ein. Wenn das nicht reicht, grabt windaufwärts, aber entfernt nicht mehr als die oberste Schicht.«

»Bott'a hat entdeckt, daß die Grabungsstellen besudelt wurden«, erklärte Craag wütend.

»Besudelt?« fragte Braan verwirrt.

»Sie wurden mit Kot, Asche und anderen Exkrementen beschmiert. Die Bergbewohner wollten nicht, daß wir uns ihre Vorarbeit zunutze machen können. Vielleicht hätten wir sie doch besser angreifen sollen.«

»Nein, mein Freund«, entgegnete Braan nachdenklich. »Es war richtig von uns, sie unbehelligt ziehen zu lassen. Fangt eben an neuen Stellen an zu graben. Zumindest wissen wir jetzt um ihre Ängste. Sollen sie uns weiter fürchten und uns als Rätsel ansehen. Im Endeffekt wird uns daraus ein Vorteil erwachsen.«

»Mac, du und Chastain erkundet den Rest des Tals«, ordnete der Lieutenant an. »Ich bleibe mit dem Boatswain und O'Toole hier. Wir brauchen die Abwechslung auf unserem Speiseplan.« Buccari ärgerte sich darüber, daß sie nur einen begrenzten Vorrat von dem wertvollen Samen ins Lager mitnehmen konnte. Warum waren sie nicht längst in dieses Tal gezogen? Und sie war auch sauer, daß sie sich bald von diesem schönen Land verabschieden mußte und erst im Frühjahr hierher zurückkehren konnte. Doch zumindest bemühte sie sich, sich ihre schlechte Laune nicht allzusehr anmerken zu lassen.

»Aye, Lieutenant«, sagte MacArthur. »Wir sind in drei Tagen zurück.«

Buccari sah den beiden Männern nach, wie sie um den See herumliefen und dann hinter einer Landzunge verschwanden. Den Corporal davonziehen zu sehen, erleichterte sie auf der einen Seite und betrübte sie auf der anderen. Aber seine Anwesenheit brachte sie einfach zu sehr aus dem inneren Gleichgewicht.

Der Lieutenant machte sich an die Arbeit und gab den beiden verbliebenen Männern Anweisungen. O'Toole und Jones hackten die langen Halme ab und trugen sie zu einer gefegten Felsfläche, auf der sie gedroschen wurden. Sobald eine größere

Menge Körner auf diese Weise gelockert worden war, steckte man sie in einen Zeltsack und schlug ihn mehrmals gegen den Stein, um die Hülsen zu lösen. Danach warfen sie das Ganze hoch in die Luft, damit der Wind hindurchfahren und die leichtere Spreu davontragen konnte. Sie wiederholten den Prozeß des Dreschens und Worfelns so oft, bis kein Halm mehr ein Korn trug. Nach zwei Tagen Arbeit in Sonne und Wind taten den drei alle Knochen im Leib weh, aber sie durften mit Stolz feststellen, daß sie dreißig Kilogramm weißen Getreides zusammenbekommen hatten.

»Wir sind bereit für den Rückmarsch, Braan-unser-Führer«, meldete Craag. Rauhe Winde bliesen unnachgiebig und trieben brennendes Salz in gerötete Augen und auf weißverkrustetes Fell.

Braan schritt die Reihe der Krieger ab, die ihre Last aufgenommen hatten, und überprüfte ihre Kondition und ihren verbliebenen Eifer. Schwere Salzsäcke lasteten auf schmalen Körpern, eine ungewohnte Last für Wesen, die zum Fliegen geboren waren. Er erreichte seinen Sohn und klopfte ihm fest auf den Rücken. Brappa reckte stolz die Brust, war aber zu sehr Soldat, um etwas zu sagen.

Braan hob seinen eigenen Sack und legte ihn über die Schultern. Dann hob er sein Schwert, deutete nach Süden und marschierte langsam zwischen den Kolonnen los. Craag und die Nachhut, die keine Last zu tragen hatten, warteten, bis der ganze Zug sich in Bewegung gesetzt hatte. Die Pfadfinder, Späher und Wächter, die voraus und an den Flanken postiert worden waren, streiften über das Land.

Die Salzebene blieb hinter ihnen zurück. Die Kolonnen der Jäger schoben sich über das flache Land und gelangten wieder auf die Tundra. Die unförmigen Salzsäcke erwiesen sich als schwere Last, und die Jäger gerieten trotz der eisigen Bisse der Nordwinde ins Schwitzen. Eine Schicht grauer Wolken eilte über den Himmel und entlud hier und da einen kurzen Schauer. Die jungen Wächter stählten sich für ihre Last und freuten sich auf die Klippen ihres Zuhauses. Die erfahreneren Jäger, die es besser wußten, leerten ihr Bewußtsein von allen Gedanken, Wünschen und Hoffnungen.

Am zweiten Tag griffen Knurrer an, ein mittelgroßes Rudel mit insgesamt vierzehn Tieren, das von einer silbermähnigen Wölfin angeführt wurde. Die Nachhut entdeckte als erste die Angreifer, als sie einen Hügel hinaufliefen, und gab Alarm. Die Wächter eilten den Räubern sofort entgegen, um sie von den Kolonnen fernzuhalten. Die Träger blieben stehen, nahmen ihre Säcke jedoch nicht ab. Eine solche Last abzulegen und später wieder aufzunehmen, kostete mehr Kraft, als sie die ganze Zeit über auf dem Rücken zu lassen. Sie stellten sich in Position auf und schnüffelten nervös. Braan ging davon aus, daß die Nachhut im Verein mit den Wächtern das Rudel in die Flucht schlagen würde. Er schrie seinen Befehl in den Wind, und schon setzten die Träger wieder einen Fuß vor den anderen.

Die Wölfin blieb stehen, bevor sie den Kamm erreichte, richtete sich dann hoch auf ihre Läufe auf und suchte den nahen Horizont ab. Die Pfiffe und Schreie der Jäger trieben mit dem Wind heran. Die Knurrer machten sich lang, krochen über den Kamm und bewegten sich ein Stück von den Kolonnen fort.

Ein Wächter und zwei Krieger der Nachhut erhoben sich in die Luft, flogen zusammen zum Hügel und schwebten über den Raubtieren. Der Wächter erreichte die Tiere als erster, dicht gefolgt von den beiden anderen. Sie trieben verlockend niedrig über den Knurrern dahin. Kiefer klappten zu, Schweife peitschten, und gutturales Knurren ließ sich vernehmen. Die Räuber stellten sich auf die Hinterläufe und versuchten, die Beute aus der Luft zu fangen, doch das gelang ihnen nicht ein einziges Mal. Dann landete das Trio hinter den Knurrern und wartete, bis die Tiere sich zu ihnen umdrehten und herangelaufen kamen.

Die Wölfin verfolgte die Bewegungen der Flugwesen mit grausamen Augen. Ihr Rudel knurrte nervös, während das wendige Tier in den Wind schnüffelte. Die Wölfin blickte zu den Jägern, die auf einer Tundraerhebung standen, und wieder zurück zu den langen Kolonnen, die in die Ferne entschwanden. Dann hob sie den Kopf, stieß ein tiefes Grollen aus und lief den Hügel hinab zu dem Zug, bei dem sich sicher mehr Beute machen ließ. Das Rudel folgte ihr grimmig.

Die abgewiesenen Köder sprangen wieder in die Luft, glitten hinterher und stießen ihre Pfiffe aus. Braan vernahm das Warnsignal, befahl den Kolonnen stehenzubleiben und eilte den heranrasenden Reißzähnen entgegen. Craags Angriffsschrei durchschnitt die Luft, als der mutige Krieger zusammen mit der Hälfte der Nachhut in den Himmel aufstieg. Der Führer gab das Zeichen, die Lasten abzusetzen. Er postierte links und rechts neben den Trägerreihen je sechs Krieger, und diese nahmen die Positionen ein, die die Wächter und Aufklärer zur Abwehr des Angreifers verlassen hatten. Eine unangenehme Überraschung konnten die Klippenbewohner jetzt wirklich nicht gebrauchen.

Braan wies die linke Kolonne an, die Waffen bereitzuhalten und sich dem Feind zu stellen. Die rechte Kolonne sollte als Reserve dienen. Dann warf er seinen Salzsack ab und erhob sich müde in die Luft. Die Knurrer waren nur noch einen weiten Bogenschuß entfernt und jagten einen Hang hinunter auf die Jägerformation zu. Ihr gräßliches Heulen nahm an Lautstärke und Intensität zu, während sie sich bereits im Besitz reicher Beute wähnten. Craags Jäger setzten zum Sturzflug auf den Leitwolf an und feuerten im Hinabgleiten ihre Bögen ab, eine ebenso schwierige wie ineffektive Taktik. Aber Craag wollte vor allem Zeit gewinnen, damit der Rest der Nachhut und die Wächter heranrücken und eingreifen konnten. Das Rudel reagierte wie gewünscht. Als die Pfeile sich neben ihnen in den Boden bohrten, verlangsamten die Tiere ihre Schritte und wichen zur Seite aus. Einen Knurrer erwischte es sogar. Er brach zusammen, und ein Pfeil ragte aus seiner Kehle.

Die Wölfin bellte und führte ihr Rudel erneut zum Angriff an. Doch diese Verzögerung reichte fünfen von Craags Kriegern aus, um sich den Knurrern in den Weg zu stellen und eine Verteidigungslinie zu errichten. Als Braan zu ihnen eilte, verstärkten Craag und zwei Wächter gerade die Reihe. Die Krieger schwärmten halbkreisförmig aus, um das Rudel von mehreren Seiten gleichzeitig mit den todbringenden Pfeilen treffen zu können. Die Tiere, aus deren gefährlichen Kiefern Speichel troff und deren gelbe Augen sich blutrot gefärbt hatten, stürmten gegen die Linie der Jäger an. Craag gab den Feuerbefehl. Sehnen sangen, und Pfeile schwirrten in die Reihen der angreifenden Räuber. Drei von ihnen überschlugen sich und waren gleich tot oder tödlich verwundet. Aber der Rest ließ sich nicht aufhalten und durchbrach die Verteidigungsformation. Craag und seine Truppe stiegen gleich auf, drehten sich im Wind und flogen gefährlich tief über den mahlenden Mäulern der wütenden Knurrer.

Das Rudel ließ sich in seinem Angriff ablenken. Die Wölfin sprang aus dem Stand in die Luft. Ein Pfeil hatte sie in die Schulter getroffen. Als sie wieder den Boden berührte, drehte sie den Kopf nach hinten, packte den Pfeil mit ihren Zähnen und zog daran, bis er sich aus ihrem Fleisch löste. Die anderen Tiere stürmten an ihr vorbei auf die Witterung reicher Beute zu, doch diesmal bewegten sie sich vorsichtiger. Die Rudelführerin folgte ihnen, und Blut rann aus einer offenen Wunde an ihrem Schädel, wo ein Pfeil eine tiefe Furche in ihr Fell gezogen hatte.

Braan war für den Angriff bereit. Die Kolonnen trennten sich. Die erste ging Schulter an Schulter in Position, um die Knurrer mit einer überwältigenden Salve zu empfangen. Die Tiere, die noch nichts davon ahnten, daß sie dem Untergang geweiht waren, verfielen unter gefährlichem Knurren und zähnefletschend in Galopp. Als sie noch dreißig Schritte entfernt waren, senkte Braan den Arm, und die Hälfte der Bögen in der ersten Reihe schossen ihre Pfeile ab. Dies war das Feuer der Neuen. Drei Knurrer fielen, und zwei andere blieben humpelnd zurück. Braan senkte wieder den Arm, und diesmal sausten die Pfeile der Veteranen durch die Luft. Vier Knurrer brachen zusammen. Diejenigen, die noch übrig waren, wandten sich zur Flucht, und ihr Fell war mit Pfeilen gespickt. Die Jäger stimmten ihr Siegesgeschrei an und sangen dann das Lied des Todes, um dem gefallenen Feind die letzte Ehre zu erweisen.

»Gut gemacht, Jäger!« schrie Braan. »Nun sammelt Eure Pfeile wieder ein, und dann setzen wir den Marsch fort.« Er verfolgte mit Befriedigung, wie die jubelnden Männer den Boden nach ihren wertvollen Pfeilen absuchten. Craags Wächter schnitten mit geschickten Griffen die toten Tiere auf und häuteten sie – Trophäen, die sich noch als furchtbare zusätzliche Last erweisen würden. Braan sagte jedoch nichts dazu, denn einst hatte auch er voller Stolz sein erstes Knurrerfell nach Hause gebracht – und es sollte nicht das letzte gewesen sein.

»He! Da kommen Mac und Jocko!« schrie O'Toole unvermittelt und zeigte aufgeregt zum Ufer. Er winkte den Männern zu und rief ihre Namen. Sie trugen eine Stange, an der reichlich Beute hing. Buccari blickte ihnen neidisch entgegen und versuchte abzuschätzen, was die Männer da mitbrachten. Sosehr sie selbst gern das Tal erkundet hätte, sie hatte dennoch die richtige Entscheidung getroffen, redete sie sich ein und blickte mit Stolz auf die Backpacks, die bis zum Rand mit Körnern gefüllt waren.

»Sie haben irgend etwas erlegt«, bemerkte Jones. O'Toole war schon längst in Richtung See unterwegs, erreichte die Männer und übernahm ein Ende der Stange, an der ein Tier festgebunden war. »Das ist ja ein kleiner Hirsch. Mann, sieh sich einer bloß das Geweih an!« Pralle Zeltsäcke hingen ebenfalls von der Stange.

»Willkommen zurück«, grüßte Buccari und streckte die Hand aus. MacArthur starrte blöde auf ihre Rechte, denn diese Geste schien ihn zu verwirren. Dann sah er in ihr Gesicht, lachte breit und nahm die Hand mit festem Griff. Mit einem leisen Lächeln löste Buccari ihre Rechte, weil der Corporal sie anscheinend bis in alle Ewigkeit festhalten wollte, und gab auch Chastain die Hand. Sein Griff war sanft, und sein strahlendes Lächeln übertraf das von MacArthur.

»Mac, laß mich dem Lieutenant die Wurzeln zeigen, die du ausgegraben hast, äh, ich meine natürlich die Knollen!« rief Chastain aufgeregt. Und schon riß er einen der Säcke von der Stange.

»Oh, Corporal, haben Sie mir etwa ein Geschenk mitgebracht?« fragte Buccari affektiert mädchenhaft, und alle brachen in lautes Lachen aus. Nur MacArthur starrte auf seine Füße, und die Röte, die in sein Gesicht stieg, breitete sich bis unter den dicken Bart aus.

»Mach schon, Jocko«, knurrte er und gewann seine Fassung zurück. »Du kannst sie dem Lieutenant genausogut zeigen wie ich.«

Chastain verlor keine Zeit. Er trat vor Buccari, ragte wie ein Turm über ihr auf und hielt ihr den geöffneten Sack hin. Buccari griff zögernd hinein und zog eine rotbraune faustgroße Knolle heraus. Das Gewächs erinnerte sie an eine Kartoffel.

»Wie schmeckt das denn?« fragte sie.

»Wir haben ein paar davon gekocht«, antwortete Chastain. »Sind wie Kartoffeln.«

»Unterwegs haben wir entdeckt, wie Bären die Knollen ausgebuddelt haben«, erklärte MacArthur. »Leider haben die meisten schon gekeimt.«

»Wir haben bestimmt fünfzig Stück von den Dingern verputzt!« rief Chastain. »Sie schmecken einfach großartig. Aber Vorsicht! Von denen bekommt man, na ja, danach hat man es furchtbar eilig, in die Büsche zu kommen!« Er lief rot an.

»Ganz besonders dann, wenn man fünfzig davon im Bauch hat«, lachte der Lieutenant.

Brappa zwang sich dazu, einen Fuß vor den anderen zu setzen. Mit jedem Schritt schnitten die Tragegurte tiefer in sein Fleisch. Sein Rücken schmerzte, und seine Füße schleppten sich über die endlose Tundra. Doch nicht nur er litt. Das angestrengte Atmen seiner Kameraden und ein gelegentliches leises Schluchzen verrieten ihm die Pein, die ihn umgab. Doch endlich tauchten die Klippen in der Ferne vor ihnen auf.

Als der klare Himmel am dritten Morgen die Klippenwand offenbarte, war das für die Salzträger zuerst eine ungeheure Erleichterung, doch bald verwandelte sich der Blick auf das Zuhause in eine einzige Qual. Zwei Tage langen Marschierens vergingen, und am Ende schienen die Klippen keine Spanne nähergerückt zu sein. Sie ragten ungerührt in der Ferne auf und folterten die Jäger, indem sie ihnen Träume und Hoffnungen eingaben. Hinzu kam, daß sie den bitteren Salzgeschmack nicht aus dem Mund oder der Nase bekamen. Die Nächte waren kurz, und der Schlaf brachte ihnen keine Erholung. Regelmäßig erwachte Brappa aus dem gleichen Grauen: einem trockenen, hustenbegleiteten Alptraum voller überwältigender Eindrücke und dem Geruch von Salz. Sein Durst wurde mit jedem Tag ärger, und sein Mund war staubtrocken. Ganz zu schweigen von den Augen, die unaufhörlich brannten. Aber er beklagte sich nicht ein einziges Mal.

»Wie kommt Ihr voran, Brappa-mein-Freund?« fragte der Krieger Croot'a.

»Die Reise ist lang, Croot'a-mein-Freund, und ich habe auf ihr viel über mich selbst lernen können.«

»Dann seid Ihr mit wahrer Weisheit gesegnet worden, Brappa-mein-Freund.« Sie schleppten sich weiter, und die Kolonnen zogen sich auseinander. Die Vorhut war bereits hinter dem Horizont verschwunden. Von hinten ertönten Pfiffe, die die

Träger zum Aufschließen bewegen sollten. Brappa knirschte mit den Zähnen und schloß die Lücke zu seinem Vordermann.

»Heute abend bekommen wir Wasser«, teilte Croot'a ihm mit. »Wir lagern an einer Quelle. Deswegen zieht sich unser Zug auch auseinander. Die Krieger freuen sich schon darauf, sich den Salzgeschmack aus dem Mund spülen zu können. Deswegen beschleunigen sie ihre Schritte.«

Brappa besaß nicht mehr genügend Energie, um sich zu beeilen, einem Ziel näherzukommen. Aber die Vorstellung von einer Quelle befeuchtete ihm Mund und Kehle. Er schluckte und schmeckte wieder Salz. Das veranlaßte ihn, sich einen Ruck zu geben, und er schritt kräftiger aus.

Buccari erreichte die Fälle, die das Ende des Tals markierten, und die Stelle, wo es an den Strom stieß. Der mächtige Fluß brauste und kochte tief unter ihr und bildete einen starken Kontrast zu dem friedlichen und ruhigen Tal. Die Patrouille kehrte auf das Plateau zurück. Ihre Unzufriedenheit mit Quinns Entscheidung, den Winter auf der Hochebene zu verbringen, nagte wie ein böses Krebsgeschwür an ihr.

Die Lasten waren auf alle verteilt worden. Chastain und Jones trugen das Getreide, während die drei anderen sich mit der Zeltausrüstung und dem erlegten Wild abmühten. Buccaris Backpack drückte schwer auf ihren bereits stark belasteten Schultern. Sie wußte, daß ihnen ein langer und beschwerlicher Weg nach Hause bevorstand, bei dem es ständig bergauf ging.

Nein, sagte sie sich, wir gehen nicht nach Hause, wir haben unser Heim gerade verlassen.

Das Wetter schlug um. Der Wind drehte sich und kam jetzt aus Süden. Die Temperaturen stiegen leicht an, und das erste Licht der Dämmerung beschien einen grau bewölkten Himmel. Nicht lange danach fiel Schnee. Die ersten Flocken tanzten noch spielerisch zu Boden. Doch gegen Vormittag hinterließen die Träger bereits eine dünne Spur auf dem weißen Boden, die von den nachfolgenden Flocken rasch zugedeckt wurde. Gegen Mittag lag alles unter einem weißen Tuch, und man konnte nicht mehr weit sehen. Die Kolonnen liefen schneller, und die Wächter und Späher strengten ihre Augen doppelt an. Knurrer ließen sich von Schneefall nicht abschrecken.

Brappa schleppte sich weiter voran und achtete nur noch auf die Fußspuren seines Vordermanns. Sein Körper nahm die Schmerzen kaum noch wahr, denn er war in die Betäubung einer totalen Erschöpfung verfallen. Eisiger Wind schnitt durch seine Knochen, und seine Beine fühlten sich an wie rohe Stümpfe. Den Fuß vom Boden zu heben und einen neuen Schritt zu tun bedeutete Anstrengung und ein Durchschütteln seines ermatteten Körpers, und er betete darum, nicht auszugleiten oder zu stürzen. Aus einem irrationalen Drang heraus hob er den Kopf, um festzustellen, ob die Klippen nicht doch endlich ein Stück nähergerückt waren – er hatte ganz vergessen, daß es heftig schneite. Die dicht fallenden Flocken verdeckten jede Sicht auf das Zuhause, und das war vielleicht ein Segen. Dennoch gab Brappa sich dem Gedanken hin, daß er womöglich hier draußen sterben würde.

»Ihr macht Euch wirklich sehr gut, Brappa-mein-Freund«, keuchte der junge Krieger Croot'a. »Braan, der Führer-der-Jäger, muß sehr stolz auf seinen Sohn sein.«

»Seid bedankt für dieses Lob, Croot'a-mein-Freund«, entgegnete Brappa. »Eure Ermutigung ist mir wirklich lieb und teuer. Doch spart lieber Eure Kräfte und vergeudet sie nicht um meinetwillen.«

»Ihr haltet Euch wirklich tapfer, denn Ihr vermögt immer noch, Euch wortreich auszudrücken, und scheint einen sehr langen Atem zu haben.«

»Croot'a-mein-Freund, schweigt stille!«

»Ein sehr guter Rat.«

»Wie geht es dir, Lieutenant?« fragte MacArthur. Der Wald wurde dünner, und das Brüllen des Stroms war in dieser Höhe kaum noch wahrzunehmen. Buccari hob den Kopf und bemühte sich, sich nichts von ihren Qualen anmerken zu lassen.

»Ich bin okay, Corporal«, antwortete sie, nachdem sie tief eingeatmet hatte. Sie drehte den Kopf in seine Richtung und lächelte, als sie den Ausdruck tiefer Sorge auf seiner Miene entdeckte. Der Lieutenant wußte, daß ihnen das steilste und härteste Stück Wegs noch bevorstand. »Ich werde es schon schaffen.«

»Aus dir wäre ein toller Marine geworden, Lieutenant«, sagte MacArthur leise.

»Danke ... kann sein.« Sie wandte den Kopf ab, und ihr Lächeln verwandelte sich in eine Grimasse des Schmerzes. Aber tief in ihrem Innern bereitete ihr sein Kompliment Wohlbehagen.

»Mist! Jetzt fängt's auch noch an zu schneien!« schimpfte Jones und blickte hinauf in den grauen Himmel.

Vom Wind herangetriebene Schneeflocken bedeckten den Wald am Hang, und eine frostige Brise wisperte durch die Nadelbäume.

»Ein ausgewachsener Schneesturm steht uns bevor«, erklärte der Corporal unbewegt. »Schneller, Leute. Wir müssen den Klippenpfad hinter uns gebracht haben, bevor der Schnee zu tief geworden ist. Wird auch so schon eine arge Plackerei, dort hinaufzukommen.«

»Wie weit ist es denn noch?« wollte der Lieutenant wissen.

»Keine Ahnung«, antwortete MacArthur. »Ich fürchte, es könnte sehr knapp werden.«

Die Patrouille senkte die Köpfe und stapfte den Berg hinauf.

Ein Blizzard fegte über das Land, und Braan übernahm die Führung. Er mühte sich durch Schneeverwehungen, die überall entstanden, und die Welt vor ihm reduzierte sich auf eine verwehte weiße Hemisphäre, die nur ein paar Schritte weit reichte. Die Salzträger stolperten auf der Spur ihres Führers dahin und pflügten den pulvrigen und trockenen Schnee wieder und wieder durch. Braan blieb stehen und versuchte, seine Position festzustellen. Da er so gut wie nichts mehr sehen konnte, blieben ihm dafür nur seine Instinkte. Der Eingang des Tals mußte nahe sein, aber so ganz sicher konnte er sich da nicht sein.

Plötzlich vernahm er ein leises, fernes Pfeifen. Seine hängenden Schultern hoben sich, und neue Hoffnung durchfuhr ihn. Der Ersatztrupp kam! Braan gab, so laut es ihm möglich war, das Antwortsignal und rief es dann noch einmal in Richtung der Kolonnen. Gedämpfte Freudenschreie drangen an sein Ohr. Und wieder der Suchpfiff! Der Führer orientierte sich an dem Signal und stapfte kräftig durch den Schnee. Und dann tauchten schattige Gestalten aus der Weiße auf.

»Kehrt gesund zurück, Braan, Führer-der-Jäger«, pfiff Kuudor. Schnee bedeckte seinen pelzigen Körper. Zwei Wächter, die sichtlich froren, sich aber davon in ihrer Aufgeregtheit nicht beirren ließen, flankierten ihren Offizier.

»Seid mir gegrüßt, Kuudor, Hauptmann-der-Wache«, grüßte Braan zurück. »Euer Erscheinen wärmt uns das Herz. Der Zug war voller Gefahren, aber auch ein großer Erfolg. Eure Schüler haben sich Euch, Ihres Lehrers, als überaus würdig erwiesen. Alles ist gutgegangen, und aus den Wächtern sind wahre Krieger geworden. Ein günstiges Schicksal war uns beschieden, bis auf den Verlust eines getreuen Kriegers. Der tapfere Tinn'a aus der Sippe des Botto hat sich zu seinen Vorfahren gesellt.«

Kuudors Schultern sanken vor Erleichterung herab, doch gleichzeitig beklagte er den Tod des unvergleichlichen Tinn'a. Er wandte sich an einen seiner Begleiter und befahl ihm, die Nachricht von der Rückkehr den Ältesten zu überbringen.

»Wächter sind entlang des Wegs aufgestellt und erwarten

Euch«, fuhr der Hauptmann fort, wie es das Ritual verlangte. »Eure Last ist nun die ihre. Gehen wir nun gemeinsam.«

Kuudor trat zu Braan, reichte ihm einen Umhang aus Knurrerfell und nahm ihm den Salzsack von den Schultern, um ihn sich selbst umzuhängen. Der Führer war froh, die Last losgeworden zu sein, und bedeckte seine wundgescheuerten Schultern mit dem Umhang. Dann stieß er einen Pfiff aus, und die Kolonnen setzten sich wieder in Bewegung. Vor ihnen ertönte ein neues Signal, und als die Träger den ersten Wachtposten erreichten, trat dieser in die Reihe und nahm einem der erschöpften Träger den Sack ab, um ihn heimzutragen. Die Träger liefen weiter, lauschten angestrengt auf die nächsten Pfiffe und warteten auf ausgeruhte Wächter, die sie von ihrer Last befreiten. Die Expeditionsteilnehmer, die am Ende ihrer Kräfte angelangt waren, gaben ihren Salzsack weiter und fühlten sich danach wie neugeboren. Viele von ihnen waren für diese Hilfe so dankbar, daß sie in Tränen ausbrachen. Und so gelangten sie in das schmale und tiefe Tal hinab und ließen sich über die eisbedeckte Brücke führen. Ein anstrengendes Stück Wegs, bei dem es steil hinaufging, erwartete sie noch, aber je mehr ausgeruhte Wächter zu ihnen stießen, desto mehr erwachten auch ihre Lebensgeister wieder.

Der Wald endete abrupt. Die Patrouille fand sich auf freiem Terrain oberhalb der Baumgrenze wieder. Die Wolkendecke brach für einen Moment auf und offenbarte einen steilen Aufstieg.

»Warum fangen wir nicht an zu klettern?« fragte der Lieutenant. »Wir müssen doch ohnehin nach oben.«

»Das könnten wir natürlich tun«, antwortete MacArthur und drehte sich zu ihr um. »Der Pfad dort führt am Klippenrand entlang und biegt dann zu den Höhenzügen zur Linken ab. Wenn wir blindlings hinaufstürmen, geraten wir vielleicht in eine der Felsspalten und finden nicht wieder hinaus.«

»Was schlägst du also vor?« wollte Buccari wissen.

»Ich will damit nur sagen, daß ich Angst habe«, entgegnete er und sah ihr in die Augen.

Der Lieutenant wandte sich von ihm ab und ließ den Blick über die Höhen wandern. Doch die Wolken gaben nur kurz Gelegenheit dazu. Dann schloß die Lücke sich wieder, und die Decke senkte sich herab und hüllte die Patrouille in nebliges Schneetreiben.

Aufklärer der Jäger entdeckten die Langbeine, die am Rand des Salzwegs ihr Lager aufgeschlagen hatten, und sie schlichen sich durch die Schneeverwehungen an sie heran.

»Die Langbeine blockieren den Pfad, Braan-unser-Führer«, meldete ein Aufklärer Braan. Die Jäger starrten in den Schneefall, und der Wind hob ihre Fellumhänge an.

»Das ist wahr, Braan-unser-Führer«, berichtete auch Bott'a. »Sie haben sich mitten auf dem Weg niedergelassen, so daß wir nicht an ihnen vorbeikönnen, aber wie man sehen kann, haben sie keine Wachen aufgestellt. Wir könnten sie leicht überwältigen.«

Weitere Aufklärer kamen und meldeten das gleiche. Kuudor riet ebenfalls dazu, sofort zuzuschlagen. Der Sturm sei jetzt mit voller Wucht ausgebrochen, und wenn sie noch lange warteten, würde der Weg trügerisch.

»Wartet hier«, befahl Braan.

»Der Schnee wird nur noch tiefer«, beharrte der Lieutenant. »Wir sollten wirklich weiterziehen.«

»Wohin denn, Sir?« fragte der Corporal. »Wo siehst du denn einen Weg, auf dem wir weiterkönnten?«

Buccaris Ärger überlagerte ihre Erschöpfung, die sie um ihren gesunden Menschenverstand brachte. Sie starrte in das Wirbeln der Schneeflocken, und die Frustration breitete sich wie aufkommender Nebel immer weiter in ihr aus.

»MacArthur! Lieutenant!« flüsterte O'Toole drängend. »Hinter euch.«

Buccari fuhr herum und entdeckte eines der Flugwesen, das nur zehn Schritte von ihr entfernt aufgetaucht war und seine leeren Hände zeigte. Sie riß sich zusammen und zeigte ihm an, daß sie ebenfalls unbewaffnet war.

»Er kommt mir bekannt vor«, bemerkte der Lieutenant leise. »Seht euch nur seine Narben an.«

»Ja, den haben wir schon einmal gesehen«, bestätigte der Corporal. »Als wir Tonto zurückgebracht haben, hat er ihn abgeholt. Vermutlich ist er ihr Anführer, ihr Captain. Sieh nur, er hat Tatums Messer.«

Das Wesen trat vor und wirkte erregt und gleichzeitig furchtsam. Dann zog es das Messer des Marines und deutete mit der Spitze zuerst auf den Berg und dann auf seine Brust. Danach steckte es den Dolch in die Scheide zurück und streckte mehrere Male alle Finger seiner Hand aus. Dabei bewegte es sich konstant auf die Menschen zu und hielt die Hände vor sich, als wollte es die Patrouille wegdrängen. Doch es kam den Menschen nicht zu nahe. Schließlich drehte es sich um und lief den Hang hinauf. Oben angekommen, blieb es stehen.

Die verwirrten Menschen sahen einander an und versuchten herauszufinden, was das Wesen ihnen mit dieser Darbietung sagen wollte. Schließlich schritt Buccari auf den Flieger zu, zeigte auf sich und den Rest ihrer Truppe, deutete dann auf den Hang und lief ebenfalls hinauf, wie der Jäger es ihr vorgemacht hatte. Das Wesen sah nun die Menschen der Reihe nach an und wiederholte ungeduldig die Geste des Zurückdrängens.

»Er will, daß wir von hier verschwinden, Lieutenant«, bemerkte MacArthur.

»Das denke ich auch«, entgegnete Buccari. »Also, tun wir ihm den Gefallen.«

Die Menschen packten ihre Sachen zusammen und kehrten

zur ersten Baumreihe zurück. Der »Captain« drehte ihnen den Rücken zu und pfiff in das Schneetreiben. Ein gedämpfter Pfiff antwortete ihm, und dann noch einer und immer mehr, wobei jeder ein Stück weiter entfernt abgegeben wurde. Wenig später marschierten die Aufklärer sichtlich nervös vorüber. Ihnen folgte die ganze Expedition. Langsam und einer nach dem anderen stapften die Flugwesen vorbei, und jedes von ihnen bewegte sich auf groteske Weise vornübergebeugt unter der Last eines großen Sacks auf dem Rücken. Dutzende und Aberdutzende der Fledermäuse passierten die Patrouille. Auch als der Schnee noch heftiger fiel und die Temperaturen weiter absanken, nahm ihr Zug kein Ende. Und immer mehr von ihnen erschienen.

»Hat jemand von euch mitgezählt?« fragte Jones.

»Es müssen so um die hundertfünfzig sein«, antwortete Buccari.

»Genau einhundertzweiundsechzig«, erklärte der Corporal. »Und ein Drittel von ihnen trägt Säcke.«

»Die Jungs sehen ziemlich geschafft aus. Was mag wohl in den Säcken sein?« meinte O'Toole.

»Wahrscheinlich Nahrungsmittel«, sagte der Lieutenant. »Vermutlich wollen sie ihre Wintervorräte aufstocken.«

Schließlich kam der lange Zug zu seinem Ende. Die letzten, die nicht mit einer Last beschwert waren, eilten mit wachsamen Augen an der Patrouille vorbei und verschwanden rasch im Schneesturm. Doch drei von ihnen, darunter der Captain, blieben zurück. Ihre Gestalten waren im heftigen Schneetreiben nur mit Mühe auszumachen. Buccari nahm ihren Rucksack und zog sich mit schmerzverzerrter Miene die Gurte über die Schultern. MacArthur half ihr, indem er das Backpack anhob.

»Uff! Danke«, sagte sie und starrte auf seine Füße. Dann gab sie sich einen Ruck, hob den Kopf und befahl: »Auf, Männer. Man scheint auf uns zu warten.« Damit lief sie los und stapfte den Hang hinauf, auf dessen Spitze die drei Fremden standen. Als sie den halben Weg bewältigt hatten, drehten sich die Fledermäuse um und setzten sich in Bewegung.

24 Aggression

Gorruk hielt sich fest, als der Fahrer seines Kommandopanzers abrupt das Steuer herumriß, um einem Hindernis auszuweichen. Das Schlingern des Wagens ließ rasch nach, als die Autostabilisatoren ansprangen.

»Die Dritte Armee wurde in der Wüste von sechs Panzerdivisionen überrascht, General Gorruk, und sieht sich in schwere Kämpfe verwickelt«, rief sein Adjutant. »Die Dritte Armee hat große Verluste erlitten. Die Sechste Armee erreicht in fünfzehn Minuten den Radarbereich des Feindes. Bislang hat man sie noch nicht entdeckt.«

Gorruk, der einen Kampfanzug trug, bestätigte die Meldungen mit einem kurzen Nicken. Sein Kommandopanzer fuhr an der Spitze der Vorausabteilungen der Stoßdivisionen der Sechsten Armee. Das Fahrzeug rollte glatt über den weichen Wüstenboden, und seine Laufketten drangen tief in den Sand ein und zogen Sandfahnen wie Hahnenschwänze hinter sich her. Gorruk wandte den Blick von dem Situations-Display auf dem Computerbildschirm vor sich ab und richtete ihn auf die Panoramabildschirme in seinem gepanzerten Befehlswagen, der die Ausmaße eines Busses besaß. Das ebene Gelände wurde nur von den Sandfahnen der Panzer und der gepanzerten Mannschaftstransportwagen am Horizont unterbrochen. Liegengebliebene Transporter und Versorgungslaster, die dem Klima nicht hatten standhalten können, säumten in irritierender Häufigkeit den Weg. Ihre Besatzungen waren dem Verdurstungstod preisgegeben.

Die Äquatorialwüsten auf Kon zogen sich wie ein zusammenhängendes, glühendheißes Band der Sterilität rings um den Planeten. Immer schon waren sie eine natürliche Barriere zwischen der nördlichen und der südlichen Halbkugel gewesen. Zwar kam es häufig zu Reibereien und Konflikten um Grenzfragen oder wirtschaftliche Vorteile, doch ein ausgewachsener Krieg war aufgrund des natürlichen Hindernisses so gut wie ausgeschlossen. Bevor die Generäle die Herrschaft an sich gerissen hatten, waren ausgedehnte Handelsbeziehungen zwischen den beiden Halbkugeln üblich gewesen. Die Handelsrouten durch die Wüsten überlebten damals vor allem durch gegenseitige Unterstützung zum gemeinsamen Besten. Der Interhemisphäre-Handel war der Dreh- und Angelpunkt einer intakten Weltwirtschaft gewesen, und das seit undenklichen Zeiten – bis es zu der Invasion gekommen war. Der Zusammenbruch des Handels zwischen Nord und Süd wurde darum auch als die Hauptursache für das Kränkeln der Wirtschaft seit jenem Ereignis angesehen. Kaiser Jook I. war daher der festen Überzeugung, daß eine Wiederherstellung der Handelsachsen zwischen den Hemisphären, käme sie nun durch Waffengewalt oder andere Umstände zustande, seine Macht festigen und ausdehnen werde.

Gorruk wurde die Aufgabe übertragen, strategische Pläne für einen solchen Angriff zu entwickeln. Nach frustrierenden Jahren der Analyse und der Vorbereitungen, in denen selbst der sich für unbezwingbar haltende General eingestehen mußte, daß keine wie auch immer geartete Invasion Aussicht auf Erfolg versprach, kam es zu einem seltenen meteorologischen Ereignis. Als Kon sich dem Perigäum näherte, entwickelte die Sonne eine ungewöhnliche Aktivität. Gorruks Astronomen und Meteorologen sagten voraus, daß diese anormale thermische Strahlungsphase einen Symmetrieabfall in der Wärmebalance des Planeten hervorrufen würde, wodurch die Klimamuster in eine Schieflage gerieten. Der atmosphärische Äquator würde sich für die Dauer eines vollen Zyklus des größten Mondes leicht verschieben. Als der General von diesem Jahrhundertereignis erfuhr, rief er sogleich, wie es seiner optimistischen Natur entsprach, größere Truppenkörper zusammen und setzte sie in Alarmbereitschaft. Wenn die Vorhersagen sich als richtig erweisen sollten, würden seine Armeen bereitstehen.

Gorruks Wissenschaftler verfolgten, wie das normalerweise immens stabile Wettersystem Kons Veränderungen aufzeigte und Anomalien erzeugte, wie sie sonst nur ein-, höchstens zweimal in hundert Jahren auftraten. Die Meteorologen hatten also recht behalten. Ganze Landstriche im Norden, die normalerweise bewohnt oder bebaut waren, wurden von der Hitze ausgedörrt. Heiße Sturmwinde fegten über das Kulturland und verwandelten es in eine Staublandschaft. Die Bauern dort weinten bitterlich und verließen Haus und Hof. Doch weiter südlich blieben die sengenden Äquatorialwinde aus, und Wolkenbänke schoben sich über das unfruchtbare Wüstenland. Die mörderische Hitze dort verging zu schwüler Wärme – die ideale Gelegenheit, die endlosen Weiten endlich zu durchqueren.

General Gorruk sorgte für beste logistische Voraussetzungen wie Transport und Funkverbindungen und sammelte Unmengen von Waffen und Munition an. Und dann trieb er seine Offiziere und Mannschaften in einen geradezu religiösen Fanatismus. Der Zeitpunkt für den großen Schlag wäre gekommen, rief er ihnen zu, und nun sei der rechte Moment, alles für die Gelegenheit zu riskieren, die Machtverhältnisse auf Kon zu ihren Gunsten zu verändern. Acht Armeen der Nördlichen Hemisphäre marschierten los, und ihnen voraus drangen die Speerspitzen der Panzer und Schützenpanzerwagen südwärts in die Wüstenzone ein. Ein achtzackiger Speer stürmte über das brennende und lebensfeindliche Land, eine unüberwindliche Streitmacht, die sich von nichts und niemandem aufhalten lassen wollte.

Gorruk hätte am liebsten höchstpersönlich den Angriff geleitet. Es entsprach seiner Leidenschaft, dem Feind selbst gegenüberzutreten und seine todbringende Waffe zu schwingen, um den Terror zu erblicken, den gewaltige Stärke und unerhörter Mut beim Feind auslösten. Doch sein Verstand sagte ihm, daß er sich als oberster Befehlshaber der Streitkräfte solcher taktischen Vergnügungen enthalten mußte. Im Gegenteil, er mußte allen Kampfhandlungen tunlichst aus dem Weg gehen. Es wäre für die Truppen der Nördlichen Hemisphäre zu riskant, ihren Führer zu verlieren und sie somit des Kopfes zu berauben, der die Entscheidungen traf. Zu Gorruks Leidwesen durften Generäle nur von der Nachhut aus befehligen.

Kodierte Funksprüche bestätigten das gute Vorankommen der Armeen. Gorruks Satelliten schickten immer noch Daten, auch wenn er sich keine Illusionen darüber machte, daß man sie über kurz oder lang abschießen würde. Die Armeen machten viel Boden gut und näherten sich unaufhaltsam ihren Zielen im Süden. Allerdings hatte Gorruks Stab bei den Planungen nicht damit gerechnet, daß die Dritte Armee in Sektor Neun auf feindliche Panzerdivisionen treffen würde, die anscheinend dort zusammengezogen worden waren. Das war eben Pech für General Klarrk und seine Armee, doch so wankelmütig verhielt sich das Kriegsglück. Er würde dort in Stücke geschossen werden; denn im Interesse des übergeordneten Zieles durften keine Ersatztruppen für ihn abgezogen werden.

»Gut, wir sind voll im Zeitplan«, erklärte Gorruk. »Haben die strategischen Raketenbatterien, die die Sechste Armee unterstützen sollen, bereits den Abschuß bestätigt?«

»Ja, General«, antwortete der Brigadegeneral. »Die erste Welle der ferngesteuerten Raketen befindet sich bereits in der Luft, genau wie die Jäger- und Bombergeschwader, die ihnen folgen und nachstoßen sollen.«

Gorruk schaute in den Himmel. Die Wolkendecke riß, wie

vorhergesagt, auf. Jeden Moment müßte er jetzt die Fliegerverbände hören können.

»Mit Ausnahme der Dritten Armee geht es überall hervorragend voran, General Gorruk«, bemerkte der Brigadegeneral. »Die Erste und die Fünfte Armee haben ihre festgesetzten Ziele erreicht und die feindlichen Stellungen überrannt. Der Gegner ist von unserem Angriff völlig überrascht worden.«

»Selbstverständlich«, entgegnete der Oberbefehlshaber.

»Euer Exzellenz«, drängte Et Kalass fast flehentlich und vergaß all seine Würde. »Wir haben doch Fortschritte vorzuweisen. Wir konnten Fotografien und Videoaufnahmen von dem Wrack eines ihrer Schiffe machen. Und daher ist es unabdingbar, daß ...«

Jook ruhte auf seinen Kissen und setzte eine wenig interessierte Miene auf. »Zu spät, Minister«, unterbrach er ihn jetzt. »Die Würfel sind gefallen, und die Maschinerie, die in Gang gesetzt wurde, läßt sich nicht mehr aufhalten. Wir befinden uns im Krieg, und diesem Krieg ist alles andere unterzuordnen.« Wie zur Bestätigung seiner Worte erschütterte ein dumpfes Grollen den Palast. Eine der feindlichen Raketenbomben, die in einem Akt der Verzweiflung abgefeuert worden war, hatte die Hauptstadt erreicht. Jook nahm sie nicht einmal zur Kenntnis.

»General Gorruks tapfere Streitkräfte haben in der Südlichen Hemisphäre einen Brückenkopf errichten und ausbauen können«, fuhr der Kaisergeneral jetzt fort. »Die Armeen des Nordens haben heute einen großen Sieg errungen und Geländegewinne in einem Ausmaß gemacht, wie wir uns das in unseren kühnsten Träumen nicht ausgemalt haben. Dem Oberbefehlshaber ist es gelungen, den Wüstengürtel zu durchqueren. In wenigen Wochen wird er in die Industriezentren des Südens einmarschieren. Und dann ist es nur noch eine Frage der Zeit, bis unsere Feinde die Waffen strecken.«

»Eine viertel Million Konen haben dabei ihr Leben verloren«, wandte der Minister ein. »Ein ziemlich hoher Blutzoll für einen solchen Anfangserfolg.«

Jook starrte ihn mit bösen Augen an. »Nicht im geringsten, teurer Edlerkone!« gab der Oberste Führer zurück. »Ein verhältnismäßig niedriger Tribut an die Hunde des Krieges. Wir befinden uns im Krieg, was haben Sie da erwartet? Begreifen Sie denn nicht? Gorruk hat mit seinen Armeen die Wüstenzone überwunden! Die kaiserlichen Truppen haben einen triumphalen Sieg errungen!«

»Gorruk mag durch die Wüste gelangt sein«, beharrte Et Kalass, »aber die Fremden vermögen es, durch das unendliche Universum zu reisen. Wir verschenken hier eine viel größere Möglichkeit.«

Der Kaiser sprang auf und öffnete den Mund, als wollte er sein Gegenüber niederbrüllen. Doch dann gelang es ihm unter großen Anstrengungen, seine Aufwallung zu bezähmen. Langsam ließ er sich wieder auf seine Kissen zurücksinken.

»Ich habe Ihre Berichte studiert«, erklärte er dann ruhig, »und ich teile Ihre Schlußfolgerungen, Minister. Die Aufdeckung der Geheimnisse, die diese fremden Schiffe bergen, nimmt eine sehr hohe Priorität ein. Dennoch muß ich im Moment den Aktivitäten unseres Oberbefehlshabers eine größere Wichtigkeit einräumen.«

»Ja, Erhabener«, sagte der Edlerkone. »Die ...«

»Außerdem hat man mir mitgeteilt«, ließ der Kaiser ihn nicht weiter zu Wort kommen, »daß in dem Gebiet, in dem Sie die Suchoperationen durchführen wollen, der Winter eingezogen ist. Eine ausgesprochen rauhe und unfreundliche Jahreszeit auf einem ohnehin schon rauhen und unfreundlichen Planeten. Welche Möglichkeiten mögen sich uns dort zur Zeit bieten? Was verlangen Sie eigentlich von mir? Kann das alles nicht bis zum nächsten oder sogar zum übernächsten Jahr warten?«

»Mein Wissenschaftler-Team ist auf Genellan zurückgeblieben, Euer Exzellenz«, bat der Edlerkone. »Gorruks Shuttle hat die Soldaten abgezogen, aber Et Avian und seine Leute dort gelassen. Unser kleiner Krieg wurde vorbereitet, und seitdem hat kein Shuttle mehr den dritten Planeten angeflogen.«

»Wir befinden uns immer noch im Krieg, Minister. Alle Raketen müssen für die Zwecke zurückgehalten werden, die dem Erfolg unserer Sache dienen. Man hat mir berichtet, daß Eure Wissenschaftler auf Genellan sich in keiner akuten Gefahr befinden. Wenn es sich als notwendig erweisen sollte, werden wir ihnen Vorräte schicken.« Er sah den Edlerkonen von oben herab an. »Sie dürfen sich zurückziehen.«

Et Kalass erkannte, daß Logik die diamantharten Prinzipien des Kaisers nicht durchdringen konnte. Er drehte sich um und marschierte hinaus. Der Ausbruch des Krieges hatte ihn nicht überraschen können. Allerdings hatte er nicht damit gerechnet, daß Et Avian deshalb auf Genellan zurückbleiben mußte. Und erst recht war er nicht davon ausgegangen, daß Gorruk gleich einen so ungeheuren Erfolg erzielen würde. Die Ereignisse waren außer Kontrolle geraten. Wie sollte er der Entwicklung der Dinge begegnen? Eine Eroberung des Südens durch die Generäle des Nordens bedeutete einen empfindlichen Rückschlag für seine Pläne – die die Wiederherstellung der Adelsherrschaft zum Ziel hatten. Aber vielleicht war ja gerade der Umstand, daß sich viele Adlige noch in Machtpositionen hielten, die Ursache dafür, daß die Sache mit den Fremden und ihrer Fähigkeit, zwischen den Sternen zu reisen, einstweilen zu den Akten gelegt war. Et Kalass nahm sich vor, in Zukunft die Unwägbarkeiten des politischen Parketts stärker ins Kalkül zu ziehen. Denn in einem hatte Jook recht: Wenn sich ein Land im Krieg befand, mußte sich alles andere diesem Krieg unterordnen.